여자의 일생

여자의 일생

기 드 모파상 | 신인영 옮김

문예출판사

Une Vie

Guy de Maupassant

차례

여자의 일생 • 7

작품 해설 • 329
기 드 모파상 연보 • 334

1

 잔은 짐을 다 꾸리고 나서 창가로 다가갔다. 그러나 비는 아직도 내리고 있었다. 밤새도록 폭우가 유리창과 지붕을 때렸다. 낮게 드리워져 수분을 잔뜩 흡수한 하늘은 마치 균열이라도 생겨 온통 대지로 쏟아져 내려 대지를 진창으로 만들고 설탕처럼 녹이려는 듯했다. 질풍이 이따금 시원스럽게 무더위를 싣고 갔다. 넘쳐 흐르는 도랑물의 포효 소리가 황량한 거리에 가득 찼다. 거리의 집들은 해면처럼 집 안 가득히 습기를 빨아들여 지하실에서 지붕 밑의 벽까지 땀을 흘리게 했다.
 수도원에서 갓 나온 잔은 마침내 영원한 자유의 몸으로 오래전부터 그녀가 꿈꾸어왔던 모든 인생의 행복을 포착하려는 참이었다. 그러므로 그녀는 날씨가 개지 않아서 아버지가 출발을 주저하면 어쩌나 하고 아침부터 몇백 번이나 지평선 쪽을 응시하곤 했다.

그러다가 그녀는 달력을 여행 가방에 넣는 것을 깜빡 잊어버렸다는 것을 깨달았다. 그녀는 벽에서 작은 마분지 조각을 떼었다. 그 달력은 석 달로 나뉘어 있었으며 금박으로 1819년이라는 연도가 도안 중앙에 씌어 있었다. 그녀는 연필로 처음 4단을 지워버렸다. 각 성자의 이름을 지우면서 5월 2일에 이르렀는데 이날은 바로 그녀가 수도원에서 나온 날이었다. 문 밖에서 누군가가 그녀를 불렀다.

"자네트!"

잔은 대답했다.

"들어오세요, 아빠."

그녀의 아버지가 나타났다.

시몽 자크 르 페르튀 데 보 남작은 기벽을 가진 선량한 전 세기의 귀족이었다. 장 자크 루소의 열렬한 신봉자인 남작은 자연과 들과 숲과 동물들에 대해 마치 연인과 같은 애정을 갖고 있었다.

원래 귀족 출신이기 때문에 그는 본능적으로 1793년을 싫어하였다. 그러나 기질적으로 철학자이고 후천적 교육에 의해 자유주의자가 된 그는 악의 없고 과장된 증오심으로 전제주의에 혐오감을 갖고 있었다.

그의 큰 힘이자 큰 약점은 선량함이었다. 애무하거나 도와주거나 껴안아주는 데 팔이 몇 개 있어도 부족할 정도로 선량했으며, 산만하고 항거력이 없는 창조자와 같은 선량함이라고도 할 수 있는, 의지의 신경이 마비된 듯한, 활력에 구멍이라도 생긴 듯한 거의 악덕과 흡사한 선량함이었다.

이론가인 그는 딸이 행복하고 착하고 정직하고 부드러운 성격을 가진 여자가 되기를 바라며 그녀의 교육 방침에 대해 심사숙고하고 있었다.

그녀는 열두 살까지 집에서 자라다가 어머니가 울면서 만류했음에도 불구하고 성심 수도원의 기숙사에 입학하게 되었다.

아버지는 그녀를 엄격하게 수도원에 가두어두고 다른 사람과 접촉하지 못하게 했으며, 전혀 속세의 일과도 접촉을 못하게 했다. 그는 딸이 열일곱 살 때까지 청순하게 지내다가 그녀를 합당한 시적 분위기 속에 젖게 하고 싶었다. 그리고 들판에 뛰놀게 하면서 풍요한 자연 속에서 그녀의 영혼을 전개시키고 순수한 사랑과 동물에 대한 순수한 애정, 생의 고요한 법칙 속 그녀의 무지를 깨우쳐주고 싶었다.

이제 그녀는 생기와 행복을 맛보려는 기쁨에 가득 찬 얼굴로 수도원을 나왔다. 나태한 낮과 긴 밤, 희망만이 젖어 있던 고독 속에서 모든 기쁨과 흥미 있는 우연을 맛볼 기대에 가득 찬 채로.

그녀는 베로네제가 그린 초상화의 모습과 흡사했다. 그녀의 살갗도 물들일 것처럼 빛나는 금발, 태양이 부드럽게 애무할 때만 겨우 눈에 띄는 창백한 비로드 같은 가벼운 솜털은 그녀의 얼굴에 명암을 지어주고, 장밋빛을 띠는 귀족의 딸다운 살결과 그녀의 눈은 네덜란드의 사기 인형의 눈같이 불투명한 파란 색을 띠었다.

그녀의 왼쪽 콧날에는 작은 점이 있었다. 오른쪽 턱 위에도 역시 점이 있었다. 그곳에는 그녀의 피부와 거의 비슷한 털이 몇 개 곱슬거리고 있었다. 그녀는 키가 컸고 풍만한 가슴과 율동성 있는 허리를 갖고 있었다. 그녀의 청아한 목소리는 가끔 너무 날카롭게 울렸다. 그러나 그녀의 순진한 웃음 소리는 주위 사람을 기쁘게 했다. 가끔 친숙한 제스처로 그녀는 머리를 매만지려는 듯이 두 손을 관자놀이에 대곤 했다.

그녀는 아버지한테로 달려가 껴안으며 키스했다.

"이제 떠나는 거죠?"

그녀가 말했다. 아버지는 미소를 띠며 상당히 긴 백발인 머리를 흔들었다. 그는 손으로 창문을 가리키며 말했다.

"이런 날씨에 어떻게 여행을 할 수 있니?"

그러나 그녀는 어리광부리는 듯한 부드러운 목소리로 아버지에게 애원했다.

"네, 아빠, 떠나요, 제발. 오후에는 날이 갤 거예요."

"그러나 네 어머니가 승낙하지 않을걸."

"허락하실 거예요, 제가 책임질게요."

"네가 어머니를 설득하면, 난 아무래도 좋다."

잔은 재빨리 남작 부인의 방으로 달려갔다. 그녀는 오랫동안 안절부절못하며 출발 날짜를 기다려왔던 것이다.

성심 수도원에 들어온 이후로 그녀는 하루도 루앙을 떠난 적이 없었다. 아버지는 자신이 정한 나이에 다다르기 전에는 어떤 오락도 허락하지 않았다. 단 두 번 파리에 데려간 적이 있었으나 파리는 역시 도시에 불과했다. 그녀는 오직 전원을 꿈꾸고 있었다.

그녀는 이제 이포르 근처에 있는 절벽 위에 세워진 조상 대대로 내려오는 낡은 저택인 레 푀플의 소유지에서 여름을 지낼 생각이었다. 그녀는 무한한 기쁨에 젖어 해변가의 자유로운 생활을 꿈꾸고 있었다. 이 저택은 그녀가 물려받은 것으로 그녀는 결혼할 때까지 항상 여기서 살 생각이었다.

그러므로 전날 저녁부터 쏟아지는 비는 잔에게 생애 최초의 커다란 슬픔이었다.

그러나 3분 뒤에 그녀는 온 집 안이 울릴 정도로 소리치며 어머니의 방에서 뛰쳐나왔다.

"아빠, 아빠! 엄마도 승낙했어요. 마차를 준비시키세요."

폭우는 조금도 가라앉지 않았다. 사륜마차가 문 앞에 준비되었을 때는 비가 더욱 세차게 쏟아지는 듯했다.

어머니가 한편에는 남편의, 또 한편에는 젊은 남자처럼 건장하고 늘씬한 큰 하녀의 부축을 받으며 계단을 내려올 때 잔은 마차에 오르려 하고 있었다. 코오 지방의 노르망디 출신인 그 하녀는 고작 열 여덟밖에 되지 않았으나 스물은 되어 보였다. 그녀는 잔의 젖형제였으므로 가족들은 그녀를 딸처럼 대우하고 있었다. 그녀의 이름은 로잘리였다.

그녀의 주된 임무는 잔의 어머니가 끊임없이 불평하는 심장비대증 때문에 몇 년 전부터 둔중해진 걸음을 옆에서 부축해주는 일이었다.

남작 부인은 숨을 헐떡거리며 낡은 저택의 층계에 이르러 빗물이 흐르는 마당을 바라보며 중얼거렸다.

"정말 제정신이 아니군요."

그녀의 남편은 항상 미소를 띠면서 대답했다.

"하지만 당신이 그걸 원하지 않았소, 아델라이드 부인."

그녀는 아델라이드라는 굉장한 이름을 갖고 있었으므로 남편은 다소 놀리는 듯했지만 존경심을 가지고 '부인'이라는 칭호를 붙여 불렀다.

그녀는 다시 걷기 시작하여 겨우 마차에 올라탔다. 그러자 마차의 용수철이 휘었다. 남작은 부인 옆에 자리잡았다. 잔과 로잘리는 말을 등진 의자에 앉았다.

부엌 하녀 뤼디빈은 무릎을 덮을 망토를 몇 개 가지고 왔다. 그리고 바구니 두 개를 가져와 발밑에 넣었다. 그러고는 시몽 영감 옆자리로 기어 올라와 커다란 담요를 전신에 덮었다. 문지기와 그의 부인이 문을 닫을 겸 인사를 하러 나왔다. 그들은 짐차로 올 짐에 대한 마지막 지시를 받았다. 마차는 떠났다.

마부 시몽 영감은 빗속에서 머리를 숙이고 등을 구부린 채 칼라가 셋 달린 외투 속에 파묻혀 있었다. 신음하는 듯한 광풍이 차창을 때리고 보도에 물을 끼얹었다.

사륜마차는 두 말이 질주하자 전속력으로 부두 쪽으로 달려 돛대와 활대와 밧줄이 잎 떨어진 나무처럼 애처롭게 서 있는, 커다란 배들이 줄지어 서 있는 곳을 지나갔다. 마차는 몽 리부데로 접어들었다.

곧 평원을 지났다. 가끔 비에 젖은 버드나무가 시체처럼 가지를 축 늘어뜨리고 물기 많은 안개 속에 나타났다. 말 편자가 물을 튀기고 네 바퀴는 진흙투성이가 되어버렸다.

모두들 가만히 있었다. 그들의 정신은 대지처럼 젖어 있는 듯했다. 어머니는 몸을 뒤로 젖혀 등받이에 머리를 기대고 눈을 감았다. 남작은 우울한 시선으로 단조롭고 비에 잠겨 있는 전원을 바라보았다. 로잘리는 무릎에 짐을 얹고 서민층 인간의 특유한 동물적인 몽상에 잠겨 있었다. 그러나 잔은 미지근한 폭우 아래서 갇혀 있던 식물이 막 대기의 공기를 쐬듯 생기가 솟는 것을 느꼈다. 깊은 즐거움이 나뭇잎처럼 그녀의 마음을 슬픔에서 가려주었다. 비록 한마디도 않고 있었으나 그녀는 노래 부르고 창밖으로 손을 뻗쳐 빗물을 받아 마시고 싶은 욕망에 차 있었다. 잔은 말의 질주에 몸을 맡긴 채 쓸쓸한 풍경을 바라보며 이 폭우 속에서 몸을 안전하게 보호받고 있다는 데 기쁨을 느꼈다.

억수같이 퍼붓는 비에 젖어 번들거리는 말 두 마리의 방둥이에서 김이 오르고 있었다.

남작 부인은 점점 잠에 빠졌다. 늘어진 여섯 개의 일정한 컬로 가를 두른 얼굴이 점점 아래로 처져 목의 커다란 세 개의 주름살로 겨우 받쳐졌다. 그 마지막 주름살은 가슴의 대양으로 사라졌다. 숨 쉴 때마다 들썩이는 그녀의 머리는 다시 아래로 처졌다. 뺨은 부풀어 오르고 반쯤 벌린 입 사이로 코 고는 소리가 우렁차게 들려왔다. 그녀의 남편은 그녀 쪽으로 몸을 굽히어 풍만한 배 위에 놓인 깍지 낀 두 손 안에 작은 가죽 지갑을 얌전히 놓았다. 이 감촉으로 그녀는 깨어났다. 그녀는 선잠을 깬 사람 특유의, 몽롱한 의식과 흐릿한 시선으로 지갑을 바라보았다. 지갑이 떨어져 지갑 문이 열렸다. 금화와 지폐가 마차 안에 흩어졌다. 그녀는 완전히 잠이 깼다. 딸의 즐거운 마음이 웃음의 폭죽처럼 폭발했다.

남작은 돈을 모아 부인의 무릎 위에 놓으며 말했다.

"여보, 이건 엘르토 농장을 팔고 남은 돈 전부요. 레 푀플을 수리시키려고 팔았소. 앞으로 가끔 그곳에 가서 살 테니까."

부인은 6천 4백 프랑을 세어서 조용히 주머니 속에 넣었다.

그 농지는 그들의 부모가 물려준 서른 한 개의 농지 중 아홉 번째로 팔린 농지였다. 그러나 그들은 아직도 일 년에 약 2만 프랑의 수입이 있는 농지를 가지고 있었고, 관리를 더 잘하면 일 년에 3만 프랑은 거뜬히 벌 수 있었다.

그들은 검소하게 살았으므로 집 안에 항상 입을 벌리고 있는 바닥 없는 구멍만 없었다면 그 수입만으로도 충분하였을 것이다. 그 구멍은 바로 선량함이라는 구멍이었다. 그녀는 마치 태양이 늪의 물을 말리듯 수중에 갖고 있는 돈을 흐지부지 써버렸다. 돈은 흘러가고 도망치고 사라져버렸다. 어떻게? 아무도 그 이유를 알지 못했다. 항상 부부 중 한 사람은 이렇게 말했다.

"왜 그런지 알 수 없군. 난 뭐 그리 중요한 것도 사지 않았는데, 오늘 하루에 1백 프랑이나 썼어."

이렇게 쉽게 돈을 쓴다는 것은 어찌 됐든 그들의 생활에서 커다란 행복의 하나였다. 그들은 이 점에 대해서 훌륭하고 감동할 만큼 서로 이해하고 있었다.

잔이 물었다.

"내 집은 아름다워요?"

남작은 즐겁게 대답했다.

"보면 알 거다."

소나기가 점점 약해져갔다. 이제는 안개 비슷한 가느다란 이슬비로 휘날렸다. 구름의 천장이 점점 높아지고 밝아지는 듯했다. 갑자기 눈에 띄지 않던 창공을 통해 기다란 태양 광선이 평원 위로 비스듬히 쏟아져 내렸다.

구름이 흩어지고 하늘의 푸른 바닥이 열렸다. 막이 열리듯 균열이 점점 커졌다. 그리고 짙은 청색의 맑고 아름다운 하늘이 인간 세상 위로 점점 펼쳐지고 있었다.

신선하고 부드러운 미풍이 대지의 행복한 입김처럼 스치고 지나갔다. 들과 숲을 따라 달릴 때 가끔 날개를 말리고 있는 새의 활기찬 노랫소리가 들려왔다.

저녁이 찾아들었다. 이제 잔을 제외하고 마차 안의 사람들은 모두 자고 있었다. 마차는 말의 숨을 돌리게 하고 말에게 물을 섞은 귀리를 약간 먹이기 위하여 여인숙 앞에서 두 번 멈췄다.

해는 이미 기울었다. 멀리서 종소리가 들려왔다. 어떤 작은 마을에서 마부가 마차의 등잔에 불을 켰다. 하늘에는 별이 어지럽게 빛나고 있었다. 불 켜진 집들이 한 점의 불처럼 어둠을 뚫고 여기저기 나타났다. 갑자기 언덕 뒤에서 전나무 가지들 사이로 붉고 커다란 달이 잠에 취한 모습으로 솟아올랐다.

날씨가 따뜻하여 창문은 내린 채로 두었다. 꿈에 지친 잔은 행복한 환상에 만족하여 이제는 쉬고 있었다. 똑같은 자세를 오랫동안 취하고 있었으므로 전신이 마비되어 잔은 가끔 눈을 떴다. 그때마다 창밖을 내다보면 빛나는 어둠 사이로 농지의 나무들이 지나가는 것이나 들판 여기저기 자고 있는 소들이 머리를 드는 것이 보였다. 그녀는 자세를 가다듬고 희미해진 꿈을 다시 잡으려고 애썼다. 그러나 끊임없이 마차 바퀴 소리가 귀에 가득 차 사색하기가 피곤해져 다시 눈을 감았다. 그녀는 심신이 기진맥진해지는 것을 느꼈다.

마차가 멈췄다. 하인과 하녀들이 손에 등불을 들고 정문 앞에 서 있었다. 드디어 도착한 것이다. 갑자기 잠에서 깬 잔은 재빨리 뛰어내렸다. 남작과 로잘리는 한 소작인이 비추는 등불에 의지하여 거의 기진맥진하여 고통을 호소하고 꺼질 듯한 목소리로 끊임없이 "아이구, 제기랄! 애들아!" 하고 투덜거리는 남작 부인을 부축하였다. 부인은 마시려고도 먹으려고도 하지 않고 자리에 눕더니 이내 잠이 들었다.

잔과 남작은 마주 앉아 밤참을 먹었다.

그들은 서로 미소 띤 얼굴로 바라보거나 테이블 너머로 손을 잡곤 했다. 그러다가 어린아이와 같은 기쁨에 젖어 수리한 저택을 보러 나섰다.

농원이 딸린 노르망디식의 높고 넓은 저택이었다. 지금은 회색으로 변한 흰 돌로 지어졌으며 일가 문중을 모두 수용할 수 있을 만큼 넓었다. 집은 넓은 현관으로 둘로 나뉘었으며 끝에서 끝으로 통하게 했고 양쪽 정면에 커다란 문이 열려 있었다. 이중 계단이 마치 입구를 건너뛰듯 가운데를 공간으로 남기고 두 개의 계단이 다리처럼 이 층에서 만나고 있었다.

아래층 오른쪽에는 새들이 노니는 나뭇가지들을 수놓은 양탄자가 깔려 있는 커다란 응접실이 있었다. 잘게 수놓은 천으로 씌운 가구에는 라 퐁텐의 우화를 그린 그림이 있었다. 잔은 여우와 따오기의 이야기를 그린, 어렸을 때 좋아하던 의자를 보자 기쁨으로 몸을 떨었다.

응접실 옆에는 고서가 가득 찬 서재와 쓰지 않는 방이 둘 있었다. 왼쪽에는 새 판자로 갈아 붙인 식당과 테이블보나 냅킨 등을 넣어 두는 방과 음식을 준비하는 방, 부엌, 그리고 목욕탕이 딸린 방이 있었다.

이 층은 복도를 사이에 두고 둘로 나뉘어 있었다. 열 개의 문과 열 개의 방이 통로로 쭉 늘어서 있었다. 복도 깊숙이 들어간 오른쪽에 잔의 방이 있었다. 남작과 잔은 그 방으로 들어갔다. 남작은 벽지와 다락에 쓰지 않고 남겨두었던 가구를 사용하여 요즈음에 방을 새로 꾸민 것이었다.

네덜란드산 낡은 벽 장식이 이상한 얼굴로 방 안을 채우고 있었다.

그러나 자신의 침대를 보고 잔은 기뻐서 소리쳤다. 네 귀퉁이에는 떡갈나무로 새긴, 밀랍을 칠해 검고 번쩍거리는 네 마리의 커다란 새들이 침대를 지탱하고 있어 마치 침대를 지키는 파수꾼처럼 보였다. 침대 양쪽에는 꽃과 과일을 조각한 커다란 꽃 장식이 있었다. 섬세하게 물결 모양으로 판 네 개의 대리석은 꼭대기에 코린트식의 기둥머리가 있었는데 장미와 큐피드가 얽히어 장식된 코니스를 받치고 있었다.

침대는 기념비처럼 서 있었는데 오랜 세월에 반들반들 윤이 나는 딱딱한 위엄성에도 불구하고 아주 우아하게 보였다.

무릎 덮개와 침대 천장의 덮개가 마치 두 개의 하늘처럼 번쩍거리고 있었다. 군데군데 금실로 수놓은 커다란 백합꽃이 별을 장식하는 것처럼 빛나고 있는 짙은 남색의 고대 비단으로 만든 덮개였다.

잔은 침대의 아름다움을 한껏 감상하고 등불을 들고 벽 장식을 살피며 주제를 이해하려고 했다. 초록색, 빨강색, 노랑색의 기이한 옷을 입은 젊은 영주와 귀부인이 하얀 열매가 열린 푸른 나무 아래서 이야기를 나누고 있었다. 똑같은 빛깔의 통통한 토끼 한 마리가 약간의 회색 풀을 뜯어 먹고 있었다.

그 사람들의 머리 바로 위, 그런 것을 흔히 원경이라 하는데 지붕이 뾰족한 둥글고 자그마한 다섯 채의 집이 보였다. 그리고 그 위에 있는 하늘에는 새빨간 풍차가 있었다.

꽃이 잔뜩 달린 커다란 장식이 이 모든 것을 감싸고 있었다.

다른 두 개의 벽 장식도 처음 것과 아주 비슷했다. 단지 네덜란드식의 옷을 입은 네 명의 난쟁이 노인이 집에서 나와 놀라움과 과도한 분노의 표시로 하늘을 향해 팔을 쳐들고 있는 것이 다를 뿐이었다.

그러나 마지막 벽 장식에는 하나의 이야기가 있었다. 풀을 뜯어 먹고 있는 토끼 옆에 한 젊은이가 죽은 듯이 뻗어 있었다. 젊은 귀부인이 그 젊은이를 바라보며 단검으로 가슴을 찌르고 있었다. 나무 열매는 새까매지고 있었다.

잔은 그림을 이해하기를 단념하려다가 그림 한구석에서 미세한 곤충 한 마리를 발견했다. 만약에 토끼가 살아 있다면 새싹인 줄 알고 그 벌레를 잡아먹을 수 있었을 것이다. 그러나 그것은 사자였다.

그때 잔은 그것이 피람과 티스베의 비극을 그린 그림이라는 것을 알았다. 그녀는 도안의 단순함에 웃음을 지었으나 이 사랑의 모험이 그림으로 그려진 데 행복감을 느꼈다. 이것은 끊임없이 자신에게 소중한 희망을 이야기해주고 밤마다 자기 꿈속에 전설적인 고대의 사랑을 맴돌게 할 것이었다.

그 밖의 가구는 모두 각기 다른 양식의 것이었다. 이 가구들은 각 세대가 집 안에 남겨놓은 것들로 오래된 집을 마치 모든 것이 섞인 일종의 박물관처럼 보이게 했다. 훌륭한 루이 14세 시대의 옷장은 번쩍거리는 동 장식으로 덮여 있고 옷장 양쪽에는 아직도 그 시대의 비단 꽃다발로 싸인 두 개의 안락의자가 있었다. 나무로 만든 장밋빛 책상이 둥근 유리 뚜껑 아래 제정시대의 기둥 시계가 놓여 있는 벽난로와 마주 보게 놓여 있었다. 이 시계는 황금색 꽃이 피어 있는 정원 위에 네 개의 대리석 기둥이 받치고 있는, 청동으로 만든 벌집을 본뜬 것이었다. 기다란 균열에서 벌집 밖으로 튀어나온 가느다란 추가 에나멜 칠을 한 날개를 가진 작은 꿀벌을 온실 위로 영원히 움직이게 하고 있었다. 숫자판은 채색한 사기로 되어 있었으며 벌집 허리에 끼어 있었다.

시계가 11시를 울렸다. 남작은 잔과 포옹하고 그녀의 방에서 나왔다.

잔은 허망함을 느끼며 잠자리에 들었다.

그녀는 마지막으로 방을 둘러보고 나서 촛불을 껐다. 침대는 머리 쪽만 벽에 붙어 있고 왼쪽으로 창문이 하나 있었는데 그 창문으로 바닷물처럼 달빛이 쏟아져 들어와 바닥에 빛의 웅덩이를 만들었다.

반사된 빛이 벽에서 다시 반사되었다. 창백한 빛은 피람과 티스베의 불변의 사랑을 부드럽게 애무하고 있었다.

침대 발치 맞은편에 있는 다른 창문을 통해 잔은 부드러운 빛에 흠뻑 잠겨 있는 커다란 나무를 바라보았다. 그녀는 등을 돌리고 눈을 감았다. 그리고 잠시 후 다시 눈을 떴다.

머릿속에서 계속 마차 굴러가는 소리가 울려 마차의 진동에 아직도 몸이 흔들리는 듯했다. 그녀는 잠시 쉬면 잠이 오리라 생각하고 가만히 있었다. 그러나 정신의 초조함이 곧 전신에 스며들었다.

다리가 저리고 열이 오르기 시작했다. 그녀는 자리에서 일어났다. 맨발과 맨팔로 그녀를 유령같이 보이게 하는 속옷만 입은 채였다. 그녀는 방바닥에 넘치는 빛의 늪을 가로질러 가 창문을 열고 밖을 바라보았다.

밖은 대낮처럼 밝아 잘 보였다. 잔은 옛날 유년 시절부터 사랑하던 이 지방 전체를 잘 알고 있었다.

먼저 그녀 앞에는 달빛 아래 버터처럼 노란, 널따란 잔디밭이 깔려 있었다. 거대한 두 그루의 나무가 저택 앞에 높이 솟아 있었다. 북쪽에 있는 것은 플라타너스이고 남쪽에 있는 것은 보리수였다.

잔디밭 끝 쪽에는 이 영지의 경계선을 이루는 우거진 작은 숲이 있었다. 항상 미친 듯이 휘몰아치는 해풍으로 비틀어지고 쓰러지고 갉히고 잎이 떨어져 지붕처럼 경사가 지고 다듬어진 오래된 다섯 줄의 느릅나무에 의해 이 영지는 태풍을 받지 않고 있었다.

이 일종의 공원은 거대한 포플러가 좌우 양쪽으로 길을 따라 나란히 서 있었다. 이 포플러는 노르망디 지방에서는 푀플이라고 불리며 주인들의 저택과 그에 딸린 두 개의 소작지를 가르고 있었다. 한 곳에는 쿠이야르네가 살고 다른 한 곳에는 마르탱네가 살고 있었다.

그래서 저택에 푀플이라는 이름이 붙었다. 이 영지 너머에는 금잔화가 여기저기 피어 있는 황폐하고 넓은 평원이 펼쳐져 있어 밤낮으로 미풍이 소리내며 질주하고 있었다. 그리고 갑자기 언덕은 끝나고 곧고 하얀 1백 미터의 절벽을 이루며 그 발치를 파도 속에 적시고 있었다.

잔은 멀리 별빛 아래 잠들고 있는 듯한 널따란 바다의 물결 무늬지는 표면을 바라보았다.

태양이 없는 적막함 속에 모든 대지의 내음이 퍼져 있었다. 창문 아래 주위로 기어오르는 재스민은 끊임없이 새 잎의 가벼운 향기에 뒤섞인 찌를 듯한 내음을 풍기고 있었다. 느릿한 해풍이 강한 소금기가 끈적거리는 해초 내음을 싣고 지나갔다.

젊은 여자는 처음에는 숨을 들이마시는 행복감에 젖어 있었다. 그러자 전원의 휴식이 신선한 대기의 목욕처럼 그녀를 평온하게 했다.

저녁이 오면 막연한 생존을 밤의 고요 속에 감추고 있던 모든 짐승들이 눈을 뜨고 고요한 동요로 희미한 어둠을 채웠다. 울지 않는 커다란 새들은 점처럼, 그림자처럼 대기 속으로 사라졌다. 보이지 않는 벌레들의 웅성거림이 귓가를 스쳤다. 그리고 소리 없는 질주가 이슬이 가득 찬 풀 사이나 인적 드문 길의 모래 위를 지나가고 있었다.

단지 몇 마리의 우울한 두꺼비들이 달을 향해 짧고 단조로운 울음 소리를 냈다. 잔은 자기의 심장이 이 청명한 밤처럼 수많은 속삭임으로 가득 차는 듯했다. 웅성거림으로 그녀를 둘러싸고 있는 밤벌레와 흡사한, 배회하는 수많은 욕망이 갑자기 가슴속에서 들끓는 듯했다. 어떤 친화력이 그녀를 이 생동하는 시에 연결시켜주었다. 밤의 부드러운 흰 빛 속에서 그녀는 초인간적인 전율이 몸 속을 달리고 잡히지 않는 희망이 요동치는 행복의 숨길 비슷한 어떤 것을 느꼈다.

그녀는 다시 사랑을 꿈꾸기 시작했다.

사랑! 사랑은 그것이 다가온다는 불안의 증가로 2년 전부터 그녀의 가슴을 채웠다. 이제부터 그녀는 자유롭게 사랑할 수 있었다. 그녀는 단지 만나기만 하면 되는 것이다. 그를! 어떤 사람일까? 그녀는 사실 그를 모르고 자신에게 물어본 적도 없었다. 그는 그였다. 그뿐이다.

그녀는 단지 온 정신을 다해 그를 사랑하고 그도 온 힘을 다해 그녀를 아껴주리라는 것을 알고 있었다. 그들은 오늘 밤 같은 날에는 별에서 떨어지는 빛나는 회색 재 아래를 산책할 것이다. 그들은 손을 잡고 몸과 몸을 기대고 서로의 심장이 뛰는 것을 들으면서, 서로의 어깨 체온을 느끼면서, 서로의 사랑을 여름밤의 달콤한 청명 속에 녹이면서, 애정의 유일한 힘으로 서로의 깊은 밑바닥의 사상까지 꿰뚫을 만큼 굳게 결합되어 산책하리라.

그리고 이것은 형언할 수 없는 애정의 고요 속에서 무한히 계속되리라.

갑자기 그녀는 그가 거기에, 바로 자기 옆에 있는 듯했다. 갑자기 육감의 막연한 전율이 그녀의 발끝에서 머리끝까지 달렸다. 그녀는 마치 자신의 꿈을 포옹하려는 듯 무의식적인 동작으로 가슴 위에 팔을 깍지 끼었다. 미지인(未知人)을 향해 내민 그녀의 입술 위로 무언가가 지나갔는데 마치 봄의 숨결이 그녀에게 사랑의 입맞춤이나 한 듯 그녀를 거의 실신할 지경에 이르게 했다.

갑자기 저택 뒤의 길 위에서 어둠 속을 걸어오는 소리가 들렸다. 미친 듯한 영혼의 충동 속에서 불가능과 섭리적인 우연과 지고한 예감과 운명을 믿는, 소설적인 조합 등을 믿는 열광 속에서 그녀는 생각했다.

"만약 그라면?"

그녀는 불안스럽게 규칙적인 걸음 소리를 들으며 그가 철책 앞에 멈추어서 하룻밤의 잠자리를 청할 것이라고 확신했다.

그가 그냥 지나갔을 때 그녀는 마치 속은 것처럼 슬펐다. 그러나 그녀는 자신의 희망에 찬 흥분을 이해하고 미친 듯한 자신의 태도에 웃음 지었다.

그러자 다소 마음이 진정되어 그녀는 자신의 정신을 더 이론적인 공상의 흐름에 떠다니게 하고 미래를 투시하려 애쓰며 자기 존재의 발판을 쌓으려 했다.

그와 함께 그녀는 여기, 바다로 향한 이 고요한 저택에서 살 것이다. 그녀는 물론 두 명의 자녀를 가질 것이다. 그를 위해 아들 하나,

자신을 위해서 딸 하나를. 그녀는 아이들이 플라타너스와 보리수 사이의 풀밭 위를 달리는 것을 보았다. 아이들의 아버지와 어머니는 자녀들의 머리 위로 애정이 가득 찬 시선을 나누며 환희에 찬 눈으로 그들의 뒤를 따를 것이다.

그녀가 이렇게 조용히 오랫동안 공상에 잠겨 있는 동안 달은 하늘을 가로질러 바다 속으로 사라지려 하고 있었다. 대기는 점점 신선해졌다. 동쪽 지평선이 밝아지고 있었다. 수탉 한 마리가 오른쪽 농원에서 울었다. 다른 수탉들이 왼쪽 농원에서 이 울음 소리에 답했다. 그 수탉들의 쉰 목소리는 닭장의 울타리를 가로질러 아주 멀리서 들려오는 듯했다. 어느새 밝아진 드넓은 하늘의 둥근 천장에는 별들이 점점 사라지고 있었다.

새들의 작은 울음 소리가 여기저기서 들려왔다. 지저귀는 소리는 처음에는 수줍게 나뭇잎 사이로 들려왔다. 그러다가 대담해져서 떠는 듯한 즐거운 소리로 변해 이 가지에서 저 가지로, 이 나무에서 저 나무로 울려퍼졌다.

잔은 갑자기 자신이 빛 속에 있는 것을 느꼈다. 그래서 그녀는 두 손으로 가리고 있던 머리를 들었다. 그러나 여명의 광휘에 눈이 부셔 두 눈을 감았다.

진홍빛 구름이 끼어 있는 산이 가로수인 커다란 포플러의 일부에 가려진 채 대지 위에 핏빛을 던지고 있었다.

그리고 천천히 빛나는 구름을 찢고 나무와 평원과 대양과 모든 지평선에 불의 살을 사르면서 타오르는 듯한 태양이 나타났다.

잔은 행복감으로 미칠 듯했다. 우주의 장려함을 앞둔 미칠 듯한 환희와 무한한 감동이 그녀의 마음을 적시어 실성할 듯했다. 그것은 그녀의 태양이다. 그녀의 여명이다. 그녀의 생의 시작이다! 그녀 희망의 기원이다! 태양을 포옹하려는 욕망으로 그녀는 빛나는 우주를 향해 팔을 뻗쳤다. 그녀는 이야기하고 싶었다. 이 아침의 탄생과 같은 지고한 어떤 것을 외치고 싶었다. 그러나 무력한 열광 속에서 마비된 채 그대로 있었다. 그러다 두 손에 얼굴을 파묻었다. 두 눈에 눈물이 가득 차 있는 것을 느꼈다. 그녀는 기쁜 마음으로 울었다.

그녀가 다시 머리를 들었을 때 여명의 화려한 무대 장치는 이미 사라져버렸다. 그녀는 몸이 언 것처럼 자신의 마음이 진정되고 피로한 것을 느꼈다. 창문을 닫지 않은 채 그녀는 침대로 가서 누웠다. 그리고 잠시 공상에 잠기다가 8시에 아버지가 부르는 소리도 못 들을 정도로 아주 깊은 잠에 빠졌다. 그녀는 아버지가 방에 들어오셨을 때에야 잠에서 깨어났다.

아버지는 성관(城館)의, 그녀 성관의 아름다운 모습을 보여주려 했다. 바다와 반대쪽으로 면해 있는 현관은 길과 사과나무가 있는 넓은 뜰에서 멀리 떨어져 있었다. 촌도(村道)라고 하는 이 길은 농가의 울타리 사이로 뻗어 2킬로미터쯤 더 가서 르아브르와 페캉의 분기점까지 이어져 있었다.

곧은 길이 숲 변두리에서 현관의 돌계단까지 뻗쳐 있었다. 바닷가의 자갈돌로 짓고 초가로 지붕을 이은 작은 부속 건물들이 두 농가의 도랑을 따라서 뜰의 양쪽으로 늘어서 있었다.

지붕은 새로 이어져 있었다. 목조부는 전부 다시 뜯어 고쳤고 벽도 수리했고 모든 방은 새로 도배했으며 내부는 모두 다시 칠했다. 그리고 이 퇴색한 낡은 저택에서는 은백의 새 덧문과 회색 정면 벽 위에 새로 칠한 흰 회(灰)가 마치 얼룩처럼 보였다. 또 다른 현관, 잔의 방 창문 중 하나가 열려 있는 쪽의 현관은 숲과 바람에 패인 느릅나무의 벽 너머로 멀리 바다를 바라보고 있었다.

잔과 남작은 서로 팔을 끼고 한 구석도 빼놓지 않고 전부 돌아보았다. 그리고 공원이라고 불리는 땅을 둘러싸고 있는 포플러의 기다란 가로수 길을 천천히 산보했다. 나무들 아래서 자라는 풀은 녹색 양탄자처럼 펼쳐 있었다. 막다른 곳에 있는 수풀은 무척 아름다웠다. 그리고 나뭇잎의 칸막이로 나뉜 꼬불꼬불한 좁은 길이 여러 갈래로 나 있었다. 갑자기 토끼 한 마리가 나타나 아가씨를 두려움에 떨게 하더니 비탈길을 달려 갈대 속, 절벽을 향해 도망쳤다.

점심 식사를 마친 후 아직도 지쳐 있는 아델라이드 부인이 쉬겠다고 해서 남작은 이포르까지 내려가보자고 제안했다.

두 사람은 떠났다. 먼저 레 푀플이 있는 에투방의 촌락을 가로질렀다. 세 명의 농부가 오래전부터 그들을 알고 있는 듯이 그들에게 인사했다.

그들은 구부러진 계곡을 따라서 바다까지 이어지는 경사진 숲으로 들어갔다.

이내 이포르 마을이 나타났다. 문턱에 앉아 옷을 수선하고 있던 여자들이 그들이 지나가는 것을 바라보고 있었다. 한가운데로 시내가 흐르고 집집마다 문 앞에 난파선의 파편 더미가 쌓인 경사진 거리에서는 소금에 절인 강렬한 냄새가 풍겼다. 군데군데 작은 은

화같이 반짝이는 비늘이 있는 갈색 그물들을 누추한 집 문 앞에서 말리고 있었다. 그런 집에서는 단칸방에 여러 가족이 모여 살아서 풍기는 악취가 새어 나오고 있었다.

비둘기 몇 마리가 시냇가에서 먹이를 찾으러 돌아다니고 있었다.

잔은 극장의 무대 장치처럼 신기하고 새롭게 보이는 이러한 모든 것을 바라보았다.

그녀가 어떤 집의 돌담을 돌자 바다가 보였다. 시선이 미치는 데까지 뻗어 있는 불투명하고 매끄러운 푸른 바다.

그들은 해변 앞에 멈추어 서서 바다를 바라보았다. 새의 날개처럼 하얀 돛을 단 범선이 멀리서 몇 척 지나가고 있었다. 오른편에도 거대한 절벽이 서 있었다. 곶〔岬〕처럼 튀어나온 것이 한쪽 시야를 가리고 다른 한쪽은 더 이상 잡을 수 없는 한 점이 될 때까지 수평선이 무한히 뻗쳐 있었다.

항구와 집들이 절벽 사이로 나타났다. 바다에 그 거품으로 술장식을 만들고 있는 작은 파도들이 가벼운 소리를 내며 자갈 위에 부딪쳐왔다.

그 지방 특유의 배들이 동그란 자갈의 경사지 위에 끌어 올려져 콜타르를 칠한 볼록한 뱃전을 태양에 드러낸 채 옆으로 쓰러져 쉬고 있었다. 몇몇 어부들이 저녁 밀물에 대비하여 배를 준비하고 있었다.

한 뱃사공이 생선을 팔려고 그들에게로 다가왔다. 잔은 자기 손으로 레 푀플에 가지고 가고 싶어서 넙치 한 마리를 샀다.

그러자 그 뱃사공은 뱃놀이를 할 때 도와주겠다고 제의하며 자신의 이름을 상대편의 기억에 똑똑히 심어주기 위해 "라스티크, 조제프 라스티크입니다" 하며 되풀이해서 말했다.

남작은 그를 잊지 않겠다고 약속했다.

그들은 성관을 향해 길을 재촉했다.

생선이 무거워 피곤했으므로 잔은 아버지의 지팡이에 생선의 아가미를 꿰어 양쪽 끝을 각각 들었다. 그들은 즐겁게 언덕을 다시 올라갔다. 이마에 바람을 맞으며 기쁨에 빛나는 눈으로 두 명의 어린아이처럼 재잘대며 걸었다. 넙치는 점점 두 사람의 팔을 지치게 하여 마침내 커다란 꼬리가 풀밭에 질질 끌렸다.

2

아름답고 자유로운 생활이 잔에게 시작되었다. 그녀는 책을 읽고 몽상에 잠기고 오직 혼자서 주위를 이리저리 돌아다녔다. 그녀는 멍하니 몽상에 잠겨 길을 따라 느린 걸음으로 돌아다녔다. 또는 양쪽 산등성이가 금박의 법의(法衣)처럼 갈대꽃의 털이 무성한 꾸불꾸불한 작은 골짜기를 깡총거리며 내려가기도 했다. 갈대꽃의 강렬하고 부드러운 향기는 더위 때문에 더욱 짙어져서 향기 나는 술처럼 그녀를 취하게 했다. 해변가로 밀려오는 희미한 파도 소리를 들으면 그녀의 마음에도 파도가 일었다.

가끔 그녀는 피곤해서 언덕 중턱의 무성한 풀밭에 누웠다. 또 갑자기 계곡 모퉁이에 잔디밭이 움푹 패여 있는 곳 저쪽에 햇빛이 빛나는 삼각형의 푸른 바다가 수평선에 돛단배를 띄우고 있는 것을 볼 때면, 그녀 주위에 감돌던 행복이 신비스럽게 다가온 것처럼 어지러운 환희에 차는 것이었다.

　고독을 사랑하는 마음이 이 신선한 지방의 부드러운 대기 속에서, 둥그런 지평선의 고요함 속에서 그녀에게 스며들었다. 그녀가 너무 오랫동안 언덕 꼭대기에 앉아 있었으므로 작은 산토끼들이 깡충거리며 그녀의 발치를 지나가기도 했다.

　그녀는 가끔 물 속의 물고기들처럼 또는 창공을 나는 제비들처럼 자신을 움직일 수 있는 그윽한 환희에 전신을 떨고 해안에서 불어오는 가벼운 바람을 맞으며 절벽 위를 달리기 시작했다.

　그녀는 땅에 씨앗을 뿌리듯 곳곳에 추억을, 죽을 때까지 뿌리를 내리고 있을 추억들을 뿌렸다. 이 계곡의 모든 기복에 자신의 마음을 조금씩 던져 넣는 듯했다.

　그녀는 열심히 해수욕을 하기 시작했다. 그녀는 튼튼한데다가 대담하고 위험을 몰랐기 때문에 한없이 헤엄쳐 나갔다. 그녀는 자기의 몸을 흔들면서 안아주는 이 차고 맑고 푸른 물 속에 있으면 기분이 좋았다. 해안에서 멀리 나가면 반듯이 누워서 가슴 위에 두 손을 깍지 끼고 제비가 날거나 갈매기의 하얀 그림자가 스치는 푸르고 깊은 하늘을 골똘히 바라보았다. 오직 자갈에 부딪치는 파도의 먼 속삭임과 파도의 주름을 타고 들려오는 육지의 막연한 소음만 들려올 뿐이었다. 그러나 그 소리는 모호하여 거의 알아듣기 힘들었다. 잔은 다시 몸을 뒤집고 미칠 듯한 환희에 잠겨 두 손으로 물결을 헤쳐 나가며 날카로운 소리를 질렀다.

　가끔 그녀가 너무 멀리 나가면 작은 배가 그녀를 찾으러 왔다.

　그녀는 허기가 져서 창백한 얼굴로, 그러나 가볍고 민첩한 동작으로 입술에 미소를 띠고 행복에 가득 잠긴 눈으로 성관으로 돌아왔다.

남작은 남작대로 농업에 관한 커다란 계획에 몰두하고 있었다. 남작은 시도하거나 계획을 세우거나 새로운 기계를 시험해보고 외국 품종을 이식해보고 싶어 했다. 그는 하루의 대부분을 농부들과 대화하는 것으로 소일했다. 그러나 농부들은 그의 시도에 대해 머리를 젓고 미덥게 여기지 않았다.

가끔 남작은 이포르의 뱃사공들과 함께 바다로 나갔다. 그는 주위의 동굴이나 샘, 종루로 나갈 때면 일개 어부가 되어 고기를 낚고 싶어 했다.

미풍이 불어오는 날 바람을 가득 실은 돛이 물결의 등 뒤와 볼이 포동포동한 선체를 미끄러지게 했다. 양쪽 뱃전에서 깊은 바닷속까지 큰 줄을 늘어뜨리고 불안에 떨리는 손으로 가느다란 줄을 잡는다. 줄에 걸린 고기가 몸부림치는 것을 느낀다.

전날밤 널어둔 그물을 거두려고 달빛 밝은 밤 그는 떠난다. 그는 돛대가 삐걱거리는 소리를 듣는 것을 좋아한다. 호소하는 듯한 신선한 밤바람을 들이마시는 것도 좋아한다. 바위의 돌출부나 종루의 지붕, 페캉의 등대를 목적물로 부이를 찾기 위해 오랫동안 지그재그로 항해한 후에 갑판 위에서 부채 모양의 넓적한 줄무늬 가오리의 끈적거리는 등과 가자미의 기름진 배를 반짝반짝 빛나게 하는 솟아오르는 아침의 첫 햇살 아래 꼼짝 않고 서 있는 것을 즐겼다.

식사 때마다 남작은 열광적으로 산책 이야기를 했다. 그러면 부인은 부인대로 자신이 포플러가 있는 가로수 길을 몇 번이나 걸었는지를 남작에게 이야기했다. 부인이 걷는 길은 쿠이야르 농지의 맞은편인 오른쪽 길이었다. 왼쪽 길은 햇빛이 충분히 들지 않았던 것이다. "운동을 하라"는 충고를 받았으므로 그녀는 열심히 걸었다. 밤의 냉기가 사라지자 부인은 로잘리의 팔에 기대어 내려온다. 온몸을 망토 하나와 두 개의 숄로 감싸고 머리에 검은 모자를 쓴 위에 또 빨간 털실 모자를 쓴 채.

그리고 왼발을 끌며, 한쪽이 약간 무거워서 길 전체에 하나는 갈 때, 하나는 돌아올 때 풀이 쓰러져 죽어 있는 곳으로 먼지 나는 두 줄의 발자국을 남긴다. 그녀는 성관에서 수풀의 막다른 관목지까지 직선의 끝없는 여행을 쉴 새 없이 되풀이했다. 부인은 이 도정의 한계선마다 의자를 놓아두도록 했다. 그리고 20분마다 걸음을 멈추고 그녀를 부축하고 있는 참을성 있는 가엾은 하녀에게 이렇게 말했다.

"앉았다 가자, 얘야, 좀 피로하구나."

그리고 쉴 때마다 의자 위에 먼저 머리에 썼던 털모자를, 다음에는 숄을, 그리고 다시 숄을, 그리고 모자, 망토를 벗어놓았다. 그리하여 가로수 길의 양쪽에는 옷보따리가 두 개 놓이게 되는데, 점심 먹으러 돌아갈 때 로잘리가 다른 쪽 팔로 그것들을 안고 왔다. 그리고 오후에 남작 부인은 좀 느린 걸음으로 다시 운동을 시작했다. 휴식 시간도 아침보다 길어지고 때로는 사람들이 그녀를 위해 밖에 내놓은 긴 의자 위에서 한 시간이나 졸기도 했다.

그녀는 이것을 '나의 운동'이라고 불렀는데 마치 '나의 심장비대증'이라고 말하는 것과 같았다.

10년 전에 숨이 답답하여 진찰을 받았을 때 의사는 심장비대증이라고 말했다. 그때부터 이 말은(그녀는 그 의미를 이해하지 못했다) 그녀의 머릿속에 박혀 있었다. 부인은 남작과 잔과 로잘리에게 자기의 심장을 만져보도록 끈질기게 시도했으나, 아무도 느끼지 못했다. 그것은 팽창한 가슴속에 파묻혀 있었던 것이다. 그러나 부인은 다른 의사에게 진찰받기를 권해도 다른 병이 드러날까 봐 강경히 거절했다. 그리고 툭하면 '자신의' 심장비대증에 대해 이야기했다. 너무 자주 이야기했기 때문에 마치 이 병은 부인에게만 특별한 것으로, 그녀에게만 있는 유일한 것이 되어 다른 사람은 아무런 권리도 없는 것처럼 보였다.

남작과 잔은 마치 '옷'이나 '모자'나 '우산'에 대하여 말하듯 남작은 "나의 부인의 심장비대증"이라고 말하고, 잔은 "어머니의 심장비대증"이라고 말했다.

부인은 젊은 시절에 몹시 아름다웠고 갈대보다 더 날씬했었다. 제정시대의 제복을 입은 군인들의 팔에 안겨 왈츠를 추고 나서《코린》을 읽고 울었다. 그녀는 이 책에서 깊은 감명을 받았다. 몸이 뚱뚱해짐에 따라서 부인의 정신은 시적인 충동에 더 사로잡혔다. 너무 뚱뚱해져서 안락의자에 못 박힌 듯 앉아 있게 되었을 때, 부인의 생각은 사랑의 모험 사이를 배회하며 자신을 여주인공이라고 믿는 것이었다. 그 사랑의 모험 중에서도 마음에 드는 것이 있어, 핸들을 조정하면 끊임없이 똑같은 곡을 반복하는 음악 상자처럼 부인은 항상 그것을 자신의 꿈속에 다시 불러들이곤 했다. 갇힌 여자와 제비들에 대한 번민하는 사랑의 이야기는 언제나 그녀의 눈시울을 적시게 했다. 그리고 부인은 사랑의 후회를 표현하고 있다는 이유로 베랑제의 음탕한 노래까지도 좋아했다.

부인은 가끔 자신의 꿈에 파묻혀 몇 시간 동안 꿈쩍 않고 앉아 있기도 했다. 그리고 레 푀플의 그녀의 거주지는 부인의 소설 세계에 장식을 제공하여 부인을 기쁘게 했다. 그 저택은 주위의 숲과 황폐한 대지, 근처의 바다로 인해 그녀가 몇 달 전 읽었던 월터 스콧의 소설을 기억나게 했다.

비가 오는 날이면 부인은 방에 틀어박혀서 그녀가 '기념물'이라고 부르는 것을 뒤적거리며 보냈다. 기념물이란 그녀의 모든 옛날 편지들이다. 부인의 부모가 보낸 편지들, 약혼 시절 남작이 보낸 편지들, 그 밖에 여러 편지가 있었다.

부인은 이 편지들을 모퉁이에 있는 동으로 만든 스핑크스가 달린 마호가니 책상 안에 넣어두었다. 그녀는 특이한 음성으로 말하곤 했다.

"로잘리야, 기념물이 들어 있는 서랍을 가져오렴."

하녀는 책상을 열고 서랍을 빼서 여주인 옆에 놓인 의자 위에 놓는다. 그러면 부인은 가끔 편지 위에 눈물 방울을 떨어뜨리며, 이 편지들을 한 장 한 장 읽어나간다.

잔은 가끔 로잘리 대신 어머니를 부축했다. 그러면 부인은 잔에게 어린 시절의 추억을 이야기해주었다. 잔은 이 옛날 이야기 속에서 어머니의 생각, 그리고 욕망이 자신과 유사함을 깨닫고 놀랐다. 인류 최초의 인간의 심장을 뛰게 하고 또 인류 최초의 남녀의 맥박을 고동시키는 무수한 감각을 어머니가 다른 사람들보다 먼저 겪었다는 데 놀라 몸을 떤 듯 상상했기 때문이었다.

그들의 느린 걸음걸이는 그들의 느린 이야기에 보조를 맞추었다. 부인은 가끔 숨이 막혀서 몇 초 동안 이야기를 멈추었다. 그럴 때면 잔의 생각은 막 시작된 사랑의 모험을 뛰어넘어 기쁨으로 가득 찬 미래를 향해 돌진하여 희망 속으로 굴러들어갔다.

오후에 잔과 남작 부인이 안쪽 의자에 앉아 쉬고 있을 때 그들은 갑자기 가로수 길 끝에서 그들 쪽으로 오고 있는 뚱뚱한 성직자를 보았다.

그는 멀리서 미소 띤 얼굴로 인사했다. 또 그들에게서 세 걸음쯤 떨어진 곳에 오자 다시 인사하며 소리쳤다.

"아, 남작 부인, 어떻습니까?"

그는 이 지방의 사제였다.

부인은 철학 전성시대에 태어나 혁명시대에 별로 신앙심이 없는 부친에게 키워졌으므로 비록 여성의 종교적 본능에서 사제를 좋아하기는 했으나 교회에는 거의 나가지 않았다.

부인은 자기 구의 사제인 피코 사제를 완전히 잊고 있었으므로 그를 보자 얼굴을 붉혔다. 부인은 자신이 먼저 방문하지 않은 것을 사과했다. 그러나 호인인 사제는 기분 상한 듯이 보이지 않았다. 사제는 잔을 보며 안색이 좋다고 칭찬하고 의자에 앉아 삼각모를 무릎 위에 놓은 뒤 이마를 문질렀다. 지나치게 뚱뚱하고 몹시 얼굴이 빨간 사제는 쉴 새 없이 땀을 흘렸다. 사제는 이내 주머니에서 땀에 젖은 네모난 손수건을 꺼내어 얼굴과 목을 닦았다. 그러나 땀에 젖은 손수건을 비단 주머니 속에 넣자마자 불룩해진 비단 위로 피부

표면에 새로 솟아난 땀방울이 떨어져 길가의 먼지를 흡수하여 작고 동그란 얼룩을 만들었다.

그는 쾌활하고 전형적인 시골 성직자로 관대하고 수다스럽고 정직한 사람이었다. 사제는 여러 가지 이야기를 하고 이 지방 사람들에 대해 이야기하면서도 이 두 여자가 미사에 참석하지 않은 것을 모르고 있는 듯했다. 남작 부인은 신앙심이 모호하여 나태했으며, 잔은 종교적 의식에 싫증이 난 수도원에서 해방된 것에 너무 행복해했던 것이다.

남작이 나타났다. 그는 범신론자였기 때문에 교리에 무관심했으나 전부터 알고 있는 사제에게 친절을 베풀고 만찬에도 초대하였다.

인간의 정신을 마음대로 다룬다는 것은 가장 평범한 사람들에게도(운명의 요행에 의해 자신과 비슷한 사람들에게 권력을 행사할 수 있게 된 평범한 사람들에게도) 무의식적인 간사함을 주는 것인데, 이 사제도 이러한 간사함 덕택으로 다른 사람의 마음에 들 수 있었다.

남작 부인은 사제를 극진히 여겼다. 아마 성격이 비슷한 사람을 가까이 하는 친화력에 이끌린 듯했다. 뚱뚱한 사제의 다혈색 얼굴과 헐떡이는 숨소리는 숨이 차 헐떡이는 비대한 부인의 마음에 들었다.

디저트를 먹을 무렵에 사제는 한 잔 마신 얼큰한 기분으로, 흔히 즐거운 식사를 끝낼 무렵 그러듯이 허물 없는 태도로 능변을 토하기 시작했다.

갑자기 그가 유쾌한 생각이 머리에 떠오른 듯 외쳤다.

"그 교구에 새 신도가 생겼는데 꼭 소개하고 싶군요. 라마르 자작입니다!"

이 지방의 모든 가문을 알고 있는 남작 부인이 물었다.

"그분은 외르의 라마르 가문 출신인가요?"

사제는 머리를 숙였다.

"네, 부인. 작년에 죽은 장 드 라마르 자작의 아들입니다."

무엇보다도 귀족을 좋아하는 아델라이드 부인은 사제에게 수많은 질문을 퍼부어 다음과 같은 사실을 알았다. 부친의 빚을 갚고 청년은 가문의 성관을 팔아 에뚜방에 갖고 있는 세 농지 중 한 곳에 조그만 집을 세웠다. 재산은 연수 5, 6천 프랑이다. 그러나 자작은 검약하고 현명해서 2년이나 3년은 이 검소한 거주지에서 검소하게 살며 앞으로 사교계에 나갈 만한 재산을 모으고, 빚을 지거나 농원을 저당잡히거나 하지 않고 유리한 결혼을 하려 한다는 것이다.

사제가 덧붙였다.

"아주 마음이 좋은 분입니다. 게다가 아주 단정하고 싹싹하지요. 그런데 여기서는 별로 재미있게 지낼 데도 없는 모양입니다."

남작이 말했다.

"그분을 우리 집에 데려오시지요. 때로 그분에게도 기분풀이가 될 테니까요."

그리고 그들은 화제를 돌렸다.

모두들 객실로 들어가서 커피를 마신 후 사제는 정원을 한 바퀴 돌게 해달라고 청했다. 그에게는 식사 후에 꼭 약간의 운동을 하는 버릇이 있었다. 남작이 그와 동행했다. 그들은 성관의 하얀 현관을 따라 느린 걸음으로 왔다 갔다 하며 산책했다. 한 사람은 여위고 한 사람은 뚱뚱한 버섯 모양의 모자를 쓴 두 사람의 그림자는 달을 향하여 걸을 때는 그들의 뒤를, 달을 등지고 걸을 때는 그들의 앞을 왔다 갔다 하였다. 사제는 주머니에서 일종의 코담배를 꺼내서 씹었다. 그는 코담배의 효용을 시골 사람의 솔직한 말투로 설명했다.

"전 소화가 잘 안 돼서요. 이건 소화시키는 데 좋지요."

그리고 갑자기 밝은 달이 가로지르는 하늘을 바라보며 말했다.

"이런 경치는 언제 봐도 싫지 않군요."

그러고는 부인에게 작별 인사를 하러 안으로 다시 들어갔다.

3

그다음 일요일, 남작 부인과 잔은 그들의 사제에 대한 존경심의 미묘한 감정에 이끌려 미사에 참석했다.

그들은 미사 후 목요일 점심 식사에 사제를 초대하려고 그를 기다렸다. 사제는 키가 크고 잘생긴 젊은이와 함께 정답게 팔짱을 끼고 회의실에서 나왔다. 사제는 두 여자를 보자마자 쾌활하고 놀란 듯한 몸짓을 하며 외쳤다.

"아, 마침 잘 됐군요! 남작 부인과 잔 양, 여러분의 이웃 라마르 자작을 소개해드리겠습니다."

자작은 머리를 숙이고 전부터 두 분을 알고 싶었다고 말했다. 그리고 생활의 경험이 있는 남자답게 능란하게 이야기를 시작했다. 그는 남자들에게는 불쾌하나 여자들이 꿈꾸는 훌륭한 용모를 지녔다. 그의 갈색 곱슬머리는 빛나게 그을은 이마 위에서 물결치고 있었다. 인조 눈썹같이 보이는 두 개의 굵은 눈썹은 약간 푸른 빛을 띤 검은 눈을 깊고 부드럽게 보이게 했다.

짙고 기다란 속눈썹은 살롱에서는 거만하고 아름다운 귀부인의 마음을 설레게 하고 거리에서는 바구니를 끼고 가는 보네트를 쓴 아가씨를 뒤돌아보게 하는 정열적인 설득력을 그의 시선에 주었다.

그 눈의 나른한 매력은 사상의 심오함을 믿게 해주고 아주 사소한 말이라도 중요성을 부여해주었다.

무성하고 윤기 있고 멋있는 수염이 약간 강하게 보이는 턱을 가려주었다.

그들은 많은 인사를 나눈 뒤에 헤어졌다.

라마르 씨는 이틀 후에 첫 방문을 하기로 했다.

그는 약속한 날 아침 하인들이 거실 맞은편의 커다란 플라타너스 아래 시골풍의 의자를 놓으려 할 때 도착했다. 남작은 균형을 맞추기 위해 보리수 아래에도 의자 하나를 갖다 놓기를 원했으나, 균형에는 취미가 없는 남작 부인이 반대했다. 조언을 구하자 자작은 남작 부인의 의견에 동의하였다.

그리고 그는 이 지방에 대하여 이야기했는데 "몹시 아름답다"고 말했다. 혼자 조용히 산책하면서 많은 아름다운 '경치들'을 보았다고 했다. 때때로 그의 시선은 우연인 것처럼 잔의 시선과 부딪쳤다. 그럴 때면 그녀는 이 갑작스런 시선에서 이상한 감정을 느끼곤 급히 시선을 돌렸다. 그 시선에는 애무하는 듯한 찬사와 눈 뜨기 시작한 공감이 서려 있었다.

작년에 죽은 라마르 씨의 아버지는 남작 부인의 아버지 퀴르토 씨의 친구 중 한 사람을 잘 알고 있었다. 이런 관계가 드러나자 친척 관계, 만난 날, 교우 관계에 대해 끝없는 대화가 이어졌다. 남작 부인은 뛰어난 기억력을 발휘해서 족보의 미궁 속을 전혀 길을 잃지 않고 돌아다니며 다른 가문의 족보를 캐냈다.

"자작은 혹시 소느와 드 바르플뢰르 가문에 대하여 들으셨나요? 장남 공트랑 씨는 쿠르실가의 딸과 결혼을 했죠. 쿠르빌의 쿠르실 있잖아요? 그리고 차남은 저의 사촌의 한 사람인 로쉬 오베르 양과 결혼했는데, 그녀는 크리상즈가와 친척이지요. 그리고 또 크리상즈 씨는 우리 아버님의 친한 친구이죠. 아마 댁의 아버님도 아실 거예요."

"네, 부인. 혹시 크리상즈 씨는 망명하시지 않았던가요, 그리고 그 아들은 파산하고?"

"네, 그래요. 그는 우리 아주머니에게 아주머니의 남편 에레트리 백작이 죽은 뒤에 중매를 섰죠. 그러나 그가 코담배를 즐긴다는 이유로 아주머니는 거절했죠. 그런데 빌르와즈가가 어떻게 됐는지 아시는지요? 그 집은 1813년경에 불운을 만나자 오베르뉴에 정착하려고 투렌을 떠났었죠. 그 이후로는 그 집 소식을 듣지 못했죠."

"제가 알기로는 부인, 그 늙은 후작은 말을 타다 떨어져 죽고, 영국인과 결혼한 딸 하나와 바솔이라는 상인과 결혼한 딸이 남아 있죠. 그런데 그 상인은 부자라고 하던데요. 아마 남자가 여자를 유혹한 모양이에요."

그러자 늙은 부모들의 대화를 어렸을 때부터 많이 들어서 머릿속에 남아 있는 여러 이름이 떠올랐다. 이러한 동등한 가문들끼리의 결혼은 그들의 머릿속에는 공적인 커다란 사건 같은 중요성을 띠게 마련이다. 그들은 한 번도 본 적이 없는 사람들에 대해 아주 잘 알고 있는 것처럼 이야기했다. 다른 지방에서는 다른 사람들이 역시 그들처럼 이야기했다. 그들은 멀리서 친근하게 거의 친초처럼 느끼고 있다. 똑같은 계급에 속한다는 것과 동등한 혈통을 지니고 있다는 한 가지 사실만으로 말이다.

비사교적인데다가 자기네 사회의 신앙이나 편견과 일치되지 않는 감각을 지닌 남작은 주위의 가문에 대해 거의 모르고 있었다. 그는 자작에게 그 가문들에 대하여 물었다.

라마르 씨가 대답했다.

"아! 이 고장에서는 귀족들이 그리 많지 않습니다."

그는 마치 언덕에 토끼가 거의 없다고 단언하는 듯한 목소리로 말했다. 그러고는 자세히 설명했다. 상당히 가까운 거리 안에 귀족 집안은 단지 세 집밖에 없었다. 쿠틀리에 후작, 그는 노르망디 지방의 귀족 계급의 두목 격이다. 브리즈빌 자작 부처, 그들은 우수한 가문의 사람들이나 너무 고립된 생활을 하고 있다. 마지막으로 푸르빌르 백작, 그는 흔히 도깨비로 통하고 있으며, 자기 아내를 몹시 괴롭히고 있다고 했다. 그는 연못 위에 세운 브리에트의 성곽에서 사냥을 하며 지내고 있었다.

자기네들끼리 사귀는 몇몇 벼락부자들은 이곳저곳에 땅을 샀다. 자작은 그들에 대해 전혀 모르고 있었다.

그는 작별 인사를 했다. 그의 마지막 시선이 잔에게 멎었다. 마치 잔과 특별하고, 다른 사람보다 더 친근하고, 더 부드러운 인사를 나누는 듯했다.

남작 부인은 그가 매력적이고 특히 아주 이상적인 사람이라고 말했다. 아버지가 대답했다.

"그래, 확실히 좋은 가문에서 자란 청년이야."

그들은 그를 다음 주 만찬에 초대했다. 그 이후로는 규칙적으로 찾아오게 되었다.

그는 대부분 오후 4시경에 찾아와 '그녀의 산책길'에서 남작 부인을 만나 '그녀의 운동'에 팔을 제공해주곤 했다. 잔이 외출하지 않았을 때는 잔이 다른 쪽에서 남작 부인을 부축하여 셋이 함께 똑바른 큰 길을 한 끝에서 다른 한 끝까지 느린 걸음걸이로 끊임없이 왔다 갔다 했다. 그는 잔에게 거의 말을 걸지 않았다. 그러나 비로드처럼 까맣게 보이는 그의 눈은 사람들이 흔히 푸른 마노(瑪瑙)라고 부르는 잔의 눈과 자주 부딪쳤다.

여러 번 그들은 자작과 함께 이포르까지 내려갔었다.

어느 날 저녁 그들이 해변가에 있을 때 라스티크 영감이 그들에게로 다가왔다. 영감은 파이프를 빼지 않은 채(파이프를 물지 않은 그를 본다는 것은 마치 그의 코가 없어진 것보다 더 놀라운 일일 것이다) 말했다.

"이 정도 바람이면 내일은 에트르타까지 나가도 곧 돌아올 수 있을 겁니다."

잔은 손뼉을 치며 말했다.

"어머! 아빠, 가요, 네?"

남작은 라마르 씨 쪽으로 몸을 돌렸다.

"같이 가시겠소, 자작? 거기서 점심을 먹읍시다."

그래서 출발은 곧 결정됐다.

잔은 새벽부터 일어났다. 그녀는 느리게 옷을 입는 아버지를 기다렸다. 그리고 그들은 이슬을 밟으며 걷기 시작했다. 먼저 평원을 가로지르고 다음에 새들의 노래로 떨고 있는 숲을 지났다. 자작과 라스티크 영감은 닻줄 위에 앉아 있었다.

다른 두 뱃사공이 배의 출발을 도와주었다. 남자들이 어깨를 뱃전에 기댄 채 전력을 다해 배를 밀었다. 겨우 자갈이 깔린 평평한 바닷가로 나아갔다. 라스티크는 용골 아래 기름칠을 한 나무 롤러를 밀어넣고 다시 제자리로 돌아와서 "에야라차!" 하고 느릿느릿한 단조로운 목소리를 길게 빼며 다른 사람들의 힘을 조정하는 장단을 맞추었다.

그러나 바닷가의 경사진 곳에 이르렀을 때, 배가 갑자기 움직여 천을 찢는 듯한 커다란 소리를 내며 둥근 자갈 위를 미끄러져 갔다. 배는 잔물결이 넘실거리는 거품 위에서 갑자기 멈췄다. 모두들 배에 올라 자리를 잡았다. 그리고 육지에 남아 있던 두 뱃사공은 바다 위로 배를 밀었다.

바다에서 끊임없이 불어오는 가벼운 미풍이 수면을 가볍게 스치며 잔물결을 만들었다. 올려진 돛은 약간 둥글게 부풀었다. 그리고 배는 물결에 조용히 흔들리며 바다 위를 미끄러져 갔다.

우선 바닷가에서 멀어졌다. 수평선을 향해 태양은 대양에 녹아 들어가며 서서히 저물어가고 있었다. 육지 쪽에서는 곧고 높은 절벽이 발치에 커다란 그림자를 던지고 있었다. 햇빛 가득 찬 잔디밭의 경사가 여기저기 초승달처럼 패여 있었다. 멀리 뒤쪽으로는 갈색 돛들이 페캉의 하얀 부두에서 나오고 있었다. 그리고 멀리 앞으로는 창문처럼 구멍이 뚫린 둥글고 이상한 모양의 바위가 물결 속에 코를 박고 있는 거대한 코끼리 모양을 하고 있었다. 에트르타의 작은 문이었다.

잔은 한 손으로 뱃전을 잡고 물결의 흔들림에 약간 어지러움을 느끼며 바다 저 멀리 바라보았다. 그리고 신의 창조물 중에서 오직 세 가지만이 그녀에게는 정말로 아름답게 보였다. 빛과 공간과 물이었다.

아무도 입을 열지 않았다. 키와 닻줄을 잡고 있는 라스티크 영감은 가끔 의자 밑에 숨겨둔 술병을 꺼내 병째로 마셨다. 그리고 그루터기 같은 영원히 꺼지지 않을 듯한 파이프를 쉴 새 없이 피웠다. 파이프에서는 계속 섬유처럼 가느다랗고 푸른 연기가 새어 나왔다. 한편 그의 입술 한 귀퉁이에서도 그와 비슷한 연기가 새어 나왔다. 아무도 이 뱃사공이 흑단보다 더 까맣게 담뱃진에 물든, 흙으로 만든 담배통에 불을 붙인다든가 담배를 채운다든가 하는 걸 보지 못했다. 가끔 그는 한 손으로 파이프를 쥐고 입을 열었다. 그리고 연기가 새어 나온 그 입 안에서 갈색 침을 모아 바다에 내뱉었다.

남작은 뱃머리에 앉아서 뱃사공 대신 닻을 살피고 있었다. 잔과 자작은 나란히 앉아 있었다. 두 사람 다 약간 거북스러워하고 있었다. 어떤 알 수 없는 힘이 그들의 시선을 마주치게 했다. 마치 어떤 친화력이 그들에게 알려주듯 똑같은 순간에 그들은 눈을 들었다.

둘 사이에는 그리 못생기지 않은 남자와 아름다운 여자 사이에 재빨리 일어나는 미묘하고 막연한 애정이 흐르고 있었기 때문이다. 그들은 서로의 곁에 있는 것에 행복감을 느끼고 있었다. 아마 서로에 대해 생각하고 있었기 때문일 것이다. 태양이 솟아올랐다. 마치 자기 아래 펼쳐진 넓은 바다를 좀 더 높은 곳에서 살펴보려는 듯이. 그러나 바다는 아양을 떨려는 것처럼 엷은 안개로 몸을 둘러싸고 햇빛을 피했다. 투명하고 낮게 드리운 황금빛 안개는 아무것도 숨기지 않았으며 먼 풍경을 훨씬 부드럽게 해주었다. 태양은 불꽃을 내쏘아 이 빛나는 구름을 녹이려는 듯했다. 태양이 온 힘을 다해 내리비치자 안개는 증발하여 사라졌다. 그리고 거울처럼 미끄러운 바다는 햇빛 속에서 빛나기 시작했다.

잔은 몹시 감동하여 중얼거렸다.

"얼마나 아름다운가!"

자작이 대답했다.

"네! 정말 아름답습니다."

이 아침의 고요한 빛이 두 사람의 가슴속에 메아리 같은 것을 일깨워주었다.

그리고 갑자기 바닷속으로 걸어 들어오는 듯한 절벽의 두 다리와 비슷한 에트르타의 둥그렇고 커다란 문이 나타났다. 배가 드나들 수 있을 만큼 높은 아치였다. 그리고 뾰족하고 하얀 바위의 끝부분이 첫 아치 앞에 서 있었다.

배가 해안에 닿았다. 남작이 제일 먼저 내려 밧줄로 배를 바닷가로 끌어올리는 동안 자작은 잔의 발이 물에 젖지 않게 땅에 내려놓으려고 그녀를 두 팔에 안았다. 그리고 두 사람은 이 짧은 포옹에 흥분한 가슴으로 나란히 단단한 자갈밭을 걸어 올라갔다. 그들은 갑자기 라스티크 영감이 남작에게 말하는 소리를 들었다.

"내 생각으로는 이내 아름다운 한 쌍이 생길 것 같군요."

해변가에 있는 작은 여관에서 먹은 점심은 훌륭했다. 태양은 그들의 목소리와 생각을 마비시키고 그들을 침묵하게 했으나 식탁은 그들을 마치 소풍 나온 학생들처럼 수다스럽게 만들었다.

아주 사소한 일들까지도 그들에게 끊임없는 즐거움을 주었다.

라스티크 영감은 식탁에 자리잡고 앉아 아직도 연기가 나고 있는 파이프를 조심스럽게 베레모 안에 감췄다. 모두들 그것을 보고 웃었다. 정녕 그의 붉은 코에 끌렸음일까, 파리가 몇 번이나 날아와서 그 위에 앉으려고 했다. 영감이 파리를 잡기에는 너무 느린 동작으로 쫓아버리자 파리는 자기의 동료들이 이미 더럽혀놓은 모슬린 커튼 쪽으로 날아갔다. 그러나 파리는 다시 영감의 붉은 코 위에 날아와 앉으려고 아주 열심히 노리고 있는 듯했다.

파리가 한 번 날아올 때마다 폭소가 터져 나왔다. 이 간지럼에 지겨워진 영감이 "이놈의 파리 더럽게 고집 세군" 하고 중얼거리자 잔과 자작은 눈물이 나올 정도로 몸을 비틀며 질식할 듯이 웃어댔다. 그리고 더 웃지 않으려고 냅킨을 입에 갖다 대었다.

커피를 마시고 나서 잔이 "산책 좀 해요" 하고 말했다. 자작은 일어났다. 그러나 남작은 자갈 위에서 햇볕을 쬐는 게 더 좋다고 했다.

"둘이서 갔다 오시오. 한 시간 후에 여기서 만나지."

그들은 몇 채의 초가집들 앞을 곧바로 지나고, 이어 거대한 농원과 흡사한 작은 성관을 지나서 그들 앞에 길게 뻗쳐 있는 널따란 계곡으로 들어섰다.

바다의 동요는 그들의 기운을 쇠진하게 하고, 평소 그들의 몸 균형을 흔들리게 하였으며, 소금기 품은 대기는 그들을 시장하게 하고, 점심 식사는 그들을 멍청하게 하고, 쾌활함이 그들을 나른하게 했다. 그런 이유로 그들은 지금 들을 달리고 싶은 약간의 열망을 느끼고 있었다. 잔은 새롭고 재빠른 감각에 동요되어 귀에서 윙윙 소리가 나는 것을 들었다.

탐욕스런 태양이 그들의 머리 위로 내리비쳤다. 길가 양쪽으로 태양의 열기에 머리를 숙이고 익은 수확물들이 축 늘어져 있었다. 새싹처럼 수많은 메뚜기들이 쉰 목소리로 울고 있었다. 보리와 귀리와 언덕의 갈대 속에서 메뚜기의 가늘고 귀가 멍할 정도의 울음소리가 흘러나왔다.

그 외에는 다른 어떤 소리도 타오르는 하늘 아래서 들려오지 않았다. 푸르게 빛나는 하늘은 마치 숯불에 가까이 댄 금속처럼 갑자기 새빨개질 듯한 노란 색을 띠고 있었다.

조금 더 가서 오른쪽에 작은 숲이 눈에 띄자 그들은 그곳으로 걸어갔다.

깎아지른 듯한 비탈 사이에 햇빛이 들어오지 못할 정도로 커다란 나무들 아래 좁은 길이 나 있었다.

그곳으로 들어서자 그들은 일종의 곰팡내 나는 냉기에 휩싸였다. 그 습기는 피부에 소름을 돋게 하고 허파까지 스며들었다. 빛과 공기가 부족하여 풀들은 시들었으나 이끼가 땅을 덮고 있었다.

두 사람은 앞으로 나아갔다.

"저기 좀 앉을 수 있겠지요?"

그녀가 말했다. 두 그루의 고목이 시들어 있고, 푸른 나무들 사이로 조그만 틈이 있어 그 사이로 햇빛이 소나기처럼 쏟아져 들어와 땅을 데우고, 잔디와 민들레와 칡의 싹이 나오게 하고, 안개처럼 작고 하얀 예쁜 꽃들과 방추에 감긴 실과 흡사한 디기탈리스의 꽃들을 피웠다. 나비들, 벌들, 굵은 무늬의 말벌들, 파리의 해골과 비슷한 무지무지하게 큰 모기들, 날아다니는 수많은 곤충들, 얼룩이 있는 장밋빛 무당벌레들, 푸른 빛을 발하는 뚜껑벌레들, 뿔이 달린 검은 벌레들이 무성한 나뭇잎의 차가운 그림자 속에 움푹 패인 빛나고 따뜻한 우물 속에서 우글거리고 있었다.

그들은 머리는 그늘에 두고 다리는 햇빛에 드러낸 채 앉았다. 그러고는 한 줄기의 햇빛이 드러내는 작고 들끓는 생(生)을 바라보았다. 잔은 감동을 받아 몇 번이나 말했다.

"정말 좋군요! 시골이란 정말 좋아요! 나는 내 몸을 꽃들 속에 감출 수 있도록 벌이나 나비가 되었으면 하고 바랄 때가 있어요."

그들은 서로에 대하여 이야기했다. 서로의 비밀을 털어놓듯이 아주 작고 친근한 목소리로 자신들의 습관과 취미에 대해 이야기했다. 자작은 자신은 이미 사교계에 실망을 느꼈으며 자신의 경박한 생활이 지겹다고 말했다. 항상 똑같은 일의 반복이며 진실하고 성실한 것을 접하지 못한다고 말했다.

사교계! 잔은 사교계가 어떤 것인지 알고 싶었다. 그러나 전원보다 더 낫지 않으리라는 것은 이미 확신하고 있었다.

마음이 서로 가까워질수록 그들은 더욱더 "무슈"니 "마드무와젤"이니 하고 정중하게 서로를 불렀다. 그리고 그들의 시선은 미소를 띠며 얽혔다. 새로운 호의와 넘칠 듯한 애정과 지금까지 그들이 주의를 기울이지 않았던 수많은 일에 대한 흥미가 그들의 마음속에 스며들어오는 듯했다.

그들은 다시 돌아왔다. 그러나 남작이 절벽 끝에 매달린 동굴인 '샹브르 오 드무와젤'까지 갔기 때문에 여관에서 남작이 돌아오기를 기다렸다.

남작은 해안을 오랫동안 산책한 뒤 저녁 5시에야 나타났다.

그들은 다시 배에 올랐다. 배는 바람을 뒤로 받으며 부드럽게 나아갔다. 전혀 흔들리지도 않았고, 앞으로 나아가는 것 같지도 않았다. 미풍이 불어왔다. 미풍은 느리고 미지근한 숨결로 돛을 부풀렸다가 처지게 하여 돛대에 달라붙게 했다. 불투명한 물결은 죽은 듯했다. 그리고 타오르는 데 기진맥진한 태양은 둥그런 궤도를 따라서 부드럽게 해면으로 다가갔다.

바다에 대한 권태가 다시 그들을 침묵하게 했다.

잔이 겨우 말했다.

"전 여행을 무척 좋아해요!"

자작이 대답했다.

"네, 그러나 혼자서 여행하는 것은 쓸쓸합니다. 여행에 대한 인상을 서로 이야기하기 위해서는 적어도 두 명은 같이 가야 됩니다."

그녀는 생각했다.

"네, 그래요……. 그러나 저는 혼자서 산책하는 것을 좋아해요.

혼자서 공상할 때 얼마나 기분이 좋은지……."

자작은 잔을 오랫동안 바라보았다.

"공상도 역시 둘이서 해야 됩니다."

그녀는 시선을 내리깔았다. 이건 하나의 암시일까? 아마 그럴 것이다. 그녀는 더 멀리 바라보려는 듯이 수평선을 바라보았다. 잠시 후 느린 어조로 말했다.

"전 이탈리아에 가고 싶어요……. 그리고 그리스에도……. 아, 그래요, 그리스에……, 그리고 코르시카! 코르시카는 몹시 야성적이고 아름다울 거예요!"

자작은 산장과 호수들 때문에 스위스가 더 좋다고 했다.

잔이 말했다.

"하지만 저는 코르시카처럼 아주 새로운 지방에나 그리스같이 유서 깊고 유적물이 많은 지방을 좋아해요. 우리가 유년 시절부터 그 역사를 알고 있는 국민들의 자취를 찾아보고 위대한 업적이 이루어진 유적지를 보는 것은 기분 좋은 일일 거예요."

자작은 잔보다 덜 흥분해서 말했다.

"저는 영국이 더 좋습니다. 영국은 상당히 교육이 발달한 나라니까요."

이렇게 그들은 각 지방의 즐거움에 대해 이야기하며 극에서부터 에콰도르까지 세계를 여행했다. 그들은 상상하는 경치와 중국인이나 라포니아인 같은 몇몇 국민들의 거짓말 같은 풍습에 경탄하였다. 그러나 세계에서 가장 아름다운 지방은 온화한 기후와 선선한 여름, 따뜻한 겨울, 그리고 아름다운 전원들과 녹색 숲, 고요한 대하

(大河), 그리고 아테네의 위대한 세기 이래로 다른 어떤 지방에서도 볼 수 없었던 미술에 대한 숭배가 있는 프랑스라고 결론을 지었다.

그리고 그들은 침묵했다.

낮게 드리운 태양은 피를 흘리는 듯했다. 그리고 넓게 드리워진 빛의 줄기, 빛나는 한 줄기 햇빛이 태양의 끝에서 배의 항적까지 수면 위를 달리고 있었다.

바람의 마지막 숨결이 잦아들었다. 물결도 잔잔해졌다. 그리고 움직이지 않는 돛은 석양빛으로 빨갰다. 무한한 고요가 우주를 마비시키고, 우주 원소가 만나는 주위에 침묵을 퍼뜨리는 듯했다. 태양 아래 그 반짝이고 유동하는 배〔腹〕를 활처럼 휘듯 출렁이는 바다는 이상한 신부처럼 자신을 향해 내려오는 불의 신랑을 기다리고 있었다. 태양은 포옹의 욕망에 불타듯이 서둘러 낙조를 재촉하고 있었다. 마침내 태양과 바다가 만났다. 그리고 바다는 태양을 서서히 삼켜버렸다.

수평선에서 신선한 공기가 불어왔다. 마치 삼켜진 태양이 세상에 대하여 안정된 한숨을 내쉬는 것처럼 한 줄기 전율이 바다의 움직이는 가슴에 잔물결을 지었다.

황혼은 짧았다. 밤하늘에 수많은 별들이 나타났다. 라스티크 영감은 노를 잡았다. 바다는 인광을 발하는 듯했다. 잔과 자작은 나란히 앉아서 배 뒤로 사라져가는 움직이는 빛을 바라보았다. 그들은 멍하니 생각에 잠겨 달콤한 안락 속에서 저녁 공기를 들이마시며 거의 아무것도 생각하지 않았다. 잔이 의자 위에 한 손을 놓았기 때문에 마치 우연인 것처럼 옆사람의 손가락이 그녀의 살갗에 닿았다. 그녀는 움직이지 않았다. 놀라기도 행복하기도 했으며 너무 가벼운 이 접촉에 마음이 혼란되었다.

저녁 때 자기 방으로 돌아오자 그녀는 마음이 흔들리고 어느 것을 보아도 눈물이 나올 정도로 감동되었다. 그녀는 괘종시계를 바라보았다. 예의 작은 꿀벌이 심장처럼, 다정한 친구의 심장처럼 움직인다고 생각했다. 그리고 자신의 모든 생의 증인이 되어줄 것이며 생생하고 규칙적인 그 움직임 소리로 그녀의 즐거움과 슬픔을 동반해주리라 생각했다. 그래서 그 날개에 입맞추기 위하여 황금빛으로 도금한 날벌레를 멈추게 했다. 어디에나 키스하고 싶었다. 그녀는 옛날에 서랍 깊숙이 감춰둔 낡은 인형을 기억해냈다. 그녀는 인형을 찾아서, 사랑하는 친구를 되찾았을 때처럼 기쁜 마음으로 바라보았다. 그리고 인형을 가슴에 껴안고 분칠한 뺨과 삼실 뭉치로 만든 곱슬곱슬한 머리칼 위에 열정적인 입맞춤을 마구 퍼부었다.

그리고 그녀는 두 팔에 인형을 껴안고 생각에 빠져들었다.

정말 그는 몇천 가지 비밀의 소리로 약속된 남편일까? 이렇게 자신의 길 위에 던져진 더할 나위 없이 선량한 신의 섭리일까? 자신을 위하여 창조된 존재, 자신의 존재를 바치려는 사람이 바로 그분일까? 자신들은 숙명 지워진 두 사람일까? 서로 얽힌 애정으로 포옹하고, 굳게 엉키고, 사랑을 꽃피워야 할 두 사람일까?

그녀는 아직까지 자기 존재의 결정적인 충동과 미칠 듯한 황홀감, 자신이 애정이라고 믿고 있는 심오한 격동을 겪어보지 못했다. 그러나 자신이 그 자작을 사랑하기 시작한 듯이 느껴졌다. 왜냐하면 이따금 자작을 생각할 때마다 정신이 혼미해지는 것을 느꼈기 때문이다. 그녀는 끊임없이 자작을 생각하고 있었다. 그녀는 자작 옆에 있으면 가슴이 두근거렸다. 자작과 시선을 마주치면 얼굴이 창백해졌다가 새빨개졌다 했으며 그의 목소리를 들으면 전율을 느꼈다.

그녀는 그날 밤 잠시 동안밖에 자지 못했다.

그런데 날이 갈수록 사랑하고 싶다는 혼란한 욕망이 더욱더 가슴속에 스며들었다. 그녀는 끊임없이 자신에게 물어보거나 양귀비 꽃과 구름 또는 돈을 공중에 던져 점쳐보기도 했다.

그러던 어느 날 저녁 아버지가 그녀에게 말했다.

"내일 아침에는 아름답게 꾸며라."

그녀가 물었다.

"왜요, 아빠?"

아버지가 대답했다.

"그건 비밀이야."

다음 날 밝고 생기 있게 화장하고 아래층으로 내려간 그녀는 살롱의 테이블이 봉봉 상자로 덮이고 의자 위에 커다란 꽃다발이 놓여 있는 것을 보았다.

마차가 뜰 안으로 들어왔다. 마차 위에는 이렇게 쓰여 있었다. "페캉의 제과점, 르라 결혼 피로연의 식사" 뤼디빈이 요리사의 도움을 받아 마차 뒤에 달린 들창에서 좋은 냄새를 풍기는 수많은 커다란 바구니를 꺼내고 있었다.

라마르 자작이 나타났다. 바지는 꼿꼿이 줄이 서 있고 바지 아래로 발이 작다는 것이 뚜렷이 드러나는 귀여운 에나멜 장화가 보였다. 몸에 꼭 맞는 긴 프록코트는 배 위의 초승달처럼 앞가슴 패인 자리에 가슴 장식의 레이스를 드러내고 있었다. 몇 번씩 감은 날씬한 넥타이가 고상한 품위를 나타내는 그의 아름다운 갈색머리를 꼿꼿이 쳐들게 하고 있었다. 그는 평소와 다른 모습을 하고 있었다. 이러한 단장은 얼굴에 저명인사 같은 기품을 풍기게 했다. 잔은 자신이 지금까지 한 번도 본 적이 없는 사람을 보듯 멍하니 그를 바라보았다. 그녀는 그가 머리끝에서 발끝까지 더할 나위 없는 귀족, 대영주라고 생각했다.

자작은 미소를 띠며 머리를 끄덕였다.

"그런데 대모님 준비는 되셨나요?"

잔은 더듬거렸다.

"뭐요? 아니 무슨 일이죠?"

"곧 알게 될 거야."

남작이 대답했다.

말을 단 마차가 다가왔다. 아델라이드 부인이 로잘리의 부축을 받으며 방에서 내려왔다. 로잘리는 라마르 씨의 우아한 자태에 몹시 감동한 듯 보였다. 남작이 자작에게 속삭였다.

"어떻소, 자작, 우리 집 하녀가 당신이 무척 마음에 든 모양이오."

자작은 귀까지 빨개졌다. 그러나 이내 아무 말도 못 들은 체하고 커다란 꽃다발을 들어 잔에게 주었다. 그녀는 더욱더 놀라며 꽃다발을 받았다. 그들 네 사람은 마차에 올랐다. 부엌의 하녀 뤼디빈이 남작 부인에게 기운을 차리도록 찬 수프를 가져다 주며 말했다.

"마님, 정말, 결혼식을 올리는 것 같군요."

이포르로 들어서자 마차에서 내려서 걸었다. 그들이 마을을 가로질러 가자, 깨끗이 빨았지만 구겨진 자국이 보이는 헌옷을 입은 뱃사공들이 집에서 나와 인사를 하고 남작의 손을 잡고 행렬의 뒤를 따라 걷기 시작했다.

자작은 잔에게 팔을 빌려주고 그녀와 함께 행렬의 선두에서 걸었다.

교회 앞에 이르자 그들은 걸음을 멈추었다. 은으로 만든 커다란 십자가가 나타났다. 성가대원인 한 소년이 맨 앞에서 십자가를 똑바로 들고 있었으며 성수채를 적시는 성수 단지를 든 빨갛고 하얀 옷을 입은 다른 소년이 뒤따랐다.

이어 세 사람의 늙은 성가대원이 지나갔는데, 그중 한 사람은 다리를 절었다. 그리고 악사, 그다음에는 불룩 나온 배 위에 접어 놓은 영대(領帶)를 떠받드는 것처럼 든 사제가 나타났다. 그는 미소 띤 얼굴로 머리를 끄덕이며 인사를 했다. 그리고 눈을 반쯤 감고 입술을 달싹이며 기도문을 외고 모자를 코까지 내려 쓴 채 백의의 참모들을 따라 바다 쪽으로 걸어갔다.

해변가에는 화환으로 장식한 새 배 주위에 한 무리의 군중이 모여 기다리고 있었다. 배의 돛대와 밧줄은 미풍에 휘날리는 기다란 리본으로 덮여 있었으며, 배 뒤쪽으로 "잔"이라고 쓴 황금빛 글자가 보였다.

남작의 돈으로 만든 이 배의 선장인 라스티크 영감이 행렬의 선두로 나섰다. 남자들은 모두 약속이나 한 듯 똑같이 모자를 벗었다.

어깨에서부터 늘어진 커다란 주름이 잡힌 검은 망토를 입고 벼락 신자가 된 부인들이 일렬로 서 있다가 십자가를 보자 성호를 그리며 무릎을 꿇고 앉았다.

사제는 성가대의 두 소년 사이에 끼어서 배의 한 끝으로 걸어갔다. 한편 배의 다른 쪽 끝에서는 백의에 어울리지 않는 세 늙은 가수가 수염이 더부룩한 턱으로 근엄한 표정을 지으며 악보 위에 눈을 던지고 맑은 아침 하늘에 입을 크게 벌리고 음정이 틀리는 노래를 불렀다.

그들이 숨을 돌릴 때마다 악사는 혼자서 윙윙거리는 소리를 계속 냈다. 악기를 불려고 양쪽 뺨에 바람을 가득 넣어 볼을 부풀릴 때 악사의 작은 회색 눈은 뺨 속으로 사라졌다. 이마의 피부까지도 그리고 목의 피부까지도 살에서 떨어져 나간 듯했다. 그토록 그는 나팔을 불 때 온몸을 부풀리고 있었다.

움직이지 않는 투명한 바다는 고요히 자기의 작은 배의 세례식에 참가하고 있는 듯이 보였다. 거의 파도가 일지 않았으며 손가락 크기만 한 높이의 작은 물결이 자갈에 부딪치는 아주 미미한 갈갈거리는 소리만 날 뿐이었다. 커다랗고 하얀 갈매기들이 날개를 활짝 펴고 푸른 하늘에 곡선을 그리며 날았다. 그리고 멀리 사라졌다가 군중들이 거기서 무엇을 하는지 보려는 것처럼 무릎 꿇고 있는 사람들 위로 둥근 원을 그리며 날았다.

그러나 5분쯤 지나자 아멘을 외친 뒤 노래는 끝났다. 그리고 사제는 끈적끈적한 목소리로 몇 마디 라틴어를 중얼거렸으나 사람들은 단지 똑똑히 울리는 끝마디밖에 분간할 수 없었다.

이어서 사제는 배의 주위를 돌며 성수를 뿌렸다. 그리고 뱃전을 따라 움직이지 않고, 손에 손을 잡고 있는 대부모(代父母)의 정면에 서서 기도 문구를 중얼거리기 시작했다.

젊은이는 아름다운 청년다운 근엄한 얼굴을 하고 있었으나 젊은 아가씨는 갑작스런 감동에 숨이 막히고 까무러칠 것 같아 이가 딱딱 부딪칠 정도로 몸을 떨기 시작했다. 얼마 전부터 그녀를 사로잡던 꿈이 갑자기 일종의 환각 속에서 현실의 모습을 띠고 나타난 것이었다. 사람들은 결혼 이야기를 하였다. 사제는 여기서 축복을 하고 있다. 그리고 몇몇 남자들이 찬미가를 부르고 있다. 자신은 결혼을 하고 있는 게 아닐까?

그녀의 손가락이 신경질적으로 떨렸던 것일까? 마음의 고민이 정맥을 따라 옆의 남자에게까지 전해진 것일까? 그는 이해한 것일까? 그는 짐작했을까? 그도 역시 그녀처럼 일종의 사랑의 도취에 잠겨 있었던 것일까? 아니면 단지 경험에 의해서 어떤 여자도 그에게 저항하지 않는다는 것을 알고 있었던 것일까? 그녀는 갑자기 그가 자기 손을 잡는 것을 깨달았다. 처음에는 부드럽게, 이어서 더 세게, 더욱 세게 손이 으스러지도록 잡는 것이었다. 그리고 안색 하나 변하지 않고 다른 사람이 눈치 채지 않도록 말했다. 그렇다, 정말로 그는 분명한 목소리로 말했다.

"아! 잔, 당신이 원하신다면 이건 우리의 약혼식이 되는 겁니다."

그녀는 마치 "네"라고 대답하듯 천천히 머리를 끄덕였다. 그러자 아직도 성수를 뿌리고 있던 사제가 그들의 손가락 위에도 성수를 몇 방울 뿌려주었다.

식이 끝났다. 부인들이 일어섰다. 돌아갈 때는 모두 뿔뿔이 흩어져서 갔다. 성가대 소년의 손 안에 있는 십자가는 그 권위를 잃고 있었다. 좌우로 흔들리며 또는 앞으로 쓰러질 듯 빨리 달리는 것이었다. 사제는 기도를 그만두고 그 뒤를 뛰는 듯이 걸었다. 성가대원들과 악사는 빨리 옷을 갈아입기 위해 지름길로 사라졌다. 뱃사공들은 떼를 지어 걸음을 서둘렀다. 음식 냄새 같은 것을 연상시키는 생각이 그들의 머릿속에 떠올라 그들의 발걸음을 내딛게 하고, 입에 침이 괴게 하고, 뱃속까지 내려가 창자가 노래 부르게 하는 것이었다.

맛있는 점심이 레 푀플에서 그들을 기다리고 있었다.

커다란 식탁이 뜰의 사과나무 아래 준비되어 있었다. 육십 명의 사람들이 그곳에 자리잡고 있었다. 뱃사공들과 농부들이었다. 남작 부인이 식탁 중앙에 앉았으며, 그녀 양쪽에는 두 명의 사제, 이포르와 레 푀플의 사제가 앉아 있었다. 부인의 맞은편에 남작이 앉아 있었는데, 촌장과 촌장 부인이 그의 양쪽에 앉아 있었다. 촌장 부인은 이미 노경에 접어든, 몸이 마른 시골 여자로 여기저기에 인사를 하고 있었다. 그녀는 야윈 얼굴에 노르망디 식의 커다란 모자를 쓰고 있었으며 항상 놀란 듯한 커다란 눈에 하얀 암탉의 머리 같은 모습을 하고 있었다. 그리고 마치 코로 접시를 쪼듯 재빨리 음식을 집어먹었다.

잔은 대부 옆에 앉아 행복 속에서 여행하고 있었다. 그녀는 거의 아무것도 보이지 않았으며 무엇이 무엇인지 알지 못했다. 그녀는 기쁨으로 머리가 흐릿한 채 아무 말 없이 앉아 있었다.

그녀가 그에게 물었다.

"이름이 무엇이지요?"

그가 대답했다.

"줄리앙입니다. 모르고 계셨나요?"

그러나 그녀는 이런 생각에 잠겨 아무 대답도 하지 않았다. '이 이름을 얼마나 자주 부르게 될 것인가!'

식사가 끝나자 앞뜰은 뱃사공들에게 맡기고 사람들은 성관의 뒤쪽으로 자리를 옮겼다. 남작 부인은 두 사제의 호위를 받으며 남자에게 몸을 기댄 채 자신의 운동을 시작했다. 잔과 줄리앙은 수풀 쪽으로 걸어가서 풀이 우거진 작은 길로 들어섰다. 갑자기 그가 그녀의 손을 잡았다.

"대답해주시오, 제 아내가 돼주시겠습니까?"

그녀는 다시 고개를 숙였다. 그가 더듬거리며 "제발, 대답해주십시오!" 하고 말했을 때 그녀는 부드럽게 그를 향해 눈을 들었다. 그는 그녀의 시선에서 대답을 읽었다.

4

어느 날 아침, 남작은 잔이 잠자리에서 일어나기 전에 그녀의 방으로 들어와 침대 발치에 앉으면서 이렇게 말했다.

"라마르 자작이 우리에게 너를 달라고 하더구나."

그녀는 시트 밑으로 얼굴을 감추고 싶었다.

아버지가 말했다.

"곧 대답드리겠다고 말해뒀다."

그녀는 감동에 짓눌려 헐떡였다. 잠시 후 남작이 미소 지으며 덧붙였다.

"우리는 네게 이야기하지 않고는 아무것도 하고 싶지 않았다. 너의 어머니와 나는 이 결혼에 반대하지 않는다. 그러나 네게 강요할 생각은 없어. 너는 자작보다 훨씬 부유하다. 하지만 인생의 행복에 관한 문제에서 돈 같은 것에 구애받을 필요는 없지. 그는 부모도 없다. 그러니 만약 자작과 결혼한다면 우리 집안에 아들이 하나 들어오는 셈이고, 반대로 다른 사람과 결혼한다면 우리 딸인 네가 다른 집안에 가는 셈이 될 것이다. 자작은 우리 맘에 든다. 네 마음에도 들는지……, 넌 어떠냐?"

그녀는 머리 끝까지 새빨개져서 더듬거리며 말했다.

"저도 좋아요, 아빠."

그러나 남작은 딸의 눈을 들여다보고 여전히 미소 지으며 중얼거렸다.

"나도 그러리라 짐작하고 있었지, 아가씨."

그녀는 저녁 때까지 취한 듯이 지냈다. 자신이 무얼 하는지도 모르고 기계적으로 이것을 집는다는 게 저것을 집고 걷지도 않았는데 다리는 피로로 흐늘거렸다.

6시경 그녀가 플라타너스 아래서 어머니와 함께 앉아 있을 때 자작이 나타났다.

잔의 가슴은 미친 듯 뛰기 시작했다. 젊은이는 아무렇지도 않은 듯이 앞으로 다가왔다. 가까이 왔을 때 그는 남작 부인의 손을 잡고 입을 맞춘 뒤 아가씨의 떨리는 손을 들어 입술에 대고 부드럽고 감사에 찬 오랜 입맞춤을 했다.

이렇게 해서 빛나는 약혼 시절이 시작되었다. 그들 두 사람은 거실의 한 구석 또는 황무지 앞에 있는 수풀 깊숙이 비탈 위에 앉아서 이야기를 나누었다. 가끔 두 사람은 어머니의 가로수 길을 거닐었다. 그는 미래에 대해 이야기하고 그녀는 남작 부인의 먼지 나는 발자국 위에 눈을 내리깔고 이야기를 들었다.

일단 결혼하기로 결정되자 모두들 빨리 서두르고 싶어 했다. 그래서 결혼식은 6주 후인 8월 15일에 하기로 일치되었다. 그리고 신혼 부부는 곧 신혼 여행을 떠나기로 하였다. 가보고 싶은 나라가 어디냐는 질문을 받은 잔은 코르시카로 결정했다. 코르시카에서는 이탈리아의 도시에서보다 더욱 단둘이 있을 수 있기 때문이었다.

두 사람은 너무 초조해하지 않고 그들이 결합될 날짜를 기다렸다. 그러나 아무 의미도 없는 포옹의 그윽한 매력을 맛보면서 달콤한 애정에 둘러싸이고 그 속에 잠겨 있었다. 손가락을 마주 잡고 서로의 영혼을 섞어버릴 듯한 오랜 열정적인 시선을 나누며 커다란 포옹의 막연한 욕망에 몸부림치면서.

결혼식에는 남작 부인의 동생인 리종 이모를 제외하고는 아무도 초대하지 않기로 했다. 리종 이모는 베르사이유의 어느 수도원에서 기숙생으로 살고 있었다.

아버지가 돌아가신 뒤, 남작 부인은 그녀를 자기가 함께 데리고 있고 싶어 했다. 그러나 노처녀는 자신은 누구에게나 폐를 끼치고 쓸모없는 귀찮은 존재라는 관념에 사로잡혀 쓸쓸하고 고립된 사람들에게 방을 빌려주는 한 수도원에서 은둔 생활을 하였다.

그녀는 때때로 와서 한두 달 동안 가족과 함께 지냈다.

거의 말이 없고 자태를 나타내지 않는, 몸집이 자그마한 리종 이모는 단지 식사 때만 나타나서 식사를 끝내면 이내 끊임없이 자신을 가두고 있는 방으로 올라가버렸다.

그녀는 이제 겨우 마흔두 살밖에 안 됐는데도 늙어 보이는 선량한 모습에 부드럽고 슬퍼 보이는 눈을 하고 있었다. 한 번도 식구들과 어울리지 않았다. 아주 어렸을 때도 예쁘지도, 소란을 피우지도 않았었기 때문에 사람들은 그녀를 거의 안아주지 않았다. 그리고 한구석에서 말없이 가만히 있었다. 그 이후로 그녀는 언제나 무시된 생활을 했다. 아가씨가 되어도 아무도 그녀에게 관심을 기울이지 않았다. 마치 그림자 같은 것, 혹은 낯익은 물건, 또는 매일 보아 습관이 된 살아 있는, 그러나 아무도 주의를 기울이지 않는 가구와 같았다.

그녀의 언니는 아버지 집에 살 때부터 든 습관으로 동생을 사소한, 아주 무의미한 존재로 여겼다. 일종의 멸시하는 듯한 호의를 품고 거리낌없이 대했다. 그녀는 리즈라고 불렸으며 이 맵시 있고 젊은 이름에 거북스러워하는 듯했다. 사람들은 그녀에게서 결혼하지 않고 또 결혼하지 않은 듯한 눈치를 채자 리즈를 리종이라고 불렀다. 잔이 태어난 이후로 그녀는 "리종 이모"가 되었다. 그녀는 검소한 친척으로 깨끗하고 매우 수줍음을 잘 탔다. 언니나 형부에게까지 그러했다. 그러나 형부는 무관심한 애정, 무의식적인 연민, 타고난 호의로 그녀를 사랑하고 있었다.

가끔 남작 부인은 옛날 자신의 젊은 시절에 대해 이야기할 때 날짜를 명확하게 할 필요가 있을 때면 이렇게 말했다.

"리종이 무분별하던 때였지요."

그 이상은 말하지 않았다. 그래서 이 '무분별'은 안개에 싸인 채 남아 있었다.

어느 날 저녁, 리즈는 그때 스무 살이었는데 물에 몸을 던졌다. 그러나 아무도 그 이유를 알지 못했다. 그녀의 인생에서나 행동에서

나 이 광기를 예감하게 할 만한 것은 아무것도 없었다. 사람들은 반쯤 죽은 그녀를 끌어냈다. 부모님은 이 행동의 기이한 원인을 밝히는 대신 분개해서 두 팔을 들고 마치 '꼬꼬'라는 말〔馬〕의 재난에 대해서 이야기하는 것처럼 '무분별'이니 어쩌니 하는 것만으로 만족하였다. 이 꼬꼬라는 말은 투신 사고 직전에 바퀴자국에 다리가 빠져서 부러졌기 때문에 어쩔 수 없이 도살해버렸다.

 그 이후로 리즈는 곧 리종이 되었으며, 아주 연약한 정신을 가진 사람으로 간주되었다. 가까운 친척들에게 불러일으키는 부드러운 멸시는 그녀를 둘러싸고 있는 모든 사람의 가슴에도 스며들었다. 꼬마 잔까지도 어린애의 짐작에서 이모에게 주의를 기울이지 않았으며, 잘 때 키스하러 가지도 않았고, 결코 이모 방에는 들어가지 않았다. 하녀 로잘리는 이 방에 필요한 잔일을 시중 들었는데, 오직 그녀만이 그 방이 어디 있는지 알고 있는 듯싶었다.

 리종 이모가 점심을 먹으러 식당에 들어올 때마다 이 '꼬마'는 습관적으로 이모 옆에 가서 이마를 내밀었다. 그저 그뿐이었다.

 누군가가 그녀에게 이야기가 하고 싶으면 하녀를 부르러 보냈다. 그리고 그녀가 없어도 주의를 기울이지 않았다. 그녀에 대해 생각하지 않았으며 "왠지 오늘 아침에는 리종이 보이지 않는군" 하고 걱정한다든가 물어볼 생각을 하지 않았다.

 그녀는 자리를 잡지 않았다. 자신의 근친들에게까지도 탐험되지 않은 미지의 것으로 남아서 죽어도 집 안에 조그만 구멍도 틈도 남기지 않을 그러한 사람 중의 하나였다. 존재 속에도, 습관 속에도, 자신의 가까이에서 살고 있는 사람들의 사랑 속에도 들어갈 수 없는 사람 중의 하나였다.

"리종 이모"라는 말을 할 때 이 두 어절은 말하자면, 다른 사람들의 정신에 어떤 애정도 일깨우지 못했다. 마치 "커피 포트"나 "설탕 그릇"이라고 부르는 것과 같았다.

그녀는 항상 소리 없는 종종걸음으로 걸었다. 결코 소리 내지 않았으며 부딪치지도 않았다. 결코 소리 내지 않는다는 특성을 물건들에까지 전달하려는 것처럼 보였다. 그녀의 손은 일종의 솜으로 만들어졌나 싶을 만큼 자신이 만지는 모든 것을 가볍고 섬세하게 다루었다.

그녀는 결혼이라는 생각에 온통 흥분해서 7월 중순경에 도착했다. 그녀는 많은 선물을 가지고 왔으나 그녀가 가지고 온 것이라 아무도 거들떠보지 않은 채로 있었다.

그녀가 온 다음 날부터 사람들은 그녀가 그곳에 있다는 것에 주의하지 않았다.

그러나 그녀의 마음속에는 이상한 감동이 물결쳤으며, 그녀의 시선은 두 약혼자에게서 떠날 줄을 몰랐다. 이상스러울 만큼 정력을 기울여 결혼 준비에 열중했다. 아무도 찾아오지 않는 자기 방에서 일개 침모처럼 일을 하면서 열정적인 활동력을 발휘했다.

그녀는 자신이 손수 가장자리를 감친 손수건이나 글자를 수놓은 냅킨을 남작 부인에게 보여줄 때마다 이렇게 물었다.

"이만하면 됐나요, 아델라이드?"

그러면 부인은 무심히 보면서 대답했다.

"그렇게 너무 걱정하지 마라, 리종."

어느 날 밤, 월말께 무더운 하루가 지난 후 맑고 훈훈한 밤이 되어 달이 떠올랐다. 영혼의 비밀스런 모든 시를 깨우려는 듯이 마음을 혼란스럽게 하고 부드럽게 하고 흥분시키는 그러한 밤이었다. 들에서 불어오는 부드러운 바람이 조용한 거실 안으로 흘러 들어왔다. 남작 부인과 남작은 램프의 갓이 테이블 위에 그리는 둥근 빛무리 속에서 느긋하게 카드놀이를 즐기고 있었다. 리종 이모는 그들 사이에 앉아 뜨개질을 하고 있었다. 두 젊은이는 열린 창문에 팔꿈치를 괴고 달빛에 가득 찬 정원을 바라보고 있었다.

보리수와 플라타너스가 자신의 그림자를 넓은 잔디밭 위에 던지고 있었다. 그 잔디밭은 거기서부터 창백하게 빛나면서 새까만 관목 숲까지 뻗쳐 있었다.

이 밤의 부드러운 매혹과 덤불과 나무들의 안개 낀 듯한 조명에 어쩔 수 없이 이끌려 잔은 부모님 쪽으로 몸을 돌렸다.

"아빠, 우리는 성관 앞 잔디밭을 한 바퀴 돌고 오겠어요."

남작은 카드놀이에 열중한 채 "갔다 와라" 하고 말하고 놀이를 계속했다.

그들은 집에서 나와 하얗게 잔디밭 위를 안쪽의 조그만 숲까지 느린 걸음으로 걷기 시작했다.

시간이 지나도 그들은 돌아갈 생각을 하지 않았다.

남작 부인은 피곤해져 방으로 올라가고 싶어했다.

"두 연인을 불러와야지."

부인이 말했다. 남작은 빛나는 넓은 정원을 흘끗 바라보았다. 정원에는 두 그림자가 부드럽게 아른거리고 있었다.

"그냥 내버려 둬."

남작이 대답했다.

"밖은 정말 좋으니까! 리종이 기다리겠지. 그렇지, 리종?"

노처녀는 불안에 찬 눈을 들어 수줍어하는 목소리로 대답했다.

"네, 제가 기다리겠어요."

남작은 부인을 일으켰다. 그리고 그 자신도 낮의 무더위에 지쳐서 "나도 자러 가겠소" 하고 말했다. 그는 부인과 함께 나갔다.

그러자 리종 이모도 자리에서 일어나 안락의자 팔걸이에 짜다만 털실과 대바늘을 놓고 창문으로 가서 팔꿈치를 괴고 아름다운 밤을 내다보았다.

두 약혼자는 잔디밭을 가로질러 관목 숲에서 계단까지, 계단에서 관목 숲까지 끊임없이 왔다 갔다 했다. 그들은 서로 손을 꼭 쥐고서는, 마치 자기 자신에게서 빠져나와 대지가 발산하는 눈에 보이는 시에 얽혀 들어간 듯 아무 말도 하지 않았다.

잔은 갑자기 램프의 빛이 유리창에 그린 노처녀의 그림자를 보았다.

"어머, 리종 이모가 우리를 바라보고 있어요" 하고 잔이 말했다.

자작은 머리를 들었다. 그리고 무심히 이야기하는 무관심한 목소리로 말했다.

"네, 리종 이모가 우리를 바라보고 있군요."

그리고 두 사람은 다시 꿈에 잠겨 느리게 걸으며 사랑을 계속했다.

그러나 이슬이 잔디 위에 내렸다. 그들은 냉기로 몸을 떨었다.

"이제 돌아가요."

그녀가 말했다.

그들은 다시 돌아왔다.

그들이 방으로 들어갔을 때 리종 이모는 다시 뜨개질을 하고 있었다. 그녀는 일감 위에 얼굴을 숙이고 있었다. 그녀의 마른 손가락이 몹시 일에 지친 듯 약간 떨리고 있었다.

잔은 그녀에게로 다가갔다.

"이모, 이젠 가서 주무세요."

노처녀는 눈을 돌렸다. 울었는지 두 눈이 빨갰다. 사랑에 취했을 때의 두 연인은 미처 알지 못했으나 젊은이가 갑자기 잔의 고운 구두가 온통 이슬에 젖어 있는 것을 발견했다. 그는 근심스러워하는 얼굴로 부드럽게 그녀에게 물었다.

"당신의 그 작고 예쁜 발이 시리지 않아요?"

그러자 갑자기 이모의 손가락이 전율로 흔들렸다. 너무 흔들려 일감이 아래로 떨어졌다. 털실 뭉치가 마룻바닥 위로 굴렀다. 그러자 갑자기 두 손으로 얼굴을 가리고 그녀는 발작적으로 울음을 터뜨리며 흐느끼기 시작했다.

두 약혼자는 멍하니 움직이지 않고 그녀를 바라보았다. 갑자기 잔이 무릎을 꿇고 그녀의 두 손을 얼굴에서 떼어내고 당황한 목소리로 거듭 물었다.

"아니, 왜 그래요, 왜 그래요, 리종 이모?"

그때 그 불쌍한 여인은 슬픔으로 몸을 떨며 눈물에 잠긴 목소리로 더듬거리며 대답했다.

"저분이 너한테 물었을 때…… 시리지 않느냐고 그…… 그…… 그 당신의 작고 아름다운 발이? 아무도 내게 그런 말을 해주지 않았어…… 내게…… 한 번도…… 한 번도…….”

잔은 놀랍고 이모가 측은한 생각도 들었으나 리종에게 상냥스런 말을 해주는 연인을 생각하자 웃음이 나오려 했다. 자작도 웃음을 감추기 위해 뒤로 돌아섰다.

그러나 이모가 갑자기 일어나 털실 뭉치는 마룻바닥에, 바늘은 안락의자 위에 남겨둔 채 램프도 들지 않고 어두운 층계로 도망치듯 나갔다. 그녀는 더듬거리며 자기 방을 찾았다.

두 사람만이 남자 두 연인들은 즐겁고 마음이 부드러워져서 서로 바라보았다. 잔이 중얼거렸다.

“가엾은 이모……!”

줄리앙이 대답했다.

“오늘 밤 약간 이상해지신 모양이에요.”

그들은 헤어질 결심이 서지 않는 듯 서로 손을 잡고 있었다. 그리고 그들은 자연스럽게, 정말 자연스럽게 리종 이모가 막 일어나 나가버린 빈 의자 앞에서 첫키스를 나눴다. 다음 날 그들은 이미 노처녀의 눈물에 대해서 생각하지 않았다.

결혼 전 2주일 동안 잔은 마치 부드러운 감정에 지친 것처럼 몹시 조용했으며 말이 없었다.

운명이 결정되는 날의 오전 동안에도 조용히 생각할 시간이 없었다. 그녀는 마치 피부 아래 살과 피와 뼈가 함께 녹은 것처럼 온몸에 커다란 공허감을 느꼈다. 그리곤 물건을 만지는 자기의 손가락이 몹시 떨리고 있는 것을 알았다.

결혼식 동안에 교회의 내당에서야 비로소 그녀는 자기 자신을 되찾았다.

결혼한 것이다! 이렇게 그녀는 결혼하였다! 새벽 이후로 이루어진 사건, 움직임, 사물의 연속이 그녀에게는 하나의 꿈, 정말 하나의 꿈으로 보였다. 우리들 주위의 모든 사물이 달라져 보이는 순간이었다. 몸짓들까지도 새로운 의미를 띠었다. 시간까지도 보통 때와 다른 것 같았다.

그녀는 얼떨떨했고 특히 놀라운 기분이었다. 어제만 해도 자신의 생각 속에서 전혀 변화되지 않고 있었다. 오직 그녀 인생의 끊임없는 희망이 더 가까이 왔고 거의 명백해졌을 뿐이다. 그녀는 처녀로서 잠들었다. 그러나 이제 그는 다른 사람의 아내가 되었다.

이렇게 그녀는 자신의 기쁨과 꿈꾸어왔던 행복과 함께 미래를 감추어왔던 것처럼 보였던 이 울타리를 넘었던 것이다. 그녀는 마치 그녀 앞에 하나의 문이 열려 있는 것 같은 기분을 느꼈다. 그녀는 "기대하고 있었던 것" 속으로 들어가려 하고 있었다.

결혼식이 끝났다. 모두들 거의 텅 빈 제의실로 들어갔다. 아무도 식에 초대하지 않았기 때문이었다. 그리고 그들은 다시 나왔다.

그들이 교회 문턱으로 나오자 무서운 폭음이 신부를 펄쩍 뛰게 했고 남작 부인을 놀라 큰 소리 치게 했다. 농부들이 발사한 축포 소리였다. 레 푀플로 갈 때까지 폭음이 그치지 않았다.

집안 식구들과 성관의 사제와 이포르의 사제, 촌장 그리고 주위의 대농가 중에서 선발된 입회인들을 위한 간소한 식사가 나왔다.

그리고 점심을 기다리기 위하여 사람들은 정원 안을 한 바퀴 돌았다. 남작, 남작 부인, 리종 이모, 촌장과 피코 사제는 어머니의 가로수 길을 걷기 시작했다. 한편 건너편 가로수 길을 다른 사제가 느린 걸음으로 걸으며 기도서를 읽고 있었다.

성관 다른 쪽인 사과나무 아래서 능금주를 마시고 있는 농부들이 쾌활하고 소란스럽게 떠드는 소리가 들려왔다. 나들이옷을 입은 그 지방 사람들이 뜰을 가득 메웠다. 젊은 남녀가 술래잡기를 하고 있었다.

잔과 줄리앙은 관목 숲을 가로질러 경사진 언덕을 올라갔다.

두 사람 다 말없이 바다를 바라보았다. 8월 중순인데도 약간 선선했다. 북풍이 불고 커다란 태양이 새파란 하늘에 사정 없이 내리비치고 있었다.

두 젊은이는 그늘을 찾기 위해서 오른쪽으로 돌아서 들을 가로질러 이포르 쪽으로 내려가는 숲이 많은 구불구불한 계곡으로 접어들었다. 그들이 덤불 숲에 이르자 바람 한 점 스쳐 지나가지 않았다. 그들은 그곳을 떠나 낙엽 속에 파묻힌 좁은 길로 들어섰다. 나란히 서서 겨우 걸어갈 수 있었다. 그때 그녀는 자신의 허리를 느리게 미끄러져 들어오는 팔의 감촉을 느꼈다.

그녀는 숨이 가쁘고 가슴이 뛰고 목에 메어서 아무 말도 하지 않았다. 낮게 드리워진 가지들이 그들의 머리를 애무하였다. 그들은 길을 지나가기 위하여 가끔 허리를 구부렸다. 그녀는 나뭇잎을 뜯었다. 두 마리의 뚜껑벌레가 가냘픈 빨간 조개껍질처럼 나뭇잎 뒤에 웅크리고 있었다.

그러자 그녀는 순진하고 다소 안심해서 말했다.

"아, 이건 부부군요."

줄리앙이 그녀의 귀에 입을 대었다.

"오늘 밤 당신은 내 아내가 되는 거요."

들에서 지내는 동안에 많은 것을 배웠으나 그녀는 여전히 사랑의 시만 꿈꾸고 있어서 그의 말을 듣자 놀랐다. 그의 아내? 이미 그의 아내가 되지 않았는가?

그때 그가 그녀의 관자놀이와 밑머리가 곱슬거리는 목 위에 재빨리 짧은 키스를 하며 그녀를 애무하기 시작했다. 그녀는 익숙하지 않은 남자의 이러한 키스에 닥칠 때마다 겁이 나서 본능적으로 머리를 다른 쪽으로 돌렸다. 그러나 이 키스는 그녀를 황홀하게 해주었다.

두 사람은 갑자기 숲 기슭으로 나왔다. 그녀는 이렇게 멀리 온 데 당황해하며 걸음을 멈췄다. 다른 사람들이 뭐라고 생각할까?

"돌아가요."

그녀가 말했다.

그는 그녀의 허리를 감았던 팔을 풀었다. 두 사람 다 몸을 돌리자 서로 얼굴을 마주보게 되었다. 그들은 얼굴 위에서 그들의 숨결을 느낄 정도로 가까이 있었다. 그들은 서로 마주보았다. 그들은 두 영혼이 얽힐 듯한, 고정적이고 날카롭고 꿰뚫을 듯한 시선으로 바라보았다. 그들은 서로의 눈에서, 그들의 눈 뒤에서, 그리고 존재의 꿰뚫을 수 없는 미지 속에서 서로를 찾았다. 말없고 집요한 질문 속에서 서로의 심증을 살폈다. 그들은 서로서로 어떻게 될 것인가? 그들이 함께 시작한 이 생활은 어떻게 될 것인가? 결혼의 풀리지 않는 이 오랜 대담에서 기쁨, 행복, 환멸을 서로 간직하고 있을 것인가? 그러자 그들은 지금까지 서로 보지 못한 타인 같은 느낌이 들었다.

갑자기 줄리앙은 아내의 어깨 위에 두 손을 놓고 입술을 짓눌러 그녀가 한 번도 받아보지 못한 격렬한 키스를 했다. 그 키스는 아래로 내려가서 정맥과 골수까지 뚫고 들어갔다. 이상한 동요를 받은 그녀는 두 팔로 미친 듯 줄리앙을 밀어 하마터면 뒤로 넘어질 뻔했다.

"가요, 가요."

그녀가 더듬으며 말했다.

그는 대꾸하지 않고 자기 손 안에 그녀의 손을 꼭 쥐었다.

그들은 집에 다다를 때까지 한마디도 나누지 않았다. 남은 오후 시간은 무척 긴 것처럼 느껴졌다.

해가 떨어지자 모두들 식탁에 앉았다. 저녁은 노르망디식에 비해서 간단하고 아주 짧았다. 거북스런 분위기가 앉은 사람들을 마비시켰다. 단지 두 명의 사제들과 촌장과 초대받은 네 명의 소작인들만이 흔히 결혼식에 따르게 마련인 즐거운 기분을 약간 냈다.

웃음 소리는 죽은 듯했고 촌장의 한마디가 그 웃음 소리를 생기 있게 했다. 9시경이었다. 모두들 커피를 마시려는 참이었다. 정원 앞마당의 사과나무 아래서 전원무도회가 시작되었다. 열린 창문을 통해서 축제의 광경이 모두 보였다. 나뭇가지에 걸려 있는 등불이 수풀에 녹청색을 띠게 했다. 시골의 남녀들이 둥그런 원을 그리며 무대처럼 커다란 부엌용 식탁 위에 놓은 두 개의 바이올린과 하나의 클라리넷 반주에 맞춰서 소박한 무용곡을 외듯이 부르며 뛰고 있었다. 농부들의 소란스런 노래가 가끔 악기 소리를 완전히 덮어버렸다. 미친 듯한 목소리에 찢긴 가냘픈 음악은 토막으로, 흩어지는 몇몇 악보의 잔조각으로 하늘에서 떨어져 내려오는 듯했다.

두 개의 커다란 술통이 타오르는 횃불에 둘러싸여 군중들에게 마실 것을 제공했다. 두 명의 하녀가 끊임없이 나무통 안에서 컵과 사발을 부시고, 아직도 물방울이 떨어지는 것을 빨간 포도주나 신선한 능금주의 금빛 줄기가 흘러나오는 술통의 주둥아리에 갖다 대기에 열심이었다. 춤추다가 목마른 사람들, 조용한 노인들, 땀을 흘리고 있는 처녀들이 몰려와서 제각기 팔을 내밀어 아무 그릇이나 잡고 자기가 좋아하는 음료수를 받아 머리를 뒤로 젖히고 꿀꺽꿀꺽 들이마시느라고 바빴다.

테이블 위에는 빵과 버터와 치즈와 소시지가 있었다. 제각기 때때로 와서는 한 입씩 먹고 갔다. 조명을 받은 나뭇잎들의 천장 아래 벌어진 이 건전하고 맹렬한 축제는 방에 있는 우울한 사람들에게 함께 춤추고 버터를 바른 빵 한 조각과 날양파를 먹으면서 이 커다란 술통의 배에서 술을 받아마시고 싶은 욕망을 일게 했다.

나이프로 박자를 맞추고 있던 촌장이 외쳤다.

"저런! 잘 논다. 가나슈의 결혼 피로연 같군."

숨가쁜 웃음의 전율이 일었다. 그러나 원래 세속적이고 권위적인 피코 사제가 말했다.

"'가나'라고 말씀하려고 하신 거겠죠."

상대방은 충고를 듣지 않았다.

"아닙니다, 사제님, 저는 틀리지 않았어요. 제가 '가나슈'라고 말한 것은 바로 '가나슈'예요."

모두들 일어나서 거실로 들어갔다. 한잔 마신 시골 친구들의 한 떼에 끼기 위해 밖으로 나가는 사람들도 있었다. 그리고 초대를 받은 사람들은 물러갔다.

남작과 남작 부인은 목소리를 낮추고 언쟁을 벌이고 있었다. 아델라이드 부인은 평소보다 더 숨 가빠하며 남편이 하는 것을 거절하는 듯이 보였다. 마침내 그녀가 거의 높은 목소리로 말했다.

"아니에요, 여보, 전 할 수 없어요. 어떻게 말을 시작해야 할지 모르겠는걸요."

그러나 남작은 갑자기 부인의 곁을 떠나 잔에게로 다가갔다.

"얘야, 나하고 한 바퀴 돌고 올까?"

몹시 감동한 그녀는 대답했다.

"좋으실 대로 하세요, 아빠."

그들은 나왔다.

문 앞에 이르자 바다 쪽에서 불어오는 건조한 찬바람이 그들을 감쌌다. 벌써 가을 냄새를 풍기게 하는 여름의 찬바람 중의 하나였다.

하늘에는 구름들이 별들을 가렸다가 다시 나타냈다 하면서 흐르고 있었다.

남작은 딸의 손을 부드럽게 쥐면서 딸의 팔을 자기 몸에 밀착시켰다. 그들은 몇 분 동안 걸었다. 남작은 안정되지 못하고 고민하는 듯한 표정이었다. 마침내 그는 결심했다.

"귀여운 내 딸아, 난 어려운 임무를 맡게 되었단다. 사실 너의 어머니가 맡아야 할 일이지만 네 어머니가 거절해서 내가 대신 맡을 수밖에 없었다. 실생활에서 네가 알아야 할 일을 알고 있는지 난 모르겠다. 자식들에게는, 특히 딸에게는 주의 깊게 감추는 비밀이 있단다. 딸의 행복을 보살필 남자의 팔에 맡길 때까지는 완전무결하게 순결해야 한단다. 인생의 달콤한 비밀 위에 쳐진 베일을 벗기는 것은 바로 그의 임무에 속한단다. 그러나 이 딸들이란 지금까지 어떤 의혹도 스치지 않았기 때문에 가끔 꿈 뒤에 감춰진 약간 난폭한 현실 앞에서 반항한단다. 영혼에 상처받고 육체까지도 상처받는 딸들은 법칙이, 인간의 법칙과 자연의 법칙이 절대적인 권리로 허용하고 있는 것을 남편에게 거부하지. 얘야, 난 더 이상 이야기할 수 없다. 하지만 이건 잊지 말아라. 너의 모든 것은 네 남편에게 속해 있다는 것을."

정확히 말해서 그녀는 무엇을 알았을까? 무엇을 짐작했을까? 잔은 예감과 같은 짓눌릴 듯한 괴로운 우울에 억눌려 떨기 시작했다.

그들은 다시 집으로 돌아왔다. 갑작스런 광경에 그들은 거실 문 앞에서 멈췄다. 아델라이드 부인이 줄리앙의 가슴에 얼굴을 파묻고 흐느끼고 있었다. 그녀의 눈물은, 대장간의 풀무처럼 터져나오는 요란스러운 눈물은 코와 입과 눈에서 동시에 터져나오는 것처럼 보였다. 줄리앙은 당황하고 놀라서 귀엽고 아끼고 사랑하는 딸을 부탁한다고 거의 쓰러질 듯 그의 팔에 안긴 뚱뚱한 여인을 부축하고 있었다.

남작이 달려들었다.

"아니! 이러지 말아요. 진정해요."

그리고 아내를 잡아 안락의자에 앉혔다. 그러는 동안 부인은 얼굴의 눈물을 닦았다. 남작은 다시 잔 쪽으로 돌아섰다.

"자, 얘야, 빨리 네 어머니한테 키스하고 자러 가려무나."

거의 울음이 터질 듯한 잔은 재빨리 양친에게 키스하고 방에서 빠져 나갔다.

리종 이모는 이미 그녀의 방으로 간 뒤였다. 남작과 부인만이 줄리앙과 함께 방에 남아 있었다. 세 사람은 모두 거북스러워서 한마디도 하지 않았다. 두 남자는 야회복을 입은 채 멍하니 다른 쪽을 보고 서 있었다. 아델라이드 부인은 의자 위에 쓰러져 목구멍으로 오열을 삼키고 있었다. 서로가 거북해서 견딜 수가 없었다. 남작이 며칠 후에 떠날 두 젊은이의 여행에 대해서 이야기를 시작했다.

잔은 그녀의 방에서 로잘리의 도움으로 옷을 벗고 있었다. 샘처럼 눈물을 흘리고 있는 로잘리의 손은 허공을 더듬어 리본도 핀도 제대로 찾지 못했다. 로잘리는 확실히 주인보다도 더 흥분해 있는 듯했다. 그러나 잔은 하녀의 눈물에 대해서는 전혀 생각하지 않고 있었다. 그녀는 자신이 소중히 여기던 모든 것, 알고 있는 모든 것에서 떠나 다른 땅, 다른 세계로 들어온 듯한 느낌이었다. 인생과 사상에서 모든 것이 뒤죽박죽이 된 느낌이었다. 다음과 같은 이상한 생각까지 떠올랐다. '나는 남편을 사랑하고 있는 것일까?' 갑자기 그녀가 거의 모르는 이방인처럼 남편의 모습이 나타났다. 석 달 전까지만 해도 그가 존재한다는 것도 알지 못했는데 지금 그녀는 그의 부인이 되었다. 어찌된 일인가? 왜 자신의 걸음 아래 패인 구멍으로 미끄러지듯 이렇게 빨리 결혼 속에 빠져버렸는가?

　밤의 몸치장을 끝내자 그녀는 침대 속으로 들어갔다. 약간 섬뜩한 시트가 그녀의 피부에 소름을 돋게 하고 두 시간 전부터 그녀의 영혼을 짓누르고 있던 추운 느낌과 고독감과 슬픔을 증가시켰다.

　로잘리는 여전히 흐느끼며 방에서 나갔다. 그리고 잔은 기다렸다. 잔은 불안에 차서 죄일 듯한 마음으로 아버지가 막연히 말해준 알 수 없는 어떤 것, 사랑 최대의 비밀스럽고 신비스러운 현현을 기다리고 있었다.

　계단을 올라오는 소리도 못 들었는데, 문을 세 번 가볍게 두드리는 소리가 들렸다. 그녀는 몹시 몸을 떨며 대답하지 않았다. 다시 두드리는 소리가 들리더니 열쇠 소리가 났다. 그녀는 마치 도둑이 방에 들어오기나 한 듯 담요로 머리를 푹 뒤집어썼다. 장화 소리가 부드럽게 마룻바닥을 울렸다. 그리고 갑자기 누군가가 침대에 닿았다.

　그녀는 반사적으로 침대에서 몸을 튕기고 낮게 소리 질렀다. 그리고 얼굴을 내밀자 줄리앙이 그녀를 바라보며 미소 짓고 있는 것이 보였다.

　"아! 당신이 나를 놀라게 했군요!"

　그녀가 말했다.

　그가 대답했다.

　"그럼 당신은 나를 기다리지 않았단 말이오?"

　그녀는 대답하지 않았다. 그는 미남다운 훌륭한 얼굴로 정성들여 치장하고 있었다. 그러자 그녀는 이토록 단정한 남자 앞에서 이렇게 누워 있다는 사실에 몹시 부끄러움을 느꼈다.

그들은 무슨 말을 해야 할지, 어떻게 해야 할지 몰랐다. 모든 인생의 친밀한 행복이 달려 있는 이 심각하고 결정적인 시간에 서로 바라볼 용기마저 갖기 못했다.

이 싸움에 어떤 위험이 발생하고 또 꿈속에서 자라난 처녀다운 영혼의 끝없는 섬세함과 미묘한 수치심을 건드리지 않기 위해서는 어떤 꾀바른 애정과 부드러운 책략이 필요하다고 그는 막연히 느끼고 있었다.

그래서 그는 부드럽게 그녀의 팔을 잡고 입맞춤을 한 뒤 마치 제단 앞에 무릎을 꿇듯 침대 옆에 무릎을 꿇고 숨결보다 더 가벼운 목소리로 중얼거렸다.

"나를 사랑해주겠소?"

그녀는 갑자기 안심해서 레이스로 덮인 머리를 베개 위로 들어올리고는 미소를 띠며 말했다.

"전 이미 당신을 사랑하고 있는 걸요, 여보."

그는 아내의 가느다란 손가락에 입술을 대고 욕정의 억눌림으로 달라진 목소리로 말했다.

"그럼 당신이 나를 사랑하고 있다는 증거를 보여주겠소?"

그녀는 또다시 혼란에 빠져 자신이 무슨 말을 하는지도 이해하지 못하고 아버지가 한 말을 생각하면서 대답했다.

"저는 당신 거예요, 여보."

그는 그녀의 손목에 젖은 키스를 퍼붓고 느리게 몸을 일으키더니 그녀가 막 숨기려고 한 얼굴 위로 다가왔다.

갑자기 침대 너머로 한쪽 팔을 내밀고 그는 담요 위로 아내를 껴안고 다른 한쪽은 베개 아래로 미끄러지듯 넣어 그녀의 머리를 쳐들었다. 그리고 아주 낮게, 아주 낮게 속삭였다.

"그럼, 당신 옆에 나를 위해 조그만 자리를 마련해줄 수 있소?"

그녀는 두려웠다. 본능적으로 두려워 더듬거리며 말했다.

"아! 아직은 안 돼요, 부탁이에요."

그는 낙담하고 다소 감정이 상한 듯이 보였다. 그는 다시 여전히 애원하는, 하지만 다소 퉁명스러운 목소리로 말했다.

"결국은 그렇게 될 건데, 왜 미루는 거요?"

그녀는 그 말을 원망스럽게 생각했다. 그러나 순종적으로 체념한 듯이 다시 한번 말했다.

"저는 당신 거예요, 여보."

그러자 그는 재빨리 화장실로 사라졌다. 그녀는 옷 벗는 소리, 주머니 속에서 동전이 딸랑거리는 소리, 장화가 한 짝씩 벗겨지는 소리와 함께 남편이 움직이는 소리를 분명히 들었다.

그리고 갑자기 내의와 양말 차림으로 재빨리 방을 가로질러 벽난로 위에 회중시계를 놓으러 갔다. 그리고 그는 돌아서더니 뛰다시피 옆의 조그만 방으로 들어가 다시 몇 분 동안 움직거렸다. 잔은 눈을 감고 재빨리 돌아누웠다. 그러자 남편이 돌아온 것을 느꼈다.

자신의 다리에 차고 털이 많은 다른 다리가 재빨리 미끄러져 들어와 닿자 그녀는 마룻바닥에 떨어질 듯이 펄쩍 뛰었다. 그리고 정신이 혼란해서 두 손에 얼굴을 파묻고 두려움과 당황함으로 소리칠 것만 같아 침대 깊숙이 웅크리고 있었다.

아내가 등을 돌리고 누웠는데도 불구하고 그는 다시 그녀의 팔을 잡고 갈증을 느끼듯 그녀의 목과 잠자리 모자의 물결 치는 레이스와 수놓은 속옷의 깃에 키스했다.

그녀는 자신의 두 팔꿈치로 숨기고 있는 젖가슴을 더듬고 있는 힘찬 손을 느끼면서 무서운 불안에 몸이 굳은 채 조금도 움직이지 않았다. 그녀는 이 난폭한 접촉에 당황해서 숨을 헐떡였다. 무엇보다도 그녀는 여기서 빠져나가 집 밖으로 달려가 이 남자에게서 멀리 떨어진 곳에 몸을 숨기고 싶었다.

남편은 더 이상 움직이지 않았다. 자신의 등에 남편의 살을 느꼈다. 그러자 그녀의 공포심은 다시 누그러졌다. 그녀는 갑자기 키스하려면 몸을 돌리면 되지 하는 생각이 들었다.

마침내 그는 초조해하며 비통한 목소리로 말했다.

"당신은 내 귀여운 아내가 되기를 원하지 않는구려?"

그녀는 손가락 사이로 중얼거렸다.

"이미 그렇게 됐잖아요?"

그는 기분 나쁜 듯한 목소리로 대답했다.

"천만에, 여보, 자, 나를 놀리지 말아요."

그녀는 그의 불쾌한 듯한 목소리에 마음이 흔들렸다. 그래서 그에게 미안하다는 말을 하려고 별안간 그쪽에서 돌아누웠다. 그러자 그는 굶주린 듯이 격정적으로 그녀의 허리를 양팔로 껴안았다. 그리고 얼굴 전체와 가슴에 재빠른 키스, 물어뜯는 듯한 키스와 미친 듯한 키스를 퍼붓고 애무로써 그녀를 멍하게 만들었다. 그녀는 두 팔을 벌린 채 남편의 격정 아래 맥없이 누워 자신이 무엇을 하고 있는지, 남편은 무엇을 하고 있는지, 뒤죽박죽한 생각에 잠겨 아무것도 이해할 수 없었다. 그때 갑자기 날카로운 고통이 그녀의 몸을 찢었다. 그녀는 남편이 난폭하게 그녀를 소유하고 있는 동안에 그의 두 팔 안에서 몸부림치며 고통으로 신음하기 시작했다.

그 이후에 무슨 일이 일어났을까? 그녀는 정신을 잃었기 때문에 아무것도 기억할 수 없었다. 단지 그가 그녀의 입술 위에 우박 같은 감사의 키스를 퍼부은 것처럼 느껴졌다.

그리고 그가 그녀에게 말을 건네고 그녀는 대답했을 것이다. 그런 후 그가 다시 몇 번이나 시도하려 했으나 그녀가 필사적으로 밀어냈다. 그녀가 몸부림치고 있는 동안에 자신의 가슴 위에서 이미 다리에서 느꼈던 그 숱이 많은 털을 느끼고 그녀는 깜짝 놀라 몸을 뺐다.

마침내 헛되이 간청하는 데 지쳐서 그는 등을 돌린 채 움직이지 않았다.

그때 그녀는 생각에 잠겼다. 영혼 밑바닥까지 절망하고 지금까지 꿈꾸어온 도취와 깨진 기대와 파열된 행복의 실망에 잠겨 속으로 중얼거렸다.

'이것이 바로 그가 말한 그의 아내가 되는 것이란 말인가. 이것이 그것이란 말인가! 이것이 그것이야!'

그녀는 오랫동안 그대로 있었다. 슬픔에 잠겨 방황하는 시선으로 벽 장식과 그녀의 방을 둘러싸고 있는 오래된 사랑의 전설이 담긴 그림을 바라보면서. 그러나 줄리앙은 아무 말도 하지 않고 움직이지도 않아 그녀가 천천히 시선을 돌려 그를 보자 그는 자고 있었다! 입을 반쯤 벌리고 편안한 얼굴로 자고 있었다! 그는 자고 있는 것이었다.

그녀는 믿을 수가 없었다. 자신을 처음 만난 여자처럼 다룬 그의 난폭성보다도 이 잠에 더 모욕을 받고 분노가 치미는 것을 느꼈다. 이런 밤에 잠을 잘 수 있단 말인가? 그들 사이에 일어난 일은 그렇다면 그에게는 하나도 놀랄 만한 일이 아니란 말인가? 아! 그녀는 차라리 두들겨 맞고 난폭하게 다뤄지고 의식을 잃을 정도로 그 지긋지긋한 애무로 짓밟히는 편이 나았다.

그녀는 팔꿈치로 머리를 받치고 그쪽으로 몸을 기울이고 그의 입술 사이에서 새어나오는 숨소리(가끔 코 고는 소리처럼 들렸다)를 들으며 움직이지 않고 있었다.

날이 밝았다. 처음에는 흐릿하게, 이어 밝아지며 장미색으로 됐다가 환하게 빛났다. 줄리앙은 눈을 뜨고 하품을 하며 기지개를 켰다. 그는 아내를 바라보며 미소를 띤 얼굴로 물었다.

"잘 잤어, 여보?"

그녀는 남편이 이제 자기를 "여보"라고 부르는 것을 알았다. 그녀는 멍한 채 대답했다.

"네, 당신은?"

그가 말했다.

"아, 나, 아주 잘 잤지."

그리고 그녀 쪽으로 돌아눕더니 그녀를 껴안고 조용히 키스하기 시작했다. 그는 그녀에게 경제 관념에 입각한 자신의 앞날 계획에 대해 조리 있게 이야기했다. 이 말은 여러 번 나올 때마다 그녀를 놀라게 했다. 그녀는 그 말의 의미를 잘 이해하지 못하면서 그의 말에 귀를 기울이며 겨우 자신의 마음을 재빨리 스치고 지나가는 몇천 가지에 대해 생각하며 그의 얼굴을 바라보았다.

시계가 8시를 알렸다.

"자, 일어나야지."

그가 말했다.

"늦게까지 침대에 있다간 우습게 보일 테니까."

그리고 그가 먼저 침대에서 일어섰다. 몸차림을 마치자 그는 상냥하게 부인이 옷차림을 하는 것을 세세히 돌봐주면서 로잘리를 부르는 것을 허용하지 않았다.

방에서 나갈 때 그가 멈춰 섰다.

"당신도 알다시피 우리는 이제 터놓고 허물 없이 불러도 되겠소. 하지만 당신의 부모님 앞에서는 좀 기다리는 게 좋겠소. 신혼 여행에서 돌아온 다음부터는 아주 자연스럽겠지."

그녀는 점심 때야 겨우 나타났다. 그날도 아무런 새로운 일이 일어나지 않은 듯 다른 날과 똑같이 흘러갔다. 단지 집안에 남자 하나가 늘었을 뿐이었다.

5

그리고 나흘 후에 그들을 마르세유에 데려다줄 대형 사륜마차가 도착했다.

첫날밤을 불안으로 지낸 후에 잔은 줄리앙과의 접촉에 익숙해졌다. 그녀의 혐오감이 그들의 관계를 더욱 친밀하게 할 정도로까지 감소되지는 않았으나 그의 키스와 부드러운 애무에 익숙해졌다. 또 그녀는 그를 미남이라고 생각했으며 그를 사랑하고 있었다. 그녀는 다시 행복감과 즐거움을 느꼈다.

이별은 짧고 슬픔도 없었다. 오직 남작 부인만이 흥분한 듯이 보였다. 그리고 그녀는 마차가 출발하려 할 때 딸의 손 안에 납처럼 무거운 두툼한 지갑을 쥐여주었다.

"이건 신부인 네가 필요한 여러 가지 자질구레한 비용에 쓰려무나" 하고 부인이 말했다.

잔은 지갑을 주머니 속에 넣었다. 말들이 움직이기 시작했다.

저녁 때가 되자 줄리앙이 그녀에게 말했다.

"당신 어머니가 준 그 지갑 속에 얼마나 들어 있을까?"

잔은 그에 대해 생각하고 있지 않아서 지갑 안의 돈을 무릎 위에 쏟았다. 금화가 홍수처럼 흘러 넘쳤다. 2천 프랑이었다. 그녀는 손뼉을 치며 말했다.

"하고 싶은 것을 맘대로 할 수 있겠어요."

그리고 그녀는 돈을 다시 넣었다.

지독한 무더위 속을 일주일 동안 달린 후 그들은 마르세유에 도착했다. 그리고 다음날은 작은 여객선인 르아 루이호가 아작시오를 거쳐 나폴리를 향하여 그들을 코르시카로 데려다주었다.

코르시카! 밀림 관목 지대! 산적들! 산맥들! 나폴레옹의 고향! 잔에게는 자신이 아주 활발해져서 꿈속으로 들어가기 위해 현실에서 뛰어나온 듯이 느껴졌다.

나란히 갑판 위에 서서 그들은 프로방스의 절벽들이 달리듯 뒤로 지나가는 것을 바라보았다. 태양에서 쏟아지는 타는 듯한 빛 아래 무감각하고 응결한 듯한, 강한 남색의 움직이지 않는 바다는 무한한 푸른 하늘 아래 펼쳐져 있었다.

그녀가 말했다.

"라스티크 영감의 배로 뱃놀이 갔을 때 생각나세요?"

대답 대신에 그는 재빨리 그녀의 귀에 키스했다.

증기선의 바퀴가 바다의 깊은 잠을 방해하며 물결을 헤치고 나아갔다. 그리고 긴 항적과 출렁이는 물결이, 샴페인처럼 거품을 일고 있는 기다랗고 창백한 긴 물줄기가 뒤로 끝없이 직선으로 뻗치고 있는 배의 항로를 보여주고 있었다.

 갑자기 배 앞의 겨우 몇 길밖에 안 되는 곳에서 거대한 물고기, 돌고래가 바다 위로 뛰어올랐다가 다시 머리를 아래로 박고 물 속에 잠기더니 사라져버렸다. 잔은 공포에 사로잡혀 비명을 지르며 줄리앙의 가슴으로 파고들었다. 그러나 그녀는 자신이 겁에 질린 것이 우스워서 웃다가 다시 그 물고기가 나타날까 불안해하며 바라보았다. 잠시 후 그 물고기는 커다란 기계 인형처럼 또다시 뛰어올랐다가 다시 떨어지더니 또 나왔다. 그러더니 물고기는 두 마리가 됐다가 세 마리가 나타나더니 여섯 마리가 되어 자기네의 형제인, 괴물인 강철 지느러미가 달린 나무로 만든 물고기를 호위하려는 듯이 무거운 배 주위에서 도약하는 듯이 보였다. 그 물고기들은 왼쪽으로 지나가더니 다시 배의 오른쪽으로 돌아와 어느 때는 함께, 어느 때는 한 마리씩 장난이나 즐거운 술래잡기나 하듯 공중에 곡선을 그리며 뛰어올랐다가 다시 한 줄로 늘어서서 바닷속으로 들어갔다.

 잔은 거대하고 민첩한 이 헤엄치는 자들이 나타날 때마다 황홀감으로 전율하며 손뼉을 쳤다. 그녀의 가슴도 미칠 듯한 어린이 같은 기쁨 속에서 그 물고기들처럼 뛰었다.

 갑자기 물고기들이 사라졌다. 다시 한번 멀리 바다 안쪽에서 물고기들이 보였다. 그러고는 다시 볼 수 없었다. 잔은 잠시 동안 그 물고기들의 사라진 데 슬픔을 느꼈다.

 저녁이 왔다. 고요하고 광휘와 행복한 평화에 가득 찬 즐거운 저

녘이었다. 바닷속에도, 바다 위에도 물결 하나 일지 않았다. 바다와 하늘의 무한한 이 휴식은 마비된 인간의 영혼까지 퍼지고 거기에는 더 이상 하나의 전율도 일지 않았다.

거대한 태양은 부드럽게 저 멀리 보이지 않는 아프리카, 이미 그 열기를 느끼리라 생각되는 불타는 대지 아프리카를 향해 잠겨들고 있었다. 그러나 태양이 졌을 때 일종의 선선한 애무가, 미풍이라고도 할 수 없었으나 사람들의 얼굴을 스쳐 지나갔다.

그들은 여객선 특유의 모든 지루한 냄새가 나는 선실로 다시 들어가고 싶지 않았다. 그래서 그들은 망토로 몸을 감고 허리를 맞대고 갑판 위에 누웠다. 줄리앙은 이내 잠이 들었다. 그러나 잔은 여행의 미지의 것에 동요되어 눈을 뜨고 누워 있었다. 바퀴의 단조로운 소리가 그녀를 흔들었다. 그녀는 자기 위에 날카롭게 빛나는, 마치 남극의 청명한 하늘에서 젖은 듯이 보이는 아주 맑은 별무리들을 바라보았다.

반대로 아침이 되자 그녀는 졸았다. 소음과 사람들의 말소리에 그녀는 깼다. 선원들이 노래를 부르면서 배를 청소하고 있었다. 그녀는 잠에 깊이 빠져 움직이지 않는 남편을 흔들어 깨웠다. 그들은 일어났다.

그녀는 울렁이는 가슴으로 자신의 손가락까지 스며든 소금내 나는 안개를 들이마셨다. 어디를 보나 바다뿐이었다. 그러나 배 앞쪽에 무슨 회색빛 나는 것이 보였다. 터져오는 새벽의 여명 속에서 엉킨 듯한, 이상하고 뾰족하고 잘게 찢긴 듯한 구름의 무리 같은 것이 물결 위에 놓여 있는 듯이 보였다.

그러나 점점 분명히 나타났다. 그 형상은 밝아진 하늘 위에서 더 뚜렷이 나타났다. 뿔이 돋은 이상한 산맥의 커다란 선이 솟았다. 일종의 가벼운 베일에 싸인 코르시카였다.

그러자 그 뒤에서 산봉우리의 모든 그림자들을 검은 그림자로 그리면서 태양이 떠올랐다. 그리고 모든 봉우리는 타오르고 섬의 나머지 부분은 안개에 싸여 흐릿한 채로 있었다. 강하고 소금기를 머금은 바람에 갈색으로 그을리고 마르고 작달막하고 딱딱하고 늙고 작은 노인이 갑판 위에 나타나 질풍 속에서 소리를 질러왔다. 낡아빠지고, 30년간 호령해서 쉰 목소리로 그가 잔에게 말했다.

"저 냄새가 납니까?"

그녀는 실제로 이상하고 강렬한 식물의 냄새, 야성적인 향기를 느꼈다.

선장이 대답했다.

"코르시카는 저런 냄새를 풍긴답니다, 부인. 예쁜 여자의 냄새지요. 20년 동안이나 떠나 있다가도 2킬로미터 밖의 바다까지만 오면 그 냄새를 안답니다. 알고 말고요, 물론 그분(나폴레옹)과 저기 세인트 헬레나에서 항상 고국의 냄새에 대해 이야기하고 있는 듯합니다. 그분도 내 집안의 사람이지요."

그리고 선장은 모자를 벗고 코르시카를 향해 인사하더니 저 멀리 대양을 건너 그의 집안 사람인 포로가 된 위대한 황제에게 인사했다.

잔은 울음이 터져나올 정도로 감동했다.

그리고 나서 이 뱃사람은 수평선을 향해 팔을 뻗쳤다.

"저것이 상기네르이지요!" 하고 그가 달했다.

줄리앙은 아내의 곁에 서서 그녀의 허리를 안았다. 그리고 두 사람은 선장이 가리킨 섬들을 보기 위하여 멀리 바라보았다.

그들은 마침내 피라미드 모양을 한 몇 개의 바위를 발견했다. 배는 곧 그 바위를 돌아서 무한하고 잔잔한 만으로 들어갔다. 만은 높은 산봉우리들에 둘러싸여 있고 그 산의 낮은 경사들은 이끼로 덮여 있는 듯이 보였다.

선장은 녹색을 가리켰다.

"밀림 관목 지대입니다."

배가 나아감에 따라 산의 원형이 가끔 바닥이 드러나 보일 만큼 투명한 푸른 호수 안을 천천히 나아가는 배 뒤로 작아지는 듯이 보였다.

그러자 갑자기 만 깊숙이에, 물결치는 해안가에, 산맥 발치에 아주 새하얀 마을이 나타났다.

몇 척의 작은 이탈리아 배들이 해안에 닻을 내리고 있었다. 너덧 척의 배가 르아 루이호 주위로 와서 승객을 찾기 위해서 이리저리 젓고 있었다.

줄리앙은 짐들을 챙기고 아내에게 낮은 목소리로 말했다.

"보이한테 20수만 주면 충분하지 않을까?"

일주일 전부터 그는 똑같은 질문을 해왔는데 그녀는 그 말을 들을 때마다 고통스러웠다. 그녀는 다소 짜증을 내면서 대답했다.

"충분하게 주었는지 어떤지 확신이 안 설 때는 넉넉히 주세요."

끊임없이 그는 여관집의 주인이나 호텔의 보이들, 마차꾼들, 모든 장사꾼들과 논쟁을 벌였다. 그리고 궤변을 한바탕 늘어놓고 몇 푼 에누리할 때면 그는 손바닥을 비비면서 잔에게 말하는 것이었다.

"난 빼앗기는 건 싫거든."

계산서가 오는 것을 볼 때마다 그녀는 조목조목 따질 남편의 목소리를 알고 있었기 때문에 몸을 떨었다. 그러한 에누리에 수치감을 느끼고 손바닥에 불충분한 팁을 쥐고 그녀의 남편을 경멸하는 듯 바라보는 하인들의 시선에 머리 끝까지 빨개지는 것이었다.

그는 또 그들을 육지까지 데려다줄 뱃사공과 말다툼을 벌였다.

그녀가 처음으로 본 나무는 종려나무였다!

그들은 광장의 한구석에 있는 텅 빈 커다란 호텔로 내려가 점심을 주문했다.

디저트를 끝내고 잔이 마을을 돌아보기 위하여 일어나려 할 때 줄리앙이 그녀의 팔을 잡고 그녀의 귀에 대고 부드럽게 속삭였다.

"잠깐 자지 않겠소, 여보?"

그녀는 깜짝 놀랐다.

"자다니요? 하지만 저는 피곤하지 않은데요."

그가 아내를 껴안았다.

"난 당신을 원해. 이해하겠소? 이틀 동안이나 난!"

그녀는 수치심으로 얼굴이 빨개져 더듬거렸다.

"아아! 지금 말이에요? 하지만 사람들이 뭐라고 하겠어요? 어떻게 대낮에 방을 빌리자고 말할 수 있어요? 오! 줄리앙, 제발."

그러나 그가 그녀의 말을 가로막았다.

"호텔에 있는 사람들이 뭐라고 말하든, 어떻게 생각하든 난 조금도 개의치 않소. 그런 것을 내가 거북하게 생각하는지 않는지 당신은 알게 될 거요."

그리고 그는 벨을 눌렀다.

그녀는 더 이상 한마디도 하지 않았다. 눈길을 내리깔고 영혼과 육체 속으로 남편의 끊임없는 이 욕망에 반항하고 싫으면서도 어쩔 수 없이 체념하며 복종해야 하는, 그러나 수치심을 느끼며 거기서 야수적인, 품위를 손상시키는 듯한 결국 불결한 것만을 보는 것이었다.

그녀의 감각은 아직 잠자고 있었다. 그러나 남편은 자신의 열정을 그녀도 나눠 가지고 있는 것처럼 그녀를 다루었다.

보이가 왔을 때 줄리앙은 보이에게 방을 안내해달라고 청했다. 눈 속까지 털이 무성히 난 진짜 코르시카인인 남자는 그의 말을 이해하지 못하고 방은 밤에만 준비될 수 있다고 확언했다.

짜증이 난 줄리앙은 설명했다.

"아니야, 지금 당장이야. 우린 여행에 지쳐서 쉬고 싶은 거야."

그때 보이의 수염 안으로 한 가닥의 미소가 번졌다. 잔은 쥐구멍에라도 숨고 싶었다.

한 시간 후 다시 내려올 때 그녀는 감히 자신이 조금 전에 만난 사람들 앞을 지나갈 수 없었다. 자신의 등 뒤에서 그들이 조롱하고 수군수군하리라고 확신했다. 그녀는 본능의 이 섬세함과 미묘한 수치심을 느끼지 못하고 이러한 점을 이해하지 못하는 줄리앙을 원망했다. 그리고 처음으로 두 사람은 영혼 끝바닥까지, 사상 밑바닥까지 꿰뚫어볼 수 없으리라는 것을 깨달으면서 둘 사이에 장막 같은, 장애물 같은 것을 느꼈다. 함께 걷기도 하고 가끔 서로 껴안기도 하지만 결코 서로 섞일 수 없고 인간 각자의 정신적 존재는 영원히 고독한 채로 남아 있으리라는 것을 깨달았다.

그들은 사흘 동안 이 조그만 마을, 결코 그곳까지 바람이 불어오지 않는 산들의 장막 뒤에 숨겨진, 푸른 산 밑바닥에 있는, 큰 가마솥 속처럼 뜨거운 마을에서 묵었다.

그리고 나서 자신들의 여행을 위해서 여정을 짰다. 그리고 어떤 험한 길 앞에서도 물러나지 않기 위해 말을 빌리기로 결정했다. 그들은 성질이 난폭한 듯이 보이는 눈을 하고 마르고 끈기 있는 코르시카산 작은 종마 두 마리를 빌려 어느 날 아침 해가 떠오를 무렵 길을 떠났다. 노새를 탄 안내인이 두 사람을 위해 식량을 날랐다. 이 미개한 지방에는 여관이 없었기 때문이었다.

처음에는 만을 따라 가다가 거대한 산으로 이르는 약간 깊은 계곡 속으로 들어갔다. 가끔 거의 물이 마른 급류를 가로질렀으므로 시냇물의 모습을 갖춘 것이 다시 돌 아래 숨은 짐승처럼 수줍게 졸졸 소리를 내며 움직이고 있었다.

황폐한 지방은 아주 벌거벗은 듯이 보였다. 이 타는 듯한 계절에 언덕의 허리들은 키 큰 잡초들로 덮여 있었고 노란색이었다. 가끔 산악 주민을 만났는데, 그들은 걸어서 가기도 하고 작은 말을 타고 가기도 하고 개처럼 커다란 노새에 걸터앉아 가기도 했다. 모두들 탄알을 장전한 총을 등에 메고 있었는데, 녹이 슨 낡은 총이었으나 그들이 가지고 있을 때는 무섭게 보였다.

섬을 덮고 있는 향기 있는 식물들의 강렬한 냄새가 공기를 텁텁하게 하는 듯이 보였다. 그리고 길은 산의 기다란 주름살 가운데를 느리게 올라가고 있었다.

분홍빛이나 푸른색의 화강암으로 된 산꼭대기는 광활한 풍경을 선경처럼 보이게 했다. 그리고 아주 낮은 경사지 위에는 거대한 밤나무 숲이 푸른 관목 숲처럼 보였다. 수없이 솟아오른 토지의 굴곡은 이 지방에서는 상당히 거대한 것이었다.

가끔 안내인은 가파른 고지를 향해 팔을 뻗치고 그 이름을 말해 주었다. 잔과 줄리앙은 그곳을 바라보았으나 아무것도 보이지 않았다. 그러다가 마침내 산꼭대기에 떨어진 돌무더기와 흡사한 회색빛 나는 어떤 것을 발견하였다. 마을이었다. 꼭대기에 걸려 있는 조그만 화강암 촌락이었다. 공중에 걸려 있는 진짜 새 둥우리처럼 거대한 산 위에 있었기 때문에 거의 보이지 않았다.

천천히 걸어가는 이 긴 여행에 잔은 지루해졌다.

"좀 달려요" 하고 그녀가 말했다. 그리고 그녀는 말을 달렸다. 그녀는 남편이 그녀 옆을 달리고 있는 소리를 듣지 못했기 때문에 뒤돌아보았다. 그리고 짐승의 갈기에 매달려 얼굴이 창백해져서 이상하게 뛰어오르며 달려오는 남편의 모습을 보자 미칠 듯이 웃음이 터져나왔다. 남편의 아름다움마저, 아름다운 기사처럼 보이는 그의 얼굴마저 그의 서투른 솜씨와 공포를 더욱더 우스꽝스럽게 보이게 했다.

두 사람은 천천히 걷기 시작했다. 길은 이제 망토처럼 온 언덕을 덮고 있는 두 개의 끝없는 덤불 숲 사이로 뻗쳐 있었다.

이것이 밀림 관목 지대, 들어갈 수 없는 밀림 관목 지대였다. 푸른 떡갈나무, 노간주나무, 소귀나무, 유향나무, 갈매나무, 히드, 월계수, 도금양, 회양목 등의 형상을 이루고 그 사이를 엉켜 달라붙은 참으아리, 괴물 같은 고사리, 인동덩굴, 시스트, 로즈마리, 라벤더, 나무딸기 등이 머리카락처럼 서로 얽혀 있었는데 마치 산등에 얽매인 풀 수 없는 머리털의 형상을 하고 있었다.

그들은 시장했다. 안내인이 그들을 따라와 아름다운 샘물 옆으로 안내했다. 그 샘물은 길이 가파른 지방에서는 흔히 볼 수 있는 것으로 바위 틈의 구멍에서 흘러나오는 얼음같이 차가운 가늘고 둥근 물줄기가 지나가는 사람이 그 가느다란 샘물의 줄기에 입을 댈 수 있도록 밤나무 잎사귀를 놓은 끝으로 흘러나왔다.

잔은 기쁨에 찼지만 희열의 소리를 지르지 않으려고 애를 쓰기도 했다.

그들은 다시 출발하여 사고뉴만을 돌아서 내려가기 시작했다.

저녁 때가 되자 그들은 옛날에 고국에서 쫓겨난 그리스 망명객들이 세운 카르제즈 마을을 가로질렀다. 허리가 가늘며 팔이 길고 날씬하면서도 신비스럽게 우아한 모습의 키가 크고 아름다운 처녀들이 우물 옆에 떼를 지어 모여 있었다. 줄리앙이 그 처녀들에게 "안녕하십니까!" 하고 소리치자 그녀들은 버려진 고국의 조화 있는 언어로, 매력적인 음성으로 대답했다.

피아나에 이르자 그들은 옛날에 하듯이, 또 외따로 떨어진 지방에서 하듯이 하룻밤 잠자리를 청해야 했다. 잔은 줄리앙이 두드린 문이 열리기를 기다리며 기쁨에 몸을 떨었다. 오! 이건 진짜 여행이다. 이것이야말로! 인적이 없는 길에서 뜻밖의 일을 모두 감추고 있는.

마침 그들도 젊은 부부였다. 그들은 마치 신이 보낸 손님을 교주가 맞아들이는 것처럼 그들을 맞아들였다. 그들은 옥수수 짚단 위에서 잤다. 벌레 먹은 낡은 집이었다. 대들보를 파먹은 기다란 좀조개벌레로 사방이 패여 살랑살랑 소리가 나고 마치 살아서 한숨을 짓는 것처럼 보였다.

그들은 해가 떠오를 때 출발하여 이윽고 숲, 정말로 분홍빛 화강암의 숲에 부딪쳐 걸음을 멈추었다. 뾰족한 바위들, 원주들, 작은 종루들, 세월과 자연을 갉아먹는 바람과 바다의 안개로 인해 이상한 모양을 이룬 놀라운 기암 괴석의 숲이었다.

3백 미터나 되는 가는 것, 둥근 것, 구부러진 것, 갈고리 모양으로 굽은 것, 기형인 것, 기상 천외의 것, 환상적인 것, 이러한 기암 괴석들은 나무들, 식물들, 짐승들, 기념비들, 남자들, 법의를 입은 승려들, 뿔 돋친 악마들, 거대한 새들의 모습으로 보였다. 괴물 같은 한 무리, 어떤 괴상한 신의 원한으로 화석으로 굳어진 악몽에 나오는 동물의 무리였다.

잔은 마음이 조여 한마디도 할 수 없었다. 그녀는 줄리앙의 손을 꼭 쥐었다. 이 삼라만상의 아름다움 앞에서 사랑하고 싶은 욕구를 느꼈던 것이다.

그러다 갑자기 이 혼란에서 벗어났을 때, 그들은 모든 것이 붉은 화강암이 피를 흘리는 듯한 벽으로 둘러싸인 새로운 만을 발견했다. 푸른 바닷속에 그 진홍색 바위들이 그림자를 던지고 있었다.

잔이 더듬거리며 말했다.

"아! 줄리앙!"

다른 말은 나오지 않았다. 경탄으로 감동하여 목이 메었다.

그리고 두 줄기 눈물이 흘러내렸다. 줄리앙이 깜짝 놀라 "왜 그래, 여보?" 하고 물으며 그녀를 바라보았다.

그녀는 뺨의 눈물을 닦고 미소를 지으며 다소 떨리는 목소리로 말했다.

"아무것도 아녜요, 신경 때문이에요……. 저도 모르겠어요……. 감동했던 거예요. 너무 행복해서 아주 사소한 일에도 흥분하게 돼요."

줄리앙은 여자의 이러한 흥분을 이해하지 못했다. 열광이 재난처럼 마음을 움직이고, 붙잡을 수 없는 감정이 마음을 변화시키고, 기쁨이나 절망으로 미칠 듯하게 만들어주고, 아무것도 아닌 일에 미칠 듯이 전율하는 이 존재의 동요를 이해하지 못했다.

이 눈물이 그에게는 우습게 보였으며, 험한 길에 온 정신이 팔려 "당신의 말에나 신경을 쓰는 것이 좋을 거요"라고 말했다.

쉽게 빠져나가기 어려운 길을 지나서 만 깊숙이로 내려갔다. 그리고 오른쪽으로 돌아서 오타의 어두운 계곡을 기어 올라가려고 했다.

그러나 길을 험난했다. 줄리앙이 말했다.

"걸어서 올라가는 게 어떨까?"

그녀는 더 바랄 나위도 없었다. 조금 전에 느낀 감동 후에 그와 둘이서 이 길을 걷는다는 데 황홀감을 느끼고 있었기 때문이었다.

안내인은 노새와 말을 끌고 앞서서 떠났고 그들은 천천히 걸어 갔다.

꼭대기에서 밑바닥까지 갈라진 산이 길을 열어주었다. 산길이 그 틈 사이로 나 있었다. 산길은 두 개의 커다란 벽 사이에 끼인 골짜기의 밑바닥으로 뻗쳐 있었다. 그리고 넓은 급류가 이 틈을 달리고 있었다. 공기는 차고 화강암은 검은 색처럼 보였으며 저 꼭대기에 약간 보이는 푸른 하늘은 사람을 놀라게 하고 정신을 아찔하게 했다.

갑작스런 소리가 잔을 떨리게 했다. 그녀는 눈을 들었다. 거대한 새가 구멍 속에서 날았다. 독수리였다. 활짝 핀 날개는 우물 같은 빈 굴의 양쪽 벽에 스칠 듯했다. 독수리는 하늘 끝까지 날아올랐다가 사라졌다.

더 멀리 갈수록 산의 균열이 이중으로 되었다. 길은 가파른 지그재그로 두 개의 협곡 사이를 기어올라갔다. 잔은 경쾌하고도 정신없이 발로 돌멩이를 차 내리고 대담하게 심연 속을 들여다보며 먼저 올라갔다. 줄리앙은 약간 헐떡이면서 현기증이 날까 두려워 땅만 보면서 그녀를 따랐다.

갑자기 태양이 그들을 적셨다. 그들은 지옥에서 나왔다고 생각했다. 그들은 목이 말랐다. 습기 찬 발자취가 그들을 안내하였고 돌이 어지럽게 모여 있는 곳을 지나자 목동들이 사용하는 움푹 패인 통 안에 작은 샘물이 흐르고 있었다. 양탄자 같은 이끼가 주위의 땅을 덮고 있었다. 잔은 무릎을 꿇고 물을 마셨다. 그리고 줄리앙도 그대로 했다.

그녀가 물의 냉기를 맛보고 있을 때 줄리앙이 그녀의 허리를 감고 나무로 만든 수도관의 끝을 빼앗으려 했다. 그녀는 반발했다. 그들의 입술이 서로 부딪치다가 합쳐졌다가 밀어냈다. 싸움의 상황에 따라 그들은 서로 이 가느다란 수도관의 끝을 놓지 않으려고 그 끝을 물었다. 차가운 물줄기는 끊임없이 잡혔다가 놓였다가 했기 때문에 끊어졌다가 다시 이어졌으며, 얼굴, 목, 손, 옷 등에 물이 튀었다. 진주 같은 물방울들이 그들의 머리에서 반짝였다. 그리고 키스가 물 속에서 흘렀다.

갑자기 잔은 사랑의 영감을 느꼈다. 그녀는 입 안에 맑은 물을 가득 채우고 뺨을 가죽부대처럼 부풀리고 입에서 입으로 그의 목을 축여주고 싶다는 것을 줄리앙이 느끼게 했다.

줄리앙은 미소를 띠며 머리를 뒤로 젖히고 두 팔을 벌려 목을 내밀었다. 그리고 단숨에 이 생생한 육체의 샘을 들이마셨다. 그 샘물은 창자까지 타오르는 듯한 욕망을 불러일으켰다.

잔은 여태까지 보이지 않던 애정으로 줄리앙 위로 몸을 기울였다. 심장이 뛰고 가슴이 부풀어 오르고 눈은 눈물에 젖어서 부드럽게 보였다. 그녀는 낮게 속삭였다.

"줄리앙…… 사랑해요!"

그리고 남편을 끌어당기고 몸을 뒤로 젖히며 수치심으로 붉어진 얼굴을 두 손으로 가렸다.

줄리앙은 그녀에게 달려들어 열정적으로 그녀를 껴안았다. 그녀는 흥분한 듯한 기대감으로 헐떡이고 있었다. 그러자 갑자기 그녀는 비명을 질렀다. 벼락을 맞듯이 자신이 불러들인 감각에 맞았던 것이다.

두 사람은 오래 걸려서야 언덕의 꼭대기에 이르렀다. 그토록 그녀는 가슴이 뛰고 기진맥진했던 것이다. 그들은 저녁 때가 되어서야 에비자에 있는 안내인의 친척인 파올리 팔라브르티의 집에 이르렀다.

그는 키가 크고 허리가 약간 굽었으며 폐결핵 환자같이 우울한 얼굴을 하고 있었다. 그는 그들을 방으로 안내했다. 벽이 드러난 초라한 방이었으나 우아함이 무시되는 이 지방으로선 아름다운 방이었다. 그 남자는 프랑스 말과 이탈리아 말이 섞인 코르시카 사투리로 일행을 맞아들이는 자신의 기쁨을 이야기했다. 그러자 맑은 음성이 그의 말을 가로막았다. 갈색머리에 커다랗고 까만 눈, 햇볕에 그을은 따뜻한 살결, 날씬한 허리, 항상 웃고 있어서 이가 밖으로 드러나 보이는 몸집이 작은 여자가 뛰어나와 잔을 껴안고 줄리앙의 손을 흔들며 되풀이해 말했다.

"안녕하십니까, 부인. 안녕하십니까, 선생님. 안녕하십니까?"

그녀는 한쪽 팔로 두 사람의 모자와 숄을 받아 들고 정리했다. 한쪽 팔은 붕대를 감고 있었다. 그리고 그녀는 남편에게 "저녁 식사 때까지 저분들을 안내해드리세요" 하고 말하면서 모두들 밖으로 나가게 했다.

팔라브르티 씨는 곧 아내의 말에 복종하여 두 젊은이 사이에 끼어서 마을을 보여주었다. 그는 발을 질질 끌었으며 말도 느렸다. 가끔 기침을 하면서 그때마다 "골짜기의 찬 공기가 내 가슴까지 스며들어서요" 하고 되풀이했다.

그는 거대한 밤나무 아래로 난 외진 길로 그들을 안내했다. 갑자기 그가 걸음을 멈추더니 단조로운 목소리로 말했다. "내 사촌 장 리날디가 마티 로리에게 살해당한 곳이 바로 여깁니다. 자, 내가 여기 있었고, 아주 가까이에 장이 있었고, 마티는 우리들에게서 열 발짝 떨어진 곳에 나타났죠. '장, 알베르타체스에는 가지 말아라' 하고 그가 외쳤죠. '그곳에 가지 마, 장. 네게 말해두지만 가면 넌 너를 죽이겠다.' 난 장의 팔을 붙잡았죠. '가지 말게, 장. 그는 꼭 그렇게 할거야.' 둘이 함께 따라다니던 폴리나시나쿠피라는 처녀 때문이었습니다. 그러나 장이 외치기 시작했습니다. '마티, 난 가겠네. 넌 나를 막을 수 없어.' 그때 마티가 총을 내리더니, 미처 내가 총을 겨눌 사이도 없이 방아쇠를 당겼습니다. 장은 줄넘기를 하는 어린애처럼 두 발로 껑충 뛰어올랐습니다. 네, 선생님, 그리고 제 몸 위로 곧장 떨어졌죠. 그래서 내 총은 손에서 빠져나가 저기 거대한 밤나무가 있는 데까지 굴러갔죠. 장은 입을 크게 벌리고 있었으나 한마디도 하지 못했죠. 그는 죽었던 거예요."

두 젊은이는 멍하니 범죄의 조용한 증인을 바라보았다. 잔이 물었다.

"그럼 살인자는요?"

파올리 팔라브르티는 오랫동안 기침하더니 말을 계속 했다.

"그는 산으로 도망을 갔지요. 그다음 해 제 형은 그자를 죽였습니다. 아시겠지요, 제 형 필립 팔라브르티는 산적입니다."

잔은 몸서리를 쳤다.

"당신의 형이 산적이라구요?"

온화한 코르시카인의 눈에 자랑스런 섬광이 스쳤다.

"네, 부인. 유명한 산적이었죠. 형은 다섯 명의 헌병을 쓰러뜨렸죠. 니콜라 모랄리와 함께 죽었죠. 니올로에서 포위를 당하고 엿새나 싸운 뒤 굶어 죽을 지경에 이르렀을 때였죠."

그리고 그는 체념하듯이 덧붙여 말했다.

"이 지방의 통칙이지요."

마치 "골짜기의 찬바람이지요" 하고 말할 때와 똑같은 어조였다.

그들은 저녁 식사를 하러 돌아왔다. 자그마한 코르시카 여자는 그들을 마치 20년 전부터 알아왔던 것처럼 대했다.

그러나 한 줄기 불안감이 잔을 휩쌌다. 그녀가 샘터의 이끼 위에서 느꼈던 관능의 이상하고 격렬한 동요를 줄리앙의 팔 안에서 다시 느낄 수 있을까?

방에 단둘이 남자, 잔은 그의 키스를 받으면서 역시 무감각한 채로 있게 되지 않을까 불안해했다. 그러나 그녀는 이내 안심했다. 그리고 그날은 그녀가 사랑을 느낀 최초의 밤이었다.

그리고 다음 날 떠날 무렵에 그녀는 자기로서는 새로운 행복이 시작된 듯이 보이는 이 오두막집을 떠날 결심이 서지 않았다.

그녀는 자그마한 이 집주인 여자를 방으로 불러들여 선물을 하려는 것은 아니지만, 하고 말하면서 돌아가면 파리에서 기념품을 보내겠다고 말했는데, 그녀가 거절하자 잔은 화까지 냈다. 기념품, 그녀는 기념품에 거의 미신적인 관념까지 갖고 있었다.

젊은 코르시카 여인은 수락하기를 원치 않아 오랫동안 반대했다. 그리고 마침내 수락했다.

"아, 그럼 작은 권총 하나만 보내주세요, 아주 작은 걸로."

잔은 눈을 크게 떴다. 여인은 달콤하고 은밀한 비밀이라도 고백하듯 잔의 귀에 대고 아주 낮은 목소리로 속삭였다.

"내 시동생을 죽이기 위해서예요."

그리고 그녀는 미소를 띠면서 재빨리 전혀 사용하지 못하는 한쪽 팔을 감고 있는 붕대를 풀었다. 그리고 단검에 찔린 자국이 나 있지만 거의 아물어가는 하얗고 포동포동한 살을 보여주었다.

"만약에 그자보다 힘이 세지 않았다면 그자는 나를 죽였을 거예요. 남편은 질투를 하지 않아요. 남편은 저를 이해하고 있죠. 그런데 당신들도 알다시피 남편은 아프답니다. 그래서 피가 끓어오르지 않아요. 게다가 저는 정숙한 여자랍니다, 부인. 그러나 내 시동생은 다른 사람이 말하는 소리를 모두 그대로 믿는답니다. 시동생은 내 남편 대신 질투하죠. 틀림없이 그런 일이 또 일어날 거예요. 그래서 작은 권총을 하나 가져야 안심이 될 것 같아요. 틀림없이 복수를 할 수 있을 거예요."

잔은 권총을 보내주겠다고 약속하고, 새로운 친구를 부드럽게 포옹하고 다시 길을 떠났다.

남은 여정은 꿈결, 끝없는 포옹, 애무의 도취였다. 그녀는 아무것도 보지 않았다. 풍경이나 사람들이나 자기가 멈추었던 곳도 보이지 않았다. 그녀는 오직 줄리앙만 바라보았다.

그러자 어리석은 사랑의 희롱에 어린애같이 즐거운 친밀한 관계가 시작되었다. 쓸데없는 달콤한 말투, 두 사람의 입술이 서로 좋아서 찾던 서로의 육체 곳곳에 귀여운 이름을 붙여서 서로 부르는 그런 식이었다.

잔은 오른쪽으로 눕는 버릇이 있었으므로 왼쪽 유방이 밖으로 비어져 나올 때가 있었다. 줄리앙은 그것을 알고 그쪽을 '외박하는 신사'라고 부르고 다른 한쪽은 '기둥서방'이라고 했다. 분홍빛 젖꼭지가 키스에 더 민감한 듯이 보였기 때문이다.

두 유방 사이의 깊은 통로는 '어머니의 산책길'이라고 불렀다. 줄리앙이 끊임없이 그곳을 더듬었기 때문이었다. 또 다른 깊숙한 길은 오타의 계곡을 연상해서 '다마스커스의 길'이라고 명명했다.

바스티아로 돌아오자 안내인에게 임금을 지불해야 했다. 줄리앙은 주머니를 뒤적였다. 필요한 돈을 찾지 못하자 줄리앙이 잔에게 말했다.

"어머니가 주신 2천 프랑을 당신은 안 쓰니까 그 돈을 내게 맡기구려. 혁대에 넣어두면 안전할 거고 내가 잔돈을 바꿀 필요도 없을 테니까."

그래서 그녀는 그에게 지갑을 내주었다.

그들은 리브르에 도착하여 플로렌스나 제노바를 구경하고 코르니슈 전체를 돌아보았다.

북서풍이 부는 어느 날 아침 그들은 다시 마르세유로 왔다.

레 푀플을 떠난 지 두 달이 흘러갔다. 10월 15일이었다.

저기 저 멀리 노르망디에서 불어오는 것 같은 차가운 모진 바람에 사로잡혀 잔은 슬픔을 느꼈다. 줄리앙은 얼마 전부터 변한 듯 피곤한 모습으로 모든 일에 무관심한 사람처럼 보였다. 그리고 그녀는 알 수 없는 공포에 떨었다.

그녀는 이 태양이 빛나는 훌륭한 지방을 떠날 결심이 서지 않아 돌아갈 날짜를 사흘 늦췄다. 행복의 일주를 막 마친 듯한 느낌이었다.

마침내 그들은 마르세유를 떠났다. 레 푀플에 결정적인 거처를 마련하기 위해 필요한 모든 물건을 파리에서 사들여야 했다. 그리고 잔은 어머니를 위한 훌륭하고 우아한 선물을 가져갈 생각에 즐거웠다. 그러나 그녀가 사려고 생각한 첫 물건은 에비자의 젊은 코르시카 여인에게 약속한 권총이었다.

도착한 다음 날 그녀는 줄리앙에게 말했다.

"여보, 쇼핑을 하려고 하는데 어머니가 내게 주신 돈을 돌려주시지 않겠어요?"

줄리앙은 불쾌한 얼굴로 그녀 쪽으로 몸을 돌렸다.

"얼마나 필요하오?"

그녀는 깜짝 놀라서 더듬거리며 말했다.

"뭐…… 얼마든지 좋아요."

그가 대답했다.

"1백 프랑 주겠소. 헌데 아무 데나 쓰지는 말아요."

그녀는 놀라고 당황해서 더 이상 아무 말도 못했다.

마침내 그녀는 주저하며 말했다.

"하지만…… 전…… 당신에게 돈을 맡긴 것은……."

그는 그녀의 말을 가로챘다.

"그래, 틀림없어. 하지만 당신의 주머니 속에 있건 내 주머니 속에 있건 같은 지갑을 갖게 된 이상 상관없지. 돈을 주지 않겠다는 건 아니오, 난 1백 프랑을 주었으니까."

그녀는 더 이상 말을 못하고 다섯 닢의 금화를 받았다. 그러나 감히 더 달라고 하지 못하고 권총 하나만 샀다.

일주일 후 두 사람은 레 푀플로 돌아가기 위해 길을 떠났다.

6

 벽돌 기둥이 서 있는 하얀 울타리 앞에서 가족들과 하인들이 기다리고 있었다. 역마차가 섰다. 포옹은 오래 걸렸다. 어머니는 울었다. 감동한 잔은 두 줄기의 눈물을 닦았다. 흥분한 아버지는 왔다 갔다 했다.
 그러고 나서 짐을 내리는 동안에 살롱에 있는 벽난로 앞에서 여행 이야기가 나왔다. 무궁무진한 말들이 잔의 입술에서 흘러나왔다. 그리고 30분 동안 재빠르게 이어진 이야기 속에서 빠진 사소한 몇몇 이야기를 제외하고는 모든 것을 이야기했다.
 그리고 잔은 짐을 풀기 시작했다. 역시 흥분한 로잘리가 잔을 도와주었다. 그 일이 끝나고 내의와 옷들과 여러 가지 화장 도구가 제자리에 놓이자 하녀는 여주인 곁을 떠났다. 그러자 잔은 약간 피곤하여 쇼파에 앉았다.

그녀는 지금부터 무엇을 할 것인가 중얼거리며 자신의 정신을 위한 사색, 두 손을 위한 일을 찾아보았다. 그녀는 거실의 졸고 있는 어머니 옆에 가고 싶지 않았다. 그녀는 산책이나 할까 생각했다. 그러나 전원은 창밖으로 내다보기만 해도 마음속으로 우울의 무게를 느낄 정도로 슬프게 보였다.

그러자 그녀는 결국 자신이 할 일은 아무것도 없으며 영원히 없으리라는 것을 깨달았다. 수도원에서 보낸 잔의 청춘은 미래에 대해 생각하고 꿈꾸는 데 열중하였다. 희망에 대한 끊임없는 흥분이 가슴을 채웠으며 시간이 흐르는 것을 전혀 느끼지 못했다. 그런데 자신의 환상이 부화하고 있는 그 엄한 벽에서 풀려나자마자 그녀의 사랑에 대한 기대는 곧 실현되었다. 바라던 남자, 겨우 몇 주일 동안에 만나서 사랑하고 결혼한 남자가 너무 성급하게 결정하여 결혼할 때와 마찬가지로 그녀에게 아무런 생각할 시간도 주지 않고 그녀를 두 팔에 껴안고 채어가버렸다.

그러나 이제야 신혼 초기의 달콤한 현실이, 끝없는 희망과 미지의 것에 대한 달콤한 불안에 빗장을 지르려 하는 일상적인 현실이 되려 하고 있었다. 그렇다, 기다리는 것은 이미 끝났다.

그럼 아무것도 할 일이 없다. 오늘도 내일도, 영원히. 그녀는 막연히 이러한 모든 것을 느끼고 어떤 환멸과 함께 자신의 꿈이 부서지는 것을 느꼈다.

그녀는 일어나서 차가운 유리창에 이마를 갖다 댔다. 그리고 어두운 구름이 흘러가고 있는 하늘을 오랫동안 바라보고 있자니 밖으로 나갈 결심이 섰다.

이것이 5월의 그것과 똑같은 전원, 같은 풀, 같은 나무들일까? 나뭇잎에 반짝이는 즐거움은, 그리고 민들레가 타오르고 개양귀비가 붉게 타고 데이지가 빛나고, 보이지 않는 실 끝에서처럼 환상의 노랑나비가 파닥이고 있는 잔디밭의 푸른 시는 어떻게 되었을까? 그리고 생명과 향기와 수많은 원자로 넘치던 공기의 도취는 이제는 사라져버렸다.

가을의 끊임없는 소나기에 젖은 길들은 거의 벌거벗은 포플러의 떨고 있는 모습 아래 흩어져 있는 낙엽들의 두꺼운 양탄자로 덮여 뻗어 있었다. 가냘픈 나뭇가지가 바람에 떨며 여전히 공중으로 떨어질 듯한 몇 개의 잎을 흔들고 있었다. 그리고 끊임없이 하루 종일 올 것 같은 쉴 새 없이 내리는 슬픈 비처럼, 이제는 노랗게 물들어 커다란 금화 같은 마지막 잎새들이 가지에서 떨어져 빙빙 돌다가 떨어졌다.

그녀는 관목 숲까지 갔다. 죽어가는 자의 방처럼 애처로웠다. 구불구불한 아름다운 길을 가르고 비밀스레 감춰주고 있던 푸른 벽은 다 허물어져 있었다.

고운 나무 레이스처럼 서로 뒤엉킨 소관목들은 서로의 여윈 가지를 부딪치고 있었다. 바람이 밀어내고 흩날리고 여기저기 더미로 쌓아올린 마른 낙엽들의 속삭임은 고뇌의 괴로운 한숨 소리처럼 들렸다.

아주 작은 새들이 여기저기서 한랭한 가벼운 소리를 지르며 피난처를 찾으려고 날아올랐다.

바닷바람을 막는 전위(前衛)로 걸친 느릅나무의 두툼한 장막에 보호되어 보리수와 플라타너스는 아직도 여름의 모습을 하고 있었으며 하나는 붉은 비로드, 다른 하나는 오렌지색 비단으로 싸여 있는 듯이 보였다. 자신의 수액 성질에 따라 첫추위에 이렇게 물들어 있는 것이었다.

잔은 쿠이야르 영지를 따라서 어머니의 산책길을 느린 걸음으로 왔다 갔다 했다. 이제 막 시작한 단조로운 생활에 대해 오랜 권태의 예감 같은 것이 그녀를 짓눌렀다.

그러고 나서 줄리앙이 처음으로 그녀에게 사랑을 고백했던 비탈 위에 앉았다. 그녀는 거의 아무것도 생각하지 않고 막연한 공상에 잠겨 있었다. 마음속까지 나른해져서 오늘의 슬픔에 빠져나가기 위해 누워서 자고 싶다는 욕망을 느끼면서.

갑자기 그녀는 돌풍에 휩쓸려 하늘을 가로지르는 갈매기를 보았다. 그러자 먼 코르시카 오타의 어두운 계곡에서 보았던 독수리가 떠올랐다. 이제는 끝난 즐거운 옛추억이 주는 생생한 동요를 그녀는 마음속에 느꼈다. 그리고 그녀는 갑자기 빛나는 섬, 야생의 향기, 오렌지와 시트론을 익히는 태양, 장밋빛 산정의 산맥들, 푸른 만들, 그리고 급류가 흐르는 협곡을 다시 보았다.

그러자 음산하게 나뭇잎을 떨어뜨리고 바람에 흩날리는 회색 구름에 둘러싸인 습기 차고 굳은 풍경이 비탄의 무기로 그녀를 감쌌기 때문에 그녀는 흐느끼지 않기 위하여 집으로 다시 들어갔다.

어머니는 나날의 우울에 익숙해져서 그것을 느끼지 못하고 벽난로 앞에서 나른하게 졸고 있었다. 아버지와 줄리앙은 그들의 일에 대해 이야기하면서 산책을 나간 뒤였다. 그리고 넓은 거실에 우울한 어둠을 뿌리면서 밤이 왔다. 방은 벽난로가 뿜는 불빛의 섬광만으로 밝혀지고 있었다.

창밖으로는 연말의 더러운 자연과 그 자체가 진흙으로 문지른 듯한 회색 하늘을 저물어가는 햇빛으로 아직 분간할 수 있었다.

이윽고 남작이 줄리앙과 함께 들어왔다. 남작은 어두운 방 안에 들어오자마자 초인종을 누르며 소리쳤다.

"빨리 빨리, 등불을 가져와! 여긴 음울하군."

그리고 그는 벽난로 앞에 앉았다. 젖은 두 발이 벽난로의 불길 옆에서 김을 내고 열기로 인해 구둣바닥의 진흙이 말라 떨어지는 동안에 남작은 즐겁게 두 손을 문질렀다.

"서리가 내릴 것 같은데 하늘이 북쪽에서 밝아오는 밤은 단월이야. 오늘 밤은 몹시 춥겠는데."

그리고 딸 쪽으로 몸을 돌리며 "그런데, 얘야, 넌 이렇게 너의 고향, 너의 집에 늙은이들 옆으로 돌아와서 기쁘지 않니?" 하고 물었다.

이 단순한 질문이 잔의 마음을 흔들었다. 그녀는 눈물이 가득 괸 눈으로 아버지의 팔 안에 뛰어들어 마치 용서나 구하듯 신경질적으로 키스했다. 유쾌해지려는 마음의 노력에도 불구하고 그녀는 실신할 듯한 슬픔을 느꼈던 것이다. 그러자 그녀는 양친에게로 돌아오면서 기대했던 기쁨을 생각해보았다. 그러나 양친을 만나고도 자신의 애정을 마비시키는 이 냉담함에 놀랐다. 그것은 마치 사랑하고는 있으나 항상 만나는 습관을 잃은 사람들이 다시 만나서 공동의 생활 관계가 다시 맺어질 때까지는 애정이 정지되는 것과 같은 것이었다.

저녁 식사는 길었으나 아무도 이야기를 꺼내지 않았다. 줄리앙은 아내를 잊어버린 것처럼 보였다.

식사를 끝낸 후 거실에서 잔은 완전히 잠이 든 어머니의 맞은편에 앉아서 난롯불로 나른해져 있었다. 그리고 논쟁을 하고 있는 두 남자의 목소리에 가끔 정신이 들었다. 그녀는 정신을 차리려고 애쓰면서 자신도 아무것도 깨뜨릴 수 없는 습관의 우울한 혼수 상태에 빠져 들어가는 게 아닌가 스스로에게 물었다.

낮 동안에는 부드럽고 붉었던 벽난로의 불길은 생기 있고 밝게 불꽃을 튀겼다. 불길은 안락의자의 퇴색한 태피스트리 위에, 여우와 황새 위에, 우울한 왜가리 위에, 매미와 개미 위에 갑자기 커다란 불빛을 던졌다.

남작이 벽난로 쪽으로 당겨 앉으며 미소를 지으면서 다섯 손가락을 펴서 생생한 불 위에 얹었다.

"아! 오늘 밤엔 잘 타는군. 얼음이 얼고 있는 모양이야, 얘들아."

그리고 그는 잔의 어깨 위에 손을 얹고 불길을 가리키면서 말했다.

"자, 얘야. 이것이 세상에서 제일 좋은 거다. 벽난로, 벽난로 주위에는 가족들이 모이지. 어떤 것도 이보다 값진 게 없다. 그러나 그만 자러 가야지. 피곤하지 않니, 너희들?"

자기 방으로 올라가자, 잔은 자신이 사랑하고 있다고 생각한 똑같은 장소에 돌아왔으나, 그때와 지금이 어쩌면 이렇게 다를 수 있을까 하고 자신에게 물었다. 왜 자신이 상처입은 듯이 느껴지는 것일까? 왜 이 집, 친근한 고장, 지금까지 자신의 마음을 전율하게 했던 모든 것이 오늘은 이렇게도 비통하게 느껴지는 것일까?

그러자 그녀의 시선은 갑자기 벽시계 위에 멎었다. 조그만 벌은 여전히 빠르고 끊임없는 똑같은 동작으로 도금한 꽃 위에서 좌우로 흔들리고 있었다. 그때 갑자기 잔은 애정의 충동을 느끼고 자신에게 시간을 노래 불러주며 가슴처럼 고동치는, 이 살아 있는 듯한 작은 기계 앞에서 눈물을 흘릴 정도로 감동했다.

확실히 그녀는 양친에게 키스했을 때도 이토록 감동하지는 않았다. 인간의 마음이란 어떤 추리로도 꿰뚫을 수 없는 신비한 것을 가졌다.

결혼한 후 처음으로 그녀는 혼자 침대 위에 누웠다. 줄리앙은 피곤하다는 구실로 다른 방을 쓴다고 했다. 게다가 그들 각자 다른 방을 쓰고 있었다. 게다가 그들 각자 다른 방을 갖자는 것은 이미 결정되어 있었다.

혼자 자는 버릇을 버렸기 때문에 그녀는 다른 사람의 몸이 닿지 않는 것에 놀라고, 지붕에 악착같이 부딪치는 심술궂은 북풍에 혼란해져서 오랫동안 잠들지 못했다.

아침에 그녀는 침대를 핏빛으로 물들이는 커다란 햇빛을 받고 잠에서 깼다. 그리고 온통 서리로 얼어붙은 유리창은 지평선이 온통 불타오르듯 붉었다.

화장복으로 몸을 감싸고 그녀는 창으로 달려가서 창문을 열었다.

얼음같이 차가운 건강하고 꿰뚫는 듯한 바람이 방 안으로 들이

닥쳐, 눈물이 나올 정도로 날카롭게 그녀의 살을 에었다. 그리고 진홍빛 하늘 가운데에는 취한(醉漢)의 얼굴같이 붉게 빛나는 부푼 커다란 태양이 나무들 뒤로 나타났다. 단단하고 메마른 하얀 서리로 덮인 대지는 영지 사람들의 발걸음 아래서 뽀드득뽀드득 소리를 내고 있었다. 하룻밤 사이에 아직 잎이 무성하던 모든 가지들은 헐벗었고, 황무지 저 건너로 흰 물결이, 드문드문 보이는 긴 초록색 바다의 선이 나타났다.

플라타너스와 보리수는 돌풍이 휘몰아치자 재빨리 옷을 벗었다. 얼음같이 찬바람이 지나갈 때마다 갑작스런 서리에 떨어진 나뭇잎의 소용돌이가 바람 속에서 새가 날 듯이 휘날렸다. 잔은 옷을 입고 밖으로 나갔다. 그리고 무엇인가 하기 위해서 소작인들을 만나러 갔다.

마르탱가는 두 팔을 들고 환영했으며 여주인은 잔의 두 뺨에 키스했다. 그리고 그녀에게 봉숭아 술을 조그만 잔에 부어주며 마시도록 강요했다. 그러고 나서 잔은 다른 영지로 갔다. 쿠이야르가도 역시 두 팔을 들고 환영했다. 여주인은 잔의 귀 위에 가볍게 키스하고, 여기서도 역시 잔은 까막까치밥 술을 조그만 잔으로 한 잔 마셔야 했다.

그러고 나서 잔은 점심을 먹으러 집으로 돌아왔다.

이렇게 그날은 눅눅한 대신에 추운 날씨로 전날과 같이 흘러갔다. 그 주의 다른 날들도 이 이틀과 다름이 없었다. 그리고 그 달의 모든 주도 첫 주와 똑같았다.

그러나 점점 먼 지방을 그리워하는 마음은 사그라들었다. 습관이 그녀의 생활에 마치 어떤 종류의 물이 물건 위에 남기는 석회질의 옷과 비슷한 체념의 층을 덮었던 것이다. 그리고 일상의 사소한 모든 일들을 위한 일종의 흥미, 단순하고 평범하고 규칙적인 일에 대한 주의가 그녀의 마음속에 다시 떠올랐다. 그녀의 마음속에 일종의 명상적인 우울과 생에 대한 막연한 환멸이 펼쳐졌다. 그녀에게 필요한 것이 무엇일까? 그녀는 무엇을 바라고 있는가? 그녀는 알 수 없었다. 어떤 세속적인 욕망도 그녀를 사로잡지 못했다. 즐거움에 대한 어떠한 갈망도, 가능한 기쁨을 향한 충동조차도 그녀의 마음을 사로잡지 못했다. 그 이상 무엇이 있을까? 시간의 흐름에 따라 퇴색한 거실의 낡은 안락의자처럼 모든 것이 그녀의 눈에는 부드럽게 퇴색해가고 사라지고 창백하고 우울한 색조를 띠었다.

줄리앙과의 관계도 완전히 변했다. 자신의 배역을 마치고 평소의 모습으로 돌아온 배우처럼 신혼 여행에서 돌아온 뒤로 아주 다르게 보였다. 이제는 아내에게 별로 신경을 쓰지 않았으며 이야기조차 하지 않았다. 모든 사랑의 흔적은 재빨리 사라져버렸다. 그리고 밤에 아내의 방에 들어오는 횟수도 드물어졌다.

줄리앙은 재산과 가정을 관리했으며, 임대차 계약을 검토하고, 소작인들을 들볶고 경비를 절약했다. 그리고 자신도 농부 같은 옷을 입었고 약혼 시절의 겉치레와 우아한 모습을 잃어버렸다.

그는 옷장에서 찾아낸 젊은 독신 시절의 구리 단추가 달린 낡은 비로드 사냥복이 얼룩이 진 것도 상관하지 않고 그 옷을 내내 입고 다녔다. 그리고 여자의 환심을 살 필요를 다시 느끼지 않는 남자의 무관심으로 면도도 하지 않아 다듬지 않은 긴 수염이 믿을 수 없을 정도로 그를 추하게 만들었다. 이제는 손도 가꾸지 않았다. 그리고 식사 후마다 조그만 잔으로 꼬냑을 네댓 잔씩 마셨다.

잔은 몇 번 부드럽게 타이르려고 노력했으나 그는 너무나 퉁명스럽게, "제발, 그냥 내버려둘 수 없겠어?" 하고 대답했으므로 그녀는 감히 그에게 더 이상 충고하지 못했다.

이러한 변화에 대해서 그녀는 자신도 놀랄 만큼 운명이라 체념하고 있었다. 줄리앙은 그녀에게는 타인, 영혼도 마음도 닫힌 채로 있는 타인이 되었다. 그녀는 몇 번이고 그것에 대해 생각해보았다. 그리고 그렇게 만나서 사랑하고 사랑의 충동 속에서 결혼한 두 사람이 갑자기 나란히 자본 적이 없는 것처럼, 서로 거의 다른 사람이 된 것은 어찌된 일인가 하고 생각했다.

그리고 왜 남편의 냉담이 지금은 고통스럽지 않을까? 이런 게 인생인가? 우리는 속은 것일까? 이제 미래에는 자신을 위한 일이 없는 것일까?

만약 줄리앙이 아름답게 가꾸어 우아하고, 매력적인 상태로 있다면 그녀는 지금보다 더 고민했을까?

새해가 되어 신혼 부부만 남고 양친은 루앙의 집에서 몇 달 지내기 위해 돌아가기로 합의를 봤다. 일생을 보낼 이곳에서 정착하여 살도록 길들이기 위해서 젊은이들은 이 겨울에 레 푀플을 떠나지 않기로 결정했다. 그들은 이웃도 사귀었다. 줄리앙은 그들에게 아내를 소개했다. 브리즈빌, 쿠틀리에, 그리고 푸르빌르의 세 집안이었다.

그러나 그때까지 마차의 문장을 바꿀 칠장이를 부르지 못했기 때문에 그들은 아직 이웃을 방문할 수 없었다.

전부터 있던 집안의 낡은 마차는 사실 남작이 사위에게 물려주었는데, 라마르가의 문장이 르 페르튀 데 보의 문장과 나란히 하지 않으면 줄리앙은 결코 근처의 성관을 방문하는 데 동의하려 들지 않았다.

그런데 이 지방에는 문장을 전문으로 하는 사람이 단 한 사람밖에 없었다. 그는 볼베크의 칠장이로 바타유라는 이름을 가졌으며, 마차의 문에 귀중한 장식을 박기 위해서 노르망디의 모든 귀족들의 집안에서는 차례로 그를 불러들였다.

마침내 12월의 어느 날 아침, 점심 식사를 끝낼 무렵에 어떤 사람이 문을 열고 곧은 길을 걸어오는 것이 보였다. 그는 등에 상자를 지고 있었다. 바타유였다.

식당으로 들어오게 하여 마치 신사나 대접하듯 그에게 식사를 대접했다. 그의 전문, 지방 귀족들과의 끊임없는 관계, 문장과 신성한 말과 표어에 대한 지식이 그를 어떠한 귀족들도 악수하게 만드는 일종의 문장의 화신같이 만들어주었다.

곧 연필과 종이를 가져오게 하여 그가 식사하는 동안에 남작과 줄리앙이 각기 사등분한 방패 꼴의 문장을 스케치했다. 이런 일에는 몹시 흥분하는 남작 부인도 자신의 의견을 말했다. 그리고 잔까지도 신비스러운 관심이 갑자기 솟는 듯 그 의논에 끼어들었다.

바타유는 점심 식사를 하면서 자신의 의견을 말하고 가끔 연필로 스케치를 하고, 다른 예를 든다든가, 그 지방 귀족의 마차들을 전부 들어서 설명했다. 정신과 목소리까지도 일종의 귀족적인 분위기를 띠고 있는 듯이 보였다.

그는 회색머리를 짧게 깎았으며 칠로 더러워지고 휘발유 냄새가 나는 손을 가진 자그마한 사람이었다. 사람들이 말하는 바로는 그는 옛날에 품행상 좋지 않은 일이 있었으나, 지위 있는 모든 문벌의 전반적인 존경이 오래전부터 이 결점을 씻어주고 있었다.

그가 커피를 마시고 나자 곧 그를 차고로 안내하여 마차를 덮어두었던 밀랍을 칠한 덮개를 벗겼다. 바타유는 마차를 살피고 나서 데생에 필요하리라 생각되는 치수에 대해서 신중하게 의견을 말했다. 그리고 나서 새로운 의견을 교환하고 난 다음 일에 착수하기 시작했다.

추위에도 불구하고 남작 부인은 그가 일하는 것을 보기 위해서 의자를 가져오게 했다. 그리고는 다시 발이 시리다고 발덮개를 가져다달라고 했다. 그리고 조용히 칠장이와 이야기하기 시작했다. 부인은 그에게 그녀가 모르고 있는 결혼, 새로운 결혼과 출생에 대해 물어보면서 그러한 새로운 지식으로 자신의 기억 속에 있는 가문들의 관계를 보충하는 것이었다.

줄리앙은 장모 곁에 있는 의자 위에 걸터앉아 있었다. 그는 파이프를 피우고 땅에 침을 뱉었으며 이야기에 귀를 기울이고 자신의 귀족 신분이 그림으로 되어가는 것을 눈으로 좇고 있었다.

잠시 후 삽을 어깨에 메고 채소밭으로 가던 시몽 영감도 일하는 것을 보려고 걸음을 멈추었다. 그리고 바타유가 도착했다는 소문은 두 영지 안에 퍼져, 곧 두 명의 소작인 부인이 나타났다. 두 여자는 남작 부인의 양쪽에 서서 즐거워하며 되풀이해 말했다.

"저렇게 공들여서 그리는 걸 보면 여간 능숙한 솜씨가 아니야."

양쪽 문의 문장은 다음 날 11시경에야 끝날 수 있었다. 곧 모든 사람들이 나타났다. 그리고 더 자세히 보기 위해서 마차를 밖으로 끌어냈다.

완전했다. 등에 상자를 짊어지고 떠나가는 바타유를 모두들 칭찬했다. 그리고 남작과 그의 아내와 잔과 줄리앙은 이 칠장이는 훌륭한 솜씨를 가진 남자이며, 만약 상황이 허락했다면 틀림없이 미술가가 되었으리라는 데 의견을 모았다.

경제를 위해서 줄리앙이 여러 가지 개혁을 실시했는데 그 개혁들은 새로운 수정이 필요하였다.

늙은 마부는 정원사가 되었고, 자작 자신이 마차를 부리기로 하고 마차의 말은 사료를 절약하기 위해서 팔아버렸다.

그러고 나서 주인들이 내리고 있는 동안에 말을 붙잡고 있을 사람이 필요해서, 마리우스라는 소 지키는 아이를 하인으로 쓰기로 하였다.

마침내 말을 얻기 위해서 자작은 쿠이야르와 마르탱의 계약서 안에, 이 두 소작인은 매달 하루씩 자작의 지정한 날에 자기 말을 한 필씩 제공해야 한다는 특별한 약정 조항을 적어 넣고, 그 대신 가금의 사용료를 바친다는 사항을 취소하기로 했다.

그래서 쿠이야르가는 꼬리가 노란 커다란 노마를 끌고 왔고, 마르탱가는 꼬리가 길고 몸집이 작은 흰 말을 끌고 와서 두 마리의 말이 나란히 멍에를 메었다. 그리고 시몽 영감의 낡은 제복 속에 잠긴 마리우스는 성관의 층계 앞까지 이 마차를 끌고 왔다.

깨끗이 치장을 하고 몸을 뒤로 젖히고 있는 줄리앙은 옛날의 우아함을 약간 되찾고 있었다. 그러나 텁수룩한 수염은 그런 모든 것에도 불구하고 평범한 모습으로 보이게 했다.

줄리앙은 말과 마차와 마부를 살펴보고 이만하면 족하다고 생각했다. 다시 칠해진 문장만이 그에게 중요성을 띠고 있었다.

남편의 팔에 의지하여 방에서 내려온 남작 부인은 겨우 마차에 올라 방석으로 등을 받치고 의자에 앉았다. 잔도 곧 나타났다. 그녀는 멀리 말의 연결을 보고 미소 짓고, "흰 말은 노랑말의 손자로군"이라고 말했다. 그리고 마리우스를 보니 얼굴은 휘장이 달린 모자 속에 파묻혀 있고 모자가 아래까지 흘러내리려는 것을 겨우 코로 받치고 있었다. 그리고 두 팔은 소매 깊숙이 사라져버리고 프록코트의 옷자락에 양쪽 다리가 잠기고 그 아래로 커다란 단화를 신은 두 발이 기이한 모습으로 나와 있었다. 그리고 무엇을 보려면 머리를 뒤로 젖혀야 되고, 걸으려면 마치 냇물을 건너듯이 무릎을 들고, 명령에 따르기 위해서는 커다란 옷 속에 파묻혀 장님처럼 어물어물하는데다 모습이 아예 보이지 않는 꼴을 보고, 잔은 억제할 수 없는 웃음에 사로잡혀 끝없이 웃음을 터뜨리고 말았다.

남작도 몸을 돌려 이 겁에 질린 소년을 보더니 곧 웃음이 전염되었다. 그는 웃음을 터뜨리고 아내를 부르면서 말을 잇지 못했다.

"봐, 봐요, 마, 마, 마, 마리우스를! 우습지 않소! 이건 정말 우, 우스워 죽겠군!"

그러자 남작 부인도 문에 기대어 이 꼴을 보고는, 마치 마차의 요동에 흔들리듯이 마차 전체가 용수철 위에서 춤출 만큼 웃음의 발작에 사로잡혔다.

그러나 줄리앙은 얼굴이 창백해져서 물었다.

"뭐가 그렇게 우습죠? 모두들 제정신들이 아니군요!"

잔은 너무 웃어 배에 경련이 이는 것을 참지 못해 현관의 계단 위에 앉았다. 남작도 따라서 주저앉았다. 그리고 마차 안에서 나는 경련적인 재채기 소리, 계속해서 낄낄거리는 소리가 남작 부인이 아직도 숨이 막히도록 웃고 있다는 것을 말해주고 있었다. 그러자 갑자기 마리우스의 프록코드가 팔딱이기 시작했다. 물론 그도 웃는 이유를 알았던 것이다. 마리우스 역시 모자 깊숙이에서 온 힘을 다해 웃고 있었던 것이다.

그러자 흥분한 줄리앙은 달려들었다. 따귀를 한 대 때리자, 소년의 머리에서 커다란 모자가 잔디 위로 떨어졌다. 그리고 장인 쪽으로 몸을 돌려 분노로 떨리는 목소리로 더듬거리며 말했다.

"웃으실 이유가 없을 것 같습니다. 재산을 낭비하지 않고, 갖고 있던 것을 먹지 않았다면 이 지경이 되지는 않았을 겁니다. 만약에 망해버리면 죄는 누구에게 있을까요?"

일시에 웃음이 얼어붙은 듯이 갑자기 그쳤다. 아무도 입을 열지 않았다. 곧 울음이 터질 듯한 잔은 소리 없이 어머니 옆자리에 올라탔다. 남작은 놀라서 멍하니 두 여자의 맞은편에 앉았다. 그리고 줄리앙은 뺨이 붓도록 울고 있는 소년을 자기 옆에 끌어올린 뒤 자리에 앉았다.

가는 길은 슬프고 긴 것처럼 보였다. 마차 안의 사람들도 침묵을 지켰다. 세 사람 다 우울하고 어색해서 자신들의 마음속에 생각하고 있는 것을 이야기하지 않았다. 그리고 다른 것에 대해 이야기할 수도 없다고 느꼈다. 그토록 고통스러운 생각이 그들의 머리에서 떠나지 않았다. 이 괴로운 화제를 건드리기보다는 차라리 쓸쓸히 침묵을 지키는 것이 훨씬 나았다.

말 두 필의 고르지 않은 속보로 마차는 영지의 뜰을 따라서 달렸다. 놀란 검은 닭들이 후닥닥 뛰며 울타리 속으로 달려가 사라져버렸다. 가끔 개가 따라오며 짖었으나, 얼마 안 가서 털을 곤두세우고 집으로 돌아갔다가 다시 마차를 향해 짖어댔다. 진흙투성이 나막신을 신은 소년이 긴 다리를 흐느적거리면서 주머니 속에 두 손을 찔러넣고 푸른 웃옷의 등을 바람에 부풀리면서 걸어오다가, 마차가 지나가도록 비켜서며 서투르게 모자를 벗는 순간에 차양에 달라붙은 뻣뻣한 머리털이 보였다.

그리고 각 영지 사이에는 다시 들이 계속되고 멀리 여기저기 또 다른 영지가 보였다.

마침내 전나무 가로수 길로 들어섰다. 푹 패인 진흙의 바퀴자국에 마차가 기울어졌기 때문에 어머니가 비명을 질렀다. 길 끝에 하얀 울타리가 닫혀 있었다. 마리우스가 달려가서 그것을 열고 둥그런 길을 지나 넓은 잔디밭을 돌아서 덧문이 닫혀 있는 높고 거대하고 음울한 건물 앞에 마차는 섰다.

가운데 문이 갑자기 열렸다. 그리고 검은 줄이 있는 빨간 조끼를 입고 그 아래 에이프런을 두른 중풍에 걸린 늙은 하인이 비스듬히 종종걸음으로 걸으며 현관의 계단을 내려왔다. 그는 방문객의 이름을 듣고 그들을 넓은 거실로 안내하고 항상 닫혀 있던 덧문을 겨우 열었다. 가구들은 커버로 덮여 있었으며 벽시계와 촛대는 흰 천으로 덮여 있었다. 그리고 곰팡내 나고 습기 차고 추운, 옛날 냄새 나는 공기가 허파와 가슴과 피부에 슬픔을 배어들게 하였다.

모두들 앉아서 기다렸다. 위층의 복도에서 들려오는 발소리가 갑작스러운 사태에 당황하고 있다는 것을 알려주었다. 놀란 집 안 사람들이 재빨리 옷을 갈아입고 있었다. 오래 걸렸다. 벨이 여러 번 울렸다. 다른 발소리가 계단을 내려오더니 다시 올라갔다.

꿰뚫는 듯한 추위에 사로잡힌 남작 부인은 계속해서 재채기를 했다. 줄리앙은 방 안을 이리저리 걸어 다녔다. 잔은 침울하게 어머니 옆에 앉아 있었다. 그리고 남작은 벽난로의 대리석에 등을 기대고 고개를 숙이고 있었다.

마침내 높다란 문이 열리면서 브리즈빌 자작 부부가 나타났다. 두 사람 다 키가 작고 말랐으며, 깡충깡충 뛰는 걸음걸이로 나이를 판단할 수 없었다. 의례적인 인사가 오가고 서로 포옹하였다. 꽃 무늬가 있는 비단 옷을 입고 리본 장식이 달린 작은 보네트를 쓴 부인은 날카로운 음성으로 재빨리 말했다.

몸에 꼭 끼는 화려한 프록코트를 입은 남편은 무릎을 굽혀 인사했다. 그의 코와 눈과 잇몸이 드러나는 이는 마치 밀랍을 칠한 듯했고, 화려하고 아름다운 그의 옷은 정성껏 손질한 물건처럼 빛나고 있었다.

환영의 첫 인사와 이웃으로서 예의를 차리고 나자 더 할 말이 없었다. 그러자 이유 없이 서로를 칭찬했다. 양쪽 다 이 훌륭한 관계를 계속할 것을 바라고 있었다. 일년 내내 시골에서 살면서 서로 만나는 것은 의지가 되는 것이었다.

거실의 얼음같이 찬 공기가 꿰뚫고 들어와 목소리가 쉬었다. 남작 부인은 재채기가 다 끝나기도 전에 이제는 기침을 하고 있었다. 그때 남작이 출발하자는 신호를 보냈다. 브리즈빌 부부는 "왜 그러십니까, 이렇게 빨리? 조금만 더 있다가 가십시오" 하고 말렸다. 그러나 방문 시간이 너무 짧다고 생각하는 줄리앙의 신호에도 불구하고 잔은 일어났다.

마차를 끌어내기 위해서 초인종을 울려서 하인을 부르려 했다. 그러나 초인종이 울리지 않았다. 주인은 재빨리 나갔다가 다시 돌아와 말을 마굿간에 매어 놓았다고 알렸다.

잠시 기다려야 했다. 모두들 할 말을 찾았다. 비가 오는 겨울에 대해 이야기했다. 잔은 자신도 모르게 불안한 마음이 들어 두 분은 일년 내내 무슨 일을 하면서 지내느냐고 물었다. 그러나 브리즈빌 부부는 이 질문에 의아해했다. 그들은 쉴 새 없이 바빴던 것이다. 프랑스 전국에 산재한 귀족 친척들에게 많은 편지를 쓰거나, 여러 가지 미비한 일로 하루를 보내거나, 부부가 마주 앉아서 타인을 대하듯이 의례적인 태도로 아주 사소한 일에 대해 엄숙하게 이야기를 하면서 지낸다는 것이었다.

모든 것을 헝겊으로 포장한, 사람이 살지 않는 넓은 거실의 검고 높은 천장 아래서 극히 작고 깨끗하고 정확한 이 남녀가, 잔에게는 귀족의 통조림처럼 보였다.

마침내 짝이 안 맞는 두 필의 말이 끄는 마차가 문 앞에 섰다. 그러나 마리우스가 모습을 보이지 않았다. 저녁 때까지 시간이 있으리라고 생각하고 한바퀴 돌아보려고 들로 나간 듯했다.

　화가 난 줄리앙은 마리우스에게 걸어오도록 일러달라고 부탁했다. 그러고는 서로서로 많은 인사를 나눈 후 레 푀플을 향해 길을 떠났다.

　마차 안에 갇히자마자 잔과 아버지는 줄리앙의 난폭함이 준 무거운 기분에도 불구하고 브리즈빌 부부의 억양와 몸짓을 흉내 내면서 웃기 시작했다. 남작은 남편의 흉내를 내고 잔은 아내의 흉내를 냈으나 남작 부인은 자기가 존경하는 귀족들이 놀림의 대상이 되는 것에 얼굴을 찡그리며 그들에게 말했다.

　"그렇게 남을 놀린다는 건 잘못이에요. 아주 비난할 여지만 있는 분들은 아녜요. 훌륭한 가문의 사람들이에요."

　부인의 말을 거역하지 않으려고 침묵을 지켰으나 때때로 잔과 아버지는 서로 바라보면서 다시 흉내 내기 시작했다. 그들은 예절을 갖추어서 인사를 하고 엄숙한 목소리로 말했다.

　"레 푀플의 성관은 몹시 추울 테죠, 부인? 하루 종일 바다에서 불어오는 바람 때문에."

　그녀는 새침한 얼굴을 하고 목욕을 하는 오리처럼 머리를 휘휘 내저으면서 말했다.

　"아아! 이곳에 있으면 일년 내내 할 일이 있지요. 그리고 우린 편지를 쓸 친척들이 많거든요. 브리즈빌은 모든 일을 내게만 맡기지요. 그는 팰르 사제와 함께 학문 연구에 열중하고 있지요. 그들은 함께 노르망디 종교사를 편찬하고 있습니다."

　이번에는 남작 부인이 웃었다. 속이 상하면서도 관대해져 "그렇게 같은 계급 사람들을 조롱하면 좋지 않아요" 하고 되풀이해 말했다.

그때 갑자기 마차가 멈췄다. 줄리앙이 뒤쪽을 보며 누군가를 큰 소리로 부르고 있었다. 그러자 잔과 남작도 창밖으로 몸을 내밀어 그들을 향해 굴러오는 듯이 보이는 이상한 사람을 알아보았다. 제복의 물결치는 듯한 옷자락 안에서 다리를 거북하게 놀리며, 끝없이 흘러내리는 모자에 눈이 가려 풍차의 날개처럼 소매를 흔들며, 큰 물구덩이 속을 정신없이 건너려고 진흙을 튀기고, 길가의 돌에 채이며, 깡충깡충 뛰며, 진흙투성이가 된 마리우스가 전력을 다해 마차를 따라오고 있었다.

그가 마차를 따라붙자 줄리앙은 몸을 굽혀서 그의 목덜미를 잡고 자기 옆에 끌어올렸다. 그리고 고삐를 놓고 주먹으로 모자 위를 갈기기 시작했다. 그러자 모자는 어깨까지 내려앉으면서 북소리를 냈다. 소년은 그 속에서 울부짖으며 도망가려고 마부의 자리에서 뛰어내리려 했으나, 주인은 한 손으로 그를 잡고 다른 한 손으로는 여전히 때리고 있었다.

잔은 얼떨떨해서 더듬거렸다.

"아버지…… 아아! 아버지."

그리고 분노로 흥분한 남작 부인은 남편의 팔을 잡았다.

"아이, 저걸 말려요, 자크."

그러자 갑자기 남작은 앞의 유리를 내리고 사위의 소매를 잡으며, 떨리는 목소리로 말했다.

"그 애를 때리는 것을 그만두지 못하겠나?"

줄리앙은 어리둥절해서 몸을 돌렸다.

"이 녀석이 제복을 어떻게 했는지 보지 못하셨습니까?"

그러자 남작은 두 사람 사이로 머리를 내밀고 말했다.

"그게 뭐 그리 중요한가! 그렇게 난폭하게 굴지 말게."

줄리앙이 다시 화를 냈다.

"제발 그냥 놔두세요. 관계하실 일이 아닙니다!"

그는 다시 손을 들었다.

그러나 장인이 갑자기 그 손을 잡고 마부석의 나무에 부딪칠 만큼 온 힘을 다해 끌어내렸다. 그리고 분노하여 "그만두지 않으면 내가 내려서 그만두게 할 수 있지!" 하고 소리쳤다. 자작은 갑자기 누그러지면서 아무 대답도 하지 않고 어깨를 으쓱하더니 말에 채찍질을 했다. 말은 대단한 속력으로 달리기 시작했다.

두 여인은 얼굴이 하얗게 질려서 움직이지 못했다. 남작 부인의 심장이 무겁게 뛰는 소리만이 분명히 들렸다.

저녁 식사 때 줄리앙은 아무 일도 없었던 것처럼 상냥했다. 잔과 아버지와 아델라이드 부인은 평온한 마음으로 재빨리 사건을 잊어버리고 줄리앙이 상냥해진 것을 보고 안심해서 회복기 환자가 갖는 안락한 마음으로 쾌활해졌다. 그리고 잔이 다시 브리즈빌 부부에 대해 이야기했을 때 그녀의 남편도 농담을 했으나 이내 재빨리 덧붙였다.

"어쨌든 그들은 위풍당당한 데가 있어."

모두들 마리우스 문제가 다시 생기는 것이 두려워 다른 집은 방문하지 않았다. 새해에는 이웃에 연하장만 보내고 내년 이른 봄 날씨가 따뜻한 날에 그들을 방문하기로 했다.

크리스마스가 왔다. 사제와 촌장과 촌장 부인을 저녁 식사에 초대했다. 새해에도 그들을 초대했다. 그것만이 세월의 단조로움을 깨뜨리는 유일한 심심풀이였다.

아버지와 어머니는 1월 9일에 레 푀플을 떠나기로 되어 있었다. 잔은 양친을 붙잡아두고 싶었으나 줄리앙은 응하지 않았다. 사위의 더해가는 냉담함 앞에서 남작은 루앙에서 역마차를 보내도록 일렀다.

양친이 떠나기 전날 밤, 짐이 다 꾸려지자 청명한 추운 날씨였기 때문에 잔과 아버지는 이포르까지 내려가보기로 결정했다. 잔 부부가 코르시카에서 돌아온 뒤로 한 번도 가보지 못했던 것이다.

두 사람은 잔이 결혼식 날 영원히 인생의 반려가 될 사람과 몸과 마음을 섞었던 숲을 가로질렀다. 그 숲에서 그녀는 최초의 애무를 받고 첫 번째 전율을 느끼고 나중에 오타의 야생 계곡에서 물에 키스를 섞어서 함께 마시던 샘물 옆에서 마침내 알게 된 저 관능적인 사랑을 예감했다.

이제는 나뭇잎도, 풀 덩굴도 없었다. 단지 나뭇가지가 떠는 소리, 겨울에 잎이 떨어진 덤불 숲이 내는 메마른 소리만 들릴 뿐이었다.

두 사람은 작은 마을로 들어갔다. 인적이 없는 조용한 거리에서는 바다 냄새와 해초 냄새와 생선 냄새가 물씬 풍기고 있었다. 항상 갈색의 넓은 그물이 문 앞이나 자갈밭 위에 펼쳐져 말려지고 있었다. 회색의 차가운 바다는 영원히 포효하는 파도 소리를 내면서 물이 빠져나가기 시작하고, 페캉을 향해서 절벽의 발치 아래 푸르스름한 바위들을 드러내고 있었다. 그리고 해변을 따라서 옆으로 쓰러져 있는 좌초한 커다란 배들이 죽어 있는 커다란 생선처럼 보였다. 저녁이 왔다. 어부들이 커다란 어부용 장화를 무겁게 끌고, 목에 털목도리를 감고, 한 손엔 1리터의 브랜디를 들고, 다른 한 손에는 배의 등불을 들고 무리를 지어 돌 축대로 왔다. 오랫동안 그들은 기울어진 소형 보트의 주위를 돌았다. 노르망디 특유의 느린 동작으로 그물과 낚시찌와 커다란 빵과 버터 단지와 컵과 투르아시스의 병을 배에 실었다. 그러고 나서 그들은 다시 일으켜 세운 브트를 바닷속으로 밀었다. 배는 요란한 소리를 내며 자갈밭 위를 디끄러져 내려가 파도를 가르고 물결 위에 올라 잠시 동안 흔들리더니 갈색 날개를 펴고 마스트 끝에 작은 등불을 달고는 어둠 속으로 사라졌다.

그러자 키가 큰 어부의 아내들이 엷은 옷 아래로 단단한 뼈대를 내비치면서 마지막 어부가 떠날 때까지 서 있다가 졸고 있는 마을로 돌아갔다. 그녀들의 소란스러운 목소리가 어두운 거리의 둔중한 잠을 흔들었다.

남작과 잔은 움직이지 않고 이 남자들이 어둠 속으로 멀리 사라지고 있는 것을 바라보았다. 매일밤 그들은 굶어 죽지 않으려고 이렇게 위험을 무릅쓰고 바다로 나갔다. 그러나 고기도 먹지 못할 만큼 가난했다.

남작은 바다 앞에서 흥분하면서 중얼거렸다.

"바다는 무섭고 아름답다. 어둠이 내리는 바다, 많은 생명들이 위험을 무릅쓰고 내맡기는 이 바다는 얼마나 훌륭한가! 그렇지 않니, 자네트?"

그녀는 차가운 미소를 띠며 대답했다.

"지중해보다는 못한 것 같아요."

그러자 아버지는 분개해서 말했다.

"지중해! 그건 기름, 달콤한 물, 잿물을 넣은 나무통 속의 푸른 물에 불과해. 거품이 이는 이 바다가 얼마나 무서운지 이걸 좀 봐라! 그리고 저 바다 멀리 떠난 남자들, 이제는 보이지 않는 남자들에 대해서 생각해봐."

잔은 한숨을 쉬며 동의했다.

"네, 그럴 거예요."

그러나 입술에서 나온 이 '지중해'라는 말이 다시 그녀의 마음을 찌르고 모든 꿈이 매장되어 있는 먼 지방을 향해 자신의 상념을 던지는 것이었다.

그러자 아버지와 딸은 숲으로 빠져나가는 대신에 길로 나와서 느린 걸음으로 언덕을 올라갔다. 그들은 다가오는 이별의 슬픔에 잠겨 아무 말도 하지 못했다.

가끔 영지의 도랑을 따라서 가면 짓이겨진 사과 냄새가, 이 계절에 모든 노르망디 지방에 떠도는 듯이 느껴지는 신선한 능금주 냄새가 그들의 코를 찌르고, 또 외양간의 짙은 냄새, 소들의 거름에서 발산하는 건강하고 따뜻한 냄새가 그들의 코를 찌르곤 했다. 불이 켜진 조그만 창문이 들에 사람이 사는 집이 있다는 것을 알려주고 있었다.

그러자 잔은 자신의 영혼이 넓어져 눈에 보이지 않는 것까지 알 수 있을 것 같았다. 그리고 들에 흩어진 이 작은 빛은 그녀에게 갑자기 모든 존재에 대한 생생한 고독감을 주었다. 자신들이 사랑하는 사람들에게서 모든 것을 가르고 헤어지게 하고 멀리 끌고 가버리는 존재에 대한.

그러자 체념한 듯한 목소리로 그녀는 말했다.

"인생이란 항상 즐거운 것은 아닌가 봐요."

남작이 한숨을 내쉬었다.

"할 수 없는 거야. 얘야, 우린 어떻게 할 수 없단다."

다음 날 양친은 떠났다. 잔과 줄리앙만이 남았다.

7

젊은 부부의 생활에 카드가 끼어들었다. 매일 점심 식사 후 줄리앙은 파이프를 피우면서, 여섯 내지 여덟 잔의 꼬냑을 조금씩 마시면서 아내와 함께 여러 가지 트럼프 놀이를 했다. 그러고 나면 그녀는 자기 방으로 올라가서 창 옆에 앉아 비가 유리창을 때리고 바람이 유리창을 흔드는 동안에 꾸준히 스커트의 장식을 수놓았다. 가끔 피곤해지면 그녀는 눈을 들고 멀리 파도가 일고 있는 바다를 바라보았다. 그렇게 몇 분 동안 초점 없는 눈으로 바다를 바라본 후 다시 일손을 잡았다.

잔은 그 이외에 달리 할 일이 없었다. 자신의 권세욕과 경제욕을 만족시키기 위해 줄리앙이 집안일을 감독하고 있었기 때문이었다. 줄리앙은 무섭게 절약하는 본성을 드러냈으며 팁도 주지 않았고 식량도 최소한으로 줄여버렸다. 잔이 레 푀플에 돌아온 이후로 매일 아침마다 빵 가게에 노르망디식의 작은 빵과자를 주문하고 있었는데, 줄리앙은 이 비용을 아껴서 보통 구운 빵을 먹게 했다.

모든 변명이나 논쟁이나 말다툼을 피하기 위해서 잔은 아무 말도 하지 않았으나 남편의 새로운 탐욕의 증거가 나타날 때마다 바늘로 찔린 듯 고통을 느꼈다. 돈을 중요하게 생각하지 않는 집안에서 자라난 잔에게는 이런 것이 저속하고 추악하게 보였다.

"물론 돈이란 쓰기 위해서 만들어진 거야"라는 어머니의 말을 그녀는 얼마나 자주 들어왔던가.

줄리앙은 이제 되풀이해 말한다.

"아직도 당신은 돈을 함부로 쓰는 버릇을 고치지 않고 있소?"

그리고 봉급이나 계산서에서 몇 푼이라도 줄일 때마다 그는 주머니 속에 잔돈을 쑤셔 넣으면서 미소 띤 얼굴로 말했다.

"티끌 모아 태산이지."

어떤 날에는 잔은 다시 공상에 잠길 때가 있었다. 그녀는 일하다가 조용히 멈추고는 두 손을 축 늘어뜨리고 초점 없는 시선으로 아름다운 모험 세계의 일부인 자신의 처녀 시절의 소설 속으로 다시 들어가는 것이었다. 그러나 갑자기 시몽 영감에게 명령을 내리는 줄리앙의 목소리가 그녀를 공상의 요람에서 끌어내렸다. 그러면 그녀는 이렇게 말하면서 다시 지루한 일거리를 잡았다.

"이젠 모든 게 끝났어."

어느덧 눈물이 바느질하고 있는 그녀의 손등 위로 떨어졌다.

로잘리 역시 옛날에는 아주 쾌활하고 항상 노래를 불렀으나 지금은 변했다. 그녀의 통통한 두 뺨은 혈색을 잃고 거의 움푹 패였으며 가끔 흙칠을 한 것처럼 보였다.

가끔 잔은 그녀에게 물었다.

"너 어디 아프니?"

하녀의 대답을 한결같았다.

"아니에요, 마님."

얼굴이 잠시 붉어지다가 이내 그녀는 도망쳐버렸다.

옛날처럼 뛰어다니는 대신에 로잘리는 고통스럽게 다리를 끌고 다녔으며 몸맵시도 내지 않고, 돌아다니는 상인이 비단 리본이나 코르셋이나 여러 가지 향수를 그녀에게 보여주어도 사지 않았다.

커다란 집 안은 공동(空洞)처럼 보였고 아주 음산했으며 벽에는 회색의 기다란 빗자국이 얼룩져 있었다.

1월이 끝날 무렵 눈이 내렸다. 우울한 바다 위에 커다란 구름이 북쪽에서부터 움직이는 것이 보였다. 그리고 눈송이가 하얗게 내려오기 시작했다. 아침에 일어나 보니 하룻밤 사이에 모든 들이 하얗게 파묻히고 나무들은 얼음의 거품으로 싸인 듯이 보였다.

줄리앙은 고무 장화를 신고 수염이 더부룩한 얼굴로 관목 숲의 들판으로 면한 쪽의 도랑 뒤에 숨어 철새를 노리면서 시간을 보냈다. 가끔 총 소리가 들의 차가운 고요를 찢었다. 놀란 검은 까마귀 떼가 커다란 나무를 빙빙 돌면서 날아갔다.

권태에 짓눌린 잔은 가끔 현관의 층계까지 내려왔다. 창백하고 우울한, 눈으로 덮여 고요히 잠들고 있는 세계 위로 생의 소리가 저 멀리서 반사되어 왔다.

그리고 그녀는 멀리 코 고는 소리 같은 물결 소리와 여전히 내리고 있는 언 물가루의 막연하고 끊임없는 낙하 소리 이외엔 아무것도 듣지 못했다.

그리고 눈의 층은 두껍고 가벼운 거품의 끊임없는 추락 아래 쉴 새 없이 이뤄지고 있었다.

이런 창백한 아침의 어느 날, 잔이 꼼짝하지 않고 방의 난로 옆에서 발을 쬐고 있는 동안에 나날이 변해가는 로잘리는 침대 시트를 정돈하고 있었다. 갑자기 잔은 등 뒤에서 고통스러운 한숨 소리를 들었다. 고개를 돌리지 않고 잔이 물었다.

"아니, 왜 그러지?"

하녀는 여전히 "아무것도 아녜요, 마님" 하고 대답했다. 그러나 그녀의 목소리는 떨리고 꺼져 들어가는 듯했다.

잔은 벌써 다른 것을 생각하고 있었다. 그러자 문득 하녀가 움직이는 소리가 들리지 않는다는 것을 알아차렸다. 그녀는 "로잘리!" 하고 불렀다. 아무 소리도 들리지 않았다. 그러자 그녀가 방에서 소리 없이 나갔으리라 생각하고 잔은 더 큰 소리로 외쳤다.

"로잘리!"

그리고 잔은 초인종을 누르려고 팔을 뻗치려다가 그녀의 아주 가까이에서 새어나오는 깊은 신음 소리에 두려움으로 떨며 일어섰다.

하녀는 얼굴이 하얗게 질려서 핏발 선 눈으로 두 다리를 뻗치고 침대의 나무 다리에 기댄 채 마룻바닥에 주저앉아 있었다.

잔은 그녀의 곁으로 달려가서 "왜 그래, 왜 그러니?" 하고 물었다.

하녀는 한마디도 못 하고 움직이지 않았다. 그녀는 미친 듯한 시선으로 여주인을 바라보며 무서운 고통에 찢기는 듯 헐떡였다. 그러다 갑자기 온몸에 힘을 주고는 악문 이 사이로 비탄의 소리를 죽이면서 뒤로 미끄러져 굴렀다.

그러자 벌리고 있던 그녀의 사타구니에 착 달라붙은 옷 속에서 무엇인가가 움직이는 게 보였다. 거기서도 역시 찰랑거리는 소리 같기도 하고 목이 눌려서 숨이 막히는 소리 같기도 한 이상한 소리가 새어나왔다. 그리고 갑자기 고양이의 긴 울음 소리, 가냘픈, 그러나 고통스러운 탄식 소리가 들려왔다. 세상에 나온 아이의 고통에 찬 첫 울음 소리였다.

잔은 갑자기 사태를 이해하고 혼란한 머리로 층계로 달려가 소리쳤다.

"줄리앙, 줄리앙!"

아래층에서 줄리앙이 대답했다.

"왜 그래?"

잔은 말하려고 애썼다.

"저…… 저 로잘리가……."

줄리앙이 달려와 계단을 두 개씩 뛰어올라 재빨리 방으로 들어왔다. 그는 단숨에 하녀의 옷을 쳐들고 알몸뚱이의 사타구니 사이에서 움직이고 있는 주름투성이의, 가냘프게 울고 있는 몸을 오그리고 꿈틀거리고 있는, 끈적거리고 소름이 끼치는 작은 살덩이를 들어냈다.

그는 일어서서 불쾌한 얼굴로, 멍하니 있는 아내를 밖으로 밀어내면서 말했다.

"당신은 참견하지 마. 가봐, 뤼디빈과 시몽 영감을 내게 보내줘."

잔은 온몸을 떨면서 부엌으로 내려갔으나 다시 올라갈 엄두를 내지 못하고, 양친이 떠난 후 불을 때지 않고 있는 거실로 들어가 불안하게 소식을 기다렸다.

잠시 후 그녀는 하인이 집에서 달려나가는 것을 보았다. 5분 후 하인은 그 지방의 산파인 당튀 과부와 함께 돌아왔다.

그러자 부상자를 옮기는 것처럼 계단이 대단히 시끄러웠다. 그리고 줄리앙이 잔에게로 와서 다시 방으로 올라가도 좋다고 알렸다.

그녀는 어떤 기이한 사건에나 입회했던 것처럼 부들부들 떨었다. 그녀는 다시 불 앞에 앉아서 물었다.

"그 애는 어때요?"

줄리앙은 무슨 생각에 잠긴 듯 흥분해서 방 안을 왔다 갔다 하고 있었다. 몹시 분노하고 있는 것 같았다. 그는 처음에는 아무 대답도 하지 않았다. 그리고 잠시 후 걸음을 멈추고 물었다.

"그 애를 어떻게 할 작정이오?"

그녀는 그 말을 이해하지 못하고 남편의 얼굴을 바라보았다.

"뭐라고요? 무슨 말씀을 하시려는 거예요? 난 잘 모르겠어요."

그러자 갑자기 그는 격노한 듯이 외쳤다.

"그렇다고 이 집에 사생아를 둘 수는 없소."

그러자 잔은 몹시 당황했다. 그리고 오랜 침묵 끝에 이렇게 말했다.

"그러나, 여보, 그 애를 어디다 맡겨서 기를 수도 있잖아요?"

줄리앙은 그녀의 말을 가로챘다.

"돈은 누가 지불하고? 물론 당신이겠지?"

그녀는 해결책을 강구하면서 다시 오랫동안 생각에 잠겼다. 마침내 그녀가 말했다.

"그 돈은 아버지가 맡겠죠, 그애의 아버지가. 그리고 그가 로잘리하고 결혼하면 문제는 없는 거죠."

줄리앙은 참을 수 없다는 듯이 격분해서 대답했다.

"아버지……! 아버지……! 당신이 그를 아오? 그 애 아버지를……? 물론 모를 테지, 응? 그 다음에는 어떻게 하지……?"

잔은 흥분해서 성을 냈다.

"하지만 확실히 그는 그 애를 이렇게 버리지는 않을 거예요. 그건 비겁한 짓이죠! 이름을 물어보고 그를 만나서 그의 이야기를 들어봐야만 해요."

줄리앙은 마음을 가라앉히고 다시 걷기 시작했다.

"여보, 로잘리는 말하려 하지 않을 거요, 그 남자의 이름을. 나보다는 당신에게 더 말하려 하지 않을 거요……. 로잘리가 말하지 않으면 어떻게 하지, 내가?…… 우리는 사생아를 가진 미혼모를 한지붕 아래 둘 수 없소, 알겠소?"

잔은 끈기 있게 말했다.

"그럼 그 남자는 비굴한 인간이에요. 그러나 우린 그를 알아내야 해요. 그럼 그가 해결하겠죠."

줄리앙은 얼굴을 붉히며 다시 화를 냈다.

"하지만…… 그때까지는 어떻게 하겠소?"

그녀는 어떻게 해야 할지 몰라서 그에게 물었다.

"당신이라면 어떻게 하시겠어요?"

곧 그는 자신의 의견을 말했다.

"아! 나라면 그건 간단하지. 그녀에게 돈을 줘 그 갓난애와 함께 아무 데나 내보낼 작정이야."

그러나 젊은 아내는 분개하며 반발했다.

"그것만은 절대로 안 돼요. 로잘리는 내 젖형제예요. 우린 함께 자랐어요. 그 애가 실수를 했다 해도 할 수 없어요. 나는 그 일 때문에 로잘리를 쫓아낼 수는 없어요. 다른 방법이 없다면 내가 기르겠어요, 그 아이를."

그러자 줄리앙이 웃음을 터뜨렸다.

"그렇게 되면 우리는 좋은 평판을 듣게 되겠지, 우리는 말이야. 우리의 가문과 사회적 체면을 모르오? 사람들은 여기저기서 우리가 불의를 보호했다고 수군댈 것이고, 행실이 나쁜 계집애를 숨겨 뒀다고 할 것이오. 그리고 명성 있는 사람들은 앞으로 우리집에 발을 들여놓으려 하지 않을 거요. 정말로 당신은 뭘 생각하고 있는 거요? 당신은 돌았군!"

그러나 그녀는 태연하게 말했다.

"난 절대로 로잘리를 밖으로 내보내지 않겠어요. 그리고 만약 당신이 로잘리를 맡지 않는다면 우리 어머니가 다시 데려가실 거예요. 그러니 어쨌든 우린 그 아이의 아버지 이름을 알아내야 해요."

그러자 그는 격분한 나머지 문을 꽝 닫고 나가면서 소리쳤다.

"여자들이란 바보야. 엉뚱한 생각을 하고 있단 말이야!"

오후에 잔은 산모의 방으로 올라갔다. 하녀는 당튀 과부의 보살핌을 받으며 눈을 뜬 채로 꼼짝도 않고 침대 위에 누워 있었다. 곁에서 산파가 갓난아이를 팔에 안고 흔들어주고 있었다.

여주인을 알아보자 로잘리는 시트로 얼굴을 가리고 절망에 떨며 흐느껴 울기 시작했다. 잔은 그녀를 껴안고 싶었으나 로잘리는 얼굴을 가리고 저항했다. 산파가 중간에 끼어들자 하녀는 얼굴을 드러냈다. 그러고는 상대편이 하는 대로 놔두었다. 여전히 울고 있었으나 조용한 울음이었다.

미미한 불이 벽난로 안에서 타고 있었다. 날씨가 추웠다. 어린애는 울고 있었다. 잔은 로잘리가 다시 울까봐 갓난애에 대해서 이야기하지 못했다. 그리고 하녀의 손을 잡고 기계적인 목소리로 되풀이하여 말했다.

"그런 건 아무것도 아냐, 아무것도 아냐."

불쌍한 계집애는 몰래 산파 쪽을 흘끔 바라보고는 갓난애의 울음 소리에 몸을 떨었다. 그리고 꾹 억누르고 있던 비애가 다시 경련을 일으키는 듯한 흐느낌으로 터져나와 눈물을 억제하는 소리가 목구멍에서 났다.

잔은 다시 한번 하녀를 껴안고 그녀의 귀에다 아주 낮은 목소리로 속삭였다.

"우리가 잘 보살펴줄 테니까 걱정 마. 자, 애야."

그러나 또다시 눈물이 쏟아지는 것을 보고 잔은 재빨리 방에서 빠져나왔다.

잔은 매일 그곳에 들렀고, 로잘리는 여주인을 볼 때마다 울음을 터뜨렸다.

 갓난아이는 이웃집 여자에게 맡겨 기르기로 했다.

 그동안 줄리앙은 아내와 거의 이야기하지 않았다. 잔이 하녀를 해고하는 것을 거절한 이후로 줄리앙은 그녀에게 커다란 원한을 품고 있는 듯이 보였다. 어느 날 그는 다시 이 문제를 꺼냈으나 잔은 주머니에서 레 푀플에서 맡을 수 없다면 로잘리를 곧 보내라는 남작 부인의 편지를 꺼냈다. 줄리앙은 화를 내며 소리쳤다.

 "당신 어머니도 당신처럼 돌았군!"

 그러나 그는 더 이상 우기려 하지 않았다.

 산모는 보름만에 일어나서 일을 시작했다.

 그래서 잔은 어느 날 그녀를 앉게 하고 두 손을 잡은 채 뚫어져라 바라보았다.

 "자, 얘야, 내게 모든 것을 말해줘."

 로잘리는 몸을 떨기 시작하며 더듬거렸다.

 "뭘 말이에요, 마님?"

 "누구 자식이지, 이 애는?"

 그러자 어린 하녀는 다시 무서운 절망에 사로잡혔다. 그리고 얼굴을 가리기 위해서 두 손을 빼려고 미친 듯 버둥거렸다.

 그러나 잔은 그녀의 행동에 상관하지 않고 그녀를 껴안으며 위로했다.

 "불행한 탓이야, 넌 어떻게 할 거니? 네가 약해서 그랬어. 하지만, 이런 일은 누구에게나 있는 일이지. 만약 아이의 아버지가 너와 결혼하면 아무도 그런 건 문제 삼지 않을 거야. 그리고 그 남자를 너와 함께 우리 집에 있게 해도 돼."

로잘리는 마치 고문받은 사람처럼 신음 소리를 내며 때때로 손을 뿌리치고 도망가기 위해서 몸부림쳤다.

잔이 다시 말했다.

"네가 수치스럽게 생각하고 있는 건 나도 충분히 이해한다. 하지만 넌 내가 화를 내지 않고 부드럽게 이야기하고 있다는 걸 잘 알잖니. 내가 그 남자의 이름을 물어보는 것도 너를 위해서야. 네가 슬퍼하는 것을 보면 그 남자가 너를 버리려는 모양인데, 난 그걸 막고 싶어. 알겠니? 줄리앙이 어떻게 해서든지 그 남자를 찾으면 우리가 너와 결혼하도록 강요할 거야. 그리고 그때는 너희 둘을 집 안에 둘 테니까 어떻게 해서든 그 남자가 너를 행복하게 하도록 힘써줄게."

그러자 로잘리는 몹시 몸부림을 치더니 여주인의 손에서 자기의 손을 빼고 미친 여자처럼 방에서 뛰쳐나갔다.

어느 날 저녁, 저녁 식사를 하면서 잔이 줄리앙에게 말했다.

"로잘리에게 그녀를 유혹한 사람의 이름을 말하도록 해봤는데 실패했어요. 그러니 이번에는 당신이 한번 해보세요. 우리가 이 불쌍한 아이를 그 녀석과 결혼하도록 해야 하니까."

하지만 줄리앙은 이내 화를 냈다.

"아! 여보, 난 이제 그런 이야긴 듣고 싶지 않소. 당신이 그 애를 두고 싶으면 그렇게 하오. 하지만 그 문제로 날 더 이상 괴롭히지 말아요."

줄리앙은 로잘리의 출산 이후로 더욱더 신경질을 내는 듯했다. 그리고 그는 마치 언제나 화를 내고 있는 사람처럼 아내와 이야기할 때는 꼭 큰 소리 치는 습관이 생겼다. 반대로 잔은 모든 언쟁을 피하기 위하여 목소리를 낮추고 상냥한 타협적인 태도로 나왔다. 그리고 밤에 잔은 가끔 침대 위에서 울었다.

끊임없이 화를 내면서도 남편은 신혼 여행에서 돌아온 이후로 잊고 있던 사랑의 의무를 다시 실행하기 시작했다. 사흘을 계속해서 아내의 문지방을 넘지 않는 일이 드물었다.

로잘리는 얼마 안 되어 완전히 회복되었으며, 겁을 먹은 듯 알 수 없는 공포에 쫓기는 듯한 모습을 보일 때도 있었으나 전보다 훨씬 덜 슬퍼 보였다.

그러나 잔이 두 번이나 다시 질문하려 할 때 그녀는 번번이 도망가버렸다.

줄리앙 역시 갑자기 전보다 더 상냥하게 보였다. 그래서 젊은 아내는 막연한 희망에 사로잡혀 쾌활함을 다시 찾았다. 하지만 그녀는 이야기하지는 않았으나 가끔 기이한 거북함을 느껴 괴로워할 때가 있었다.

해빙은 아직 오지 않았다. 거의 5주일 전부터 낮에는 푸른 수정같이 하늘이 맑았고, 밤에는 빙화(氷花)가 아닌가 생각되는 별들이 뿌려진 하늘(그토록 넓은 공간을 모진 추위가 둘러싸고 있었다)이 평평하고 단단하고 빛나는 눈 벌판 위에 펼쳐져 있었다. 서리로 화장을 한 커다란 나무의 장막 뒤로 네모진 뜰 안에 있는 고립된 영지는 하얀 내의를 입고 있는 듯이 보였다. 사람들도 밖으로 나오지 않았다. 오직 초가집의 굴뚝들만이 차가운 공기를 똑바로 뚫고 나오고 있는 가느다란 연기의 실에 의해서 감춰진 생을 드러내고 있었다.

들도 울타리도 울타리의 느릅나무도, 모든 것은 추위 때문에 죽은 듯이 보였다. 때때로 나뭇가지가 껍질 속에서 부러지는 것처럼 나무들이 탁탁 소리를 냈다. 그리고 가끔 이겨낼 수 없는 추위로 수액이 얼어서 섬유같이 부서지고 커다란 나뭇가지가 갈라져 떨어졌다.

잔은 자신의 마음을 뚫고 있는 모든 막연한 고통을 모두 추위 탓으로 돌리고 봄의 미지근한 바람이 불어오기를 불안해하며 기다렸다.

때로는 음식물만 봐도 구역질을 느껴 아무것도 먹을 수가 없었다. 그런가 하면 맥박이 미친 듯이 뛰었다. 또 어떤 때는 조금밖에 먹지 않은 음식이 체해서 구토를 일으킬 때도 있었다. 그리고 쉴 새 없이 긴장하고 떠는 신경이 그녀를 끊임없는, 참을 수 없는 동요로 지내게 했다.

어느 날, 저녁 기온이 다시 내려가자 줄리앙은 식탁에서 몸을 떨면서 일어나며(거실이 알맞게 훈훈한 적은 결코 없을 정도로 그는 땔감을 아끼고 있었다) 두 손을 문지르면서 중얼거렸다.

"오늘 밤 우리 함께 자는 게 좋지 않을까, 여보?"

그는 예전의 선량한 어린아이 같은 미소를 띠며 웃었다. 그러자 잔은 그의 목에 매달렸다. 하지만 그녀는 그날 밤 기분이 좋지 않았다. 너무나 괴롭고 이상하게 신경질적이 되어 그녀는 그의 입술에 키스하면서 낮은 목소리로 혼자 자게 해달라고 부탁했다. 그녀는 몇 마디로 자신의 병을 남편에게 이야기했다.

"부탁이에요, 여보. 정말로 오늘은 불편해요. 내일이면 틀림없이 좋아질 거예요."

그는 더 요구하지 않았다.

"좋을 대로 하오, 여보. 몸이 불편하면 몸조리를 잘해야지."

그리고 다른 것에 대해 이야기했다.

그녀는 일찍 잤다. 줄리앙은 이상하게도 자신의 방에는 불을 때게 했다.

"불이 잘 타고 있습니다" 하고 하인이 알려오자 그는 아내의 이마에 키스하고 나갔다.

온 집 안은 추위에 시달린 듯했다. 추위가 스며든 벽은 전율하듯이 가벼운 소리를 냈다. 그리고 잔은 침대 속에서 부들부들 떨고 있었다.

잔은 두 번이나 다시 일어나서 난로에 장작을 넣어 불을 지피고 옷과 스커트와 낡은 옷들을 꺼내어 침대 위에 쌓아 올렸다. 아무것도 그녀를 따뜻하게 해주지 않았다. 발이 시려오고 장딴지와 넓적다리까지도 냉기가 스며들어 그녀는 신경이 극도로 쇠약해져 쉴 새 없이 몸을 뒤척였다.

얼마쯤 지나자 이가 딱딱 부딪치고 두 손이 떨리고 가슴이 죄어들었다. 고통이 느린 심장은 소리 없이 크게 뛰고 가끔 멈추는 듯했다. 그리고 그녀의 목구멍은 거의 공기가 들어갈 수 없을 만큼 헐떡였다.

무서운 고민이 동시에 그녀의 정신을 휩싸고 억제할 수 없는 냉기가 골수까지 스며들었다. 그녀는 한 번도 이런 일을 겪어보지 않았다. 이렇게 생으로부터 버림받고 당장이라도 숨이 넘어갈 듯한 기분은 처음 느꼈다.

그녀는 생각했다.

'난 곧 죽을 거다……. 난 죽는다.'

공포에 쫓겨서 그녀는 침대에서 나와 초인종을 눌러 로잘리를 부르곤 기다렸다. 다시 초인종을 누르고 추위에 언 몸을 부들부들 떨며 기다렸다.

그러나 하녀는 오지 않았다. 틀림없이 그녀는 어느 것으로도 깨울 수 없는 곤한 첫잠에 빠져 있는 모양이었다.

잔은 정신을 잃고 맨발로 계단으로 달려나갔다.

잔은 소리 없이 손으로 더듬으면서 계단을 올라가 문을 찾아서 열고는 "로잘리!" 하고 불렀다. 그녀는 앞으로 나아가다 침대에 부딪쳤다. 그리곤 침대 위를 더듬다가 침대가 비어 있다는 것을 알았다. 더구나 침대는 마치 자지 않은 듯 몹시 차가웠다.

그녀는 깜짝 놀라 중얼거렸다.

"아니! 이런 날씨에 밖으로 나갔다니!"

그러자 그녀의 심장이 갑자기 혼란스레 뛰고 숨이 막혔다. 그녀는 벌벌 떨리는 다리로 줄리앙을 깨우기 위해서 계단을 다시 내려갔다.

자신은 곧 죽으리라는 확신과, 의식을 잃기 전에 줄리앙을 보려는 욕망에 쫓기어 난폭하게 줄리앙의 방으로 들어갔다.

꺼져가는 불빛 속에서 잔은 남편의 머리 옆에 베개를 베고 있는 로잘리의 머리를 보았다.

그녀가 지른 소리에 그들은 함께 일어났다. 그녀는 이 장면을 보고 공포에 질려 잠시 꼼짝 못 하고 서 있었다. 그리고 그녀는 도망쳐 자기 방으로 들어갔다. 당황한 줄리앙이 "잔!" 하고 부르는 소리가 들렸으나 남편의 얼굴을 보고 남편의 목소리를 듣고 변명하고 거짓말을 하고 서로 마주 볼 것을 생각하니 무서운 공포가 그녀를 사로잡았다. 그래서 다시 방에서 뛰쳐나와 계단을 뛰어 내려갔다.

그녀는 계단에서 굴러 떨어지고 돌에 사지가 부러질 위험에도 불구하고 어둠 속을 달렸다. 그녀는 도망치자, 더 이상 아무것도 알고 싶지 않다, 아무도 보고 싶지 않다는 유일한, 거역 못할 생각에 밀려서 앞으로 달려나갔다.

아래로 내려왔을 때 그녀는 여전히 맨발에 속옷만 입은 채 정신없이 계단 위에 앉아 있었다.

줄리앙은 침대에서 뛰쳐나와 재빨리 옷을 입었다. 잔은 그에게서 빠져나가기 위해 다시 일어섰다. 벌써 줄리앙은 계단을 내려오면서 "잔, 내 말 좀 들어봐!" 하고 외치고 있었다.

아니다. 그녀는 그의 말을 듣기도, 손가락 끝이 자신에게 닿는 것도 싫었다. 그녀는 마치 살인자에게 쫓기듯 식당으로 뛰어 들어갔다. 그녀는 출구나 숨을 곳이나 어두운 구석이나 그를 피할 방법을 찾았다. 그녀는 탁자 밑에 웅크렸다. 하지만 벌써 그는 문을 열고 램프를 손에 들고 "잔!" 하고 계속 외치고 있었다. 그녀는 토끼처럼 다시 그곳을 떠나 부엌으로 뛰어 들어가 궁지에 몰린 짐승처럼 두 번 부엌 안을 맴돌았다. 줄리앙이 다시 따라왔으므로 잔은 갑자기 정원 쪽으로 난 문을 열고 들로 뛰어나갔다.

맨발에 닿은 눈의 차가운 감촉이 가끔 무릎 끝까지 꿰뚫고 와 그녀에게 갑자기 절망적인 활력을 주었다. 그녀는 거의 벗고 있었으나 춥지 않았다. 이제는 아무것도 느끼지 못했다. 그토록 정신의 발작이 육체를 마비시켰다. 눈 덮인 땅처럼 하얀 모습으로 그녀는 달렸다.

그녀는 대로를 따라 관목 숲을 지나 도랑을 넘고 황야를 가로지르기 시작했다.

달빛도 없었다. 별들이 어두운 하늘에 별똥을 뿌린 듯 빛나고 있었다. 그러나 평야는 움직이지 않은 채 희미한 흰 색으로 끝없이 침묵하고 있었다.

잔은 숨도 안 쉬고 아무것도 깨닫지 못하고 아무것도 생각하지 않고 재빨리 달렸다. 그러자 갑자기 그녀는 절벽 끝에 다다랐다. 그녀는 본능적으로 문득 멈춰 섰다. 그리고 주저앉았다. 모든 생각도 사라지고 모든 의지도 텅 비었다.

어두운 구멍 속에서 눈에 보이지 않는 잠잠한 바다가 조수가 빠진 해변에서 해초의 건전한 냄새를 풍기고 있었다.

그녀는 몸도 육체도 꼼짝하지 않고 오랫동안 그대로 있었다. 그러다 갑자기 몸을 떨기 시작했다. 바람에 흔들리는 돛처럼 미친 듯이 떨었다. 팔과 손과 다리가 억제할 수 없는 힘에 흔들려 팔딱거리며 뛰는 듯이 빠르게 떨렸다. 갑자기 몸을 찔린 듯이 의식이 맑게 되살아났다.

그리고 옛날의 환영이 그녀의 눈앞을 스쳐 지나갔다. 라스티크 영감의 배로 즐긴 그와의 뱃놀이, 서로의 대화, 싹트는 사랑, 배의 명명식, 그러고 나서 잔의 환상은 멀리 레 푀플에 도착했던 날, 저

몽상에 흔들려서 잠들었던 밤까지 거슬러 올라갔다. 그리고 지금은! 지금은! 아! 그녀의 인생은 부서지고 모든 기쁨은 끝나고 모든 기대는 불가능해졌다. 그리고 고통과 배반과 절망으로 가득 찬 무서운 미래가 그녀에게 나타났다. 차라리 죽는 편이 낫다. 그러면 모든 것이 이내 끝나버릴 것이다.

그러나 한 목소리가 멀리서 외쳤다.

"여기다, 여기 발자국이 있어. 빨리, 빨리, 여기로!"

그것은 잔을 찾고 있는 줄리앙이었다.

아! 그녀는 그를 다시 보고 싶지 않았다. 자신 앞에 있는 심연 속에서 그녀는 이제 조그만 소리를, 바위 위를 미끄러져 가는 물결의 희미한 소리를 들었다.

뛰어들려고 그녀는 곧 몸을 일으켰다. 그리고 많은 절망에 빠진 사람들이 던진 이별의 말을 이 세상에 던지려고 잔은 죽어가는 사람의 최후의 말, 전쟁터에서 배에 총을 맞은 젊은 병사들의 최후의 말 "어머니!"라는 한마디를 신음하듯 부르짖었다.

갑자기 어머니에 대한 생각이 그녀의 마음을 동요시켰다. 그녀는 어머니가 흐느끼는 것을 보았다. 그녀는 아버지가 물에 빠진 자신의 시체 앞에 무릎을 꿇고 있는 것을 보았다. 그녀는 잠시 양친의 절망에 대해 고통을 느꼈다.

그러자 그녀는 눈 속에 힘없이 쓰러졌다. 그리고 줄리앙과 시몽 영감이 램프를 든 마리우스를 뒤에 세우고 왔을 때 그녀는 더 이상 도망치지 못했다. 그들은 잔의 팔을 잡아 뒤로 끌어당겼다. 그토록 그녀는 절벽 끝에 있었던 것이다.

그들은 잔을 마음대로 다루었다. 그녀는 더 이상 움직일 수 없었기 때문이었다. 그녀는 사람들이 자기의 몸을 끌어다가 침대 위에 눕히고 뜨거운 수건으로 문지르는 것을 느꼈다. 그다음에는 모든 기억이 사라지고 모든 의식을 잃었다.

그리고 악몽(그것이 악몽일까?)이 그녀를 끊임없이 괴롭혔다. 그녀는 자기 침실에 누워 있었다. 날이 밝았으나 일어날 수 없었다. 왜! 그녀는 그 이유를 알 수 없었다. 그러자 마루에서 조그만 소리가 들렸다. 긁는 소리 같기도 하고 가볍게 스치는 소리 같기도 했다. 그러더니 갑자기 한 마리 쥐가, 조그만 회색 쥐가 재빨리 담요 위를 지나갔다. 얼마 안 있어 다른 쥐가 그 쥐를 따르고 다음에 세 번째 쥐가 날쌘 잔걸음으로 잔의 가슴 쪽으로 달려왔다. 잔은 무섭지 않았다. 오히려 그녀는 그 짐승을 잡으려고 손을 뻗쳤으나 손이 닿지 않았다.

그러자 다른 쥐들이, 열 마리, 스무 마리, 몇백 몇천 마리의 쥐들이 여기저기서 나타났다. 쥐들은 기둥을 기어오르고 벽포 위를 줄을 지어 달리고 침대를 완전히 덮었다. 그리고 얼마 안 있어 이불 속으로 들어왔다. 잔은 쥐들이 피부 위를 미끄러지고 다리를 간지르고 그녀의 몸을 따라 올라갔다 내려갔다 하는 것을 느꼈다. 잔은 쥐들이 침대의 발치에서부터 기어 올라와서는 자기의 목을 향해서 달려드는 것을 보았다. 그녀는 몸부림쳤다. 한 마리 잡으려고 팔을 앞으로 뻗쳤으나 쥐고 보면 빈 손이었다.

그녀는 흥분했다. 도망치려고 소리를 질렀다. 누군가 그녀가 움직이지 못하게 힘센 팔로 꼭 껴안고 있는 듯했다. 그러나 아무도 보이지 않았다.

그녀는 시간 개념이 없었다. 오랜 시간, 아주 오랜 시간이 지난 게 틀림없었다.

그녀는 지치고 상심한 듯하면서도 기분 좋게 잠에서 깼다. 기운이 없었다. 그녀는 눈을 뜨고, 자신이 모르는 어떤 뚱뚱한 남자와 함께 어머니가 자기 방에 앉아 있는 것을 보고서도 놀라지 않았다.

자신은 몇 살일까? 그녀는 알 수 없었다. 그리고 자신이 아주 작은 소녀처럼 생각되었다. 게다가 기억조차 없었다.

뚱뚱한 남자가 말했다.

"자, 의식이 회복되었습니다."

그러자 어머니가 울기 시작했다. 그러자 뚱뚱한 남자가 말했다.

"자, 진정하십시오, 남작 부인. 이제는 제가 책임지겠다고 말씀드렸지 않습니까. 하지만 따님에겐 아무 말씀도 하지 마세요. 아무 말씀도. 자게 놔두십시오."

생각하려고 하기만 하면 곧 무거운 잠에 이끌려서, 그리고 나서도 잠결에 몹시 오랜 시간을 지내온 것같이 잔은 생각되었다. 그리고 무슨 일이든 간에 기억을 더듬으려고 노력하지도 않았다. 마치 머릿속에 다시 나타난 현실에 대해서 막연한 두려움을 느낀 듯했다.

그런데 한번 눈을 뜨자 그녀는 자기 옆에 혼자 앉아 있는 줄리앙을 보았다. 그러자 지나간 인생을 가리고 있던 장막이 걷힌 것처럼 갑자기 모든 것이 그녀의 의식 속에 떠올랐다.

그녀는 가슴에 심한 고통을 느끼고 다시 도망가려 했다. 담요를 젖히고 마룻바닥에 뛰어내렸으나 다리가 몸을 지탱하지 못했다.

줄리앙이 그녀에게로 달려왔다. 잔은 남편의 손이 자기 몸에 닿지 않게 하려고 울부짖기 시작했다. 그녀는 몸부림을 치고 이리저리 뒹굴었다. 문이 열렸다. 리종 이모가 당튀 과부와 함께 달려오고 이어서 남자, 그리고 마침내 어머니가 정신없이 숨을 헐떡이며 달려왔다.

그들은 잔을 다시 뉘었다. 그러자 잔은 아무 말도 하지 않고 편안히 생각하기 위해서 일부러 눈을 감았다.

어머니와 이모가 열심히 간호를 하면서 몇 번이나 물었다.

"잔, 이제 우리를 알아보겠니, 애야?"

그녀는 못 들은 체하고 대답하지 않았다. 그녀는 하루가 끝났다는 것을 아주 잘 알고 있었다. 밤이 왔다. 간호원이 그녀의 곁에 앉아서 이따금 잔에게 약을 마시게 했다.

그녀는 아무 말도 하지 않고 약을 먹었으나 자지는 않았다. 그녀는 마치 기억 속에 구멍이 뚫리고 하얗게 빈 커다란 공백이 몇 개씩 있어서 사건이 전혀 나타나지 않는 듯이 자기가 모르고 있었던 것을 찾으면서 애써서 추론하고 있었다.

오랜 노력 끝에 차츰 그녀는 모든 사실을 알았다.

그녀는 끈질기게 그 일을 생각했다.

어머니, 리종 이모 그리고 남작이 온 것을 보면 그녀는 몹시 아픈 모양이었다. 그러나 줄리앙은? 그는 뭐라고 했을까? 양친은 알고 있을까? 그리고 로잘리는? 그 애는 어디 있을까? 그리고 어떻게 해야 할까? 어떻게 해야 옳을까? 하나의 생각이 떠올랐다. 양친과 함께 예전처럼 루앙으로 돌아가는 거다. 과부가 되면 그뿐이다.

그녀는 주위에서 사람들이 말하는 것을 들으면서, 잘 알고 있으면서도 모르는 체하고, 이성이 회복되는 것을 기뻐하면서 끈기 있고도 약게 그 시기를 기다렸다.

그날 밤 그녀는 마침내 남작 부인과 단둘이 있게 되자 아주 낮은 소리로 "어머니!" 하고 불렀다. 자신도 자신의 목소리에 놀랐다. 다른 사람의 목소리 같았다.

남작 부인이 잔의 손을 잡았다.

"애야, 귀여운 잔아! 내 딸아, 날 알아보겠니?"

"네, 어머니. 하지만 울 필요는 없어요. 우린 오랫동안 이야기해야 돼요. 줄리앙은 엄마에게 왜 내가 눈 속으로 뛰어갔는지 이야기했나요?"

"그래, 들었다. 넌 아주 위험한 무서운 열병에 걸렸단다."

"그렇지 않아요, 엄마. 그 후에 열이 난 거예요. 하지만 그보다도 열이 난 원인이 어디 있고 왜 내가 도망쳤는지 그이가 이야기했나요?"

"안 했다, 애야."

"그건, 로잘리가 그이의 침대 속에 있는 것을 제가 봤기 때문이에요."

남작 부인은 잔이 다시 헛소리를 한다고 생각하고 딸을 애무하였다.

"자라, 애야. 진정하고 자도록 하려무나."

그러나 잔은 끈기 있게 말했다.

"난 이제 다 나았어요, 엄마. 요 며칠 동안 내가 헛소리를 했는지 모르지만 지금은 헛소리를 하는 게 아니에요. 어느 날 밤 나는 몸이 불편해서 줄리앙을 부르러 갔는데 로잘리가 그이와 함께 자고 있었어요. 난 슬픔으로 정신을 잃고 절벽 아래로 몸을 던지기 위해 눈 속으로 도망간 거예요."

그러나 남작 부인은 되풀이 말했다.

"그래, 애야, 넌 몹시 아팠단다."

"아니에요, 엄마, 난 로잘리가 줄리앙의 침대에 있는 것을 보았어요. 난 더 이상 그이와 함께 있고 싶지 않아요. 나를 옛날처럼 루앙으로 데려가줘요."

어떤 일로든지 잔을 자극시키지 말라는 주의를 받은 남작 부인은 "그래, 애야" 하고 대답했다.

그러나 환자는 초조해했다.

"난 엄마가 내 말을 믿지 않는다는 것을 잘 알고 있어요. 가서 아버지를 불러주세요. 아버지는 내 이야기를 이해해주실 거예요."

그래서 어머니는 힘들게 일어나서 두 지팡이를 짚고 발을 끌며 나갔다가 잠시 후 자신을 부축해주는 아버지와 함께 돌아왔다.

그들은 침대 앞에 앉았다. 잔은 이내 이야기하기 시작했다. 연약하나 분명한 목소리로 조용히 모든 것을 이야기했다. 줄리앙의 난폭한 성격, 그의 가혹한 점, 그의 인색함 그리고 그의 불의.

잔이 이야기를 끝내자 남작은 딸이 헛소리를 하고 있는 것이 아니라는 것을 알았다. 하지만 어떻게 생각해야 할지, 어떻게 해결하고, 어떻게 대답해야 할지 몰랐다.

그는 예전에 이야기를 하면서 딸을 잠재웠을 때처럼 상냥하게 딸의 손을 잡았다.

"애야, 들어봐라. 신중히 행동해야 한다. 서두르지 마라. 우리가 결정할 때까지는 네 남편을 어떻게든지 참아내도록 해라……. 약속하겠니?"

그녀는 중얼거렸다.

"네, 하지만 몸이 회복되면 여기 있지 않겠어요."

그리고 아주 낮은 목소리로 덧붙였다.

"로잘리는 지금 어디 있어요?"

남작이 대답했다.

"그 애를 더 이상 만나지 마라."

하지만 그녀는 고집을 부렸다.

"어디 있어요? 알고 싶어요."

그러자 남작은 로잘리가 아직 집을 나가지 않았다고 얘기했다. 하지만 곧 나가게 될 것이라고 확언했다.

환자의 방에서 나오면서 남작은 분노로 상기되고 아버지로서 감정이 상한 채 줄리앙을 만나러 갔다. 그리고 대뜸 말했다.

"이봐, 내 딸에게 자네가 어떻게 했는지 해명을 들으러 왔네. 자네는 하녀와 함께 그 애를 속이지 않았나. 도저히 용서할 수 없는 이중의 비열한 행위야."

그러나 줄리앙은 죄가 없는 체하고 열심히 부정하며 증인으로서 신의 이름을 들먹였다. 게다가 무슨 증거가 있는가? 그래 잔은 미치지 않았다는 것인가? 지금 뇌막염에 걸려 있지 않은가? 발병 초기의 정신 착란에 빠져 어느 날 밤 눈 속으로 도망친 게 아닌가? 잔이 거의 알몸으로 집 안을 뛰어다니고 남편의 침대 속에서 하녀를 보았다고 주장하는 것은 바로 그 발작의 과정에서가 아니었던가!

줄리앙은 화를 내며 소송을 제기하겠다고 협박했다. 그는 맹렬하게 분노했다. 그러자 남작은 당황해서 변명을 하고 사과를 하면서 신의의 손을 내밀었으나 줄리앙은 거절했다.

잔은 남작의 얘기를 들었을 때 화를 내지 않고 대답했다.

"아빠, 그이는 거짓말을 한 거예요. 하지만 그의 잘못을 밝히고 말겠어요."

그리고 이틀 동안 그녀는 침묵을 지키고 명상에 잠기며 숙고했다.

그런 지 사흘 뒤 아침에, 잔은 로잘리를 보기를 원했다. 남작은 로잘리는 떠났다고 하며 그녀를 올라오게 하는 것을 거절했다. 잔은 양보하지 않고 되풀이 말했다.

"그럼 그 애네 집에 사람을 보내서 데려와주세요."

의사가 들어왔을 때 그녀는 이미 흥분해 있었다. 의사의 판단을 들으려고 모든 것을 의사에게 이야기했다. 그러자 잔은 잡자기 울기 시작했다. 극도로 흥분해서 거의 울부짖었다.

"난 로잘리를 만나고 싶어요. 난 그 애를 만나고 싶어요!"

그러자 의사는 그녀의 손을 잡고 낮은 목소리로 말했다.

"진정하십시오, 부인. 모든 흥분은 중대한 결과를 초래합니다. 부인은 임신중이니까요."

그녀는 한 대 얻어맞은 듯 멍했다. 그리고 보니 갑자기 무엇인가가 자신의 몸 안에서 움직이고 있었다. 그녀는 다른 사람이 말하는 것조차 듣지 않고 생각에 몰두한 채 조용히 있었다. 갑자기 자신의 뱃속에 어린애가 있다는 신기하고 새로운 생각에 놀라서 그날 밤은 잠도 잘 수 없었다. 그러나 그 애가 줄리앙의 아들이라는 사실이 슬프고 근심스러웠다. 아이가 자기 아버지를 닮았으면 어쩌나, 불안하고 두려웠다. 날이 밝자 그녀는 남작을 불러오게 했다.

"아버지, 저는 굳게 결심했어요. 전 모든 것을 알고 싶어요, 특히 지금요. 아버지, 아시겠죠? 지금의 제 상태에서 저를 괴롭혀서는 안 된다는 것을. 잘 들어주세요. 아버지는 가서 사제님을 불러오세요. 로잘리가 거짓말하는 것을 막기 위해서는 사제님이 필요해요. 그리고 사제님이 오시자마자 로잘리를 올라오게 하고 어머님과 함께 방에 계세요. 특히 줄리앙이 의심하지 않도록 조심하세요."

한 시간 후에 사제가 들어왔다. 여전히 살이 쪘고 어머니보다 더 헐떡였다. 그는 잔 옆의 안락의자에 앉았다. 양다리를 쩍 벌리고 앉은 사이로 뚱뚱한 배가 축 늘어져 있었다. 그리고 그는 습관대로 줄무늬 손수건으로 이마를 닦으면서 농담을 시작했다.

"그런데, 남작 부인, 우리는 아무래도 마르지 않을 모양입니다. 제 생각으로는 우리는 썩 어울리는 짝인 것 같습니다."

그리고 환자의 침대 쪽으로 몸을 돌렸다.

"아, 그래! 그래! 소문으로는 부인, 얼마 안 있으면 또 새로운 명명식이 있다던데요? 하! 하! 하! 이번에는 배의 명명식이 아니겠지요?"

그러다 그는 심각한 어조로 덧붙여 말했다.

"이건 아마 조국의 수호자일 겁니다."

그리고 잠시 생각한 후 덧붙였다.

"그렇지 않으면 현모양처일 테죠."

그리고 남작 부인에게 인사하면서 "바로 당신 같은 현모양처 말입니다" 하고 말했다.

그때 문이 열렸다. 로잘리는 겁에 질려 울면서 문지방에 매달려 들어오려 하지 않았으나 흥분한 남작은 단번에 하녀를 방으로 떠다밀며 내동댕이쳤다. 그러자 그녀는 두 손으로 얼굴을 가리고 흐느끼면서 서 있었다.

잔은 하녀를 보자마자 갑자기 일어났다가 앉았다. 잔의 얼굴은 침대의 시트보다 더 창백해졌다. 미친 듯 뛰는 심장의 고동이 그녀의 살에 달라붙은 얇은 내의를 들썩이게 했다. 말을 할 수 없었다. 질식할 듯이 간신히 숨을 내쉬었다. 마침내 그녀는 격분해서 더듬거리는 음성으로 말했다.

"난…… 난…… 너한테…… 물을 필요도 없어. 이렇게…… 이렇게 네가 내 앞에서…… 부끄러워하는 것을 보는 것만으로도 충분해."

숨이 가빠 말이 나오지 않아 잠시 쉬었다가 그녀는 계속해서 말했다.

"하지만 난 모든 걸 알고 싶어, 모든 것을…… 모든 것을. 난 고해성사처럼 하기 위해서 사제님을 오시게 했어. 알겠니?"

로잘리는 꼼짝 않고 경련하는 두 손으로 얼굴을 감싸고 외치는 듯한 울음 소리를 냈다.

화가 치민 남작은 로잘리의 두 손을 잡아 난폭하게 얼굴에서 떼어내고는 침대 옆으로 내동댕이쳐 꿇어앉게 했다.

"자, 말해…… 대답하란 말이야!"

로잘리는 화가가 막달라 마리아를 그릴 때 취하게 하는 태도처럼 모자를 비스듬히 쓰고 에이프런을 마룻바닥에 떨어뜨린 채 다시 자유로워진 듯 두 손으로 얼굴을 가리고 바닥에 쭈그리고 앉았다.

그때 사제가 그녀에게 말했다.

"자, 애야. 네게 말하는 것을 잘 듣고 대답해라. 우린 널 괴롭히는 것이 아니야. 하지만 무슨 일이 일어났는지 알고 싶다."

잔은 침대의 가장자리에 기대어 로잘리를 바라보며 말했다.

"내가 갑자기 줄리앙의 방에 들어갔을 때 네가 줄리앙의 침대에 있었던 건 사실이지?"

로잘리는 두 손 사이로 신음 소리를 내며 말했다.

"네, 마님."

그러자 갑자기 남작 부인이 질식할 듯한 큰 소리를 내면서 울기 시작했다. 그리고 경련적인 흐느낌이 로잘리의 흐느낌을 따랐다.

잔은 하녀의 얼굴을 똑바로 쳐다보며 물었다.

"언제부터 그런 일이 계속되었지?"

로잘리가 더듬거렸다.

"오시고 나서부터요."

잔은 이해하지 못했다.

"그이가 오고 나서부터라니…… 언제…… 부터…… 봄부터?"

"네, 마님."

"그이가 처음으로 이 집에 오고 나서부터?"

"네, 마님."

그러나 잔은 수많은 질문으로 가슴이 막힌 듯 재촉하는 듯한 목소리로 물었다.

"그래, 어떻게 그런 일이 생겼지? 어떻게 네게 요구하든? 어떻게 너를 유혹했니? 그이가 네게 무슨 말을 했니? 언제 어떻게 넘어갔지? 어떻게 그이에게 너를 허락할 수 있었니?"

그러자 이번에는 로잘리도 얼굴에서 손을 떼고 이야기하고 싶은 욕망과 대답하고 싶은 욕망에 사로잡혀 말했다.

"뭐라고 말해야 할까? 처음으로 여기서 식사하시던 날, 제 방으로 저를 찾아오셨어요. 다락에 숨어 계셨던 겁니다. 소문이 날까 봐 저는 감히 소리도 지르지 못했습니다. 저와 함께 주무셨지요. 그때는 저도 무엇을 하는 건지 몰랐어요. 자신이 하시고 싶은 대로 하셨지요. 전 서방님을 잘난 분이라고 생각했기 때문에 아무 말도 하지 않았죠!"

그러자 잔은 소리를 질렀다.

"그럼…… 너의…… 너의 아기도…… 그이의 아이니……?"

로잘리는 흐느꼈다.

"네, 마님."

그러자 두 사람 다 침묵했다.

로잘리와 남작 부인의 울음 소리 외에는 아무것도 들리지 않았다.

가슴이 짓눌린 듯한 잔이 이번에는 자신의 두 눈에 눈물이 흥건해지는 것을 느낄 수 있었다. 그러자 소리 없는 눈물이 양쪽 뺨 위로 흘러내렸다.

하녀의 아이가 자신의 아이와 같은 아버지를 가졌다니! 분노가 사라졌다. 그녀는 자신이 이제 우울하고 둔하고 심오하고 끝없는 절망에 가슴이 꿰뚫리는 듯한 것을 느꼈다.

마침내 눈물에 젖은 음성으로, 울고 있는 여자의 목소리로 말했다.

"우리가 돌아와서…… 그곳에서…… 여행에서…… 언제 시작했지?"

하녀는 완전히 마룻바닥에 쓰러져서 더듬거렸다.

"오…… 오시던 첫날부터."

말 한마디 한마디가 잔의 가슴을 괴롭혔다. 그래서 첫날 밤, 레 푀플에 돌아온 날 밤 그는 이 계집애를 위해 자기 곁을 떠났다. 그가 그녀를 혼자 자게 내버려둔 이유가 바로 이것 때문이었!

이제 그녀는 충분히 알았다. 더 이상 아무것도 알고 싶지 않았다. 그녀는 부르짖었다.

"가, 가!"

로잘리가 전혀 움직이지 않자 잔은 기진맥진해서 아버지를 불렀다.

"저 애를 데려가요, 데려가세요."

하지만 그때까지 아무 말도 하지 않고 있던 사제는 설교를 한마디 할 때가 왔다고 판단했다.

"네가 한 짓은 정말 나쁘다, 얘야. 정말 나쁘다. 하나님도 당장은 너를 용서하지 않을 것이다. 이후로 올바른 행실을 지니지 않으면 지옥이 너를 기다리고 있다는 것을 명심해라. 이제 너는 아이를 낳았으니까 착실한 생활을 해야 한다. 물론 남작 부인이 너를 위해 무엇인가를 해주겠지. 그리고 우리도 네게 남편을 구해주지……."

그는 오랫동안 말했으나 남작은 다시 로잘리의 어깨를 잡고 그녀를 들어올려 문까지 끌고 갔다. 그리고 짐을 팽개치듯 하녀를 복도에 내동댕이쳤다.

남작이 딸보다도 창백한 얼굴로 돌아오자 사제는 말하기 시작했다.

"무엇을 원하십니까? 이 지방의 계집애들은 다 저렇습니다. 그러나 어떻게 할 도리가 없지요. 인간 천성의 약점을 너그럽게 봐주셔야 합니다. 계집애들은 아이를 배지 않고는 결코 결혼하지 않습니다. 결코 안 합니다, 부인."

그리고 사제는 미소를 지으며 덧붙였다.

"이 지방의 풍습이라고 할까요."

그리고 다시 분개한 어조로 말했다.

"어린아이들까지 흉내 내고 있지요. 지난해, 교리문답에 오는 두 어린 것들, 사내애와 계집애를 묘지에서 발견하지 않았겠습니까! 난 그 애들의 부모에게 알려줬지요! 그들이 내게 뭐라고 했는지 아시겠습니까? '어떻게 합니까, 사제님. 우리가 그런 음탕한 행위를 가르쳐준 것도 아니고. 어쩔 수 없는 일입니다'라는 대답이었습니다. 댁의 하녀도 그 애들과 마찬가지로 일을 저지른 겁니다, 선생님."

하지만 흥분으로 몸을 떨고 있던 남작이 사제의 말을 급하게 가로막았다.

"하녀요? 그게 무슨 상관이오! 하지만 줄리앙이 나를 격분하게 했소. 추잡한 짓을 한 파렴치한이오. 난 내 딸을 데리고 가겠소."

그리고 남작은 여전히 화를 내며 격분해서 방 안을 이리저리 걸어 다녔다.

"내 딸을 이렇게 배신하다니 파렴치한이오, 파렴치한! 그놈은 부랑배고, 악한이며, 더러운 인간이야! 나는 그에게 말할 것이오. 나는 그를 모욕하고 지팡이로 때려 죽이겠소!"

그러나 사제는 눈물에 젖은 남작 부인의 옆에 앉아 한 줌의 코담배를 천천히 말면서 조정자로서 자신의 임무를 수행하려고 애쓰면서 말했다.

"자, 남작, 우리끼리 이야기지만 그도 다른 사람들처럼 한 거요. 충실하다는 남편을 당신은 많이 알고 계십니까?"

그리고 사제는 선량하면서도 짓궂은 어조로 덧붙였다.

"자, 내기를 해도 좋습니다. 남작도 장난을 하셨겠죠. 자, 가슴에 손을 대고, 사실이겠죠?"

남작은 사제를 마주보며 멍하니 있었다. 사제는 말을 계속했다.

"아! 그렇군요. 선생도 다른 사람들처럼 행동하셨겠죠. 저 애 같은 어린애에게 손을 대지 않았다곤 못하시겠지요. 모두들 그런 짓을 하지 않았다고 누가 보장할 수 있죠? 그렇다고 당신의 부인이 그로 인해 덜 행복하고 덜 사랑받지는 않았겠죠?"

남작은 당황해서 손끝 하나 움직이지 않았다.

그렇다. 그 역시 다른 사람들처럼 해왔다. 그것도 자주, 기회가 있을 때마다 했다. 그리고 부부 생활을 하고 있는 지붕 아래라고 해서 주저하지도 않았다. 얼굴만 예쁘면 부인의 하녀라도 상관하지 않았다! 그렇다고 자신은 비열한이었던가? 왜 그는 자신의 행위가 처벌받아야 할 일이라고는 생각하지 못하고, 줄리앙의 행위만을 그토록 가혹하게 처벌하려는 것인가?

그리고 여전히 흐느끼며 숨을 헐떡이는 남작 부인도 남편의 젊었을 때의 행위를 생각하고 입술에 미소의 그림자를 띠었다. 그녀는 사랑의 모험이 생활의 일부에 속한다고 생각하는 그런 감상적이고 상냥하며 친절한 부류에 속하기 때문이다.

잔은 의기소침해서 드러누워 두 팔을 늘어뜨리고 허공을 바라보며 고통스럽게 생각에 잠겼다. 로잘리의 한마디가 자꾸 되살아나 그녀의 영혼을 아프게 하고 송곳처럼 그녀의 가슴을 꿰뚫었다.

"전 서방님이 잘났다고 생각했기 때문에 아무 말도 하지 않았어요."

그녀 역시 그를 잘났다고 생각하고 있었다. 그리고 오직 그것 때문에 그 남자에게 자신을 맡기고 일생을 약속하고 모든 희망과 예상했던 모든 계획과 내일의 모든 '미지인'을 단념했다. 그러나 그녀는 이 결혼 속에, 기어 올라올 손잡이도 없는 함정 속에, 이 비참함, 이 비애, 이 절망 속에 빠져버렸다. 로잘리와 마찬가지로 그녀 역시 그를 잘났다고 생각했기 때문에!

문이 세차게 열리며 난폭한 표정으로 줄리앙이 나타났다. 그는 계단에서 흐느끼며 내려가는 로잘리를 보고, 무엇인가 음모를 꾸미고 있다는 것, 하녀가 틀림없이 무엇인가 말했다는 것을 깨닫고 확실한 것을 알려고 왔던 것이다. 사제를 보자 그는 못 박힌 듯 그 자리에 섰다.

그는 떨리는, 그러나 침착한 목소리로 물었다.

"뭐요? 무슨 일이오?"

방금 그토록 흥분하던 남작도 이제는 감히 이야기하지 못했다. 사제의 논증으로 사위가 자신의 예를 쳐들까 두려웠던 것이다. 어머니는 더욱 심하게 울었다.

그러나 잔은 두 손으로 버티고 일어나서 숨을 헐떡이며 자신을 그토록 고통스럽게 한 그를 바라보았다. 그녀는 더듬거리며 말했다.

"당신이 집에 들어온 날…… 그날부터 당신이 행한 파렴치한 행위를 우리는 모두 알고 있다는 것뿐이죠. 로잘리의 자식이 바로, 바로 내 자식과 마찬가지로 당신의 아들이며…… 그들은 형제예요……."

그리고 넘치는 고통으로 그녀는 이불 속에 몸을 파묻고 격정적으로 울었다.

그는 뭐라고 말해야 할지, 어떻게 해야 좋을지 몰라 멍하니 있었다. 사제가 다시 끼어들었다.

"자, 자, 그렇게 슬퍼하지 마십시오. 진정하시오."

그는 일어나서 침대 곁으로 다가가 따뜻한 손을 이 절망한 여자의 이마 위에 얹었다. 이 가벼운 접촉이 이상하게도 그녀의 마음을 부드럽게 했다. 죄를 용서해주는 데 익숙하고 위안을 주는 애무에 길든 이 시골 사람의 힘찬 손이 닿자, 마치 신비로운 마음의 진정을 가져다 준 듯 잔은 이내 마음이 풀어지는 것을 느꼈다.

선량한 사제는 선 채로 말했다.

"부인, 항상 용서를 해야만 하오. 부인에게는 커다란 불행이 찾아왔습니다. 하지만 신은 너그러우시므로 커다란 행복으로 이것을 보상하셨습니다. 부인은 곧 어머니가 되실 것입니다. 그리고 이 아이는 당신의 위안이 될 것입니다. 그 아이의 이름으로 줄리앙 씨의 과실을 용서해주시기 바랍니다. 두 분 사이의 새로운 연결도 되고 앞으로 남편의 성실을 보장해주는 담보가 될 것입니다. 부인은 몸 안에 그의 아이를 갖고 있으면서도 그 사람과 헤어질 수 있겠습니까?"

그녀는 아무런 대답도 하지 않았다. 슬픔에 억눌려 기진맥진해지고 가슴이 아파서 더 이상 화를 내거나 원한을 품을 힘조차 없었다. 그녀의 신경은 풀어져 끊어지는 것만 같았고 겨우 살아 있는 듯했다.

다른 사람들에게 원한을 품고 있는 것이 불가능하게 보이고, 마음속에 끈기 있게 참고 있는 노력이 불가능한 남작 부인이 중얼거렸다.

"자, 잔아."

그러자 사제는 젊은 남자의 손을 잡고 침대 쪽으로 끌고 와 그 손을 그의 아내의 손 위에 놓았다. 그리고 완전한 방법으로 그들을 맺어주려는 듯이 그 위를 가볍게 토닥였다. 그리고 설교하는 사제로

서의 어조를 떠나 만족한 어조로 말했다.

"자, 됐소. 나를 믿어요. 그 편이 더 나을 거요."

그러나 잠시 접근했던 두 손은 이내 떨어졌다. 줄리앙은 감히 잔을 껴안을 엄두가 나지 않아 장모의 이마에 키스하고 발꿈치를 돌려 남작의 팔을 잡았다. 남작은 일이 이렇게 해결된 것에 마음속 깊이 만족해서 줄리앙이 하는 대로 내버려두었다. 그리고 그들은 담배를 피우기 위해 함께 방에서 나갔다.

그러자 기진맥진한 환자는 잠이 들고 사제와 어머니는 낮은 목소리로 조용히 이야기했다.

사제는 자기의 의견을 설명하고 전개해나가면서 이야기했다. 그리고 남작 부인은 머리를 끄덕이며 시인했다. 사제는 마침내 이야기를 종결하며 이렇게 말했다.

"그럼, 아시겠죠! 저 계집애에게 바르빌르의 영지를 주십시오. 그럼 내가 책임지고 그 애의 남편을, 정직하고 건실한 청년을 구해주겠습니다. 아! 2만 프랑의 재산만 가지면 어떤 남자든 올 겁니다. 오히려 우리가 고르는 데 머리를 썩여야 할 겁니다."

이제 남작 부인은 행복한 마음으로 미소를 지었다. 뺨 위에 두 줄기의 눈물 흔적이 남아 있었으나 그 젖은 뺨은 이미 말라 있었다.

그녀는 다짐했다.

"좋아요, 바르빌르 농장은 적어도 2만 프랑은 나갈 거예요. 하지만 재산은 어린애 명의로 해두겠어요. 그 애의 양친은, 살아 있는 동안은 거기서 나오는 수익으로 지내라고 하고요."

그리고 사제는 일어나서 어머니와 악수했다.

"그대로 앉아 계십시오, 남작 부인. 그대로 앉아 계십시오. 한 걸음이 얼마나 힘든지 아니까요."

그는 나가다가 환자를 문병하러 온 리종 이모를 만났다. 그녀는 아무것도 눈치 채지 못했다. 아무도 그녀에게 말하지 않았으므로 여느 때처럼 그녀는 아무것도 알지 못했다.

8

로잘리는 그 집을 나갔고 잔은 고통스럽게 출산을 기다리며 하루하루 지내고 있었다. 너무나 커다란 슬픔이 그녀를 짓눌러 그녀는 자신이 어머니가 된다는 것에 전혀 기쁨을 느끼지 못했다. 끝없는 불행을 생각하면 더욱 조심에 싸여 아무런 호기심도 느끼지 못하면서 아이의 출산을 기다렸다.

봄은 아주 조용히 왔다. 벌거벗은 나무들이 아직도 싸늘한 바람 속에서 떨었다. 그러나 지는 가을의 낙엽이 썩고 있는 도랑의 습기 찬 풀들 속에는 노란 앵초가 싹트기 시작했다. 널따란 들과 농가의 마당과 눈에 잠긴 들에서 발효하는 냄새 같은 습기 찬 냄새가 퍼지고 있었다. 그리고 한 무리의 조그만 초록색 싹들이 갈색의 대지에서 솟아나와 태양빛에 빛나고 있었다.

요새처럼 몸집이 큰 여자가 로잘리를 대신해서 단조로운 가로수 길의 산책에 남작 부인을 부축했다. 점점 더 무거워가는 발자국이 쉴 새 없이 질퍽질퍽한 진흙탕 길 위에 찍혔다.

이제는 몸이 둔하여 항상 헐떡이는 잔의 팔을 아버지가 부축해주었다. 앞으로 닥칠 일에 불안해하며 준비에 바쁜 리종 이모가 다른 쪽에서 잔의 팔을 부축해주었다. 자신으로서는 결코 알 수 없는 이 신비스러운 일에 그녀는 흥분하고 있었다.

그들 모두는 몇 시간이고 아무 말도 하지 않고 이렇게 걸었다. 그동안 줄리앙은 갑자기 승마라는 새로운 취미에 빠져 말을 타고 주위를 돌고 있었다.

그들의 우울한 생활을 어지럽히는 일은 하나도 일어나지 않았다. 남작이 한번 아내와 자작을 데리고 푸르빌르가를 방문했다. 정확히 알 수는 없었으나 줄리앙은 이미 그 집을 잘 알고 있는 듯했다. 의례적인 또 다른 방문이 항상 잠자는 저택 속에 숨겨진 브리즈빌가와의 사이에 교환되었다.

어느 날 오후 4시경에 말을 탄 두 남녀가 성관의 앞뜰에 나타났다. 줄리앙은 몹시 흥분해서 잔의 방으로 뛰어들어왔다.

"빨리 빨리, 내려가. 푸르빌르가에서 왔어. 당신의 상태를 알고 그저 단순히 이웃으로서 만나러 온 거야. 난 외출했지만 곧 돌아올 거라고 전해줘. 잠깐 옷 좀 갈아입고 올 테니까."

잔은 놀라서 아래층으로 내려갔다. 창백하고 아름답고 심각한 얼굴을 한, 눈이 충혈된, 한 번도 태양의 애무를 받지 못한 것 같은 광택 없는 금발의 젊은 부인이 조용히 남편이라는 사람을 소개했다. 숱 많은 갈색 수염을 기른 유령 같은 거인이었다. 그리고 나서 그녀는 덧붙였다.

"우린 여러 번 라마르 씨를 만날 기회가 있었기 때문에 그를 통해 당신이 편찮으시다는 것을 알았어요. 그래서 의례적인 격식을 차리지 않고 그저 이웃으로서 당신을 찾아뵙는 것을 더 이상 늦추고 싶지 않았고요. 그래서 아시다시피 우리는 말을 타고 왔습니다. 게다가 전번에는 남작과 남작 부인의 방문을 받아 기쁘게 생각했지요."

그녀는 세련되고 다정한 태도로 거침없이 이야기했다. 잔은 그녀에게 매혹당해 곧 그녀가 마음에 들었다. '친구가 하나 생겼구나' 하고 그녀는 생각했다. 반대로 푸르빌르 백작은 거실에 들어온 곰 같은 모습이었다. 그는 자리에 앉자 모자를 옆의자 위에 놓고 손을 어떻게 해야 할지 잠시 머뭇거리다가 무릎 위에 놓기도 하고 안락의자의 팔걸이 위에 놓기도 하다가 마침내 기도를 드리기라도 하듯 깍지를 꼈다.

갑자기 줄리앙이 들어왔다. 잔은 놀라서 그를 알아보지 못했다. 그는 수염을 깎았다. 약혼 시절처럼 아름답고 우아하고 매혹적이었다. 그는 갑자기 줄리앙이 들어와서 놀란 듯한 백작의 털이 더부룩한 손을 잡고 입을 맞추었다. 백작 부인의 상아빛 뺨은 약간 붉어지고 눈꺼풀이 가늘게 떨렸다.

그는 이야기했다. 그는 옛날처럼 상냥스러웠다. 사랑의 거울 같은 그의 커다란 눈은 다정한 빛을 띠었다. 그리고 조금 전까지만 해도 윤기 없고 꺼칠꺼칠하던 그의 머리카락은 빗질과 향유로 갑자기 부드럽고 빛나는 곱슬거림을 되찾았다.

푸르빌 백작 부부가 떠나려 할 때 백작 부인이 줄리앙 쪽으로 돌아서며 말했다.

"자작님, 목요일에 승마를 하실까요?"

줄리앙이 "네, 좋습니다, 부인" 하고 몸을 기울이면서 속삭이는 동안, 백작 부인은 잔의 손을 잡고 다정한 미소를 띠며 부드럽고 꿰뚫는 듯한 목소리로 말했다.

"아! 몸이 회복되면 우리 셋이 함께 이 근처를 달려요. 상쾌한 일일 거예요. 어떠세요?"

거침없는 태도로 그녀는 승마복의 옷자락을 들어 올렸다. 그리고 그녀가 새처럼 가볍게 안장에 올라타는 동안 그녀의 남편은 어색하게 인사한 후 노르망디산의 커다란 말에 켄타우로스처럼 꼿꼿이 앉았다.

그들이 울타리를 돌아 사라지자 줄리앙은 몹시 유쾌한 듯이 외쳤다.

"정말 훌륭한 사람들이야! 저런 사람들을 사귀어두는 것은 유용한 일이야."

잔 역시 이유 없이 만족해하며 대답했다.

"저 작은 백작 부인은 매력적이에요. 난 저 여자를 좋아할 것 같아요. 하지만 남편은 난폭하게 보여요. 당신은 어디서 알게 되셨어요?"

그는 쾌활하게 두 손을 비볐다.

"우연히 브리즈빌가에서 만났지. 남편은 좀 거칠게 보이지. 열광적인 사나이야. 하지만 정말 귀족이지."

그리고 그날 저녁 식사는 마치 숨어 있던 행복이 그 집에 들어온 듯 즐거웠다. 그리고 7월 말까지 아무 일도 일어나지 않았다.

화요일 저녁 식구들이 모두 플라타너스 아래 있는 조그만 두 개의 술잔과 작은 브랜디 병이 놓여 있는 나무 테이블 주위에 앉아 있을 때, 잔이 갑자기 얼굴이 창백해지면서 날카로운 소리를 지르며 두 손으로 옆구리를 눌렀다. 빠르고 날카로운 고통이 갑자기 그녀의 몸 안을 달리다가 이내 사라졌다.

하지만 10분 후 또 다른 고통이 전보다 더 오래, 하지만 덜 심하게 그녀의 몸을 달렸다. 그녀는 아버지와 남편의 도움으로 간신히 집 안으로 들어갔다. 플라타너스에서 자신의 방까지는 얼마 안 되는 길이었으나 그녀에게는 끝없이 먼 듯이 느껴졌다. 그녀는 무의식중에 앓는 소리를 냈다. 배에 참을 수 없는 무게를 느껴서 앉아서 쉬게 해달라고 부탁했다.

아직 달이 차지 않았다. 해산은 9월로 예정돼 있었다. 하지만 혹시 무슨 일이 일어날지 몰라 마차에 말이 매어졌다. 시몽 영감이 의사를 데리러 전속력으로 달려갔다.

의사는 자정쯤에 왔다. 그는 한눈에 조산 증세를 알아차렸다.

침대에 눕자 고통이 다소 가라앉았으나 무서운 불안이 잔을 엄습했다. 온몸이 까무러칠 듯한 절망감과 불길한 예감 같은 그 무엇, 죽음의 신비스러운 접촉이 우리들의 심장을 얼릴 듯이 가까이 스쳐가는 순간이었다.

방 안은 사람들로 가득 찼다. 어머니는 안락의자에 앉아서 숨을 헐떡이고 있었다. 남작은 손을 부들부들 떨며 여기저기로 뛰어다니며 물건들을 가져오고 의사와 상의하는 등 정신을 못 차리고 있었다. 줄리앙은 방 안을 왔다 갔다 하며 초조한 얼굴이었으나 마음은 냉정했다. 당튀 과부는 이런 경우에 어울리는 얼굴을 하고 침대 발치에 서 있었다. 어떤 일에도 놀라지 않는 경험을 쌓은 여자의 얼굴이었다. 간호원 겸 산파 겸 초상집의 밤샘을 하는 여자로서, 태어나는 아기를 받고, 그들의 첫 울음 소리를 빼내고, 그들의 새 살을 더운 물로 씻어주고, 새 천에 싼 다음에 이번에는 똑같은 평온한 태도로 이 세상을 떠나는 사람의 마지막 말, 마지막 헐떡임, 마지막 전율을 듣고, 또 그들의 몸을 다듬어주고, 닳아빠진 몸을 식초로 닦아주고, 마지막 천으로 그 몸을 싸주는 이 과부는 출산과 죽음의 모든 사건에 대해서 요지부동의 무관심을 스스로 만들어내고 있었다.

하녀 뤼디빈과 리종 이모는 문 뒤에 조용히 숨어 있었다.

그리고 때때로 환자는 가냘픈 신음 소리를 냈다.

해산은 두 시간쯤 걸릴 것 같았으나 오래 기다려야 했다. 하지만 날이 샐 무렵에 갑자기 고통이 다시 맹렬하게 시작되어 이내 견딜 수 없게 되었다.

잔은 꽉 다문 이빨 사이로 무의식중에 비명을 질렀다. 그리고 끊임없이 별로 괴로워하지 않고 거의 신음하지도 않은 로잘리를 생각했다. 자식은, 아비를 모르는 자식은 고통도 느끼지 않고 이 세상에 나왔던 것이다.

가련하고 혼란된 마음으로 잔은 자기들 두 사람을 끊임없이 비교하고 있었다. 그리고 지금까지 옳다고 믿었던 신을 저주했다. 운명의 부당한 편애와, 정의와 신에 대해 설교하는 사람들의 죄많은 허위에 분노를 느꼈다.

가끔 진통이 그녀의 모든 관념을 말살시킬 정도로 격렬해졌다. 이제는 힘도, 생명도, 의식도 없고 오직 고통만이 남아 있었다.

고통이 가라앉는 순간 그녀는 줄리앙에게서 시선을 돌릴 수가 없었다. 그리고 또 하나의 다른 고통, 정신의 번민이 하녀가 사타구니 사이에 자기 아기(지금 자신의 내장을 이토록 가혹하게 찢는 아이의 형제)를 끼고, 똑같은 침대의 발치에 쓰러져 있었던 그날을 회상시켜주어 잔의 가슴을 짓이겼다. 그림자 하나 없는 맑은 기억으로 그 쓰러져 있던 계집아이 앞에서 하던 남편의 몸짓, 시선, 말들을 다시 생각했다. 그리고 지금 그녀는 남편의 생각을 그의 동작에 쓰여 있는 것처럼 그에게서 읽을 수 있었다. 또 다른 여자에 대한 똑같은 귀찮음과 무관심과 아버지가 된다는 것을 성가시게 여기고 있는 이 기적인 남자로서의 똑같은 냉담함을 느낄 수 있었다.

그러나 무서운 경련이 다시 그녀를 휩쌌다.

"나는 죽는다. 나는 죽어!" 하고 중얼거릴 만큼 격렬한 근육의 경련이었다. 그녀는 분노에 찬 반항과 저주해주고 싶은 욕망이 머리에 가득 찼다. 그리고 자신을 파멸시킨 이 남자와 자신을 죽이려는 이미지의 어린애에 대한 냉혹한 증오심이 일었다.

그녀는 자신의 몸 안에서 이 짐을 빼내버리려고 최대의 힘을 다해 몸을 쭉 뻗었다. 갑자기 자신의 뱃속이 텅 비는 듯한 느낌이었다. 그리고 고통이 사라졌다.

간호원과 의사가 그녀 위로 몸을 구부리고 그녀의 몸을 다루었다. 그들은 무엇인가를 들어냈다. 그러자 얼마 안 있어 그녀가 이미 들었던 그 숨막히는 듯한 소리가 그녀를 전율하게 했다. 그리고 이

고통스러운 작은 소리, 고양이 울음 소리 같은 갓난애의 갸냘픈 울음 소리가 그녀의 영혼 속으로, 가슴 속으로, 아주 지쳐버린 불쌍한 육체 속으로 스며들었다. 그녀는 무의식적인 동작으로 팔을 뻗치려 했다.

그것은 그녀의 몸을 꿰뚫은 환희였다. 막 피어나려는 새로운 행복을 향한 도약이었다. 그녀는 잠시 해방된 듯한, 평온하고 행복한 기분이었다. 여태까지 느껴보지 못한 행복이었다. 그녀의 마음과 육체는 다시 생기를 되찾았다. 그녀는 자신이 어머니가 된 것을 느꼈다.

그녀는 자신의 아이를 보고 싶었다! 아이는 너무 일찍 나왔으므로 머리카락도 나지 않았고, 손톱도 없었다. 하지만 이 인간 유충이 움직이는 것을 보았을 때, 아이가 입을 벌리는 것을 보았을 때, 울음 소리를 내는 것을 보았을 때, 주름진 얼굴을 찌푸리고 살아 있는 이 조산아를 만져보았을 때, 그녀는 말할 수 없는 기쁨에 가득 찼다. 그녀는 자신은 구원을 받았으며 모든 절망에서 벗어났고 다른 모든 것에 무관심할 만큼 사랑하는 것을 손 안에 쥐고 있다는 것을 알았다.

그 이후로 그녀는 오직 한 가지 생각뿐이었다. 자신의 아이에 대한 생각이었다.

그녀는 갑자기 열광적인 어머니가 되었다. 사랑에 배반당하고 희망이 깨진 뒤였으므로 더욱더 열광적인 어머니가 되었다. 항상 요람을 그녀의 침대 옆에 놓아야 했으며, 자리에서 일어날 수 있는 뒤로는 하루 종일 가벼운 요람을 흔들면서 창가에서 지내곤 했다.

잔은 유모를 질투하였다. 젖에 굶주린 이 작은 생명이 푸른 핏줄이 내비치는 통통한 젖가슴을 향해 팔을 뻗쳐 갈색의 주름진 젖꼭지에 게걸스런 입술로 달라붙을 때, 잔은 얼굴이 창백해지고 몸을 부들부들 떨면서, 이 튼튼하고 조용한 시골 여자에게서 자기 아들을 뺏고 탐욕스럽게 빨고 있는 이 젖가슴을 때리고 손톱으로 찢고 싶은 욕망으로 노려보았다.

그리고 그녀는 아기를 치장하기 위해서 좋은 헝겊에 여러 가지 우아한 모양을 자기가 손수 수놓고 싶어했다. 어린애는 레이스가 달린 옷으로 둘러싸이고 훌륭한 모자를 썼다. 잔은 오직 아이의 옷에 대해서만 이야기했다. 내의와 턱받이나 공들여 다듬은 훌륭한 리본에 대해 칭찬을 늘어놓기 위해 그녀는 대화를 중간에서 막기 일쑤였고, 자신의 주위에서 무슨 말을 하는지 듣지 않았으며, 헝겊 조각을 오랫동안 돌려보고 더 잘 보려고 다시 뒤적거리며 혼자 좋아하는 것이었다. 그러다 갑자기 그녀는 묻곤 했다.

"이거 아기에게 어울릴까요?"

남작과 어머니는 이 열광적인 애정에 대해 미소 지었다. 하지만 줄리앙은 이 빽빽 울어대는 절대적인 힘을 가지고 있는 전제군주의 출현으로 자신의 지배력이 축소되고 자신의 행동이 뒤죽박죽되었기 때문에 집안에서 자신의 위치를 훔치려는 이 인간의 한 조각에 무의식적인 질투를 느끼면서 "저 애새끼가 나오고 나선 정말 진력이 나는군!" 하고 참지 못하고 분개하며 쉴 새 없이 중얼거렸다.

그러나 그녀는 이내 어린애에 대한 사랑에 집착하여 매일밤 요람 옆에서 아기가 잠자는 것을 바라보았다. 이 열광적이며 병적인 응시로 인하여 그녀는 기진맥진하고 전혀 휴식을 취하지 못해 쇠약해지고 몸이 마르고 기침까지 하게 되었으므로 의사는 그녀를 아이에게서 떼어놓도록 명령했다.

잔은 화를 내며 울면서 애원했다. 하지만 아무도 그녀의 애원을 못 들은 체했다. 아이는 매일 밤 유모 곁에서 재웠다. 아이의 엄마는 매일 밤 맨발로 가서는 아이가 편안히 잘 자고 있는지, 깨지나 않았는지, 뭐 필요한 것은 없는가를 들으려는 듯이 열쇠 구멍에 귀를 갖다 대었다.

한 번은 푸르빌르가의 저녁 식사에 초대받고 늦게 돌아온 줄리앙이 그러한 그녀를 발견했다. 그 이후로 그녀는 강제로 침대에 누워 있도록 자물쇠를 채운 채 방에 갇히게 되었다.

세례식은 8월 말경에 거행되었다. 남작이 대부가 되고 리종 이모가 대모가 되었다. 아이는 피에르 시몽 폴이란 이름을 받았는데 그냥 폴이라고 불렀다.

9월 초에 리종 이모는 소리 없이 떠났다. 그리고 그녀의 부재는 그녀가 있었던 것과 마찬가지로 누구의 주의도 끌지 않았다.

어느 날 밤 식사 후에 사제가 나타났다. 사제는 마치 무슨 비밀이라도 있는 듯 당황한 모습이었다. 잠시 쓸데없는 말을 늘어놓은 뒤 사제는 남작 부인과 그녀의 남편에게 잠시 특별히 시간을 내달라고 부탁했다.

그들 셋은 함께 느린 걸음으로 활발하게 이야기를 나누면서 가로수 길까지 갔다. 그동안 줄리앙은 잔과 단둘이 남아서 그 비밀에 대해 화를 내고 불안해하며 신경질을 냈다.

줄리앙은 작별 인사를 하러 온 사제를 바래다주기 위해 삼종기도 종이 울리고 있는 교회를 향해서 함께 사라졌다.

날씨는 선선하고 거의 추울 정도였다. 다른 사람들은 이내 거실로 돌아왔다. 갑자기 줄리앙이 분개한 듯한 모습으로 얼굴이 빨개져서 돌아왔을 때는 모두들 어렴풋이 졸고 있었다.

잔이 그곳에 있다는 것은 생각하지 않고 문에서부터 그는 장인 장모를 향해 소리쳤다.

"정말로 당신네들은 머리가 돌았군요! 그 계집애에게 2만 프랑이나 내주다니!"

아무도 대답하지 못할 만큼 그들의 놀라움은 컸다. 그는 격분해서 고함을 치며 말했다.

"이렇게 어리석은 줄은 몰랐군요. 우리에게는 한 푼도 남겨주지 않겠다는 거예요?"

그러자 침착을 되찾은 남작이 그를 제지하려고 애썼다.

"조용히 하게! 자네의 부인 앞이라는 것을 생각해보게."

그러나 줄리앙은 흥분해서 발을 동동 굴렀다.

"아무려면 어떻습니까? 게다가 이 사람도 사정을 잘 알고 있겠죠. 결국 이 사람을 침해하는 도둑질이 아닙니까?"

잔은 놀라서 아무것도 이해하지 못하고 바라보았다. 그녀는 더듬거렸다.

"아니, 무엇이 어찌됐다는 거예요?"

그러자 줄리앙은 아내에게로 돌아서면서 희망을 갖고 있던 이익의 측면에서 다 같이 가로채인 공동체로서 잔도 증인으로 끌어들였다. 그는 재빨리 로잘리를 결혼시키려는 음모와 적어도 2만 프랑은 나가는 바르빌르 농지의 증여에 대해서 이야기했다. 그는 되풀이해 말했다.

"어쨌든 당신의 부모는 머리가 좀 어떻게 되신 거야, 여보. 붙잡아둬야 할 정도로 머리가 도신 거야! 2만 프랑! 2만 프랑! 어쨌든 정신이 도신 거란 말야! 사생아에게 2만 프랑이라니!"

잔은 아무런 감정도 분노도 느끼지 않고 가만히 들었다. 이제 자신의 아이 이외의 다른 모든 것에 무관심한 자신의 평온함에 스스로 놀라면서.

남작은 헐떡이며 대답할 말을 찾지 못했다. 그러나 마침내 분노를 터뜨리고 발을 동동 구르며 외쳤다.

"자네가 한 말을 다시 생각해보게. 정말 꼴불견이군. 그 미혼모에게 지참금을 주게 만든 게 누구 때문인가? 그 아이는 누구 아인가? 이제는 버리겠다는 말인가?"

남작의 난폭함에 놀란 줄리앙은 남작을 멍하니 바라보았다. 그는 다소 침착한 어조로 말했다.

"하지만 1천 5백 프랑만 줘도 충분하지 않아요? 이 지방의 계집아이들은 시집가기 전에 모두들 아이를 가집니다. 그러니 아이가 누구 자식이든 무슨 상관입니까? 2만 프랑이나 나가는 당신 영지의 하나를 주어서 우리에게 오는 손해는 고사하고라도 그것은 사람들이 우리에게 무슨 일이 일어났다고 알려주는 격이 되지 않습니까? 적어도 우리 가문이나 지위를 생각하셔야 했어요."

줄리앙은 자신의 권리와 논리와 합리성을 확신하고 있는 남자처럼 엄격한 어조로 말했다. 남작은 예기치 않은 이 논쟁에 당황해서 줄리앙 앞에 멍하니 서 있었다. 줄리앙은 자신의 우세함을 느끼고 결론적으로 말했다.

"다행히 아직 아무것도 결정되지 않았습니다. 나는 저 계집애와 결혼하겠다는 남자를 알고 있습니다. 정직한 녀석이지요. 그녀석과 함께 상의하면 모든 것이 잘 되겠지요. 내가 맡겠습니다."

그리고 그는 논쟁이 계속될까 두려웠는지 모두들 침묵하고 있자 동의의 표시로 생각하고 곧장 밖으로 나갔다.

그가 사라지자 남작은 하도 어이가 없어서 전율하며 부르짖었다.

"아니! 정말 너무하군! 너무해!"

하지만 잔은 눈을 들어 아버지의 당황한 얼굴을 보더니 갑자기 웃음을 터뜨렸다. 어떤 우스운 일을 보았을 때의 옛날과 같은 맑은 웃음 소리였다.

그리고 그녀는 물었다.

"아버지, 아버지, 그이가 '2만 프랑'이라고 말할 때의 목소리를 들으셨어요?"

즐거움이 눈물만큼 빠른 어머니는 사위의 분격한 얼굴, 격분한 외침, 자신이 유혹한 계집애에게 자기 것도 아닌 돈을 주는 것을 격렬하게 거절하는 것들을 생각하고, 게다가 잔의 유쾌한 기분에 역시 즐거워하며 눈물이 넘칠 만큼 헐떡이며 온몸을 흔들며 웃어댔다. 그러자 남작 역시 웃음이 전염되어 웃기 시작했다. 세 사람 다 지나간 유쾌한 나날처럼 배가 아플 만큼 즐겁게 웃어댔다.

웃음이 약간 가라앉자 잔은 놀라서 말했다.

"아무것도 나의 주의를 끌지 않다니, 이상하군요. 이제 내게 그이는 이방인처럼 보여요. 내가 그이의 아내라는 것이 믿어지지 않아요. 보다시피 나는 그이의…… 그이의…… 그이의 야비함에 웃고 있잖아요?"

그리고 그 이유도 잘 알지 못한 채 그들은 다시 웃고 감동해서 서로 껴안았다.

그러나 이틀 뒤 저녁 식사 후 줄리앙이 말을 타고 나간 뒤에 스물두 살이나 스물 다섯 살가량의 키가 큰 남자가 커프스에 단추를 단 풍성한 소매와 주름이 골고루 있는 파란 새 작업복을 입고, 마치 아침부터 그곳에 숨어 있었던 것처럼 몰래 울타리를 넘어 쿠이야르네의 도랑을 따라서 슬그머니 들어와, 성관을 돌아 수상한 걸음으로 여전히 플라타너스 아래 앉아 있는 남작과 두 여자 곁으로 다가왔다.

그는 그들을 보자 모자를 벗고 인사를 하면서 앞으로 나섰다. 당황한 듯한 얼굴이었다.

말소리가 들릴 정도로 가까이 오자 그는 재빨리 말했다.

"안녕하십니까, 남작님, 마님, 아씨."

그러나 아무도 그에게 대꾸해주지 않자 그는 다시 말했다.

"저는 바로 데지레 르콕입니다."

이 이름을 듣고도 짐작이 가지 않아 남작이 말했다.

"무슨 일이오?"

그러자 이 청년은 자신의 상황을 설명해야 한다는 필요성 앞에서 완전히 당황했다. 그는 손에 들고 있는 모자와 성관의 지붕 꼭대기를 연방 번갈아 보며 머뭇거렸다.

"이 일에 대해서는 사제님이 두어 마디 해주셨는데⋯⋯."

그러고 나서 너무 서둘러 말하다가 오히려 자신이 불리해질까 두려운지 입을 다물어버렸다.

남작은 여전히 무슨 일인지 이해하지 못한 채 말했다.

"무슨 일인가? 난 모르겠네."

그러나 상대방은 목소리를 낮추고 결심한 듯 말했다.

"댁의 하녀⋯⋯ 로잘리⋯⋯ 에 관한 일입니다."

그제서야 잔은 알아채고 일어나 아이를 팔에 안고 집 안으로 사라졌다. 그러자 남작이 "가까이 오게" 하고 말하며 방금 딸이 일어난 의자를 가리켰다.

농부는 곧 그 자리에 가 앉으면서 중얼거렸다.

"참 친절하시군요."

그리고 그는 더 이상 할 말이 없다는 듯 기다렸다. 오랫동안 침묵을 지킨 뒤 그는 마침내 결심한 듯 얼굴을 들어 푸른 하늘을 바라보며 말했다.

"좋은 날씨입니다, 이미 씨를 다 뿌려서 토지에는 유익하지 못합니다만."

그리고 그는 다시 입을 다물었다.

남작은 초조해했다. 그는 갑자기 퉁명스러운 어조로 질문을 던졌다.

"그래, 자네가 로잘리와 결혼하겠다는 말인가?"

그 말을 듣고 노르망디인 특유의 교활한 습관대로 일이 뒤죽박죽되었기 때문에 그는 이내 불안해졌다. 그는 의심하는 태도로, 더 강한 음성으로 대답했다.

"그 무엇에 따라서는 할 수도 있고 안 할 수도 있죠. 그 무엇에 따라서는요."

그러자 남작은 이 핑계에 화를 냈다.

"제기랄! 솔직하게 대답해보게. 자네는 그 일 때문에 온 거지? 그런가, 안 그런가? 그 애하고 살겠다는 거야, 안 살겠다는 거야?"

청년은 당황해서 발만 내려다보았다.

"사제님이 말씀하신 대로라면 그녀와 하겠습니다. 하지만 줄리앙 씨의 말씀대로라면 전 그녀와 살지 않겠습니다."

"줄리앙 씨가 자네에게 뭐라고 말했나?"

"줄리앙 씨는 제가 1천 5백 프랑을 받게 될 거라고 그랬죠. 그리고 사제님은 제가 2만 프랑을 받으리라고 말했고요. 전 2만 프랑이라면 좋지만 1천 5백 프랑이라면 싫습니다."

그러나 남작 부인은 안락의자 속에 푹 파묻혀 시골뜨기의 불안한 태도 앞에서 조용히 몸을 흔들며 웃기 시작했다. 농부는 웃는 이유를 몰라서 불쾌한 시선으로 곁눈질하며 상대방이 말하기를 기다렸다.

이러한 흥정이 거북스러운 남작은 딱 잘라서 말했다.

"나는, 자네가 살아 있는 동안 자네 것이지만 그다음에는 자식의 소유가 되도록 바르빌르의 농지를 주겠다고 사제님에게 말했네. 그 농지는 2만 프랑은 나가지. 난 일구이언은 하지 않네. 그럼 됐나? 하겠나, 안 하겠나?"

남자는 천한, 만족한 듯한 얼굴로 미소 짓다가 갑자기 웅변적인 말투로 말했다.

"아! 그렇다면 전 싫지는 않습니다. 제가 반대하는 것은 그것뿐입니다. 사제님이 제게 말했을 때는 전 그 자리에서 좋다고 했었습니다. 더욱이 남작님도 만족하실 거라고 생각했죠. 또 남작님도 그렇게 생각하고 계시겠지 하고 혼자 생각했습니다. 그렇지 않습니까? 서로서로 약속을 하면 항상 그 이후에 그것을 알고 있는 것이 아닐까요? 그런데 줄리앙 씨가 저를 만나러 와서는 1천 5백 프랑밖에 줄 수 없다고 하더군요. 그래서 저는 진상을 더 알아봐야겠다고 생각했습죠. 그래서 온 겁니다. 별 것 아닙니다. 저는 믿고 있었습니다만, 사실을 알고 싶었습죠. 돈 계산이 깨끗하면 친구도 깨끗하다고들 합니다만, 사실입니다, 남작님……."

그는 여기서 말을 멈춰야 했다. 남작이 물었기 때문이었다.

"언제 결혼할 작정인가?"

그러자 청년은 갑자기 수줍어하며 어쩔 줄 몰라했다. 마침내 그는 주저하며 말했다.

"우선 먼저 간단한 증서 하나를 작성하는 게 어떻겠습니까?"

이번에야말로 남작은 화를 냈다.

"아니, 제기랄! 결혼 증서를 갖게 될 게 아닌가? 그건 최고의 증서지."

그러나 농부는 고집했다.

"어쨌든 그때까지라도 간단한 증서를 만들어주십시오. 별로 해로운 일도 아니잖습니까?"

남작은 결말을 지으려고 일어났다.

"할 건가, 안 할 건가, 지금 당장 대답하게. 자네가 원하지 않는다면 그렇다고 말하게. 다른 경쟁자가 또 있으니까."

그러자 경쟁자에 대한 두려움이 이 교활한 노르망디 남자를 당황하게 했다. 그는 결심한 듯 소의 거래를 끝낸 뒤처럼 손을 내밀었다.

"그렇게 하겠습니다, 남작님, 됐습니다. 절대로 취소하지 않겠습니다."

남작은 승낙했다. 그리고 큰 소리로 "뤼디빈!" 하고 외쳤다. 하녀가 창문으로 고개를 들이밀었다.

"술 한 병을 가져와."

계약이 성립되었다는 것을 축하하는 뜻으로 축배를 들었다. 그리고 청년은 올 때보다 더 가벼운 걸음으로 떠났다.

줄리앙에게는 이 방문을 알리지 않았다. 계약서는 비밀리에 작성되었다. 그러고는 일단 결혼 공고가 나자 어느 일요일 아침 결혼식이 거행되었다.

이웃집 여자가 신랑, 신부의 뒤를 따라서 마치 행운이 확실한 약속인 것처럼 갓난애를 안고 교회로 갔다. 그리고 이 지방 사람들은 아무도 놀라지 않았다. 모두들 데지레 르콕을 부러워했다. 그리고 거기에는 조금도 분개하는 빛이 없었다.

줄리앙은 무섭게 화를 냈으며 그 때문에 장인 장모는 레 푀플에서 더 머물지 않았다. 잔은 그다지 깊은 슬픔은 느끼지 않고 부모님이 떠나는 것을 전송했다. 그녀에게는 폴이 마르지 않는 행복의 샘이 되었던 것이다.

9

 잔은 산후 몸이 완전히 회복되었기 때문에 그들 부부는 푸르빌르가로 답례 방문을 하고 아울러 쿠틀리에 후작 댁에 가기로 결정했다.
 줄리앙은 경매에서 새 마차를 하나 샀다. 말이 한 필만 필요한 뚜껑이 없는 마차였으므로 한 달에 두 번 나갈 수 있었다.
 12월의 어느 맑은 날, 그들은 그 마차에 말을 매고 노르망디 평야를 두 시간이나 달리고 나서 중턱에 나무가 우거지고 바닥의 평지는 밭으로 된 자그마한 골짜기로 내려가기 시작했다.
 씨 뿌린 밭들은 이내 평야가 되고 평야를 지나서는 이 계절의 커다란 마른 갈대가 우거져 있는 늪으로 나왔다. 갈대의 기다란 잎은 노란 리본처럼 바람에 살랑거렸다.
 계곡을 급히 돌자 브리에트 성관이 나타났다. 한쪽의 커다란 못

속에 그 담을 온통 담그고 있었으며, 그 못은 정면에 계곡 반대쪽의 경사를 덮고 있는 높은 전나무에서 끝났다.

안뜰까지 들어가려면 도개교를 건너서 루이 13세식의 널따란 현관의 정면을 지나야 했다. 그 안으로 들어가면 정면에 슬레이트 지붕의 작은 탑이 달린 벽돌 문들의, 똑같이 루이 13세식의 우아한 저택이 서 있었다. 줄리앙은 그 물건을 밑바닥까지 잘 알고 있는 사람처럼 잔에게 건물의 부분부분을 설명했다. 그는 그 임무를 명예롭게 이행하며 건물의 아름다움에 탄복했다.

"저 현관 정면을 봐요! 정말 굉장한 저택이지! 건물의 모든 후면 현관은 전부 못을 향해 서 있고, 못 가까이까지 내려가는 훌륭한 계단이 있지. 층계 아래에는 배가 네 척 정박하고 있는데 두 척은 백작 부인 거지. 오른쪽으로 포플러의 장막이 보이지? 거기가 못의 끝이고, 페캉까지 흘러가는 강이 거기서 시작되지. 이 부근에는 물새들이 많이 있지. 백작은 거기서 사냥하기를 몹시 좋아하지. 정말 훌륭한 귀족의 저택이야."

입구의 문이 열리고 얼굴빛이 창백한 백작 부인이 나타났다. 그녀는 옛날의 성주 부인처럼 옷자락이 끌리는 옷을 입고 미소 띤 얼굴로 방문객을 맞이하러 나왔다. 그녀는 백작의 저택을 위해 태어난 호수의 미인처럼 보였다.

거실은 창문이 여덟 개 있는데, 네 개는 못으로 면해 있고, 나머지는 바로 마주 보이는 언덕을 기어 올라간 어두운 소나무 숲을 바라보게 되어 있었다.

어두운 색조를 띤 푸른 숲은 못을 깊게 보이게 하고 장엄하고 음울하게 보이게 했다. 바람이 불어올 때면 나무들의 신음 소리가 숲의 목소리처럼 들렸다.

　백작 부인은 어렸을 때부터 친구였던 것처럼 잔의 두 손을 잡아 앉히고, 자신도 그 옆의 낮은 의자에 앉았다. 한편 5개월 이전부터 등한히 하던 모든 우아함을 되찾은 줄리앙은 부드럽고 다정한 태도로 이야기하고 미소 지었다.

　백작 부인과 줄리앙은 자기네들의 승마 산책에 대해 이야기했다. 그녀가 줄리앙이 말에 타는 식이 좀 이상하다고 하며 그를 "비틀거리는 기사"라고 부르자 줄리앙 역시 웃으면서 "용감한 여왕"이라고 그녀를 명명했다. 창문 아래서 총 소리가 나자 잔은 조그맣게 비명을 질렀다. 백작이 조그만 오리를 쏘아 죽인 것이었다.

　부인이 곧 백작을 불렀다. 노 젓는 소리가 나고 돌에 부딪치는 뱃소리 뒤에 이어 장화를 신은 거대한 백작의 모습이 나타났다. 물에 젖은 두 마리의 개를 데리고 들어왔는데, 개 역시 주인처럼 상기해 있었다. 개들은 문 앞의 양탄자 위에 비스듬히 누웠다.

　백작은 자기 집이라 그런지 전보다 편안하게 보였다. 그리고 손님들을 보자 몹시 반가워했다. 난로에 장작을 지피게 하고 마데이라산 술과 비스킷을 가져오게 했다. 갑자기 그가 외쳤다.

　"저희들과 저녁 식사를 함께합시다, 준비됐으니까."

　그러나 잠시도 어린애 생각이 떠나지 않는 잔은 거절했다. 주인은 그래도 권했다. 잔이 끝까지 응하지 않자 줄리앙은 갑자기 눈에 띄게 초조한 빛을 보였다. 그러자 잔은 남편의 냉혹하고 호전적인 기분을 다시 건드리는 것이 두려워서 내일까지는 폴을 못 본다는 생각에 시달리면서도 승낙해버렸다.

　오후는 유쾌했다. 먼저 샘터를 보러 갔다. 샘은 끓어오르는 물처럼 항상 움직이는 낡은 수반 안에서 이끼 낀 바위의 발치 아래서 솟아오르고 있었다. 그리고 배를 타고 시든 갈대 숲 사이로 난 길을 가로질러 한 바퀴 돌았다. 백작은 콧잔등을 공중으로 내밀고 냄새를 맡고 있는 두 마리의 개 사이에 앉아 노를 저었다. 그가 노를 저을 때마다 커다란 배는 들썩거리고 앞으로 나아갔다. 잔은 가끔 차가운 물 속에 손을 담가, 손가락에서 가슴속까지 스며드는 얼음같이 찬 냉기를 즐겼다. 배의 뒤쪽에서 줄리앙과 숄로 몸을 감싼 백작 부인이 서로 미소 지었다. 입을 벌리기에는 너무나 행복에 찬 사람들의 끊임없는 미소였다. 시든 갈대 사이를 스치는 북풍, 얼음같이 차가운 전율과 함께 저녁이 찾아왔다. 태양은 전나무 뒤로 잠겨들고 있었다. 그리고 진홍색의 기이한 작은 구름들이 흩어진 붉은 하늘은 바라보기만 해도 소름이 끼쳤다.

　그들은 새빨간 불이 타오르고 있는 널따란 거실로 들어왔다. 열기와 즐거운 느낌이 문에서부터 사람들을 유쾌하게 했다. 그러자 백작은 유쾌해져서 역사(力士) 같은 두 팔로 부인을 껴안고 어린애처럼 번쩍 안아올리고는 그녀의 두 뺨에 만족한 듯이 소박한 남자의 힘찬 키스를 했다.

　잔도 미소를 띠면서 수염만으로도 식인귀라고 말할 것 같은 이 선량한 거인을 바라보았다. 그녀는 생각했다. '사람이란 매일같이 모든 사람들을 오해하고 있구나.' 그리고 무의식적으로 시선을 줄리앙에게로 돌리자 그는 무섭도록 창백한 얼굴로 백작을 노려보며 문턱에 서 있었다. 잔은 불안한 얼굴로 남편에게로 다가가 낮은 목소리로 말했다.

"어디 아프세요? 어찌된 일이에요?"

그는 화가 난 어조로 대답했다.

"아무것도 아니야, 그냥 내버려둬. 좀 추워서 그래."

식당으로 들어가자 백작은 개들도 데리고 들어가도 좋으냐고 허락을 구했다. 개들은 곧 들어와서 주인의 좌우에 앉았다. 백작은 쉴 새 없이 개들에게 먹을 것을 주면서 비단같이 기다란 귀를 쓰다듬어주었다. 개들은 고개를 내밀고 꼬리를 흔들면서 만족한 듯이 몸을 흔들었다.

저녁 식사 뒤 잔과 줄리앙은 떠날 준비를 했다. 푸르빌르 부부는 횃불을 켜고 고기 잡는 것을 보여주겠다고 다시 그들을 만류했다.

백작은 두 사람을 백작 부인과 함께 못으로 내려가는 계단 위에 세워놓고 자기는 그물과 횃불을 든 하인을 데리고 배에 올라탔다. 밤 날씨는 맑아 하늘에는 금을 뿌린 듯하였고 냉기가 피부를 꿰뚫었다.

횃불은 이상스럽게 움직이는 불의 꼬리를 물 위에 어른거리게 하며 갈대 위로 춤추는 듯한 불빛을 던지고 전나무 숲을 밝게 비춰주었다. 그러자 갑자기 배가 한 바퀴 돌더니 거대하고 기이한 그림자가, 사람의 그림자가 밝게 비친 숲의 가장자리 위에 우뚝 섰다. 머리는 나무들을 넘어서 어두운 하늘로 사라졌다. 그리고 두 다리는 못 안에 잠기었다. 그리고 거대한 인간이 별을 잡으려는 듯이 두 팔을 들어 올렸다. 그러나 갑자기 그 거대한 팔은 다시 축 처졌다. 그리고 이내 물을 때리는 작은 물소리가 들렸다.

그때 배가 다시 조용히 방향을 돌리자 그 굉장한 환영은 도는 순간에 횃불이 내비친 숲을 따라서 달리고 있는 듯이 보였다. 그러고는 어둠 속으로 사라져버렸다. 잠시 후 갑자기 전번보다는 작지만 더 선명하게 이상한 몸짓을 하면서 성관의 현관 위로 다시 나타났다.

그러더니 백작의 우렁찬 목소리가 들렸다.

"질베르트, 여덟 마리 잡았어!"

노가 물결을 때렸다. 거대한 그림자가 이번에는 장벽 위에 가만히 선 채로 있었으나 점점 키도 몸짓도 줄어들고, 머리는 아래로 처지고 몸집은 작아지는 듯이 보였다. 푸르빌르 씨가 여전히 횃불을 든 하인을 데리고 돌층계를 올라왔을 때 그 그림자는 백작의 몸집만큼 줄어들고 백작의 동작을 일일이 그대로 흉내 내고 있었다.

백작의 그물 속에는 여덟 마리의 통통한 고기가 팔딱이고 있었다.

푸르빌르 부부가 빌려준 망토와 담요로 몸을 감싸고 집을 향해서 마차를 달리고 있을 때 잔이 거의 무심히 말했다.

"그 거인은 정말 선량한 사람이에요!"

그러자 마차를 몰고 있던 줄리앙이 대답했다.

"그래, 하지만 다른 사람들 앞에서 항상 지나친 행동을 하지."

8일 후 그들은 이 지방에서 제일가는 귀족으로 여겨지는 쿠틀리에가를 방문했다. 레미닐의 저택은 카니의 거대한 성과 인접해 있었다. 루이 14세 때 세워진 이 새 성관은 벽으로 둘러싸인 훌륭한 정원 안에 가려 있었다. 언덕 위에 옛 성의 폐허가 보였다. 제복을 입은 하인들이 장엄한 방으로 방문객들을 안내했다. 방 한가운데에는 일종의 원주가 세브르제의 거대한 술잔을 받치고 있었고, 받침돌에는 이 선물은 레오폴 에르베 조제프 제르메르 드 바르느빌르 드 롤르보스크 드 쿠틀리에 후작에게 준다는 국왕 친필의 편지가 수정판 속에 들어 있었다.

잔과 줄리앙이 국왕의 선물을 보고 있을 때 후작 부부가 들어왔다. 부인은 분 화장을 하고 억지로 친절한 체하며 공손하게 보이려는 듯한 욕망에서 부자연스러운 태도를 취했다. 주인은 흰머리를 올백으로 넘긴 뚱뚱한 남자로 몸짓이나 목소리나 모든 태도에 자신의 신분을 말하는 오만한 모습이 나타나 있었다.

그들 부부는 정신과 감정과 언어가 항상 죽마(竹馬)를 타고 있는 것 같은 에티켓만 찾는 사람들이었다.

그들은 상대방의 대답도 듣지 않고 지껄였으며 무관심한 태도로 미소 짓고, 항상 부근의 소귀족들을 예의바르게 맞는다는 자기들의 훌륭한 가문에 짐 지워진 임무를 수행하려는 듯이 보였다.

잔과 줄리앙은 꼼짝하지 않고 즐겁게 지내려 애썼으나 더 있기도 거북하고 그렇다고 물러나기도 어색했다. 그러나 마치 작별 인사를 세련되게 하는 여왕처럼 후작 부인 자신이 적당한 곳에서 회화를 멈추어 자연스럽고도 간단하게 이 방문을 끝냈다.

집으로 돌아오면서 줄리앙이 말했다.

"어떻소, 이 정도에서 방문을 끝내기로 합시다. 난 푸르빌르가로 족하오."

잔 역시 그의 의견에 동감이었다.

한 해의 마지막인 어두운 동굴 같은 이 어두운 달, 12월은 느리게 흘러갔다. 지난해와 마찬가지로 폐쇄된 생활이 시작되었다. 그러나 잔은 항상 폴 때문에 바빴으며 줄리앙도 그 옆에서 불안하고 불쾌한 시선으로 이 모습을 바라보았다.

가끔 아기의 어머니가 아이를 두 팔에 안고 여자들이 자식에 대해서 갖는 열정적인 애정으로 애무할 때 그녀는 아이를 아버지한테 내밀면서 이렇게 말하곤 했다.

"좀, 입 좀 맞춰주세요. 당신은 아이를 좋아하지 않는 것 같군요."

그러자 줄리앙은 주먹을 쥐고 흔들고 있는 작은 손이 닿지 않도록 온몸을 숙이면서 아이의 매끈한 이마에 내키지 않는 듯 입술 끝을 살짝 갖다 대는 것이었다. 그러고는 재빨리 나가버렸다. 어린애에 대한 혐오감이 그를 쫓아버리는 듯했다.

촌장과 의사와 사제가 가끔 저녁 식사를 하러 왔다. 가끔 푸르빌르 부부도 왔는데 이들과는 더욱더 친밀한 관계를 가졌다.

백작은 폴을 귀여워하는 듯했다. 그는 방문 시간 내내 폴을 무릎 위에 올려놓고 있거나 오후 내내 안고 있을 때도 있었다. 그는 거인같이 커다란 손으로 세심하게 아이를 다루었으며, 기다란 콧수염으로 아이의 코끝을 간질였으며, 어머니들이 하듯 열정적인 애정의 충동으로 아이를 껴안았다. 그는 아이가 없는 메마른 결혼 생활에 끊임없이 고통을 느끼고 있었다.

3월은 거의 청명하고 건조했으며 온화했다. 질베르트 백작 부인은 넷이서 함께 승마 산책을 하자는 이야기를 다시 꺼냈다. 긴 저녁과 긴 밤, 그저 그런 단조로운 매일매일에 좀 싫증이 난 잔은 이 계획에 몹시 기뻐하면서 동의했다. 그래서 일주일 동안 그녀는 승마복을 만들면서 기뻐했다.

그러고 나서 네 사람은 승마 산책을 시작했다. 그들은 항상 둘씩 둘씩 나란히 서서 달렸다. 백작 부인과 줄리앙이 앞에서 달리고 백작과 잔이 백 걸음 뒤에서 달렸다. 뒤의 두 사람은 마치 친구처럼 조용히 이야기를 나누었다. 그들은 곧은 정신과 순박한 마음의 접촉으로 친구가 되었다. 줄리앙과 백작 부인은 가끔 낮은 목소리로 이야기하며 가끔 격렬한 웃음을 터뜨리며 마치 입이 말하지 않는 것을 눈이 말해준다는 듯이 갑자기 서로 바라보았다. 그리고 멀리, 아주 멀리 가고 싶은 욕망, 도망가고 싶은 욕망에 끌리는 듯이 갑자기 속보로 달렸다.

그런 다음에 질베르트는 흥분한 듯이 보였다. 생생한 목소리가 미풍에 실려서 가끔 뒤떨어져 가는 두 사람의 귀에까지 들렸다. 그러자 백작이 웃으면서 잔에게 말했다.

"내 처는 매일 기분이 좋지 않답니다."

어느 날 저녁, 네 사람이 집으로 돌아오는 길에 백작 부인은 박차를 가하면서 말을 몰다가 갑자기 고삐를 잡아당기곤 했다. 줄리앙이 몇 번이나 "조심하십시오. 그러다가는 말이 당신을 몰고 갈 겁니다" 하고 말하는 소리가 들렸다. 백작 부인이 대답했다.

"할 수 없죠. 당신이 상관할 일이 아니에요."

그 말은 마치 공중에 걸려 있는 것처럼 들판에 울릴 만큼 뚜렷하고 모진 음성이었다.

말은 뒷발로 서서 땅을 걷어차고 거품을 뿜었다. 갑자기 불안해진 백작이 큰 소리로 "조심해요, 질베르트!" 하고 말하자 그녀는 도전이나 하려는 것처럼 무엇으로도 대항할 수 없는 여자의 흥분감에서 난폭하게 말의 두 귀 사이를 후려쳤다. 격렬하게 일어난 말은 앞다리로 허공을 허위적거리다가 다시 다리를 땅에 붙이자마자 무서운 힘으로 한번 뛰어오르고는 다리의 있는 힘을 다해서 들판을 달려갔다. 말은 우선 목장을 넘고 다시 경작지 속으로 달려 비옥한 습지를 먼지로 자욱하게 하였으며, 너무 빨리 달려서 말과 사람이 뒤범벅이 되었다.

줄리앙은 놀라서 그 자리에 선 채 "부인! 부인!" 하고 절망적으로 불렀다.

그러나 백작은 짐승의 비명 같은 소리를 내더니 타고 있던 육중한 말의 목에 몸을 구부리고 온몸의 힘을 다해 말을 앞으로 몰았다. 그리고 목소리와 몸짓과 박차로 말을 자극하고 잡아 끌고 미친 듯이 말을 내몰았으므로, 이 거대한 기수가 말을 양 사타구니 사이에 끼어 채가지고 하늘로 날아오르려는 듯이 보였다. 두 필의 말은 믿기 어려운 속력으로 앞으로 달려갔다. 그리고 잔은 저 멀리 아내와 남편의 두 그림자가 마치 두 마리의 새가 서로 쫓고 쫓기듯 하면서 지평선 너머로 사라지듯이 도망가고, 쫓아가면서 점점 멀어져가는 것을 보았다.

그러자 줄리앙이 여전히 똑같은 걸음으로 다가와서는 화난 어조로 중얼거렸다.

"오늘 저 부인은 머리가 좀 돈 모양이군."

두 사람은 이제는 들판의 물결 속으로 파묻혀버린 두 친구 뒤를 따랐다.

15분 뒤에 그들은 백작 부부가 되돌아오는 것을 보았다. 얼마 안 있어 그들은 만났다.

백작은 얼굴이 빨갛고 땀을 흘렸으며 웃고 만족해하며 의기양양해하며 아직도 뛰어오르려는 아내의 말을 억제할 수 없는 완력으로 잡고 있었다. 백작 부인은 고통에 찬 잔뜩 찡그린 창백한 얼굴이었다. 그녀는 당장이라도 기절할 것처럼 한 손으로 남편의 어깨를 잡고 있었다.

잔은 이날, 백작이 미칠 듯이 부인을 사랑하고 있다는 것을 알았다.

그 후 한 달 동안 백작 부인은 예전에 보지 못한 정도로 명랑했다. 그녀는 전보다 더 자주 레 푀플에 왔으며 쉴 새 없이 웃었고 격정적으로 잔을 포옹하였다. 신비스러운 행복이 그녀의 생활 위에 내려온 듯했다. 남편도 이제는 행복해져서 아내에게서 시선을 떼지 않았으며 애정이 더 두터워진 듯 매순간 아내의 손과 옷을 만지곤 했다.

백작이 어느 날 저녁 잔에게 말했다.

"우린 지금 행복에 잠겨 있습니다. 지금까지 질베르트가 이렇게 상냥한 적은 없었습니다. 기분이 언짢다든가 화를 낸다든가 하는 일이 전혀 없답니다. 난 그녀가 날 사랑한다는 것을 느끼고 있습니다. 지금까지 난 확신하지 못했지요."

줄리앙 역시 변한 듯했다. 전보다 더 쾌활해졌으며 짜증도 내지 않았다. 마치 두 집안의 우호 관계가 각 가정에 평화와 기쁨을 가져다 준 듯이 보였다.

봄은 이상하게도 빨리 찾아와서 날씨가 따뜻했다.

온화한 아침부터 조용하고 훈훈한 저녁까지 태양은 대지의 모든 표면에 싹이 돋아나게 했다. 모든 싹들이 때를 같이하는 갑작스럽고도 힘찬 발화였다. 우주가 다시 젊어진 것을 믿도록 하는 듯한 특권을 가진 해에 가끔 자연이 나타내는 재생에 대한 열망을 억제할 수 없는 수액의 일시적인 충동이었다.

잔은 이 생활의 발화에 막연히 마음이 산란해지는 것을 느꼈다. 풀 속에 핀 작은 꽃을 보아도 갑자기 권태를 느낀다든가, 달콤한 우수에 잠긴다든가, 부드러운 몽상으로 시간을 보내는 것이었다.

그리고 자신의 첫사랑에 대한 감동적인 추억이 가슴에 스며드는 것을 느꼈다. 그렇다고 줄리앙에 대한 새로운 사랑이 가슴속에 다시 솟는 것은 아니었다. 그런 것은 끝났다. 그렇다, 영원히 끝나버렸다. 그녀의 온몸이 미풍의 애무를 받고 봄의 향기가 스며든 채 보이지 않는 부드러운 속삭임에 끌리는 듯 마음이 산란해지는 것이었다.

잔은 혼자서 따뜻한 태양 아래 몸을 맡기고 아무런 관념도 깨우지 않는 감각과 막연하고 조용한 환희가 온몸을 달리는 것을 즐겼다.

어느 날 아침 이렇게 취해 있을 때 하나의 환영이 잔의 마음을 스치고 지나갔다. 에트르타 부근의 작은 숲 안에 있는 어두운 나뭇잎들의 한가운데에 햇빛이 내리비치던 저 동굴의 재빠른 환영이었다. 거기서 처음으로 그는 가슴의 미지근한 욕망을 더듬거리며 이야기했다. 그녀가 갑자기 자신의 희망이 빛나는 미래에 닿은 듯이 생각했던 곳도 바로 거기였다.

그녀는 그 숲이 다시 보고 싶었다. 그 장소에 재차 방문하면 자기 생활의 진행에 어떤 변화를 줄지도 모른다는 생각에서 감상적이며 미신적인 일종의 순례를 하고 싶은 생각이 들었다.

줄리앙은 새벽부터 어디론가 나갔다. 그녀는 그가 어디 갔는지 모른다. 그래서 그녀는 마르탱 종의 작은 흰 말 위에 안장을 놓게 했다. 요즘은 가끔 이 말을 탔다. 그리고 그녀는 떠났다.

어느 곳에도 무엇 하나 움직이지 않는, 풀포기 하나 나뭇잎 하나조차 움직이지 않는 조용한 날씨였다. 마치 바람이 죽은 듯 모든 것은 시간이 멈출 때까지 꼼짝하지 않고 있는 듯이 보였다. 벌레들조차 사라져버린 것 같았다.

타오르는 지고한 정적이 모르는 사이에 금빛 수증기가 되어 태양으로부터 내려왔다. 잔은 행복에 흔들리면서 보통 걸음걸이로 말을 몰고 갔다. 때때로 그녀는 눈을 들어 하얀 뭉게구름을 바라보았다. 높이, 잊힌 듯이 홀로 푸른 하늘 한가운데에 떠 있는 수증기의 송이였다.

그녀는 사람들이 에트르타의 문이라고 부르는 절벽의 커다란 아치 사이의 바다 쪽으로 뻗친 계곡에 들어갔다. 그리고 가만히 숲속에 이르렀다. 아직 가느다란 초록색 잎사귀 사이로 빛이 쏟아져 내리고 있었다. 그녀는 그 장소를 찾아내지 못하고 좁은 길을 이리저리 헤매었다.

갑자기 기다랗게 난 길을 가로지르자 나무에 매어져 있는 안장이 놓은 두 필의 말이 보였다. 그녀는 곧 그 말들을 알아보았다. 질베르트와 줄리앙의 말이었다. 고독이 그녀를 짓누르고 있었기 때문에 이 예기치 않은 만남에 그녀는 기뻤다. 그래서 그녀는 그쪽으로 말을 몰았다.

이 오랜 지체에 익숙해졌기 때문에 참을성 있게 기다리고 있던 두 마리의 짐승이 있는 곳에 이르자 그녀는 그들을 불러보았다. 아무 대답도 없었다.

여자 장갑 한 짝과 두 개의 채찍이 짓이겨진 잔디 위에 있었다. 그러고 보니 그들은 이곳에 앉아 있다가 말을 남겨두고 더 멀리 간 것 같았다.

그녀는 두 사람이 무엇을 하고 있는 것일까 의아하게 생각하며 15분, 20분을 기다렸다. 그녀가 말에서 내려 나무 줄기에 기대어 움직이지 않고 있을 때, 두 마리의 작은 새가 그녀를 보지 못하고 그녀 바로 곁의 풀 속으로 내려왔다. 그중 한 마리가 돌아다니면서 날개를 쳐들고 떨면서 다른 새의 주위를 날아 돌며 고개를 숙이고 지저귀더니 갑자기 그들은 교미했다.

잔은 지금까지 이런 일을 몰랐다는 듯이 깜짝 놀랐다. 그리고 그녀는 중얼거렸다.

"그래, 봄이지."

그러자 다른 생각이, 의혹이 그녀의 머리를 스쳤다. 그녀는 다시 장갑과 채찍과 내버려진 두 마리의 말을 바라보았다. 그러자 도망가고 싶은 억제할 수 없는 충동에 사로잡혀 갑자기 안장 위에 뛰어올랐다.

그녀는 레 푀플로 향해 급히 말을 몰고 있었다. 그녀는 분주히 머리를 움직여 추리하고 사실을 연결시키고 여러 가지 상황을 종합해보았다. 왜 좀 더 일찍 예측하지 못했을까? 왜 전혀 모르고 있었을까? 왜 줄리앙의 부재와 그가 옛날에 내던 멋을 다시 부리고 기분이 좋아졌다는 것을 알아채지 못했을까? 그녀는 또 질베르트의 신경질적인 짜증, 지나친 교태, 백작이 다행이라고 말하고 있는, 그녀가 지니고 있는 일종의 행복의 절정 따위를 회상해보았다.

잔은 다시 보통 걸음으로 말을 몰기 시작했다. 신중하게 생각해야 했는데 말의 빠른 보조가 생각을 흐뜨러뜨리기 때문이었다.

처음의 흥분이 지나가자 그녀의 마음은 거의 평온해져, 질투심도, 증오심도 느끼지 않았으나 그 대신 멸시감이 치밀어올랐다. 그녀는 줄리앙에 대해서는 거의 개의치 않았다. 줄리앙이 하는 짓은 이제 아무것도 그녀를 놀라게 하지 않았다. 그러나 자신의 친구인 백작 부인의 이중의 배신은 그녀를 격분시켰다. 모든 것이 믿을 수 없고 허위투성이였으며 가짜였다. 그녀의 눈에 눈물이 가득 괴었다. 사람들은 때로는 죽은 사람을 슬퍼하는 것과 같은 슬픔으로 환멸의 슬픔에 운다.

그러나 그녀는 아무것도 모르는 체하고, 오직 폴과 양친만을 사랑하고, 다른 사람들에게는 그저 그런 얼굴로 대하고, 사회에 통용되는 애정에 대해서는 자신의 영혼을 닫아걸기로 결심하였다.

집에 돌아오자마자 그녀는 아들에게 달려들어 자기 방으로 데리고 와서 한 시간 동안 쉬지 않고 미칠 듯이 아이에게 키스했다.

줄리앙은 상냥하게 미소 지으며 의도적으로 애정을 퍼부으면서 저녁 식사 때 돌아왔다. 그는 "아버님과 어머님은 올해는 안 오시나?" 하고 물었다.

이렇게 친절하게 물어주는 것에 감격해서 그는 숲에서 본 것을 거의 용서해주었다. 갑자기 폴 다음에 가장 사랑하는 양친을 빨리 보고 싶은 격렬한 욕망에 사로잡혀 그녀는 밤을 새워가며 도착을 재촉하는 편지를 양친에게 썼다.

양친은 5월 20일에 오겠다고 답장을 보냈다. 오늘은 5월 7일이었다.

그녀는 날로 더해가는 초조감으로 양친을 기다렸다. 그녀는 딸로서의 애정 외에 자신의 마음을 정직한 사람들의 마음에 스치고 싶었고 모든 생활, 모든 행위, 모든 생각, 모든 욕망이 항상 곧은, 모든 파렴치로부터 벗어난 순결한 사람들과 함께 흉금을 털어놓고 이야기하고 싶다는 새로운 욕망을 느끼고 있었다.

그녀가 이제 느끼고 있는 것은 자신의 곧은 양심이 모든 쇠퇴해 가고 있는 양심 한가운데에 있다는 데 대한 일종의 고독감이었다. 갑자기 감정을 숨길 줄 알게 되었다 하더라도, 또 손을 내밀고 입술에 미소를 띠면서 백작 부인을 맞아들였다 하더라도 인간에 대한 공허와 경멸의 느낌이 더해가고, 그것이 자기를 둘러싸고 있는 것을 느꼈다. 그리고 매일매일 그 지방의 사소한 소문들이 그녀의 영혼에, 인간에 대해 더해가는 환멸과 더욱 강한 경멸을 불어넣어주었다.

쿠이야르의 딸이 애를 배서 결혼식을 하려 하고 있다. 마르탱 집의 하녀는 고아인데 애를 뱄다. 겨우 열 다섯 살밖에 안 된 옆집 계집애도 애를 뱄다. 절름발이이며 불결한 과부인, "똥"이라고 불릴 만큼 지독히 더러운 여자도 애를 뱄다.

쉴 새 없이 애를 뱄다는 소식이 날아드는가 하면, 미혼 여성이나 결혼한 농부 또는 주위의 존경을 받고 있는 부유한 농부가 바람났다는 소문이 들려왔다.

이 열기에 찬 봄은 초목과 마찬가지로 인간의 수액을 움직이고 있는 듯싶었다.

잔은 사라져버린 감각이 다시는 흥분하지 않게 되고 마음이 시들고 감상적인 영혼이 미지근하고 풍요한 미풍에 의해서만 흔들린다고 생각했다. 그리고 욕정을 일으키지 않고, 몽상에 대해서는 열정적이면서도 육체적인 욕구는 죽어버렸으므로 이러한 추악한 짐승 같은 욕망에 대한 증오가 다시 혐오감으로 번지면서 하도 어처구니가 없어서 놀랐다.

생물의 교미가 이제는 자연에 반하는 일처럼 잔은 분노를 느꼈다. 그리고 만약 그녀가 질베르트에게 원한을 갖고 있다면 그것은 질베르트가 자신의 남편을 빼앗았기 때문이 아니라 질베르트 역시 이 일반적인 악덕의 진창에 빠져 있다는 사실 그 자체 때문이었다. 그녀만이 저속한 본능의 지배를 받고 있는 시골뜨기 족속의 사람이 아니었던 것이다. 어떻게 질베르트마저 그런 짐승 같은 무리들과 똑같이 자신을 던져버릴 수 있었을까?

양친이 도착하기로 한 바로 그날, 줄리앙은 자연스럽고 우스운 이야기나 하듯 쾌활하게 다음과 같은 이야기를 해서 잔의 혐오감을 부채질했다. 어제 빵 굽는 날도 아닌데 빵 가마에서 어떤 소리가 나기에 빵집 주인은 고양이가 놀고 있는 게지 하고 열어 보니, '가마 속에 빵이 있는 것이 아니라' 바로 자기의 부인이 들어 있었다는 것이었다.

그리고 그는 덧붙였다.

"빵집 주인이 뚜껑을 닫았기 때문에 그 안에 있던 두 남녀는 질식할 뻔했지. 다행히도 빵집 주인의 아들이 이웃 사람들에게 알렸대. 그 아이는 자기 엄마가 대장장이와 함께 그 안으로 들어가는 것을 봤던 거야."

그리고 줄리앙은 웃으면서 거듭 말했다.

"익살꾼들이야, 우리에게 사랑의 빵을 먹이려고 했지. 이거야말로 진짜 라 퐁텐의 콩트 같은 이야기지."

잔은 빵에 손을 댈 엄두가 나지 않았다.

역마차가 계단 앞에 멈추고 남작의 기쁨에 찬 얼굴이 창문에 나타나자 젊은 여자의 영혼과 가슴 안에는 여태까지 느껴보지 못한 깊은 감동과 혼란한 격정이 끓어올랐다.

그러나 그녀는 어머니의 모습을 보았을 때 놀라서 거의 기절할 뻔했다. 남작 부인은 겨울의 여섯 달 동안에 10년이나 더 늙어 보였다. 뒤룩뒤룩하게 늘어진 두 볼은 축 처졌고 피로 부풀어오른 듯 빨갛게 물들어 있었다.

눈은 빛을 잃었고 양 겨드랑이를 받쳐주지 않으면 움직이지 못했다. 괴로운 호흡은 후후 소리를 냈으며 하도 괴로워 보여서 옆에 있는 사람이 고통스러운 거북감을 느낄 정도였다.

남작은 매일 부인을 보기 때문에 이 쇠약함을 알아채지 못했다. 그리고 그녀가 끊임없는 호흡 곤란과 점점 몸이 무거워져가는 것을 불평하면 이렇게 대답했다.

"아냐, 여보. 당신이 항상 그렇다는 것은 내가 알고 있어."

잔은 양친을 방까지 모셔다드리고 나서 자기 방으로 가 혼란스러운 마음으로 미칠 듯이 울었다. 그리고 다시 아버지한테로 가 아버지의 가슴에 몸을 던지고 아직도 눈에 눈물이 가득 한 채 말했다.

"아니! 어머니는 어쩜 저렇게 변하셨어요! 왜 그럴까요, 말 좀 해 주세요. 대체 왜 그렇지요?"

남작은 몹시 놀라서 대답했다.

"너는 그렇게 생각하니? 무슨 소리냐? 천만에, 난 한시도 어머니 곁을 떠난 적이 없다. 네 어머니는 아무 데도 나쁘지 않아. 예전과 마찬가지다."

그날 밤 줄리앙이 아내에게 말했다.

"당신 어머니는 점점 나빠지시는군. 앞으로 멀지 않으신 것 같아."

그 말에 잔이 흐느끼자 그는 짜증을 내며 말했다.

"자, 자, 어머니가 가망이 없다는 건 아니오. 당신은 항상 지나치게 생각하는군. 변하셨다는 것뿐이야. 나이 탓이겠지."

일주일 후에는 잔도 어머니의 변한 모습에 익숙해져서 다시 거기에 대해서는 생각하지 않았다. 일종의 이기적인 본능이 영혼의 평온을 바라는 자연적인 욕망에서 다가오는 근심이나 공포를 항상 내팽개쳐버리듯이, 그녀는 자신의 공포를 눌러두고 있었다.

남작 부인은 걸을 수가 없어서 매일 30분 이상은 산책할 수 없었다. 한번 '자기의' 산책길을 돌고 나면 그녀는 더 이상 움직일 수가 없어서 '자기의' 의자에 앉혀달라고 부탁했다. 그리고 산책을 끝까지 마치지 못할 것 같은 느낌이 들면 이렇게 말했다.

"좀 쉬자. 내 비대증이 오늘은 다리까지 쑤시게 하는구나."

그녀는 전처럼 소리 내서 웃지 않았으며 작년 같으면 온몸을 흔들고 웃었을 일에도 단지 미소만 지을 뿐이었다. 그러나 시력은 뛰어나게 좋아졌으므로 《코린느》나 라마르틴의 《명상시집》을 읽으면서 소일했다. 그리고 '추억의' 서랍을 가져다달라고 부탁하기도 했다. 그러고는 무릎에 자기의 마음속에 그리움으로 남은 낡은 편지들을 쏟아놓고 서랍은 자기 옆에 있는 의자 위에 올려놓은 후 자신의 '유물'인 편지를 하나씩 하나씩 천천히 읽은 뒤에 그 서랍 안에 다시 넣었다. 그리고 홀로 있을 때는 마치 사랑하는 죽은 사람의 머리카락에 몰래 입맞추듯이 몇 통의 편지에 입을 맞추었다.

가끔 잔은 갑자기 방에 들어와서, 어머니가 울고 있는 것을 보았다. 아주 비통한 울음이었다. 그녀는 부르짖었다.

"왜 그러세요, 어머니?"

그러면 남작 부인은 긴 한숨을 내쉰 뒤 대답했다.

"내 유물 때문이란다. 이제는 끝나버린 모든 것이 떠올라서! 게다가 거의 생각지도 않고 있던 사람이 갑자기 생각이 나는 경우도 있는데, 그럴 때면 마치 그 사람들을 보고 목소리가 들리는 것 같단다. 하지만 그렇게 되면 어마어마한 일이 생긴단다. 넌 나중에 이것을 이해하게 될 게다."

이런 우울한 순간, 남작은 뜻밖에 나타나서 중얼거렸다.

"잔, 얘야, 부탁이니 네 편지들을 태워버려라, 모두. 어머니 것도 네 것도 모두 태워버려라. 늙어가지고 젊은 시절의 추억에 코를 처박는 것처럼 무서운 것은 없단다."

그러나 잔 역시 편지들을 간직해두었고 '유물 상자'를 준비해두었다. 모든 일에서 어머니와는 닮지 않았으면서도 일종의 유전적 본능이라 할까, 몽상적인 감상만은 어머니를 닮았다.

며칠 후 남작은 일이 있어서 떠났다.

계절은 좋았다. 온화하고 별이 총총한 밤이 조용한 저녁에 뒤따르고, 맑은 저녁이 빛나는 날 뒤에 오고, 빛나는 낮이 눈부신 여명에 뒤따랐다. 모친은 곧 좋아졌다. 전보다 더 나아졌다. 그리고 잔은 줄리앙의 정사와 질베르트의 배신을 잊어버리고 거의 완전한 행복을 느꼈다. 꽃이 온 들판에 만발했으며 향기가 자욱했다. 그리고 언제나 평온한 광대한 바다가 아침부터 저녁까지 태양 아래 반짝이고 있었다.

어느 날 오후 잔은 폴을 안고 들로 나갔다. 꽃이 잔뜩 피어 있는 들판의 풀과 자기 자식을 번갈아 쳐다보면서 그녀는 끝없는 행복에 잠겨 있었다. 그리고 가끔 아이에게 키스하며 열정적으로 껴안았다. 들의 향긋한 냄새가 코를 스치고 지나가면 끝없는 행복 속에 의식을 잃고 빠져들어가는 자신을 느꼈다. 그리고 아들의 장래를 꿈꾸었다. 이 아이는 무엇이 될까? 때로는 유명하고 힘센 위대한 사람이 되기를 바라고, 때로는 평범하게 그녀 옆에 있으면서 헌신하고, 상냥하고, 언제나 어머니를 위해서 두 팔을 빌려주는 편이 낫다고 생각했다. 어머니로서 이기적인 마음으로 자식을 사랑할 때면 그저 자기의 사랑하는 자식으로서 옆에 있어주었으면 했으나, 열정적인 이성으로 아이를 사랑할 때면 세상에 명성을 떨치는 인물이 되었으면 하고 바랐다.

그녀는 도랑가에 앉아서 아이를 내려다보다가 문득 여태까지 한 번도 본 적이 없는 낯섦을 느꼈다. 이 아이가 자라서 확고한 걸음으로 걷고 뺨에 수염이 나고 낭랑한 목소리로 이야기할 것을 생각하자 갑자기 이상스러운 생각이 들었다.

멀리서 누군가가 그녀를 불렀다. 그녀는 고개를 들었다. 마리우스가 달려오고 있었다. 손님이 기다리고 있나 보다 생각하고 그녀는 방해받게 된 것에 귀찮아하며 몸을 일으켰다. 소년은 전속력으로 달려와 그녀 가까이 와서 외쳤다.

"마님, 남작 부인이 위독하세요."

잔은 등에 식은땀이 주룩 흐르는 것을 느꼈다. 그녀는 정신없이 재빨리 달려갔다.

플라타너스 아래 사람들이 모여 있는 것이 멀리서 보였다. 그녀는 그쪽으로 달려갔다. 군중들이 길을 열어주었다. 잔은 땅에 쓰러져 두 개의 베개 위에 머리를 받치고 있는 어머니를 보았다. 얼굴은 새까맣고 두 눈은 감았으며 20년 전부터 헐떡이고 있던 가슴은 이제는 움직이지 않았다. 유모가 잔의 손에서 아이를 받아서 저쪽으로 데려갔다.

잔은 놀라서 물었다.

"무슨 일이 일어났지요? 어떻게 넘어지셨어요? 의사를 불러와야지요."

그리고 몸을 돌리자 어떻게 알렸는지 사제가 서 있었다. 그는 수단 소매를 걷어붙이고 재빨리 여러 가지 처방법을 썼다. 그러나 식초도, 콜로뉴 수(水)도, 마사지도 소용없었다.

"옷을 벗기고 침대에 눕혀드려야 되는데" 하고 사제가 말했다.

소작인 조제프 쿠이야르도 시몽 영감과 뤼디빈과 함께 그곳에 있었다. 피코 사제의 도움으로 그들은 남작 부인을 들어 올릴 수 있었다. 하지만 그들이 부인을 들어 올리자 머리가 뒤로 축 처지고 그들이 잡은 옷이 찢어졌다. 그토록 뚱뚱한 여자는 무겁고 옮기기가 어려웠던 것이다. 그러자 잔은 무서움에 질려 울기 시작했다. 사람들은 거대하고 부드러운 몸집을 다시 땅에 내려놓았다.

거실의 안락의자를 가져와야 했다. 의자에 앉혀서야 마침내 부인을 들어올릴 수 있었다. 한 걸음 한 걸음 모두들 돌층계를 오르고 다시 계단을 올라 방 안에 이르러 침대 위에 그녀를 뉘었다.

하녀 뤼디빈이 미처 옷을 다 벗기기도 전에 마침 당튀 과부가 왔다. 사제도 그렇지만 그녀도 갑자기 온 것이었다. 하인들의 말에 의하면 그들은 마치 '죽음의 냄새'를 맡고 온 것 같았다.

조제프 쿠이야르는 의사를 부르러 전속력으로 달렸다. 사제가 성유를 가지러 가려 하자 과부가 사제의 귀에 속삭였다.

"그만두십시오, 사제님. 전 알고 있습니다. 부인은 돌아가셨어요."

잔은 어떻게 해야 할지, 무슨 방법을 써야 할지, 어떤 처방을 사용해야 할지 몰라 미친 듯이 울었다. 사제는 어쨌든 속죄의 말을 중얼거렸다.

두 시간 동안 사람들은 생명이 끊어져 보라색으로 변한 이 시체 옆에서 기다리고 있었다. 이제는 무릎을 꿇고 잔은 괴로움과 고통으로 가슴이 에는 듯 흐느껴 울었다.

문이 열리고 의사가 들어왔을 때, 잔은 구제와 위안과 희망이 들어오는 것을 보는 듯했다. 그래서 그녀는 의사에게 달려들어 자기가 알고 있는 이 사건의 모든 것을 더듬거리며 말했다.

"다른 날처럼 어머니는 산책을 하고 계셨었죠……. 몸은 좋으셨어요……. 아주 좋으셨죠. 점심 때 수프와 달걀 두 개를 잡수셨어요……. 갑자기 넘어지신 거예요……. 그래서 의사 선생님도 보시다시피 이렇게 새까맣게 된 겁니다……. 그러곤 움직이지 못하세요……. 의식을 되살리려고 온갖 노력을 해봤지만…… 온갖……."

과부가 의사에게 이제는 끝났다는, 완전히 끝났다는 의미를 신중한 몸짓으로 알리는 것을 보자, 잔은 놀라서 입을 다물었다. 그리고 이해하기를 거부하면서 불안하게 되풀이하여 물었다.

"위독하신가요? 위독하시다고 생각하세요?"

마침내 의사가 말했다.

"아무래도…… 아무래도 가망이 없으신 것 같군요. 용기를 가지세요, 꿋꿋한 용기를……."

그러자 잔은 두 팔을 벌리고 어머니의 가슴 위에 쓰러졌다.

줄리앙이 들어왔다. 그는 슬픔의 부르짖음도 절망의 내색도 없이 눈이 띄게 당황한 모습으로 멍하니 서 있었다. 너무나 갑자기 당한 일이라 이 자리에 필요한 얼굴과 태도를 단번에 지을 수 없었다. 그는 중얼거렸다.

"난 이렇게 될 줄 알았어. 마지막인 것을 확신하고 있었어."

그러고 나서 손수건을 꺼내서 눈물을 닦고 무릎을 꿇고 성호를 긋고 무엇인가 입속말로 중얼거리더니 일어나면서 아내의 몸도 일으켜 세우려 했다. 그러나 잔은 두 팔로 시체를 꽉 움켜잡고 거의 그 위에 눕다시피 하며 키스했다. 그녀를 다른 곳으로 데려가야 했다. 그녀는 미친 듯이 보였다.

한 시간 후에야 잔이 다시 그 방에 들어오는 것이 승낙되었다. 어떤 희망도 존재하지 않았다. 방은 이제 임시 시체 안치소로 꾸며져 있었다. 줄리앙과 사제는 창가에서 낮은 목소리로 이야기를 나누고 있었다. 당튀 과부는 안락의자에 편안하게 앉아서 밤샘에 익숙한 여자처럼 그리고 남의 집이라도 일단 죽음의 그림자가 들어온 뒤라면 자기 집처럼 느끼며 벌써 편안하게 잠이 든 것 같았다.

밤이 왔다. 사제는 잔에게로 다가가 그녀의 두 손을 잡고 어떻게 해도 위안을 받지 못하는 그녀의 마음에 종교적인 위안의 말을 늘어놓아 그녀의 기운을 북돋우려 했다. 그는 고인에 대해서 이야기하고 성직자의 말로 칭찬하고 허위적인 슬픈 표정으로 시체 옆에서 기도를 올리며 시체란 항상 사제에게는 가까운 것이니 하룻밤을 새우겠다고 제의했다.

그러나 잔은 발작적으로 흐느끼면서 거절했다. 그녀는 마지막인 오늘 밤 혼자, 아무도 없이 혼자 있고 싶었다. 줄리앙이 다가왔다.

"하지만 그건 안 될 말이오. 우리 함께 있읍시다."

그녀는 더 이상 말을 할 수 없어서 싫다는 표시로 머리를 가로저었다. 겨우 단 한마디 이렇게 말할 수 있었다.

"저의 어머니, 저의 어머니예요. 혼자서 밤샘을 하고 싶어요."

의사가 중얼거렸다.

"하고 싶다는 대로 놔둡시다. 과부를 옆방에 있게 하면 되지요."

사제와 줄리앙은 자기들의 침대를 생각하면서 그 말에 동의했다. 그리고 이번에는 피코 사제가 무릎을 꿇고 기도를 하고 일어나서는 "주님은 그대와 함께"라고 말할 때와 같은 어조로 "이분은 성자와 같았습니다" 하고 말하면서 방을 나갔다.

그러자 자작은 보통 때와 똑같은 목소리로 물었다.

"먹을 것 좀 들겠소?"

잔은 자신에게 하는 말인 줄도 모르고 대답하지 않았다. 줄리앙이 다시 말했다.

"뭣 좀 들면 기운을 차릴 수 있을 거요."

그녀는 정신이 나간 듯한 어조로 대답했다.

"빨리 아버지를 오시게 하세요."

줄리앙은 루앙에 심부름꾼을 보내기 위해서 방을 나갔다.

잔은 마치 절망적인 그리움이 물결처럼 끓어오르는 데 몸을 내던지기 위해서 최후의 대면 시간을 기다리고 있는 듯 일종의 정지된 괴로움 속에 잠겨 있었다.

밤의 그림자가 방 안으로 스며들어 암흑으로 고인을 둘러쌌다. 당튀 과부는 간호원처럼 조용한 동작으로 눈에 보이지 않는 물건들을 찾고 제자리에 놓으면서 가벼운 걸음으로 방 안을 왔다 갔다 하고 있었다. 그리고 나서 그녀는 두 개의 초에 불을 붙여 침대맡에 있는 하얀 헝겊을 덮은 나이트 테이블 위에 조용히 놓았다.

잔은 아무것도 보지 않고 아무것도 느끼지 않고 아무것도 이해하지 못하는 듯했다. 그녀는 혼자 있게 되기를 기다리고 있었다. 줄리앙이 들어왔다. 저녁 식사를 마쳤던 것이다.

"아무것도 들지 않겠소?"

아내는 고개짓으로 싫다고 했다.

그는 슬프다기보다는 체념한 듯한 태도로 자리에 앉아 아무 말도 하지 않았다. 그들 세 사람은 서로 멀리 떨어져 꼼짝하지 않고 의자 위에 앉아 있었다. 때때로 당튀 과부가 약간 코를 골며 자다가 갑자기 깨곤 했다.

마침내 줄리앙이 일어나 잔에게로 다가왔다.

"아직도 혼자 있고 싶소?"

그녀는 자기도 모르게 남편의 손을 잡고 "네! 정말이에요. 나를 내버려둬요" 하고 말했다.

그는 아내의 이마에 키스하면서 중얼거렸다.

"가끔 보러 오지."

그리고 그는 당튀 과부와 함께 나갔다. 그 여자는 안락의자를 끌고서 옆방으로 가지고 갔다.

잔은 문을 닫고 커다란 두 개의 창을 열어젖혔다. 그녀는 온 얼굴에 풀 베는 계절 저녁의 훈훈한 바람의 애무를 받았다. 어제 깎은 잔디의 건초 더미가 달빛 아래 뉘어져 있는 것이 보였다.

이 부드러운 감촉이 그녀의 가슴을 아프게 했다. 마치 아이러니처럼 그녀의 가슴을 에었다.

그녀는 침대 옆으로 돌아와 움직이지 않는 차가운 두 손 중 하나를 잡고 어머니에 대해 생각하기 시작했다.

이제는 졸도할 때처럼 부풀어 있지 않았다. 그녀는 여태까지 자보지 못한 가장 편안한 잠을 지금 자고 있는 듯했다. 바람에 흔들거리는 촛불의 창백한 불빛이 얼굴의 그림자를 옮겨 마치 표정이 움직이고 있는 것처럼 생생하게 보이게 했다.

잔은 탐욕스럽게 그것을 바라보았다. 그러자 먼 과거의 밑바닥에서부터 소녀 시절의 수많은 추억이 흘러나왔다.

잔은 어머니가 수도원의 응접실로 찾아와 과자가 가득 든 종이봉지를 내주던 때의 모습, 사소한 일들, 사소한 사실들, 무수한 애정, 말, 억양, 친근한 몸짓, 웃을 때의 눈가 주름, 자리에 앉으려 할 때의 헐떡이는 숨소리 등을 회상했다.

일종의 몽롱한 상태에서 어머니가 돌아가셨다고 되풀이하면서 잔은 어머니를 바라보고 있었다. 이 말이 지닌 무서운 의미가 실감 나게 그녀에게 나타났다.

저기 누워 있는 그녀, 어머니, 어머니, 아델라이드 부인은 죽은 것일까? 그녀는 이제 움직이지도 않고 말하지도 않고 웃지도 않고 아버지 맞은편에 앉아서 저녁 식사도 하지 못하리라. 그리고 "잘 잤니, 자네트?" 하고 말하지도 못할 것이다. 그녀는 죽은 것이다!

얼마 안 가서 관 속에 넣고 못질을 하면 모든 것은 끝나리라. 더 이상 볼 수 없게 된다. 그럴 수가 있을까? 어떻게 그럴까? 이제 나에게는 어머니가 없단 말인가? 눈을 뜨면서부터 본, 팔을 벌리면서부터 사랑한 이토록 정답고 그리운 얼굴, 애정의 커다란 배출구, 유일한 존재, 나에게 다른 누구보다도 중요했던 어머니는 영원히 사라져버렸다. 움직이지도 않고 생각하지도 않는, 그리고 추억 이외에 아무것도, 아무것도 갖지 않은 이 얼굴도 앞으로 몇 시간밖에 볼 수 없다.

잔은 절망의 무서운 발작에 무릎을 꿇고 몸부림치다가 흰 천을 움켜쥐고 두 손을 떨면서 입을 침대에 꼭 붙이고 찢어지는 듯한 목소리를 담요와 천으로 죽여가면서 울었다.

"아! 어머니, 불쌍한 어머니, 어머니!"

그리고 나서 저 침대에서 도망쳐 눈 속을 달리던 날처럼 미칠 것 같은 예감이 들어, 그녀는 일어나서 창가로 달려가 이 침대의 공기가 아닌, 이 고인의 공기가 아닌 신선한 공기를 흠뻑 들이마셨다.

짧게 깎인 잔디, 나무들, 들판, 저 멀리 바다가 조용한 평화 속에 달빛의 부드러운 유혹 아래서 잠들고 있었다. 고요한 이 부드러운 공기가 잔의 가슴을 꿰뚫어 그녀는 조용히 흐느끼기 시작했다.

그녀는 다시 침대 옆으로 와서 마치 환자를 간호하는 것처럼 어머니의 손을 자기 손 안에 쥐었다.

커다란 벌레가 촛불에 이끌려 방으로 들어왔다. 벌레는 총알처럼 이리저리 벽에 부딪치며 방 이끝에서 저끝으로 날아다녔다. 잔은 붕붕거리는 날개 소리에 정신이 팔려 눈을 들어보려 했으나 하얀 천장에 움직이는 벌레의 그림자밖에 볼 수 없었다.

그리고는 아무 소리도 듣지 못했다. 그러자 괘종시계의 가벼운 똑딱 소리와 또 작은 소리라기보다는 거의 들리지 않는 가느다란 소리가 들려왔다. 침대 발치에 놓인 의자 위에 던져진 옷 안에 잊힌 채 아직도 가고 있는 어머니의 회중시계 소리였다. 그러자 갑자기

이 시체와 아직도 멈추지 않고 가고 있는 이 기계 사이의 막연한 연결이 잔의 가슴에 날카로운 고통을 되살아나게 했다.

시간을 보았다. 10시 30분쯤 되었다. 그녀는 하룻밤을 온통 여기서 지내야 한다는 무서운 공포에 사로잡혔다.

다른 추억이 떠올랐다. 자기 자신의 생활에 대한 추억이었다. 로잘리, 질베르트. 가슴에 쓰라린 환멸을 불러일으키는 것들이었다. 인생이란 단지 비참함, 비애, 불행과 죽음의 연속에 불과하다. 모든 것이 속이고 거짓말을 하고 모든 것이 괴롭히고 울게 한다. 어디서 약간의 휴식이나 기쁨을 찾을 수 있을까? 물론 다른 세상에서겠지. 영혼이 이 세상의 시련에서 해방되었을 때다. 영혼! 잔은 이 측정할 수 없는 신비에 대해서 공상하기 시작했다. 그리고 갑자기 시적인 확신으로 집착하는가 하면, 그와 같이 막연한 다른 가설에 의해 당장 뒤집어지기도 했다. 대체 어머니의 영혼은 지금 어디 있을까? 이 움직이지 않는 차가운 육체의 영혼은? 아마 아주 멀리 있으리라. 우주의 어딘가에? 그렇다면 그곳은 어딜까? 새장에서 도망친 보이지 않는 새처럼 증발해버린 것일까? 신에게 불려갔을까? 새로운 창조물 속에 어딘가에 뿌려져 막 발아하려는 싹들에 섞인 것일까? 어쩌면 아주 가까이 있는 것일까? 이 방 안에, 어머니가 떠나가버린 이 생명 없는 육체 위에 있는 것일까? 그러자 갑자기 잔은 영혼이 스쳐가듯 바람이 그녀를 스치고 지나가는 것을 느꼈다. 그녀는 무서웠다. 견딜 수 없이 무서웠다. 너무 무서워서 감히 움직일 수도, 숨 쉴 수도, 뒤를 돌아보기 위해 몸을 돌릴 수도 없었다. 그녀의 가슴은 공포에 둘러싸인 듯이 두근거렸다.

그러자 갑자기 보이지 않는 벌레가 다시 날아 들어와 빙빙 돌면서 벽에 부딪치기 시작했다. 잔은 발끝에서부터 머리끝까지 오싹해졌으나 벌레 소리라는 것을 알고 마음이 놓여 일어나서 뒤돌아보았다. 그녀의 시선은 스핑크스의 머리가 달린 서랍에, 유물이 들어 있는 가구에 멎었다. 그러자 정답고 이상한 생각이 솟아올랐다. 마지막 밤샘을 하면서 마치 성스러운 책이나 읽듯이 고인에게 친근한 낡은 편지를 읽는다는 생각이었다. 상냥하고 헌신적인 의무, 저승에 간 어머니를 즐겁게 해주는 참다운 효도가 되는 것을 수행하는 것 같은 생각이 들었다.

잔은 알지 못하는 조부모의 오래된 편지들이었다. 잔은 그들 딸의 육체 너머로 그들에게도 손을 내밀려 했다. 이 장례의 밤에 조부모들도 슬퍼하고 있는 것처럼 잔은 그들에게 옛날에 죽은 그들과 지금 자기 차례가 와서 이 세상을 떠난 어머니와 아직도 이 세상에 남아 있는 자기 사이에 일종의 신비스런 애정의 연결을 짓고 싶었다.

그녀는 일어나서 책상 서랍의 앞문을 열고 아래 서랍에 가지런히 끈으로 매놓은 노란 종이의 조그만 다발을 한 뭉치 끄집어냈다.

그녀는 일종의 감상에 젖어 편지들을 모두 침대 위에 누워 있는 남작 부인의 팔 사이에 놓고 읽기 시작했다. 집안의 오래된 책상 안에서 볼 수 있는 낡은 편지들이었으며 다른 세기의 분위기를 풍기는 편지들이었다.

첫 편지는 "사랑하는 딸이여"라고 시작했다. 다른 편지는 "나의 귀여운 딸이여"라고 시작되고 다음에는 "나의 사랑스러운 어린 것",

"나의 귀염둥이", "나의 사랑스런 자식", "나의 사랑하는 아델라이드", "나의 사랑하는 딸" 이렇게 여자아이에게, 처녀에게, 다음에는 젊은 아내에게 보내는 편지였다.

그리고 모든 편지는 관계 없는 사람들에게도 지극히 사소한 일, 집안 내의 단순하면서도 커다란 사건들에 대한 열정적인 순진한 애정으로 가득 차 있었다.

"아버지가 감기에 걸리셨다. 하녀 오르탕스가 손가락을 데었다. 고양이 크로크라가 죽었다. 울타리 오른쪽의 전나무를 베었다. 어머니가 교회에서 돌아오면서 미사 책을 잃어버렸는데, 아마 누가 훔쳐갔으리라고 생각하고 있다."

잔이 모르고 있는 사람들에 대해서도 쓰여 있었으나, 대부분은 옛날 그녀의 어린 시절에 들었던 이름들로 어렴풋이 기억이 났다.

잔은 이 계시와 같은 사소한 일에 감동했다. 갑자기 지나간 비밀의 생활에, 어머니의 정신 생활에 뛰어들어간 느낌이었다. 그녀는 누워 있는 시체를 바라보다가 갑자기 고인을 위해서, 고인의 기분을 풀어주고 위로해주기 위한 것처럼 소리를 내어 읽기 시작했다.

그러나 움직이지 않는 시체는 행복한 듯이 보였다.

하나씩 하나씩 읽는 대로 침대 발치에 던졌다. 그러면서 관 속에 꽃을 넣듯이 그 편지들을 관 속에 넣어야 한다고 생각했다.

그녀는 다른 뭉치를 풀렀다. 새로운 필적이었다. 그 편지는 이렇게 시작했다.

"저는 이제 그녀의 애정 없이 지낼 수 없습니다. 미칠 듯이 당신을 사랑하고 있습니다."

그뿐이었다. 서명도 없었다.

그녀는 이해가 안 가 그 편지를 뒤집어보았다. 주소는 분명히 "르 페르튀 데 보 남작 부인" 앞으로 되어 있었다.

그래서 다음 것을 펴보았다.

"오늘 밤, 그가 나가는 대로 와주십시오. 한 시간은 함께 있을 수 있을 겁니다. 당신을 사랑합니다."

다른 편지에는 이렇게 쓰여 있었다.

"허무하게 당신을 원하면서 열광적인 하룻밤을 보냈습니다. 당신의 육체를 내 두 팔로 껴안고 있었습니다. 내 입술 아래 당신의 입술을, 내 눈 아래 당신의 눈을 놓고. 그러나 지금 이 순간에 당신은 그의 곁에서 자고 있고 그가 당신을 마음대로 소유하고 있다고 생각할 때 나는 창밖으로 몸을 내던지고 싶은 분노를 느낍니다……."

잔은 어리둥절해서 이해하지 못했다.

이것은 무슨 일일까? 누구에게, 누구를 위해서, 누가 하는 사랑의 말인가?

그녀는 계속 읽어나갔으나 여전히 미칠 듯한 사랑의 고백, 신중한 충고가 곁들인 밀회의 약속뿐이었으며, 편지 끝에는 언제나 "반드시 이 편지를 태워버리십시오"라는 말이 있었다.

나중에 펴본 한 통의 편지는 단지 저녁 식사의 초대를 승낙한다는 평범한 편지였으나, 앞에서와 똑같은 필적으로 "폴 덴느마르"라는 서명이 있었다. 남작이 아직도 그를 이야기할 때면 "나의 가엾은 폴 영감"이라고 부르는 남자로, 그 영감의 부인은 남작 부인의 제일 친한 친구였다.

그러자 갑자기 잔의 마음에 의혹이 스치고 지나갔으며 이내 확신으로 변했다. 그녀의 어머니는 그를 연인으로 가지고 있었던 것이다. 갑자기 머리가 어지러워져 그녀는 마치 자기 몸 위로 기어오른 독 있는 벌레를 내던지듯이 더러운 편지들을 홱 내팽개쳐버렸다. 그러고는 창가로 달려가 자기도 모르게 목이 메어지는 듯한 소리를 내며 무섭게 울기 시작했다. 그리고 온몸이 찢어지는 듯 벽의 발치에 쓰러져 다른 사람들이 듣지 못하게 얼굴을 파묻고 끝없는 절망에 흐느껴 울었다.

그녀는 아마 하룻밤 내내 그렇게 울었을 것이다. 그러나 옆방에서 들려오는 발걸음 소리에 그녀는 벌떡 일어났다. 아버지인가? 편지들이 침대와 마루 위에 놓여 있다! 하나만 펴보아도 마지막이다! 그리고 아버지가 그것을 알게 된다면? 그분이!

그녀는 재빨리 달려들어 낡은 노란 편지들을 움켜잡았다. 조부모의 편지도 연인의 편지도 그녀가 아직 펴보지 않은 것도 아직도 책상 서랍 속에 묶인 채로 있는 것도 모두 벽난로 속에 던져버렸다. 그리고 나이트 테이블 위에서 타고 있는 촛불을 가져다가 편지 더미에 불을 붙였다. 솟아오른 커다란 불길이 생생하게 춤추는 듯한 빛으로 방 안과 침대와 고인을 비추고 침대 안쪽의 흰 천 위에 굳은 얼굴의 떨리는 옆 모습과 담요 밑의 거대한 몸짓에 새까맣게 그림자를 던지고 있었다.

벽난로의 밑바닥에 잿더미만 남게 되자, 그녀는 고인의 옆에 앉을 마음이 내키지 않는 듯 돌아서서 창 옆으로 가 앉으며 얼굴을 두 손에 파묻고 울기 시작했다. 비탄에 잠겨 비통하게 흐느꼈다.

"아! 나의 불쌍한 어머니, 아! 나의 불쌍한 어머니!"

그러자 무서운 생각이 머리에 떠올랐다. 만약 우연히도 어머니가 돌아가시지 않았다면, 단지 혼수 상태에 빠져 잠들어 있을 뿐이라면, 갑자기 일어나서 이야기한다면? 무서운 비밀을 알았다는 것은 딸로서의 사랑을 감소시키지 않을까? 전처럼 경건한 입술로 키스할 수 있을까? 전처럼 헌신적인 애정으로 사랑할 수 있을까? 아니다. 그건 불가능하다! 그러자 이러한 생각이 그녀의 가슴을 찢었다.

밤의 어둠이 사라졌다. 별들은 창백해졌다. 날이 새기 전의 신선한 시간이었다. 기울어진 달은 모든 해면을 진주 빛으로 물들인 바닷속으로 가라앉으려 하고 있었다.

그러나 레 푀플에 돌아왔을 때 창가에서 지낸 밤이 잔의 가슴을 찔렀다. 얼마나 먼 옛날인가! 얼마나 모든 것이 변했는가! 미래는 생각했던 것과 얼마나 다르게 보이는가!

어느덧 하늘은 장밋빛으로 변했다. 기쁨에 찬, 사랑스럽고 매혹적인 장밋빛이었다. 그녀는 지금 어떤 이상한 현상에 닥친 듯이 이 빛나는 하늘의 개화를 놀라서 바라보았다. 그리고 이러한 여명이 떠오르는 지상에 어떠한 기쁨도 행복도 없는 일이 가능할까 하고 혼자 생각했다.

문소리에 그녀는 몸을 떨었다. 줄리앙이었다. 그가 물었다.

"어때? 너무 피곤하지 않소?"

그녀는 더 이상 홀로 있게 되지 않은 것에 기뻐서 "아뇨"라고 중얼거렸다.

"이제 가서 쉬어요" 하고 그가 말했다.

그녀는 조용히 어머니에게 키스했다. 조용하고 고통스럽고 가슴을 에는 키스였다. 그리고 그녀는 자기 방으로 갔다.

죽음에 따르는 여러 가지 슬픈 일로 그날 하루는 흘러갔다. 남작은 저녁 때야 도착했다. 그는 몹시 울었다.

장례식은 다음 날 치를 예정이었다.

마지막 화장을 하고 차가운 이마 위에 입술을 대고 시체를 관 속에 넣어 못질 하는 것을 보고 나서 잔은 물러났다. 조문객들이 모여들었다.

질베르트가 제일 먼저 와서 흐느끼며 자기 친구의 가슴에 몸을 던졌다.

마차가 몇 대씩 울타리를 돌아서 속보로 달려오고 있는 것이 보였다. 사람들의 목소리가 현관 쪽에서 떠들썩하게 들려왔다. 상복을 입은 여자들이 점점 방 안으로 들어왔다. 잔이 모르는 여자들이었다. 쿠틀리에 후작 부인과 브리즈빌 자작 부인이 잔에게 키스했다.

잔은 갑자기 리종 이모가 자기 등 뒤로 소리 없이 와서 서 있는 것을 알았다.

그러자 잔은 다정하게 이모를 껴안았다. 이 노처녀를 거의 기절시킬 정도로 강렬한 포옹이었다.

줄리앙이 상복을 입고 우아한 모습으로 바쁜 듯이 들어왔다. 그는 이 혼잡함을 만족스럽게 여기고 있었다. 그는 상의할 것이 있다면서 아내에게 낮은 목소리로 속삭였다. 그리고 비밀스러운 어조로 이렇게 덧붙였다.

"모든 귀족이 다 왔군. 이건 좋은 현상이야."

그리고 부인들에게 정중하게 인사하고 나가버렸다.

장례식이 거행되는 동안 리종 이모와 질베르트 백작 부인만이 잔 옆에 남아 있었다. 백작 부인은 쉴 새 없이 잔에게 키스하고 이렇게 말했다.

"가엾은 분, 가엾은 분!"

푸르빌르 백작이 아내를 찾으러 왔을 때, 그는 마치 자기의 친어머니나 여읜 듯이 울고 있었다.

10

 장례식이 끝난 후 며칠 동안은 참으로 견디기 어려운 나날들이었다. 텅 비어 있는 죽은 이의 자리, 비어 있음으로 해서 더욱 빈번히, 곳곳에서 만져지는 죽은 이의 삶의 흔적이 새로운 슬픔으로 찾아들어 집 안을 한층 적막하게 만들었다. 까맣게 잊고 있던, 이제는 없는 사람에 대한 기억의 편린들이 구석구석에서 번득이며 나타나 다시금 남은 자를 고통 속에 몰아넣었다.
 죽은 이가 늘 쉬던 안락의자, 그리고 손잡이가 달린 양산 또는 하녀가 미처 치우는 것을 잊어버린 컵 등 어느 것 하나 죽은 이를 생각나게 하지 않는 것이 없었다. 방금 쓰다 내려놓은 듯한 가위, 한 짝만 남아 굴러다니는 장갑, 늘 펼쳐진 채 무릎 위에 얹혀 있던 낡은 책, 거기에 손때처럼 묻어 다니는 숱한 의미의 사건들, 또한 무엇이라 끊임없이 웅얼대며 귓가에서 떠나지 않는 죽은 이의 음성. 아, 이런 모든 것에서 떠날 수만 있다면, 달아날 수만 있다면. 그러나 죽은 이의 혼이 만연해 있는 이곳에서 결코 달아날 수는 없으리라. 다른 모든 사람들이 그러하듯 그녀 역시 남아 있지 않으면 안 되리라.

더욱이 그녀에게는 모친의 비밀이 무거운 짐으로 짓누르고 있었다. 그 생각을 할 때마다 잔은 고통으로 숨이 가빠지고 가슴이 막혔다. 사랑하던 사람의 죽음과 비밀은 그녀를 더욱더 깊은 고독 속으로 몰아넣었다. 죽은 이는 그녀가 최후의 보루로 생각하던 신뢰감을 신앙과 함께 무덤 속으로 가지고 가버린 것이었다.

장례식 후 며칠을 더 머무르던 부친은 집을 떠났다. 우선 집을 떠나 좀 더 다른 공기를 접하여, 점점 더 깊이 빠져드는 고뇌에서 벗어나고 싶었던 것이다.

날이 감에 따라 집안은 평상시의 평온과 질서를 되찾았다. 이 큰 집은 세워진 이래 주인이 가끔씩 바뀌는 일에 그다지 낯설지 않았기 때문이었다.

잔이 겨우 이러한 집안의 표면적인 평화에 적응해갈 무렵 폴이 앓기 시작하였다. 잔은 잇따른 불행에 넋을 잃다시피 하여 거의 열이틀간이나 의식을 잃었다.

다행히 어린아이는 회복되었으나 잔은 언젠가는 이 아이를 아주 잃을지도 모른다는 공포에 싸였다. 그렇다면? 만약 그렇게 된다면 자신은 어떻게 될 것인가. 그녀의 두려움은 비약을 거듭하였다. 자식이 하나 더 있다면 자신은 그러한 끊임없는 두려움에서 좀 벗어날 수 있지 않을까? 자식을 하나 더 갖는다는 것은 그녀가 감히 바라지도 못할 엄청난 소원은 아니잖는가!

그녀는 이내 자신의 두 팔에 사내아이와 여자아이를 각각 하나씩 안고 있는 듯 느껴졌다. 그러자 가슴에서 부드러운 애정이 솟아오르며 그녀는 따뜻한 행복감에 휩싸였다.

이제 잔의 마음속에 여자아이를 갖고 싶다는 것은 구체적인 욕망으로 자리잡았다.

그러나 아이를 갖기 위해서는 다시금 줄리앙 곁으로 가 그와 살을 맞대고 그를 받아들여야만 한다. 그건 정말 굴욕적이고 소름 돋는 일이었다. 더욱이 쉬운 일도 아니었다.

로잘리와의 일 이후 그들은 침실을 달리하고 있었다. 줄리앙에게 새로운 정부가 있다는 사실을 잔은 알고 있었다.

그러나 이 모든 혐오와 수치심을 무릅쓸 만큼 잔의 아이를 갖고 싶다는 열망은 강렬했다. 조금도 그녀를 원하지 않고 있는 남편에게 키스와 애무를 청하며 다가갈 생각을 하느니 차라리 죽어버리는 것이 나을 것도 같았다. 그런 것은 절대로 할 수 없다고 고개를 흔들었지만 밤마다 플라타너스 밑에서 폴과 놀고 있는 예쁜 여자아이의 꿈을 꾸었다. 생시인 듯 너무도 생생한 꿈이었다.

그럴 때마다 그녀는 자리에서 일어나 남편에게 달려가 그를 받아들이고 싶다는 맹목적인 충동에 사로잡히는 것이었다. 충동을 억제하지 못하여 실제로 남편의 침실문 앞까지 가서 머뭇거리다가 수치심으로 되돌아온 적도 있었다.

유일하게 믿고 속을 털어놓을 수 있었던 모친은 세상을 떠나고, 남작마저 곁을 떠난 지 오래인 지금 잔에게는 마음속을 털어 보이고 의논을 할 사람은 아무도 없었다.

잔은 궁리 끝에 하나의 방법을 생각해내었다. 그리고 피코 사제를 찾아가기로 했다. 비밀을 지켜준다는 다짐 아래, 고해의 형식으로 자기의 계획에 대해 의논해보려는 것이었다.

잔이 사제를 찾아갔을 때 마침 사제는 정원에서 기도서를 읽고 있었다.

사제가 권하는 대로 자리에 앉아 사제와 신도 간의 의례적인 이야기를 몇 마디 나눈 뒤 그녀는 얼굴을 붉히며 용건을 꺼냈다.

"실은, 고해성사를 받으러 왔는데요."

그녀는 조바심하듯 테이블 밑에서 두 손을 쉴 새 없이 만지작거렸다. 사제는 뜻밖이라는 듯 눈을 크게 뜨고 잠시 잔의 표정을 살피더니 유쾌하게 웃었다.

"하지만 부인께서 굳이 이런 날 일부러 고해성사를 받으러 오실 만큼 큰 과오를 저질렀으리라곤 믿어지지 않습니다."

잔은 더욱 어쩔 줄 몰라하며 테이블 밑의 손을 더욱 세게 비틀었다. 그러곤 더듬더듬 아까의 말을 반복했다.

"과오가 아니라 앞으로의 문제에 대한 상의지요. 지극히 개인적이고 가정적인 일이며…… 또 퍽 거북한 일이라서……."

잔이 미처 말을 끝내기도 전에 사제의 얼굴은 웃음기를 버리고 미사 집전 때의 진지한 표정으로 변했다.

"그렇다면 좋습니다. 여긴 적당한 장소가 아닌 듯하군요. 자, 고해실로 가실까요?"

그러나 잔은 주저했다. 아무도 없는 교회의 엄숙하고 신비스러운 분위기는 이러한 지극히 가정적이고 다소 부끄러운 이야기를 하기에는 아무래도 불편한 듯했기 때문이었다.

"저, 사제님, 사제님께서만 좋으시다면, 아니 전 아무래도 좋습니다만…… 제거 이렇게 온 것은 다만…… 우선 저리로 가서……."

그들은 뜰의 구석에 마련된 정자를 향해 걷기 시작했다.

걸으면서도 잔은 대체 어떻게 말머리를 꺼내야 할지에 대해 전전긍긍하였다.

정자 아래 나란히 앉게 되자, 잔은 마치 고해성사를 받을 때처럼 조심스럽게 말을 꺼냈으나 이내 어쩔 수 없는 혼란에 빠져 말을 더듬기 시작했다.

사제는 참을성 있게 잔의 다음 말을 기다렸다.

"아, 마음을 턱 놓으시고 서슴지 말고 말씀하십시오."

잔은 마침내 높은 곳에서 뛰어내리는 어린아이와 같은 용기로 단숨에 말해버렸다.

"사제님, 저는 아이를 하나 더 갖고 싶습니다."

사제의 의아해하는 표정이 그녀를 당황하게 만들어 그녀는 모처럼의 용기도 잃어버리고 다시 더듬기 시작했다.

"아시다시피 전 이 세상에서 홀몸이나 다름없습니다. 제 아버님이나 남편이 있다곤 하지만, 뭐랄까…… 게다가 어머님은 돌아가셨습니다."

잔은 잠시 말을 멈추고 숨을 들이쉬었다.

"얼마 전엔 하나뿐인 자식을 영 잃는 줄 알았지요. 그럴 경우를 생각만 해도……."

사제는 아직도 그녀의 말을 잘 납득할 수 없다는 표정이었다.

"전 자식을 하나 더 갖고 싶어요."

잔은 안타깝게 다시 말했다. 사제는 그제서야 비로소 잔의 말뜻을 알아차렸다는 듯 빙그레 웃었다.

"그런 거야 물론 부인이 하기에 달린 것이라고 생각되는데요."

잔은 다시 무어라고 말해야 할까 망설이며 거북스럽게 사제를 마주 바라보았다.

"저, 사제님도 아시고 계신 그 일 말씀입니다. 하녀와……. 하여튼 그 후로 남편과는 다른 침실을 쓰고 있으니까요."

시골 농부들의 걸쩍하고 노골적인 수사법에 익숙한, 그리고 거침없고 노골적인 남녀의 풍습에 젖은 사제도 잔의 말에 놀랐다. 그러다가 이 젊은 여인의 괴로움을 다 알아차린 듯했다.

"아, 무슨 얘긴지 알 것 같군요. 아직 퍽 젊으시고 건강하시니 그런 괴로움이야 당연하고말고요."

친근한 어조로 이미 허물없이 사제는 잔을 동정하였다.

"그건 물론 우리의 율법으로도 허용되어 있는 일입니다. 하나님도 결혼에 의한 부부 관계를 축복하고 계십니다. 그리고 부인은 그것을 누릴 권리가 있고요."

사제는 잔의 손바닥을 지긋이 누르며 빙글빙글 웃었다.

다소곳이 고개를 숙이고 있던 잔은 마침내 사제의 말뜻을 알아차리곤 낯을 붉히며 손을 잡아 뺐다.

"오, 사제님, 무슨 말씀이세요? 저는 다만……."

잔은 수치심으로 눈물을 글썽이며 목메인 소리로 낮게 외쳤다.

사제는 이 예기치 못한 그녀의 돌연한 반응에 흠칫했다.

"마음을 상하게 해드릴 생각은 없었습니다. 용서하시오, 농담을 했을 뿐입니다. 어쨌든 나에게 쑥스러워할 건 없어요. 줄리앙 씨를 만나서 좋도록 이야기해보도록 하지요."

잔은 할 말을 잊었다. 비로소 사제에게 달려온 자신의 처사가 경솔했다는 후회가 치밀었으나, 스스로 협조를 청하고 나선 지금 사제의 호의를 거절할 구실은 없었다.

"사제님, 여러 가지로 감사합니다."

잔은 간신히 그 말만을 남기곤 그 앞을 물러나는 수밖에 없었다.

그 후의 한 주일은 불안과 두려움에 가득 찬 나날이었다. 그러나 은연중에 잔은 줄리앙의 태도의 변화를 느끼고 있었다. 문득 조롱하는 듯한, 달라붙는 듯한 웃음을 입가에 띠고 그녀를 바라보는 시선을 느껴 황급히 고개를 숙여버리는 일도 드물지 않았다.

어느 날 저녁 식사 후, 함께 모친의 큰 가로수 길을 거닐고 있을 때 줄리앙은 달콤한 음성으로 속삭였다.

"우린 다시 옛날로 돌아온 것 같군."

잔은 대답하지 않았다. 길을 뒤덮은 풀 위로 시선을 주며 걸음을 옮겨놓을 뿐이었다. 풀들은 벌써 무성히 자라 모친의 발자취를 뒤덮고 있었다. 아무 데도, 아무것도, 모친의 자취를 간직하고 있지 않았다. 잔은 낯선 곳에서 홀로 미로를 더듬고 있는 듯 외롭게 느껴졌다.

줄리앙은 아내의 대답 따위는 염두에 두지 않고 계속 지껄였다.

"난 더 이상 해볼 도리가 없었어. 당신이 지나치게 상심하고 있지나 않은가 하는 게 걱정이었지."

해 질 무렵의 부드러운 공기가 잔의 몸을 애무했다. 외로움에서 비롯된, 안기고 싶은 욕구, 자신의 괴로움을 보듬어 안고 위로해주고 싶은 욕구가 목구멍 가득히 차 올랐다.

그녀는 충동적으로 줄리앙의 품에 뛰어들었다. 눈물이 걷잡을 수 없이 흘러내렸다. 얼떨결에 아내를 껴안은 줄리앙은 머리를 굽혀 그녀의 목덜미에 입술을 대었다.

그는 팔을 돌려 아내의 어깨를 껴안고 집 안으로 들어갔다.

그날 밤 줄리앙은 아내의 방에서 지냈다.

다시금 그들은 표면적으로는 예전의 상태로 되돌아왔다.

그는 마치 의무를 수행하듯 묵묵히 일을 치렀으나 내심 흐뭇하게 생각하고 있었다. 잔으로서는 모멸감과 수치심으로 치르는 하나의 작업이었다. 임신만 된다면 그 괴로운 관계를 영원히 끊어버리리라.

이러한 관계가 몇 번인가 거듭되는 사이, 잔은 남편의 행위가 어딘지 조심스럽다는 것을 알아차렸다.

남편은 매우 능숙하게 일을 치르곤 했으며, 그녀에게 매우 세심한 신경을 쓰는 듯했으나 적어도 완전한 행위는 아니었다. 그는 그녀가 만족할 때까지 끝까지 포옹을 한다든지 하는 것을 고의적으로 기피하고 있었다.

그녀는 마침내 어느 날 밤, 남편과 나란히 누운 잠자리에서 소곤거렸다.

"당신, 사랑하는 방법이 달라진 듯한 것은 단순히 제 느낌일까요?"

그러자 줄리앙은 이내 주저하는 빛도 없이 대답했다.

"당신에게 또 아이를 갖게 할까 봐 그러는 거야."

순간 잔은 눈앞이 아찔했다.

"아이가 싫으신가요?"

줄리앙은 그녀의 반응이 의외라는 듯 다시 한번 되풀이했다.

"당신 도대체 무슨 생각을 하는 거야? 아이가 싫으냐고? 또 아이를 갖는다는 건 어림없는 일이야. 더구나 우리 형편에 쓸데없는 짓을 하긴 싫어. 아이 하나에 돈은 또 얼마나 처든다고."

잔은 남편의 목을 껴안고 입을 맞추며 응석부리듯 말했다.

"오, 여보, 절 다시 어머니가 되게 해주세요."

줄리앙은 정색을 하고 목에 감긴 잔의 팔을 떼어냈다.

"당신 제 정신이 아니군. 그따위 바보 같은 소릴 하다니."

잔은 마침내 말로 남편을 설득시키는 것을 단념했다. 대신 다른 방법을 써보는 수밖에 없었다. 그래서 짐짓 흥분한 몸짓으로 되도록 시간을 오래 끌고 남편을 자극하려 해보았으나 그는 언제나 어느 정도까지 가서는 행위를 그쳐버리곤 했으므로 그녀의 시도는 번번이 실패하는 것이었다. 그럴수록 그녀는 아이를 갖고 싶다는 맹목적인 욕망에 깊이 빠져 물에 빠진 사람이 한 가닥의 지푸라기라도 잡으려는 심정으로 또다시 피코 사제를 찾아가기로 했다.

잔이 찾아갔을 때 사제는 막 식사를 끝내고 쉬고 있던 참이었다. 그는 식후에는 늘 숨이 가빠지기 때문에 한동안 휴식을 취하지 않으면 안 되었다. 그러던 참에 잔이 들어서자 사제는 반가워하며 다짜고짜 남편과의 관계를 물었다. 자기가 나서서 교섭한 일의 결과가 궁금했던 것이다. 잔은 이미 사제에게 통사정을 해왔던 까닭에 망설이는 기색 없이 솔직히 털어놓았다.

"그는 이제 자식을 원하지 않아요."

사제는 그러한 말에 금욕주의자다운 호기심과 흥미를 감추지 않았다. 은밀한 방사(房事)에 대한 이야기는 늘 흥미로운 것이었다. 더욱이 허용된 참회의 형식으로서는.

"무슨 까닭입니까?"

사제의 질문에 그녀는 머뭇거렸다. 단번에 정확히 말해버리는 것은 그녀에게 어려운 일이었다.

"하여튼 그이는 저에게 다신 아이를 낳게 하지 않으려고 작정한 모양이에요."

사제는 더 이상 듣지 않아도 잔이 무엇을 말하는지를 알아차릴 수 있었다. 그리 드문 일은 아니었다. 그래도 누를 길 없는 호기심으로 그들의 부부 생활의 세밀한 점까지 일일이 캐물었다.

다 듣고 난 뒤 사제는 지극히 예사로운 말투로 마치 일상 생활에 대해 말하듯 나지막하게 계책을 일러주었다.

"이제 남은 건 한 가지 방법뿐이군요. 남편에게 부인이 임신했다고 믿도록 하는 겁니다. 그러면 주인께선 포기하고 더 이상 주의하지 않게 되겠지요. 그렇게 마음을 놓게 한 뒤라면 부인이 원하는 결과를 얻게 되지 않겠습니까?"

잔은 부끄러움으로 얼굴이 새빨개졌다. 그러나 자신의 우려에 대한 확실한 대답을 듣지 않을 수 없었다.

"만약 그이가 제 말을 곧이 듣지 않을 경우에는 어떻게 하지요?"

사제는 이런 계교에 충분히 통달하고 있었다.

"그건 간단한 일입니다. 부인이 임신했다는 소문을 퍼뜨리십시오. 먼저 모든 주위 사람들에게 알게 하면, 마침내 주인도 그걸 믿게 될 겁니다."

그리고 사제는 변명하듯 덧붙였다.

"결혼한 부인에겐 정당한 권리입니다. 하나님도, 교회도, 생식의 목적으로 행해지는 관계는 축복합니다."

잔은 사제의 계략을 전적으로 받아들여 두 주일 정도 지난 후 줄리앙에게 임신의 징후를 알렸다.

예상대로 줄리앙은 완강히 부인했다.

"절대 그럴 리가 없어. 내가 실수를 하다니. 좀 더 있어봐요. 하지만 그건 있을 수 없는 일이야."

그 후 매일 아침 줄리앙은 잔에게 임신 여부를 물어왔다. 잔의 대답은 한결같았다.

"틀림없는 것 같아요."

그럴 때마다 줄리앙은 눈에 띄게 불안해하고 초조해했다. 아내의 임신에 대해 낙심하는 것은 물론 배반감까지 느끼고 있는 듯했다.

"도무지 알 수 없는 일이야. 그토록 주의를 했는데 말이야."

한 달이 지나자 잔은 가는 곳곳에, 만나는 사람마다에게 자신의 임신을 알렸다. 다만 질베르트 백작 부인에게만은 알리지 않았다. 자신도 알 수 없는 수치심 때문이었다.

한동안 아내에게 접근하지 않던 줄리앙은 마침내 임신이 확실한 것을 알게 되자 다시금 관계를 맺기 시작했다. 그러면서도 종내 불쾌한 기색을 감추지 않고 투덜대기 일쑤였다.

사제의 계략은 적중했다. 잔은 임신했다. 최초의 임신 징후는 잔을 못 견디게 황홀한 기쁨으로 끌어넣었다. 그러자 그녀는 자기의 소원을 이루어준 신에 대한 감사의 표시로 영원한 순결을 맹세하며 밤마다 방문을 굳게 걸어 잠가 줄리앙을 거부했다.

잔은 모친의 자취가 자기의 가슴속에서 덧없이 사라져가는 것에 놀라움과 죄스러움을 느끼면서도 어쩔 수 없는 행복감에 잠겨버렸다. 절대 나을 수 없으리라 생각했던 모친의 죽음에 대한 상흔이 이렇듯 쉽게 아물리라곤 예측할 수 없었던 것이다. 그러나 이제 두 달도 못 되어 새로운 아이의 태동이 그녀를 황홀한 행복감으로 이끌었다. 모친의 죽음은 그녀의 생활 밑바닥에 아릿한 비애로서 깔려 남아 있을 뿐이었다. 이제 자신의 평정과 생활을 뒤흔들어놓을 것은, 이 고요한 기쁨에서 끌어낼 것은 아무것도 없으리라. 무엇보다도 그녀에게는 단지 그녀만을 사랑해줄 자식들이 있으니까. 남편의 일은 아무래도 좋았다. 그녀는 전혀 신경을 쓰지 않았다.

평온하고 감사하게 늙어갈 생(生)이 있을 뿐이었다.

9월도 다 지나갈 무렵, 피코 사제는 신임 사제가 될 톨비악 사제와 함께 작별 인사를 하기 위해 잔을 찾아왔다. 그는 고데르빌의 사제장으로 임명되어 이곳을 떠나게 된 것이다. 후임이 될 톨비악 사제는 나이가 퍽 젊어 보였다. 키가 작고 마른 체구에 말씨와 눈빛이 날카로워 극단적이고 과격한 성격인 듯했다.

잔은 피코 사제와의 이별에 가슴이 무너지는 듯한 슬픔을 느꼈다. 결혼 이후의 생활에서 결코 그 사제와 결부되지 않은 기억은 하나도 없었다. 사제에 의해 결혼 예식이 집권되었고, 또한 폴의 세례, 남작 부인의 장례도 역시 피코 사제에 의해서였다. 에투방의 기억에서까지 피코 사제의 불룩한 배를 떼어놓을 수 없었다. 명랑하고 선량한 그에게 잔은 어쨌든 감사의 정을 저버릴 수 없을 것이다.

사제 역시 섭섭한 빛을 감추지 않았다. 사제장으로 임명되었는데도 그다지 기뻐하는 기색이 아니었다. 단지 "교회 운명이 곤란해서요. 여간 돈이 들어야지요. 부인, 제가 이곳에 온 지 벌써 16년이나 되는군요. 하지만 언제나 쪼들렸지요. 게다가 신앙심이 없는 사내들과 행실이 나쁜 여자들이란! 계집애들이란 결혼도 안 한 주제에 배불뚝이가 되어서 어찌할 수 없는 경우에만 교회를 찾지요. 어쩔 도리가 없었어요. 그러나 전 이곳에 깊이 정들었답니다"라고 거듭 말했다.

노사제의 말을 듣던 톨비악 사제는 낯을 붉히며 외쳤다.

"아, 그런 염려라면 그만하셔도 될 겁니다. 제가 있는 이상, 그 따위 풍조는 뿌리를 뽑고 말겠어요."

낡아빠진 수단을 걸치고 낯을 붉히고 있는 신임 사제는 마치 노여움을 잘 타는 작은 소년 같았다.

피코 사제는 조롱하는 듯한 웃음을 띠고 매우 유쾌하다는 듯 톨비악 사제에게 대꾸했다.

"아, 그건 거의 불가능합니다. 당신 교구의 신도들을 모조리 사슬로 묶어놓는다면 또 모르지만요."

젊은 사제는 단호히 잘라 말했다.

"두고 보면 아실 겁니다."

피코 사제는 빙글빙글 웃었다.

"나이와 경험이 당신을 가르칠 것이오. 당신의 방법으로는 교회에서 마지막 남은 단 한 사람의 신도마저 쫓아내는 게 고작일 테지요. 어쨌든 신중히, 신중히 하셔야 합니다. 16년간의 경험으로 나는, 약간 뚱뚱해 뵈는 처녀가 교회에 오는 것을 보면, 아, 또 한 사람의 신자를 넣고 왔구나, 하고 생각하게끔 되었지요. 내가 할 일은 그들을 결혼 의식까지 유도하는 것뿐이오. 그 이상은 할 수 없어요. 그 처녀를 그렇게 만들어놓은 남자를 찾아내어 결혼시키는 것뿐이란 말이오. 그 이전의 행위를 캐내어 단죄할 수는 없어요."

톨비악 사제는 날카롭게 반박하였다.

"저는 절대 그런 방식으로 교구민을 다스려나가지 않겠어요. 더 이상 사제님과 이야기해봐야 소용이 없을 것 같습니다."

그리고 그들은 화제를 돌렸다. 피코 사제는 이 마을을 떠나게 되는 것이, 그리고 사제관 창문으로 늘 내다보이는 바다와 그 위를 지나는 배를 바라보던 일, 기도서를 읽고 명상하러 찾아가던 골짜기 등을 다시 못 보게 된 것이 못내 섭섭하다고 말했다.

그들은 잔의 집을 떠났다. 피코 사제가 그녀에게 작별의 키스를 하자 잔은 하마터면 웃음이 터질 뻔한 것을 간신히 눌렀다.

톨비악 사제가 잔을 다시 찾아온 것은 일주일 뒤였다. 그가 잔에게 늘어놓은 계획이란 것은 왕권을 쥔 자라야만 가능한 전면적이고도 급격한 개혁안이었다. 그는 특히 잔에게 일요일의 미사에 빠지는 일이 없도록, 또한 행사 때마다 영성체를 하도록 부탁했다.

"이 지방을 교화시킬 수 있는 힘을 가진 사람은 저와 정숙하신 자작 부인뿐입니다. 우리는 힘을 합해 이곳의 모범이 되고 상징적인 존재가 되어야 합니다. 권위를 나타내고 존경심을 일으키면 그들은 복종하고 따를 것입니다."

잔에게 종교란 그다지 심각한 것이 아니었다. 무릇 대개의 여자들이 그러하듯 막연하고 몽상적인 신앙을 그녀도 지니고 있을 뿐이었다. 그녀는 수도원 시절에서 비롯된 하나의 관습으로 교회에 대한 의무를 수행하고 있었다.

부친의 교회에 대한 신랄한 비판이 그녀에게 절대적인 영향을 끼치고 있었던 것이다.

이러한 잔에게 피코 사제는 절대로 무리한 강요를 한 적이 없었기에 그녀는 더욱 그 문제의 중요성을 그리 크게 느끼지 않았다. 그러나 그의 후임자인 톨비악 사제는 지난 주일 미사 때 잔이 참석하지 않은 것을 나무라기 위해 달려온 것이었다.

잔은 사제의 비위를 거슬리고 싶지 않았기에 그의 말에 따르기로 약속하였다. 그러나 교회 나가는 일이 거듭될수록 잔은 자신도 모르게 꼬장꼬장한 사제의 신비주의적 신앙과 정열에 휘말려들기 시작했다. 대개의 여자들이 지니고 있는, 더욱이 종교 속에서 발현되는 순수한 감정들이 피어나기 시작한 것이다. 신의 세계와 상대적으로 존재하는 속세와 권능을 덧없이 여기는 데서 비롯되는 엄격한 금욕주의, 신에 대한 절대적인 복종, 극기, 거칠 데 없이 날카롭고 자신에 찬 언행을 톨비악 사제는 지니고 있어 마치 그를 신의 진실한 사도인 양 보이게 했다. 그리고 이러한 순교자다운 인물은 이미 세상과 인간의 삶에 대해 지치고 실망해버린 잔의 정신 세계를 지배하기에 족했다.

 사제는 진지한 열성으로 잔을 그리스도에의 길로 인도하였다. 그리하여 그녀는 즐겨 이 무감각하고 오로지 의지의 화신인 듯한 이 젊은 사제 앞에 참다운 기쁨과 경건함에 싸여 고해를 하곤 했다.

 그러나 사제는 잔을 휘어잡은 것과 같은 이유로 마을 전체에서 배척을 받았다.

 피코 사제와는 너무도 대조적인 그의 혹독한 매도와 질책, 단죄 때문이었다. 그는 이 마을 사람들을 향해 정욕과 연애를, 깨끗하지 못한 행실을 공공연히 공격했다. 말하는 중에도 끊임없이 그의 눈앞에 떠오르는 생생한 광경과 싸우는 듯 쉴 새 없이 몸을 떨곤 했다. 그럴 때마다 제단 아래서는 죄에 빠진 젊은 사내와 처녀들이 음탕한 눈짓을 주고받으며 사제를 조롱하였다. 어린아이들, 나이 든 아낙네들, 그리고 단순하고 억센 농부들은 이 작고 연약하고 괴팍한 사제의 무서운 질책을 비웃었다. 그가 순결을 잃은 처녀들의 고해와 사죄를 거부했듯이 마침내 마을 전체가 그에게 등을 돌리고 비난하게 되었다. 심지어는 영성체를 받을 예정이었던 젊은이들이 아무런 사전 통보도 없이 참석치 않는 일도 있었다.

 사제의 활약은 제단에서만 끝나지 않았다. 그는 사냥감을 노리는 포수처럼 젊은이들의 밀회 장소까지 코를 킁킁거리며 쫓아다니고 색출했다. 허리를 껴안고 키스를 하는 장면이라도 눈에 띌 경우 그는 득의만면해서 욕설을 퍼부으며 가로막았다. 돌을 던지는 때도 있었다. 그리고도 성에 차지 않아 일요일 미사 시간에 그러한 행실 나쁜 젊은이들을 지명하고 불러세워 나무랐다. 이것은 결과적으로 신자들을 교회에서 내쫓아버리는 것 외에 다른 소득은 없었다.

잔은 자주 사제를 찾아와 식사도 하고 세속적이 아닌 비물질적이고 정신적인 가치에 대해 열띤 토론을 벌여 결국에는 일치된 결론에 기뻐하였다. 사제의 입에서 빠른 말씨로 내뱉어지는 그리스도나 성모마리아, 그리고 교황들의 이름은 마치 친혈육처럼 정답고 아늑하게 그녀의 귀에 울려오는 것이었다. 사제는 남작 부인의 가로수 길을 거닐며 끊임없이 종교의 문제를 잔에게 제시하며 대답을 듣고, 그녀의 막연하고 모호한 사고를 정확하고 명료하게 구체화시켰다.

줄리앙도 사제에 대해서는 아내와 같은 태도를 취하여 때로 고해도 하고 영성체에도 참석하였다.

줄리앙은 늘 일과처럼 푸르빌르가를 방문했다. 백작과 사냥을 하거나 백작 부인과 말을 타기 위해서였다. 날씨가 궂으나 개나 줄리앙과 백작 부인은 말타기를 계속하였다.

12월 중순이 되자 남작이 돌아왔다. 그의 심신에 배어버린 슬픔으로 급작스럽게 노쇠해진 남작의 모습은 놀라우리만큼 달라져 있었다. 따라서 당연한 결과로 딸에 대한 애정과 집착은 더욱 강해졌다. 남작을 누구보다도 잘 알고 있는 잔은 최근 자신의 변화, 즉 톨비악 사제와의 교제와 종교에 대한 몰입을 감추었다. 그러나 얼마 후 사제와 부딪치게 된 남작은 끓어오르는 혐오감과 적의를 숨기지 않았다.

"저 자는 성직자라고 할 수 없어. 종교 재판소의 재판관 같구나."

그리고 차차 사람들에게서 사제의 됨됨이, 언행 등을 전해 듣자 그는 더 이상 참을 수 없었다.

그는 범신론적인 자연 숭배의 낡은 철학에 젖어 있었다. 잔인하고 폭군적인 가톨릭의 신이란 그에게 창조에 위배되는 것, 자연을 거스르는 것이었다. 신이란 창조이며 창조란 곧 생명이라고 믿고 있었다. 드디어 그는 왜곡된 신의 사도로 생명을 박해하는 사제와 맞서 싸우기로 결심하였다.

잔의 어떠한 기도도, 눈물도, 애원도 부친의 결심을 돌이킬 수는 없었다.

"그놈은 사람도 아니다. 복수에 굶주린 미치광이야. 저놈을 때려 부수는 것이 우리의 의무가 아니냐. 저놈은 아무것도 모르고 있는 거야."

사제도 만만치 않은 적수가 나타난 것을 알았다. 그러나 그가 즉시 이에 대항하지 않는 것은 보다 가까운 곳에서 벌어지고 있는 심상치 않은 사건에 주의를 쏟고 있었기 때문이었다.

그것은 우연히 발견하게 된 줄리앙과 백작 부인의 관계였다. 무엇보다도 먼저 그 두 사람을 떼어놓아야 했다. 그래서 우선 잔에게 암시를 주어 협조를 구하려 했으나, 그러한 속세의 일에서 이미 관심이 떠난 그녀는 사제의 말뜻을 제대로 이해할 수 없었다.

날씨는 축축하고 썩어가는 듯한 냄새를 풍기며 겨울로 접어들고 있었다.

며칠 후 사제는 다시 찾아왔다. 먼젓번보다는 좀 더 구체적으로, 그러나 역시 우회적인 수사법으로 다시금 두 사람의 관계를 암시하며 종교적인 사명감에서라도 협조해달라고 말했다.

잔은 비로소 사제의 말뜻을 알아차렸다. 그러나 그녀는 집안의 평온함이 깨어질 것이 두려웠다.

"무슨 말씀이신지 잘 모르겠군요."

그녀가 짐짓 못 알아듣는 시늉을 하자 젊은 사제는 직접적으로 말했다.

"제가 이제부터 하려는 것은 피할 길 없는 의무입니다. 저로서는 어쩔 수 없는 일이기에 부득불 부인께 알려드린 후 수행하려는 것이지요. 주인께서 푸르빌르 부인과 불륜의 관계를 맺고 계십니다."

잔도 이제는 더 모른 체할 수가 없었다.

"설사 그렇다 해도 제가 할 일이 있겠어요?"

"물론 있고 말고요. 두 사람을 분별 없는 욕정에서 구해내야 합니다."

잔은 기어코 울음을 터뜨렸다.

"남편에겐 새삼스런 일이 아니에요. 집안에서 부리던 하녀를 건드린 적도 있습니다. 저 따윈 그에게 아무런 힘도 없어요. 절 사랑하지 않으니까요. 남은 것이라곤 조롱과 비웃음뿐이지요."

사제는 격분해서 외쳤다.

"부인께서 그렇게 지레 포기하고 내버려두어서 더러운 그의 욕정을 키우고 계시다는 것을 모르십니까? 그러고도 그의 아내라는 겁니까? 설마 그 행동이 하나님을 기쁘게 한다고 믿는 것은 아니겠지요?"

잔은 비통하게 내뱉었다.

"그럼, 사제님은 저더러 어떡하라는 겁니까?"

"이 굴욕적인 부부 관계를 청산하시오. 남편과 헤어지란 말입니다. 그리고 이 추잡한 간통이 이루어지는 집을 떠나시오."

"물론 그렇게 말씀하실 수도 있지요. 그러나 저는 세상으로 나가 살아갈 용기도 자신도 능력도 없어요. 그리고 확실한 증거도 없잖아요."

사제는 극도로 흥분했다.

"부인, 당신은 아주 소심하고 비겁한 분이군요. 불의에 동의하시는군요. 그러한 것을 하나님은 용서하지 않으실 겁니다. 자비를 기대하지 마십시오."

잔은 자리를 박차고 일어서는 사제의 발 밑에 쓰러졌다.

"사제님, 제발 저를 버리지 마세요. 제가 할 일을 가르쳐주세요."

"푸르빌르 씨에게 이 일을 알리십시오. 그분이 해결할 겁니다."

사제는 단호히 말했다.

순간 잔은 목이 졸리는 듯한 두려움에 절망적으로 부르짖었다.

"백작은, 그분 성미로는 두 사람을 다 죽일 거예요. 그러면 새로운 죄악을 저지르는 거예요. 아, 사제님, 그것만은……."

"그렇다면 그들을 언제까지나 죄악 속에, 치욕 속에 남겨두시구려. 당신은 그들보다 더 큰 죄를 짓는 게 될 겁니다."

그리고 사제는 잔을 뿌리치고 나가버렸다.

잔은 입 속으로 쉴 새 없이 복종의 말을 중얼거리며 그의 뒤를 쫓아갔다. 사제는 배반감과 분노에 몸을 떨며 거의 뛰다시피 걸어가고 있었다.

과수원에서 인부들을 감독하고 있는 줄리앙을 보았으나 그는 걸음을 멈추지 않았다.

그가 쿠이야르 농장의 뜰을 가로질러 건널 때, 마침 남작은 동네 아이들에게 둘러싸여 무엇인가를 들여다보고 있다가 사제가 오는 것을 보곤 재빨리 몸을 감춰버렸다.

"제발, 사제님, 제게 생각할 시간을 주세요. 이삼일 후에 찾아 뵙고 제 의견을 말씀드리겠어요. 저를 도와주세요."

잔은 뒤도 돌아보지 않고 걸어가는 사제의 뒤를 따라가며 애원했다.

사제는 아이들이 몰려 서 있는 곳에 다다랐다. 그리고 아이들의 머리 너머로 무엇이 그리 아이들의 흥미를 끄는가 의아해서 길게 고개를 뺐다. 그것은 암캐가 새끼를 낳는 광경이었다. 벌써 흠뻑 젖은 다섯 마리의 새끼가 어미개의 주위에서 젖을 찾고 있었다. 어미개는 갑자기 몸을 비틀며 괴로운 신음 소리를 내더니 여섯 번째의 새끼를 낳았다. 아이들은 좋아서 손뼉을 치며 함성을 질렀다. 그들은 개가 새끼를 낳은 것을 마치 사과나무에서 사과가 떨어지는 것을 보듯 지켜보고 있었다. 그들의 놀라움에는 어떠한 외설스러운 상상도 깃들어 있지 않았다.

재빨리 사태를 파악한 사제는 다짜고짜 들고 있던 우산으로 아이들을 후려갈기기 시작했다. 그의 얼굴은 분노와 수치심으로 참혹하게 일그러져 있었다. 뜻밖의 날벼락에 혼쭐이 빠진 아이들이 순식간에 달아나버리자, 이제 사제는 어미 개에게 사정없이 매를 내리치기 시작하였다. 불쌍한 암캐는 사슬에 매여 있어 달아나지도 못하고 고스란히 매를 맞으며 비명을 질렀다. 사제는 흡사 미치광이 같았다. 우산대가 부러지자, 이번에는 개 위에 올라타 주먹으로 치고 발길로 차고 짓밟았다. 어미개는 그러는 중에도 온힘을 다하여 마지막 새끼를 낳았다. 그리고 벌써 젖꼭지를 찾으며 끙끙대는 강아지들도 사제의 발꿈치에 밟혀 피투성이가 되었다.

　잔은 어느 틈엔가 달아나 그 자리에 없었다.

　사제는 볼따구니에 심한 아픔을 느껴 매질을 멈추고 뒤를 돌아보았다. 그 뒤에서 남작이 무서운 얼굴로 노려보고 있었다. 남작은 사제를 질질 끌고 가 울타리 밖으로 내던져버렸다.

　르 페르튀 씨가 사제를 내던지고 돌아왔을 때 잔은 치마폭에 강아지들을 주워 담고 있었다.

　"이게 바로 저놈의 정체야. 네 눈으로도 똑똑히 보았지? 저놈은 수단을 걸친 악마야."

　남작은 배가 터져 죽은 어미개와 피투성이의 강아지들을 가리키며 외쳤다.

　잔은 울면서 강아지들을 집으로 가지고 왔으나 이튿날로 세 마리가 죽어버렸다. 하는 수 없이 온 동네를 뒤져 새끼 낳은 어미개를 찾아보았으나 허사였다. 시몽 영감이 젖이 나는 암코양이를 구해 올 동안 다시 세 마리가 죽었다. 남은 것은 한 마리뿐이었다. 고양이는 이내 이 강아지에게 젖을 물렸다.

　두 주일 후 잔은 강아지를 고양이에게서 떼어 왔다. 또또라는 예쁜 이름을 지어주었으나, 남작은 "마사크르(학살)"란 이름을 지어 사제의 소행을 기억하자고 했다.

사제는 다시 잔을 찾아오는 대신, 다음 일요일, 르 페르튀 씨의 성관에 대해 저주와 욕설을 퍼붓는 내용의 설교로 그의 분노를 나타내었다. 한 번으로 그친 것은 아니었다. 일요일의 설교에서 그는 줄리앙과 백작 부인의 관계를 은근히 암시하고는 신의 심판을 들어 복수를 맹세했다.

 줄리앙은 대주교에게 톨비악 사제의 태도와 소행을 알리는 공손하고도 상당히 강경한 편지를 보냈다. 젊은 사제는 상부에서 경고를 받자 비로소 입을 다물게 되었다.

 사제는 고립되어 침울한 얼굴로 홀로 산책하는 일이 잦아졌다. 줄리앙은 질베르트와 나란히 말을 타고 달리는 길에 항상 그를 만났다. 그러면 둘은 약속이나 한 듯 말고삐를 돌려 샛길로 빠져버리곤 했다.

 봄이 왔다. 그들의 밀회는 때와 장소를 가리지 않고 더욱 열도를 더해갔다. 그러나 그들이 즐겨 이용하는 장소는 보코트의 언덕 꼭대기에 있는 간이 오두막이었다. 벼랑 꼭대기 바위 위에 외따로이 있었기에 갑자기 나타나는 사람들에게 발각될 염려가 없었고 위로 올라오는 사람들의 모습을 환히 볼 수 있기 때문이었다. 그들은 타고 온 두 필의 말을 기둥에 매어둔 채 불타오르는 정욕을 식히고는 했다. 그런데 언젠가 그들은 오두막에서 내려오는 길에 벼랑 아래 숲속에서 얼핏 톨비악 사제의 모습을 보았다. 그 후 그들은 용의주도하게 말들을 골짜기의 숲속에 매어두고 오두막으로 올라가곤 했다.

 어느 날 숲에서 돌아온 그들이 나란히 브리에트로 돌아가는 길에 마침 백작의 성관에서 나오는 사제와 부딪쳤다. 사제는 그들에게 인사를 하고 길을 비켜주었으나 줄리앙과 질베르트는 순간 불안감을 느껴 불시에 고개를 돌려버렸다.

5월 초순인데도 바람이 몹시 불고 날씨가 사나웠다. 잔은 난로가에서 책을 읽다가 문득 고개를 들어 밖을 내다보았다. 사나운 바람에도 불구하고 푸르빌르 백작이 허겁지겁 달려오는 것이 보였다. 순간 그녀는 가슴이 덜컥 내려앉았다.

잔의 집에 들어선 백작은 미친 것 같았다. 실내에서 쓰는 모자를 쓰고 사냥복을 입고 있었는데 낯빛이 무섭게 창백하고 두 눈은 핏발이 서 마치 타는 듯했다.

"혹시 아내가 와 있지 않습니까?"

잔은 고개를 저었다.

백작은 탈진한 듯 주저앉더니 몇 번씩이나 이마의 땀을 닦았다. 그러다가 갑자기 무엇인가 비로소 할 일을 생각해낸 듯 벌떡 일어나 해안 쪽으로 달리기 시작했다. 잔은 아무것도 생각나지 않았다. 다만 백작도 그들의 밀회를 알고 있으리라는 것만이 확실히 느껴졌다.

"오오, 하나님, 제발 그들을 감춰주소서."

잔은 백작을 따라 뛰어가며 불렀으나 백작은 귀 기울이지 않고 개울을 건너 갈대밭을 지나 벼랑을 향해 뛰었다. 잔은 그러한 백작의 모습을 오래 지켜보았다. 이윽고 백작이 시야에서 사라지자 그녀는 절망적인 불안감에 싸여 집으로 돌아왔다.

바람에 섞여 우레 소리와 함께 비가 뿌리기 시작하였다. 숲 전체가 아우성치듯 흔들렸다. 바다는 미친 듯 으르렁거리며 산더미 같은 파도를 뱉어놓았다.

백작은 전신으로 비와 바람을 맞아들이며 달려갔다.

보코트의 골짜기가 눈에 들어왔다. 텅 빈 목장 곁에 덩그렇게 서 있는 오두막 기둥에 매여 있는 두 필의 말이 아프게 눈에 들어왔다.

백작은 땅에 엎드려 기기 시작했다. 곧 그의 큰 몸집은 진흙투성이가 되었다. 오두막까지 다다르자 더욱 몸을 굽혔다. 주인을 알아본 말이 발로 땅을 긁자 그는 소리나지 않게 고삐를 끌러주었다. 말들은 때마침 오두막을 후려치는 우박에 놀라 골짜기 아래로 달아나 버렸다.

백작은 오두막의 판자 사이로 눈을 바짝 들이대고, 숨도 멈춘 채 안을 들여다보았다. 얼마나 시간이 지났을까. 마침내 백작은 판자에서 눈을 떼고 일어섰다. 그러곤 바깥으로 된 빗장을 단단히 잠근 후 무서운 기운으로 오두막을 흔들어댔다. 안쪽에서는 문을 열려고 애를 쓰는지 쾅쾅 두들기며 소리를 지르고 있었다. 백작은 흔들던 손을 놓고 오두막의 끌채 속으로 들어가 집을 들어올려 경사진 쪽으로 옮겼다. 그리고 끝까지 오자 손을 놓아버렸다.

오두막집은 벼랑 아래로 구르기 시작했고, 점차 속력이 더해가고 바위에 부딪치며 굴러떨어졌다.

비를 피해 숲속에 숨어 있던 거지 한 사람은 자기의 머리 위를 아슬아슬하게 피해 떨어지는 오두막집을 보고 그 안에서 들리는 참혹한 비명 소리를 들었다.

오두막집은 바위에 부딪쳐 끌채가 부서졌으나 다시 한번 튕겨 올라 포물선을 그리고 골짜기의 돌바닥에 떨어져 산산조각이 나버렸다.

그때서야 거지는 슬금슬금 내려왔다. 그러나 차마 부서진 집 가까이 가볼 생각은 못하고 부근의 집에 이 사실을 알렸다.

사람들이 달려와 그 속에서 끄집어낸 것은 두 사람의 시체였다. 으깨지고 부서져 피투성이였는데 팔다리는 모두 부러져 너덜대고 여자의 턱은 천장에 매달려 있었다.

사람들은 그들이 누구인지는 알 수 있었다. 그러나 어떻게 해서 그들이 이 지경이 되었는지에 대해서는 의견이 분분했다.

유일한 목격자인 거지가 나서서 증언했다.

"아마 돌풍을 피하려고 들어갔겠지요. 나도 거길 가려고 했는데 말이 매여 있었습지요. 그래서 누군가 이미 들어 있다고 짐작해서 아래로 내려왔습니다요. 그런데 바람이 집을 뒤집어엎어 굴린 모양이에요."

거지는 다행스럽다는 듯 덧붙였다.

"어휴, 내가 이 꼴이 될 뻔했는데."

그들이 시체를 놓고 이러쿵저러쿵 하는 동안 차츰 사람들이 모여들었다. 대개 이 근방의 농부들이었다. 그들은 오랫동안 이마를 맞대고 의논을 했다. 결국 사례를 톡톡히 받을 수 있다는 희망에 시체를 성관까지 운반하는 일을 하기로 했다. 곧 마차가 두 대 준비되었다. 마차에는 짚 대신 시트를 깔았다. 피투성이가 된 시트에는 따로 값을 청하면 되는 것이었다.

두 대의 마차는 각각 다른 방향으로 움직였다. 조금 전까지도 한 몸이 되어 있던 그들은 이제 마차 위에서 제멋대로 흔들리며 각각 자기의 집으로 돌아가는 것이었다.

　백작이 집에 돌아온 것도 거의 해 질 무렵이었다. 오두막집이 굴러떨어지는 것을 보자 그는 곧 그 자리에서 도망쳤다. 몇 시간 동안을 어디를 어떻게 헤매다 왔는지 자신도 기억할 수 없을 정도로 그는 혼란 상태에 빠져 있었다.

　이미 말들은 돌아와 있었다. 줄리앙의 말도 따라온 것이다.

　푸르빌르 씨는 아직 아무것도 모르고 있는 하인들에게 나가서 백작 부인을 찾아보도록 일렀다. 그리고 그도 나갔으나 사람들의 눈에 띄지 않도록 몸을 숨기고 그가 아직도 사랑하고 있는 아내가 어떠한 모습으로 돌아오는가를 지켜보았다. 얼마 후 마차 한 대가 지나가는 것이 보였다. 마차는 성관 앞에 섰다가 안으로 들어갔다. 질베르트를 실은 마차가 틀림없었다. 그는 풀숲에 숨어 꽤 여러 시간 동안 나오지 않았다. 무서운 괴로움이 그를 짓눌렀다. 그는 아내의 임종 자리에서 마지막 눈길과 부딪칠 것이 두려웠다.

　그는 쫓기는 작은 짐승처럼 다시금 숲으로 도망쳤다. 그러나 문득 아내는 죽어가면서 그의 도움을 원하고 있으리라는 생각이 들어 발길을 돌렸다.

　집 부근에서 하인과 만나자 그는 대뜸 소리쳤다.

　"어떻게 되었나?"

　하인은 대답도 못하고 부들부들 떨었다.

　"죽었나?"

　백작은 사납게 되물었다.

"네, 불행히도……."

하인은 우는 듯 중얼거렸다.

그러자 백작은 이상스럽게도 마음이 가라앉았다. 그는 정확한 걸음걸이로 현관을 향해 걸었다.

줄리앙을 실은 마차가 레 푀플에 도착했을 때 잔은 이 시간의 결과와 의미를 모두 알아챘다. 아마도 그 속에 줄리앙의 시체가 누워 있으리라 생각한 순간 의식을 잃었다.

그날 밤 잔은 죽은 여자아이를 낳았다.

남작은 잔을 줄리앙의 장례에 참석하지 못하게 했다. 그녀는 혼수 상태에 빠져 있었다. 리종 이모가 레 푀플에 돌아와 있는 것은 알고 있었으나 언제 왔는지, 언제 떠났었는지에 대해서는 아무리 생각해도 기억나지 않았다. 하여튼 모친의 장례 이후 그녀를 본 것만은 확실했다.

11

 잔이 일체의 바깥 출입을 끊고 집에 틀어박힌 지 어느덧 석 달이 되어가고 있었다. 처음에는 마을 사람들에게서 거의 버린 사람 취급을 당해 동정도 받았으나, 날이 지나는 사이 차마 볼 수 없이 피폐하였던 그녀의 육신에도 생기가 돌기 시작했다.
 남작과 리종 이모는 잔의 곁을 지켜주기 위해 레 푀플에 계속 머무르기로 결정하였다.

 그 사건이 잔에게 준 충격은 꽤 오래도록 남아 있었다. 대수롭지 않은 일에도 깜박깜박 의식을 잃었고 긴 혼수 상태에 빠지는 일이 잦았다.
 그녀는 결코 줄리앙의 죽음을 입에 올리지 않았다. 거기에 대해서는 이미 사전에 알고 있었던 사건이 아닌가. 사람들은 그 일이 참으로 뜻하지 않은 사건이었다고 믿고 있었으나 그녀는 진상을 알고 있었기에 괴로웠다. 그녀로서는 그날, 불현듯 찾아온 백작의 거동으로 충분히 예견했던 결과였다.

그러나 이제 그녀의 마음을 적시고 있는 것은 저 신혼 무렵 남편과 주고받았던 짧고 불타는 듯한 사랑과 달콤하고 애수에 찬 단편적인 기억들이었다. 까맣게 잊고 있던 일들이 기억의 늪에서 떠오를 때, 그녀는 그때의 생생한 감동을 되살리며 몸을 떨었다. 약혼 시절의 남편, 뜨거운 코르시카의 태양 아래 애정과 욕정으로 껴안았던 남편의 모두를. 그녀를 걷잡을 수 없는 환멸과 실망 속으로 던져 넣었던 그의 온갖 결점과 더러움은 사라졌다. 그리고 여러 차례의 배신까지도 멀어져가는 추억 속에 흐릿해졌다.

잔은 그를 용서했다. 한때 열정적으로 자기를 껴안아주던 남자에 대한 좋은 기억만을 살리고 있었으나 그나마 세월과 망각 속에 잊히고 있었다.

어린애는 이제 그녀의 전부였다. 어린애는 노예를 자청하고 나선 남작, 리종 이모, 그리고 잔 위에 절대적인 군주로 존재하고 있었다. 그들은 어린애를 독차지하고 싶어 서로 질투하고 시기할 정도였다. 리종 이모는 철없는 어린애의 푸대접에 눈물을 흘리는 적도 있었다. 그러나 그녀로서는 어린아이가 표시하는 잔이나 남작에 대한 애정과 자신에게 베푸어주는 애정을 끊임없이 저울질해보는 유희를 그칠 수 없었다.

평온하기만 한 세월이 3년째로 접어들고 있었다. 그동안의 변화란 날로 더해가는 아이에 대한 열정적인 관심과 아이의 성장이었다.

그해 그들은 루앙에서 겨울을 지내기 위하여 옛집으로 옮겨왔다. 그러나 그들은 예정했던 봄까지 채 머물지 못하고 다시 레 푀플로 돌아오고 말았다. 오래 비워두었던 집의 눅눅한 공기가 폴의 기관지에 해로웠기 때문이었다.

잠깐의 외출 후 보금자리에 돌아온 그들에게 다시금 조용하고 단조로운 나날이 시작되었다. 언제나 중심이 되고 축이 되어 집안을 움직이는 것은 어린아이였다. 아이가 있는 곳은 어디서나, 즉 아이의 침실이나 객실이나 뜰에서는 더듬거리는 어린 목소리에 섞여 즐거운 어른들의 웃음소리가 들리곤 했다.

잔은 폴을 풀레(병아리)라는 애칭으로 불렀다. 어린아이는 아직 혀 짧은 소리로 풀레라고 따라 말해 마침내 그것이 그의 이름이 되어버렸다.

어린애는 나날이 눈에 띄게 자랐으므로 남작의 표현대로 말하자면 '세 명의 어머니'들은 매일매일 키 재보기 하는 것을 일과의 하나로 삼고 그것을 기쁘게 수행했다.

거실의 문 옆 기둥에는 달마다 아이의 키를 칼로 그어 표시해놓은 금들이 차례로 그어졌다. 그것을 '풀레의 눈금'이라고 불렀다.

그런데 어느 날 우연한 계기로 이 집 안에 개 마사크르가 끼어들게 되었다. 마사크르는 쿠이야르의 농장 뜰에서 옮겨 온 뒤 잔의 관심에서 멀어져 뤼디빈에게서 밥을 얻어먹는 외에는 항상 외양간 앞에서 사슬에 매인 채 혼자 놀고 있었다. 잔은 오직 폴밖에는 염두에 두지 않았기 때문이었다.

어느 날 아침 폴은 불현듯 마사크르에게 가겠다고 울었다. 식구들은 겁을 내면서도 하는 수 없이 개에게 데리고 갔다. 개는 의젓하게 폴을 맞았고 폴은 절대로 개에게서 떠나려 하지 않았다. 마침내 마사크르는 어린애의 고집에 따라 사슬에서 풀려 집 안으로 들어오게 되었다.

폴은 어린애다운 열정으로 마사크르를 사랑하였다. 함께 뒹굴고 나란히 밥을 먹고 마침내는 침대에까지 끌어들였다. 덕분에 잔은 개벼룩을 잡는 일에 신경을 쓰게 되었고 리종 이모는 개에 대해 노골적으로 질투하였다. 한낱 개에 지나지 않는 마사크르에 비해 그녀에게 나누어지는 애정의 몫은 너무도 보잘것없기 때문이었다.

그러는 동안에도 브리즈빌가와 쿠틀리에가와의 교제는 꾸준히 계속되었다. 그들만은 잊지 않고 이 낡은 성관을 찾아와 벗이 되어 주었다. 잔은 쿠이야르 농장 뜰에서 있었던 일, 그리고 백작 부인과 줄리앙과의 사건으로 인해 교회와는 전혀 발을 끊고 있었다. 톨비악 사제에 대한 불신과 증오는 그녀의 신앙심을 결정적으로 뒤집어버린 것이었다.

톨비악 사제는 여태까지도 공공연하게 "악의 본체", "허위와 오류의 집", "타락과 부정과 불순이 가득 찬 곳"이라고 성관을 저주했다. 그의 교회는 쓸쓸했고 그는 늘 외톨이였다.

농부들은 여전히 이 광신적인 젊은 사제를 미워했다. 또한 그가 마술사라는 터무니없는 소문이 떠돌기도 했다. 즉 귀신 들린 여자에게 주문을 외워서 낫게 하였다든가, 암소에게서 푸른 젖이 나오게 했다든가, 혹은 이상한 주술적인 기도를 해서 잃어버린 물건을 찾았다든가 하는 따위였다.

사실 그는 실제적인 악마의 출현이나 악마의 위력, 악마가 깃드는 방법 등이 쓰인 종교 서적을 탐독하여 그에 깊이 빠져 있었다.

또한 그는 어둠 속에 존재하는 악의 정령을 느끼고 있어 언제나 "Sicut leo rugiens circuit quœrens quem devoret(먹이를 찾아 울부짖는)"라는 라틴어의 문구를 줄곧 외웠다.

사람들은 그를, 그가 가진 이상한 힘을 두려워했다. 무지하고 소박한 농부들뿐만 아니라, 그의 동료들조차 그를 경원했다. 그들은 가톨릭의 밀교를 믿고 있어 종교와 마술을 뒤섞어 생각하고 있는 패들이었기 때문이었다. 더욱이 톨비악 사제의 준엄한 생활 태도란 나무랄 바 없이 훌륭한 것이었기에 더욱 그러했다.

사제는 잔에게 노골적으로 적대감을 나타냈다. 이러한 일에 가장 상심한 사람은 리종 이모였다. 신앙심이 두터운 노처녀인 그녀로서는 교회의 미사에 참석하지 않는다는 것은 생각할 수도 없는 일이었다. 그녀는 아무도 모르게 영성체도 하고 규칙적으로 고해도 했다.

다만 어린 폴과 단둘이 있게 될 때만 그녀는 하나님의 이야기를 했다. 그녀가 낮고 경건한 목소리로 하나님을 사랑해야 한다고 말하면 폴은 "할머니, 하나님은 어디 계셔?" 하고 물었다.

리종 이모는 손가락을 들어 위를 가리키며 바로 하늘 위에 계시다고 소곤거렸다. 그녀는 이러한 교육이 남작을 분개시킬 것을 알고 있었기에 여간 조심하는 것이 아니었다. 그러나 풀레는 어느 날 그녀에게 선언했다.

"할아버지가 그러는데, 하나님은 어디나 계시지만 교회에는 안

계시대요."

어느덧 아이는 열 살이 되었다. 건강하고 장난꾸러기여서 위험한 짓도 곧잘 했으나 머리는 그다지 우수한 것 같지 않았다. 공부에는 취미가 없었다.

게다가 남작이 붙들고 책을 읽히려면 잔이 말렸다.

"이젠 해방시켜주세요. 아직도 어린 것을 너무 심하게 시키지 마세요."

잔은 아들을 언제까지나 갓난애 다루듯 했다. 더위에 지쳐 병이 나지 않을까 감기가 들지 않을까 하는 걱정이 그녀의 머리를 항상 꽉 채우고 있었다.

폴이 열 두 살이 되자 첫 영성체로 의견이 분분했다.

리즈는 잔에게 찾아와, 폴에게 종교 교육을 시키지 않는 것과 첫 의무를 수행하지 않는 것을 비난했다. 이모는 무엇보다도 그러한 일로 사람들의 입에 오르내리고 비난받는 것이 두렵다는 것이었다. 잔은 쉽게 결정을 내릴 수 없어 망설였다.

한 달 후 잔이 브리즈빌 자작 부인을 찾아갔을 때 우연히 부인이 물었다.

"댁의 아드님도 올해 첫 영성체를 하게 되나요?"

잔은 얼떨결에 고개를 끄덕였다. 그리고 그녀는 한 달 동안 망설여온 마음을 마침내 결정해버렸다. 그래서 남작에게는 의논하지 않고 리즈에게 다음 날로 어린애를 교리 문답에 데리고 가달라고 부탁했다.

교리 문답 교육 기간 중 처음 한 달은 별일 없이 지나갔다.

어느 날 밤 풀레는 목이 잔뜩 쉬어 집에 돌아왔다. 이튿날은 기침까지 했다. 깜짝 놀라 어머니가 물으니, 사제가 태도가 나쁘다는 이유로 찬바람이 부는 교회의 문밖에 세워놓는 벌을 주었다는 것이었다. 잔은 병이 나을 때까지 폴을 내보내지 않고 자신이 손수 교리문답을 가르쳤다. 그러나 톨비악 사제는 교육이 충분하지 못하다는 이유를 들어 폴의 영성체를 거절했다. 다음 해에도 같은 이유로 폴은 영성체를 받지 못했다.

이에 격분한 남작은 그 따위 형식적인 절차가 바른 사람으로 성장해나가는 데 반드시 필요한 것은 아니며, 따라서 어느 종교를 가지든 그것은 아이가 어른이 된 뒤 스스로 결정할 문제라고 딱 잘라 말했다.

얼마 후 잔은 브리즈빌가를 방문했으나 그들은 잔을 찾아오지 않았다. 잔은 이들의 까다로운 예의범절과 풍습에 새삼 놀랐다.

노르망디 귀족의 제일인자로 자처하고 있는 쿠틀리에 후작 부인은 스스로 바른말 잘하는 것을 커다란 장점으로 여기고 있었기 때문에 잔에게 쌀쌀하게 충고했다.

"인간이란 두 계급으로 나뉘어 있는 것으로 알고 있습니다. 그건 신을 믿고 있는 사람과 믿지 않는 사람이지요. 신자라면 아무리 보잘것없는 신분이라도 우리와 동등하지만 비신자들은 그렇지 않아요. 그러기에 우리가 관여하지 않는 것은 당연하지요."

"하지만 교회에 나가지 않고도 신을 믿을 수 있지요."

"천만에요. 신자라면 마땅히 신이 계시는 집으로 찾아가 기도하는 것입니다."

잔은 단호한 후작 부인의 말에 반박했다.

"후작 부인, 신은 어디에나 깃드십니다. 제 경우만 보더라도 마음속 깊이 신의 은총을 믿고 있습니다만 그다지 바람직하지 않은 중개자로 인해 오히려 그 빛이 가려지곤 한답니다."

"무슨 말씀을, 사제는 교회를 지키고 신을 받드는 사도입니다. 거기에 반대하는 사람은 누구든지 신앙의 적이며 우리의 적입니다."

더 말할 것도 없다는 듯 후작 부인은 자리를 떨치고 일어났다.

잔도 흥분하여 몸을 떨며 일어섰다.

"후작 부인께서도 편협한 신을 믿고 계시는군요. 그러나 제가 믿는 신은 진실하고 너그러운 신입니다."

잔은 인사를 하고 곧 집으로 돌아왔다.

농부들까지도 잔의 조치를 비난했다. 미사에 나가는 일도 없고 성체도 가까이 하지 않고, 부활절 때나 교회의 규칙상 하는 수 없이 참석하는 그들이었으나, 자식들의 종교 교육에 대해서는 까다로웠다. 어린아이의 첫 영성체를 거부한다는 것은 상상할 수도 없었다. 종교는 역시 종교이므로.

잔은 이러한 마을의 여론을 잘 알고 있었다. 그리고 그들의 타협하기 쉬운 양심, 허위, 비겁함, 소심함이 어떻게 때에 따라서는 도덕이라는 가면과 무기로 둔갑해버리는가에 구역질을 느꼈다.

이제 남작은 전적으로 폴의 교육을 맡고 나섰다. 그가 특히 주력하는 과목은 라틴어였다.

그러나 잔이 폴의 뒤를 그림자처럼 따라다니며 쉴 새 없이 발이 시리지 않느냐는 둥, 너무 공부를 시키지 말라는 둥 참견을 했기 때문에 마침내 남작은 손을 들어버렸다.

　어린애는 공부에서 풀려나자마자 어머니와 리종 할머니와 함께 정원으로 달려나왔다. 그가 가장 좋아하고 관심을 쏟는 것은 샐러드용 채소를 기르는 일이었다. 정원 귀퉁이에 네 개의 큰 묘판을 만들어 세심한 주의로 상추며, 양상추, 치커리 등 알고 있는 모든 샐러드용 채소를 가꾸는 데 모친을 마치 삯일꾼처럼 사정없이 부렸다.

　풀레가 열 다섯 살이 되었을 때, 거실의 '풀레의 눈금'은 1미터 58센티를 나타냈다. 그러나 생각은 아직 나이보다 상당히 어렸다. 맹목적인 애정만을 가지고 있는 두 여자와 낡은 생각을 가지고 있는 노인의 손에서 자랐기 때문에 지능의 발달은 더디고 바깥 세계에 대한 흥미도 없었다.

　남작이 폴의 중학교 교육에 대해 말을 꺼내자 잔은 울음을 터뜨렸다. 늙은 리종 이모는 영문을 몰라 어두운 방구석에서 눈만 껌벅이고 있었다.

　"왜 더 공부를 시켜야 해요? 그만하면 이미 충분히 배우지 않았나요? 귀족으로서 전원 생활을 즐기는 사람도 있지 않아요? 우리들이 이곳에서 평온하게 살아왔듯이 저 애도 불만 없이 살 수 있을 거예요. 그 이상 더 무엇이 필요한가요?"

　"아니다. 폴은 곧 나이를 먹어 어른이 된다. 그땐 널 원망하게 될 게다. 어머니의 이기주의에 희생되어 고작 이 정도밖에 안 됐다고 말이다. 어머니의 무분별하고 맹목적인 애정으로 말미암아 이 따위밖에 못 되었다고 따지고 들면 넌 뭐라고 대꾸하겠니?"

남작의 결심을 꺾을 수 없음을 안 잔은 이번에는 아들에게 애원했다.

"오, 풀레야, 년 정말 훗날 내가 너를 너무 사랑했다고 해서 날 나무라겠니?"

아들은 간단히 맹세했다.

"엄마, 그런 일은 없어."

"정말?"

"응, 절대로."

"여기서 떠나고 싶니?"

"아니, 언제까지든지 있을 테야."

남작은 날카롭게 딸을 나무랐다.

"얘야, 넌 지금 죄악을 저지르고 있어. 네겐 이 애의 앞길을 마음대로 처리해버릴 권리는 없는 거야. 네가 지금 하는 짓은, 네 위안을 위해 자식을 희생시키려는 것 외에 다른 어떤 것도 아니다."

잔은 두 손으로 얼굴을 가리고 소리 내어 흐느꼈다.

"여지껏 저는 말할 수 없이 불행했어요. 이 애만이 단 하나의 희망이고 기쁨이었어요. 그런데 이젠 이 아이마저 빼앗아가려는 것이군요. 전 이 애 없이 혼자서 살아갈 수 없어요."

아버지는 딸을 껴안으며 부드럽게 타일렀다.

"얘, 잔아, 나도 마찬가지란다."

잔은 감동하여 더욱 흐느끼며 아버지에게 키스를 퍼부었다.

"아, 아버님 말씀이 옳고말고요. 너무 외로워서 마음이 약해졌나봐요. 중학교는 보내야지요. 제가 참도록 하겠어요."

상황을 제대로 파악하지 못한 풀레까지도 울기 시작했다. 그러자 이 '세 명의 어머니'는 다투어 그를 껴안고 키스를 하며 달랬다.

신학기가 시작하는 대로 풀레는 르아브르의 중학교에 들어가기로 결정되었다. 함께 지낼 수 있는 것은 여름 한철뿐이었다.

잔은 아이와 헤어져 있을 생각을 하면 곧잘 한숨을 쉬고 눈물 지었다. 그리고 매일매일 마치 10년 동안 객지 생활을 한데도 남을 만큼의 짐을 꾸렸다.

마침내 10월 어느 날, 하룻밤을 꼬박 눈물로 지샌 두 여자와 남작은 어린애와 함께 두 필의 말이 끄는 마차에 실려 이미 아이의 침실과 교실의 좌석을 정해놓기 위해 한차례 다녀온 길을 향해 레 푀플을 출발했다.

잔과 리종 이모는 학교에 도착한 즉시 아이의 옷을 챙겨 넣는 일로 하루를 보냈다. 옷장에는 갖고 온 옷의 4분의 1도 채 들어가지 않았다. 교장에게 또 하나의 옷장을 부탁했으나 규칙이 그렇지 않다는 이유로 거절당했다. 하는 수 없이 근처의 여관에 방을 하나 빌리기로 하고 아들에게서 전갈이 오는 즉시 필요한 물건을 건네주도록 주인에게 부탁하기로 했다.

일을 대강 마치자 그들은 부둣가로 산책을 나갔다.

해가 지고 어둠이 내리자 식사를 하기 위해 음식점으로 들어갔으나 조금도 식욕은 느껴지지 않았다.

아무도 식사에는 손도 대지 않았다. 그저 눈물 어린 눈으로 물끄러미 서로를 바라보고 있을 뿐이었다.

이제 정말 작별할 시간이었다.

풀레를 바래다주기 위하여 그들은 천천히 학교를 향하여 걸었다.

아이들이 가족이나 하인들의 손에 이끌려 학교로 모여들고 있었다. 저녁 어둠이 내려 희미한 교정의 여기저기에 훌쩍거리는 울음소리가 들렸다.

잔과 풀레는 오랫동안 껴안고 있었다. 리종 이모도 슬픔에 못 이겨 그들의 뒤쪽에서 흐느꼈다. 마침내 남작이 그들 사이에 끼어들어 모자를 떼어놓지 않으면 안 되었다.

그들은 아들을 남겨놓은 채 문 앞에 기다리고 있는 마차에 올라타고 레 푀플을 향해 밤길을 달렸다.

마차 안에서는 줄곧 흐느끼는 소리가 그치지 않았다.

레 푀플에 돌아와 종일 울며 지낸 잔은 이튿날 다시 사륜마차를 타고 르아브르로 떠났다.

풀레는 이미 이별의 슬픔이 가신 듯했다. 생전 처음 뛰어든 아이들만의 세계, 친구, 그들과 어울려 놀고 싶은 생각 때문에 모친을 만나는 면회실에서조차 엉덩이가 들썩거렸다.

잔은 계속해서 하루 간격으로 아들을 만나러 갔다. 한 번 보는 것으로는 성에 차지 않아 수업이 끝나는 쉬는 시간마다 아들의 얼굴을 보고자 종일을 학교에서 보내고 일요일에도 반드시 외출을 시키고자 했다.

보다 못한 교장이 그녀에게 너무 자주 면회를 오지 말라고 하기까지 이르렀다. 그러나 잔에게는 교장의 말 따위가 문제되지 않았다.

마침내 교장은 언제까지나 그런 식으로 아이의 주변을 맴돌아주의를 산란하게 하면 아이의 교육에 큰 지장이 있으니 학교 측은 아이를 책임지고 맡을 수 없다는 내용의 경고장을 모친과 남작에게 보냈다. 이 통지를 받고 대경실색한 남작은 잔이 레 푀플에서 나가는 것을 금지시켰다.

잔은 마치 죄수처럼 집 안에 갇혀 지내며 오직 자식을 만날 수 있는 주일만을 기다리며 순간순간 찾아드는 걱정과 불안에 가슴을 태웠다. 그럴 때마다 그녀는 아들이 그토록 사랑한 마사크르와 함께 산책을 나가 벼랑 위에 앉아 바다를 내려다보며 한나절을 보내곤 했다. 그러면 로맨틱한 몽상에 잠겨 이곳을 돌아다니던 자신의 소녀 시절이 꿈속인 양 아득하게 떠오르는 것이었다.

휴일마다 어김없이 아들을 만나러 갔으나 돌아올 때는 더욱 쓸쓸했다. 못 보는 사이 그는 어른이 되어가고 마치 10년이나 떨어져 있었던 듯 거리감이 느껴졌기 때문이었다.

잔은 늙어가고 있었다. 아버지는 마치 그녀의 오빠 같았고 리종 이모는 언니 같았다.

풀레는 여전히 머리가 둔했고 공부를 싫어했기 때문에 4학년에서 낙제하여 스무 살이 되어서야 겨우 수사과로 진학할 수 있었다.

갈색 머리의 키 큰 청년이 된 풀레는 일요일마다 레 푀플에 다니러 왔다. 일요일이면 아침부터 잔은 이모와 남작과 함께 아들을 마중 나갔다. 멀리서 한 개의 점처럼 가물가물 말 탄 풀레의 모습이 보이기 시작하면 그들은 "브라보"를 외치며 손수건을 흔들었다.

폴은 이미 턱수염을 기른 청년이었는데도 잔에게는 언제나 어린 풀레였다.

그녀는 입버릇처럼 수시로 발이 시리지 않는지, 모자를 쓰지 않으면 감기에 걸리지는 않는지 잔소리를 늘어놓았다.

밤이 되어 돌아가기 위해 아들이 말에 올라탈 때면 잔은 걷잡을 수 없는 불안감에 기다란 잔소리를 늘어놓았다.

"조심해서 말을 천천히 몰아라, 풀레야, 이 어미를 생각해서라도. 네게 불행한 일이 생긴다면 나는 더 이상 살아갈 수 없단다."

어느 토요일 아침, 친구들과 피크닉을 가기로 했기 때문에 다음 날인 일요일에는 레 푀플에 갈 수 없으리라는 폴의 편지를 받은 잔은 눈앞이 캄캄했다. 그 일요일 하루가 그녀에게는 형벌의 날이었다. 다음 주일까지 기다리지 못한 잔은 목요일이 되자 르아브르로 떠났다.

아들은 모친의 방문이 뜻밖인 듯했다. 그러나 그다지 마음을 쓰는 것 같지는 않았다. 피크닉을 갔던 일요일을 계기로 아들은 확실히 변해 있었다.

활기에 차 있었고 어른스러운 음성으로 말하는 것이었다.

"마침 잘됐군요. 다음 일요일에도 야외로 놀러갈 계획이었는데 이렇게 어머니가 와주셨으니 굳이 레 푀플에 갈 필요는 없겠군요."

이 말에 잔은 숨이 막힐 듯 놀랐다.

"아가, 풀레야, 도대체 그게 무슨 말이냐?"

폴은 웃으며 모친을 껴안고 키스했다.

"무슨 말이라니요? 친구들과 함께 놀러 가기로 했다니까요. 저도 이젠 그럴 나이가 되지 않았어요?"

모친은 더 이상 아무 말도 하지 않았다.

돌아오는 마차 안에서 그녀는 참을 수 없는 외로움으로 눈을 크게 뜨고 자식의 모습을 떠올리려 노력했다. 언제나 그녀에게 기쁨과 위안을 주던 어린 폴레의 모습을. 그러나 어린 폴레는 이제 없었다. 처음으로 그녀는, 자식이 이제 어른이 되어 늙은이들의 품을 떠나 제멋대로 살려고 한다는 것을 깨달았다. 오, 이 수염이 나고 짐짓 의젓한 티를 내는 건장한 남자가 자기의 귀여운 어린 자식이라니.

그 후 3개월 동안 폴이 레 푀플에 찾아온 것은 겨우 몇 차례에 지나지 않았다. 그나마 도착하는 순간부터 빨리 돌아갈 궁리에 빠져 있다는 것을 쉽사리 알아챌 수 있었다. 잔은 괴로워하며 한 시간이라도 더 붙잡아놓으려고 조바심을 쳤으나 남작은 대범하게 그녀를 만류했다.

"내버려둬라. 그 애도 벌써 스무 살이나 되지 않았니?"

어느 날 유대인인 듯한 남루한 차림새의 늙은이가 거드름을 피우며 자작 부인에게 면회를 청했다. 그러고는 독일 식의 악센트가 강한 프랑스 말로 한차례 인사를 늘어놓고는 한 장의 종이를 내놓았다.

"부인께 보여드릴 증서가 있습니다."

잔은 의아해하며 자세히 종이 조각을 들여다보았으나 무엇인지 알 수 없었다.

"이게 무엇인가요? 제게 왜 이걸 보여주시는 거죠?"

늙은이는 아첨하는 듯한 웃음을 지으며 느릿느릿 설명했다.

"말씀드리자면, 자제분께서 급히 돈이 필요하시다기에, 부인이 틀림없이 양심적인 분이시라는 것을 알고 있는 소인이 얼마 되지 않는 돈을 빌려드린 적이 있습지요."

"왜 그 애는 제게 직접 요구하지 않았을까요? 이상하군요."

잔은 부들부들 떨며 말했다.

유대인은 길게 변명을 늘어놓았다. 급히 써야 될 돈이란 다름아닌 노름빚이었다. 다음 날 오전 중에 지불하지 않으면 크게 명예를 해치게 된 지경이었는데, 폴이 미성년자였기 때문에 아무도 돈을 빌려주려 하지 않았다는 것이다.

잔은 남작을 부르기 위해 일어서려다 그만 주저앉고 말았다. 그만큼 충격이 컸던 것이다. 하는 수 없이 그녀는 그 능글맞은 돈놀이꾼에게 초인종을 눌러달라고 부탁할 도리밖에 없었다.

늙은이는 약간 겁에 질린 기색이었다.

"아니, 다음에 다시 오겠습니다."

잔은 고개를 흔들어 그를 만류했다. 그는 초인종을 눌렀다.

남작은 이내 사태를 깨달았다. 증서에 쓰인 금액은 1천 4백 프랑이었다. 남작은 1천 프랑만 늙은이에게 건네주고 나직이 위협했다.

"다시 이 따위 일로 여기 오면 가만두지 않겠소."

돈놀이꾼은 고개를 굽신하고 재빨리 나가버렸다.

남작과 잔은 즉시 르아브르로 떠났다.

폴은 벌써 한 달 전부터 학교에 나오지 않고 있었다. 교장은 잔의 서명이 있는 네 통의 편지를 내놓았다. 폴의 건강이 나빠 휴양을 시키고 있다는 내용의 편지였다. 편지마다 용의주도하게 의사의 진단서가 첨부되어 있었으나 물론 가짜였다. 그들은 한마디도 할 수 없었다.

사태를 재빨리 확연하게 알아차린 교장은 그들을 경찰서장에게 데려다주었다. 남작과 잔은 그날 밤을 르아브르의 여관에서 묵었다.

경찰은 폴이 부근의 사창가에 틀어박혀 있는 것을 찾아냈다.

그를 데리고 레 푀플로 돌아오는 마차 안에서 그들 중 누구도 입을 열지 않았다. 잔은 줄곧 울었으나 폴은 태연한 얼굴로 창밖을 내다보고 있었다. 지난 석 달 동안 진 폴의 빚은 1만 1천 프랑이었다.

레 푀플에 돌아와 누구도 그를 책망하는 빛을 보이지 않았다. 전보다 몇 배나 더 애정을 기울여서 마음을 돌려보려고 했던 것이다.

계절은 봄으로 접어들고 있었다.

잔은 아들이 르아브르로 돌아갈까 봐 말을 내주지 않았으나 대신 좋은 음식을 먹이고 비위를 맞춰주었다. 폴은 단조로운 생활에 싫증을 내어 성격이 까다로워지고 거칠어져갔다. 남작은 그의 공부가 중단된 것을 안타까워했다. 잔도 그와 헤어질 생각을 하면 견딜 수 없었으나 장래 문제에 대해서는 막막하기만 했다.

폴이 성관에 돌아오지 않던 날 밤, 그가 두 명의 뱃사공과 함께 보트를 타고 나갔다는 것을 알아낸 모친은 정신 없이 어둠 속을 달려 이포르까지 뛰어내려갔다.

밤이 깊도록 해변에 서서 비탄에 빠진 모친은 돌아오기를 기다렸으나 폴은 나타나지 않았다. 르아브르로 달아나버린 것이다.

먼젓번처럼 경찰관이 샅샅이 사창가를 뒤졌으나 그를 찾을 수 없었다. 폴을 숨겨주었던 창부도 가구를 처분하고 집세도 말끔히 청산하고 종적을 감추었다. 레 푀플의 폴의 방에서는 돈이 마련되었으니 영국으로 여행을 떠나자는 여자의 편지가 발견되었다.

성관에 남은 세 사람은 암담한 고뇌 속에서 칩거했다. 벌써부터 흰 머리칼이 보이던 잔의 머리는 백발이 되었다. 그녀는 운명의 가혹함과 시련에 대해 지칠 줄 모르는 천진한 물음을 되풀이하고 있었다.

이러한 암울한 고뇌 속에서 헤어나지 못하고 있는 잔에게 톨비악 사제는 마치 미끼를 던지듯 한 통의 편지를 보냈다.

    자작 부인, 신은 아드님을 신에게 맡기기를 거부한 대가를 부인에게 치르려 하고 계십니다. 그래서 부인의 손에서 빼앗아 방탕 속으로 되돌려 보내시는 것입니다. 이제 신의 손길을 잡고 그 품에 매달려 자비와 용서를 구하십시오. 저는 다만 한 사람의 신의 종으로 부인을 도와드리겠습니다.

편지를 몇 번이고 되풀이 읽는 사이 가냘픈 희망의 빛이 암담하고 괴로운 그녀의 마음속을 뚫고 솟아올랐다.

아마도 사제의 말이 옳은지도 모른다. 신이 한갓 인간이나 다름없이 복수와 질투심에 사로잡혀 행동할 수 있다는 것은 여지껏 그녀의 신관(神觀)으로는 수긍할 수 없는 것이었다. 그러나 한편 생각해보면, 만약 신이 노여움이나 복수심을 품지 않는 존재라면 누군들 그를 두려워하며 지성으로 섬길 것인가. 아마 그는 자신의 존재를 나타내고 더욱 절대적으로 인간 위에 군림하기 위해 그러한 특성을 나타내는 것이 아닐까.

잔은 편지를 받은 뒤 며칠 동안 망설이다가 마침내 어느 날 저녁 무렵 사제를 찾아가 그의 발밑에 몸을 내던졌다.

사제는 '어느 정도의 용서'를 말할 뿐 결코 신의 완전한 용서를 약속하지는 않았다. 남작과 같이 신에 대해 불경한 행동과 언사를 삼가지 않는 사람이 있는 한 모든 은총을 내릴 수 없다는 것이었다.

"하나님께서는 곧 용서의 증거를 부인께 보여드릴 겁니다."

사제는 자신 있게 말하며 잔을 위로했다.

그로부터 이틀 후 뜻밖에도 폴의 편지를 받았기 때문에 잔은 이것이 사제가 말한 바로 그 증거임을 의심하지 않았다.

그리운 어머니, 집을 떠나온 지 여러 날이 되도록 소식 못 드린 것 용서하십시오.

저는 지금 몹시 곤경에 빠져 어찌할 도리가 없습니다. 저와 함께 지내고 있는 여자는 저와 헤어지지 않겠다는 일념에서 그녀가 가지고 있던 5천 프랑의 돈을 모두 저를 위해 써버렸습니다. 그래서 우린 무일푼이 되어 매일매일 끼니 걱정을 해야 할 형편입니다.

저는 물론 그녀를 사랑합니다. 그러나 그녀의 돈은 갚아주어야 하는 것이 도리라고 믿고 있습니다. 그러니 아버님의 유산 중 1만 5천 프랑쯤 미리 보내주시면 명예에 상처를 입는 일도 없을 뿐 아니라, 이 곤경에서 빠져나갈 수 있으리라 생각됩니다. 어머니, 마음속으로부터의 키스를 드립니다. 할아버지와 리종 할머니께도 안부 전해주십시오.

— 어머님의 아들, 폴 드 라마르 자작

'오, 그 애는 결코 날 잊어버린 것은 아니야. 어쩌면, 돈이 한 푼도 없다니 얼마나 쩔쩔매고 있을까. 어서 돈을 보내주어야지.'

잔은 아들이 단지 돈을 청구하기 위해 편지를 보냈다는 데는 생각이 미치지 않았다. 다만 그가 그녀를 잊어버리지 않고 편지를 보냈다는 것에 감격하며 눈물을 흘리며 남작에게 달려갔다. 리종 이모도 불렀다. 그들 세 사람은 편지의 한 구절 한 구절을 몇 번이고 되풀이해 읽으며 의견을 내세웠다.

"폴은 곧 이곳으로 되돌아올 거예요. 편지가 왔으니 다음엔 그 애가 올 거예요."

남작은 사리판단이 딸보다 냉정했다.

"아니, 설사 온대도 곧 다시 떠날 거야. 여자 때문에 서슴지 않고 우릴 헌신짝처럼 버리지 않았니?"

그러자 무서운 고통이 잔의 심장을 뒤집어놓았다. 아직 한 번도 본 적이 없는 여자, 바로 그녀의 품에서 자식을 빼앗아간 여자에 대한 미칠 듯한 증오가 끓어올랐다. 정말 이상하게도 여지껏 그녀는 폴만을 생각했을 뿐, 폴의 몸을 망치고 혼을 마음대로 지배하고 있는 여자 따위는 조금도 염두에 두지 않고 있었다.

그런데 문득 남작의 이 한마디에 그 여자의 존재가 무서운 위력을 가지고 뚜렷이 부각되어온 것이었다.

잔은 그 알지 못하는 여자에 대한 적개심으로 차라리 자식을 내던져버리고 싶은 충동이 치밀어오를 정도였다.

그러한 여자와 자식을 공유하느니보다 자식을 영원히 잃어버리는 것이 나을 것 같았다. 온갖 기대와 기쁨은 사라졌으나 잔은 폴에게 1만 5천 프랑을 보냈다.

그 후 다섯 달 동안 폴에게서는 아무 소식이 없었다.

줄리앙의 유산을 정리하기 위해 대리인이 레 푀플로 오자 잔과 남작도 정확히 계산하여 폴의 몫을 정했다. 그리고 잔은 자기 몫의 이권까지 모두 폴에게 넘겨 12만 프랑을 보냈다.

비로소 폴은 모친에게 편지를 보내기 시작했다. 자기의 일에 대해 알리는 내용으로, 형식적이고 간단한 편지였다. 분명히 그와 함께 있을 정부에 대해서는 한마디도 비치지 않았다. 잔은 이 완강한 침묵의 의미를 몇 페이지에 걸친 상세한 설명보다도 더 잘 알고 있었다. 아들을 지배하는 간교하고 횡포한 여자의 힘을 이보다 더 잘 나타내고 있는 것은 없었다. 그러나 어떻게 아들을 그것에서 구해낼 수 있단 말인가.

"저절로 정열이 식기를 기다리는 수밖에 우리로서 할 일이 무엇이겠니?"

남작은 이렇게 잔을 위로하였다.

레 푀플의 생활은 스산하고 적막했다. 남작에게는 알리지 않고 잔과 리종 이모는 몰래 교회에 드나들었다.

꽤 오랫동안 소식을 알 수 없었던 폴에게서 어느 날 절망적인 편지가 날아들어 레 푀플을 발칵 뒤집어놓았다.

어머니, 더 이상 어쩔 도리가 없습니다. 어머니가 도와주시지 않으면 저 스스로 목숨을 끊을 수밖에 없습니다. 틀림없이 성공하리라 믿었던 사업에 실패를 하는 바람에 8만 5천 프랑의 빚을 졌답니다. 즉시 갚지 못하면 명예를 잃는 것은 물론 앞길이 완전히 막혀버립니다. 저는 이제 마지막입니다. 치욕을 당하느니 차라리 죽는 게 나을 것 같습니다. 아직 말씀드리지 않았지만, 늘 저를 지켜주는 한 여자가 아니었던들 전 벌써 죽어버렸을 것입니다. 그리운 어머니, 마지막 키스를 보냅니다.

— 폴

그리고 폴은 편지와 함께 이번 사업에 대한 상세한 설명이 적힌 서류를 동봉했다.

남작은 즉시 생각해보겠다는 내용의 답장을 보내고 르아브르로 떠났다.

그러자 폴은 뜨거운 감사와 애정에 찬 글구로 가득 찬 세 통의 편지를 보내어 레 푀플로 오겠다는 의사를 알려왔다. 편지를 받는 순간부터 그들은 흥분과 기대로 폴을 기다리기 시작했다. 그러나 그는 오지 않았다.

꼬박 한 해가 그렇게 지났다.

기다리기에 지친 남작과 모친이 마지막 노력으로 폴을 만나기 위해 파리로 출발하려 할 즈음 그가 런던에서 부친 편지를 받았다. '폴 드 라마르 주식회사'라는 기선 회사를 설립하려고 한다는 내용이었다.

제가 지금 하고자 하는 사업은 아주 전망이 밝은 사업이므로 머지 않아 저는 한밑천 잡을 수 있을 것 같습니다. 또한 여간 안전성 있는 것이 아니어서 만에 하나라도 실패할 우려는 없습니다. 어머어머니를 찾아뵈올 때쯤은 저도 사회적으로나 재력으로나 상당한 위치에 서게 될 겁니다.

— 폴

이 자신과 포부에 가득 찬 편지를 받은 3개월 후 기선 회사는 파산하고 지배인은 장부 기재에 부정이 있다는 혐의로 기소되었다는 소식이 날아들었다.

잔은 그만 혼수 상태와 히스테리 발작을 번갈아 일으키며 자리에 눕고 말았다.

남작은 곧 르아브르로 달려가 변호사, 대리인, 공증인, 집달리들을 만나본 결과, 드 라마르 회사의 부채액이 23만 5천 프랑이라는 것을 알아냈다. 이제 빚을 갚기 위해 레 푀플의 성관과 두 개의 농장을 저당잡히는 수밖에 없었다.

어느 날 저녁 남작은 수속을 위해 대리인의 사무실에서 서류를 작성하고 있다가 졸도를 했다. 이 소식을 듣고 잔은 즉시 달려왔으나 남작은 이미 숨을 거둔 뒤였다.

남작의 유해는 레 푀플로 돌아왔다. 잔은 너무도 심한 충격으로 완전히 바보가 되어버린 듯 멍청해졌다.

리종 이모와 잔이 울며 애원했으나 톨비악 사제는 남작의 유해를 교회에 들여놓는 것을 완강히 거절했기 때문에 장례식에서는 일체의 종교적 의식이 배제되었다.

영국으로 달아난 폴은 조부의 죽음을 알고 있었으나 레 푀플로 돌아오지 않았다. 얼마 후에 프랑스로 돌아가겠다는 짤막한 편지를 보냈을 뿐이었다.

편지를 받고도 잔은 여느 때와는 달리 들뜨거나 아들을 만날 때를 조바심하며 기다리지 않았다. 잇따른 불행에 감각이 마비된 듯했다.

그해 겨울 리종 이모는 기관염에 걸렸다. 그런데 예순 여섯 살이란 나이 탓인지 기관지염은 폐렴이 되어 급격히 병세가 악화되어 갔다.

며칠 후 그녀는 잔의 손을 잡고 신의 자비를 빌어주며 세상을 떠났다.

잔은 리종 이모의 관에 흙이 덮여지는 것을 보며 다만 자신도 어서 죽게 되었으면 하는 것 말고는 다른 생각이 없었다. 매장이 끝난 후에도 잔이 좀처럼 묘지를 떠나려고 하지 않자 농사꾼의 아낙인 듯 보이는 어떤 건강한 여자가 두 팔로 그녀를 안다시피 하여 내려왔다.

그 여자는 성관까지 따라와 잔의 잠자리를 보살펴주었다. 잔은 슬픔과 피로에 몹시 지쳐 있었으므로 마치 어린애처럼 위안받고자 하는 욕망으로 순순히 그녀가 하는 대로 몸을 내맡겼다. 그리고 거의 닷새 동안이나 밤샘을 했었기 때문에 이내 깊은 잠에 빠져들어 갔다.

잔은 한밤중에 잠이 깼다. 벽난로 위에서 등불이 희미하게 비치고 있었고, 그 곁의 의자에는 웬 여자가 잠들어 있었다.

전혀 낯선 여자였다. 잔은 좀 더 자세히 보기 위해 몸을 일으켰다.

어쩌면 낯이 익은 듯도 했다. 그러나 언제, 어디서, 무슨 일로 본 사람일까. 그 여자는 모자도 마룻바닥에 떨어뜨린 채 세상 모르게 잠들어 있었다. 마흔 살이나 마흔 다섯 살 정도 되었을까. 얼굴은 햇볕에 그을려 건강한 빛이었고 의자의 손잡이 아래로 축 늘어뜨린 손도 거칠고 튼튼해 보였다.

'아, 분명히 본 적이 있어. 그러나 그게 언제일까?'

잔은 가까이 들여다보려고 살그머니 일어나 발소리를 죽여 그 여자에게 다가갔다. 묘지에서 자기를 데리고 온 바로 그 여자였다.

'그러나 그뿐일까, 아니야, 아주 오래전에 보았던 것 같다. 그런데 어떻게 해서 여기 와 있는 것일까.'

바로 그때 그 여자가 눈을 떴다. 그리고 잔이 가슴이 맞닿을 듯 가까이 서 있는 것을 보자 낯을 찡그리며 일어났다.

"아니 가만히 누워 계시잖고, 이러다가 감기라도 드시면 큰일이에요. 어서 누우세요."

"댁은 대체 누구시죠?"

그 여자는 잔의 물음에 대꾸하지 않고 억센 팔로 잔을 안아 침상에 뉘었다.

그리곤 잔을 껴안고 미친 듯 키스를 하며 울음을 터뜨리는 것이었다.

"마님, 잔 아가씨, 가엾은 분, 저를 몰라보시다니요."

그제야 잔은 그 여자를 힘껏 껴안으며 외쳤다.

"오, 로잘리, 로잘리."

흥분과 감격의 흐느낌에서 먼저 진정한 것은 로잘리였다.

"마님, 이젠 편히 누우세요. 감기 드시겠어요."

로잘리는 잔에게 이불을 잘 덮어주고 베개를 고쳐 베어주었다.

잔은 로잘리로 인해 떠오르는 가지가지 옛 추억에 다시금 흐느껴 울었다.

"로잘리야, 어떻게 여길 올 수 있었니?"

"마님이 이렇게 홀로 계신 줄 알면서 어찌 안 오고 배기겠어요."

"네 얼굴이 보고 싶구나."

로잘리는 침대머리에 촛불을 올려놓고 다가앉았다. 두 사람은 한동안 서로의 얼굴을 물끄러미 바라보고만 있었다. 그러고 나서 잔은 옛 하녀의 손을 정답게 쥐었다.

"묘지에서도 전연 알아보지 못했단다. 너도 변했구나. 그러나 나처럼 늙진 않았어."

로잘리는 예전의 젊고 아름다웠던 옛 주인의 모습을 바싹 마르고 몰라보게 늙어버린 얼굴 위로 떠올리며 대답했다.

"마님도 변하셨습니다. 하지만 25년 만이니 당연하지요."

잔이 중얼거렸다.

"넌 그동안 잘 지냈니?"

로잘리는 옛 주인의 상처를 건드리는 것이 두려워 머뭇거리다 대답했다.

"뭐 그다지 나쁜 일은 없었지요. 마님보다는 마음 편히 지낸 셈이지요. 제일 가슴 아프고 늘 괴로웠던 것은 이 댁을 떠나야 했던 것이었지요."

그리고 공연한 말을 했다는 생각이 들어 입을 다물어버렸다.

"그렇지만 사람 일이 어디 마음먹은 대로 되는 것이겠니? 너도 역시 지금 홀몸이지?"

잔은 이어 떨리는 목소리로 물었다.

"너는…… 그 후…… 다른 자식이 있니?"

"아니요."

"그럼 그 애는 어떻게 잘 지내고 있니?"

"네, 아주 착실한 애예요. 일도 잘해서 저 대신 농장일을 보고 있답니다. 반년 전에 며느리도 보았지요."

잔은 애원하듯 중얼거렸다.

"넌 여길 다시 떠나지 않아도 되겠구나."

로잘리는 마치 화가 난 듯 퉁명스럽게 대답했다.

"그러믄요, 마님. 그럴려고 뒷일을 다 정리해놓고 왔다니까요."

잔은 입을 다물고 잠시 두 사람의 생애를 비교해보았다. 그러나 이제는 부당한 운명에 대해 하등의 분노도 억울함도 느끼지 않았다.

"네, 남편도 네게 잘해주었니?"

"네, 좋은 사람이었어요. 폐병으로 죽었답니다."

잔은 로잘리의 생활에 대한 궁금증과 호기심으로 침대에 일어나 앉았다.

"로잘리, 네 애길 해줘. 네 생활을 들으면 나도 용기가 생길 것 같아."

그러자 로잘리는 자기의 신상에 관해서, 또 주위의 일이며 지내온 일들을 자세히 늘어놓았다. 그러곤 약간 자랑스러운 어조로 끝을 맺었다.

"요즘엔 농장도 있고 해서 살기엔 아무 걱정이 없습니다."

로잘리는 자기의 말에 또다시 당황해서 덧붙였다.

"이렇게 된 것도 다 마님 덕분이지요. 그렇기 때문에 돈을 바라고 여기 오진 않았어요. 조금도 바라지 않아요."

"그렇지만 아무것도 안 받고 날 돌봐주겠다는 건 아니겠지?"

"마님에게 돈을 받다니요? 저도 마님만큼 돈이 있다니까요. 마님 수입은 저당이니 차금이니 하는 것의 이자를 빼고 나면 일년에 1만 리브르도 안 될 걸요. 제가 알고 있어요. 그러나 걱정 마세요. 제가 다 잘 해결해드릴 테니."

로잘리는 흥분한 목소리로 말하기 시작했다. 이자가 이자를 낳고 그것이 다시 새끼를 쳐서 마치 구르는 눈덩이처럼 순식간에 불어난 부채였기에 그녀는 억울해 견딜 수 없었던 것이다. 그리고 '돈'에 대한 공공연한 얘기에 거북스러워하는 듯한 잔의 태도에 로잘리는 반발하였다.

"마님, 그렇게 넘겨버릴 일이 아니에요. 돈 없이는 사람 취급을 받지 못하는 세상이랍니다."

여주인은 달래듯 부드럽게 하녀의 거친 손을 잡으며 언제나 그녀의 머릿속에서 맴돌고 있는 탄식을 내뱉었다.

"내겐 언제나 불운과 불행이 꼬리를 잇고 찾아들어 잠시도 편안히 내버려두지 않는구나."

로잘리는 잔의 말을 강하게 부인했다.

"마님, 그런 게 아니에요. 불행이라면 결혼을 잘못하신 것뿐이지요. 잘 모르는 사람에게 시집을 갔다고 해서 다 마님의 처지처럼 되는 건 아닙니다."

그들의 얘기는 지칠 줄 모르고 계속되었다.

어느새 날이 밝아오고 있었다.

12

 성관에 머무르기 시작한 지 일주일이 채 못 되어 로잘리는 절대적인 지배력으로 일들을 처리하고 사람들을 이끌어나갔다.
 완전히 쇠약해지고 수동적이 된 잔은 마치 그녀의 모친이 그러했던 것처럼 가끔 하녀의 부축을 받아 외출을 하곤 했다.
 로잘리는 어린애를 다루듯 상냥하게, 때로는 달래는 어투로 그녀를 위로하고 보살펴주었다.
 그들이 산책길에서 주고받는 것은 대개 지나간 옛일들이었다. 지난날을 떠올릴 때마다 잔은 울먹였으나 로잘리는 시골 아낙네의 거친 말투로 무심하게 말했다.
 늙은 하녀는 때때로 여주인의 재산 형편과 물어나가야 할 이자에 대해 캐물었다. 그리고 잔이 알리고 싶어하지 않는 자식으로 인한 부채의 서류를 내달라고 졸랐다. 그때마다 잔이 어물어물 넘겨버리고 말았으나 로잘리는 마침내 페캉에 가서 일주일이나 머물며 공증인에게서 일의 전모를 알아내고야 말았다.

어느 날 밤 로잘리는 주인의 침실에서 떠나지 않고 차근차근 말을 꺼냈다.

우선 현재의 처지를 알아듣도록 말한 뒤, 모조리 정리를 하고 나면 약 7~8천 프랑의 연수입이 있을 뿐이라고 단언했다.

"그래서 어쨌단 말이야. 오래 살지도 못할 텐데. 그 정도면 나는 충분해."

잔의 대답에 로잘리는 화를 냈다.

"마님 생각만 하시는군요. 그럼 아드님은 장차 어떻게 되지요? 한 푼도 물려주지 않으시렵니까?"

잔은 로잘리에게 애원했다.

"제발, 그 애 얘긴 그만해. 생각만 해도 괴로워 죽을 것 같구나."

"아니에요. 생각해보세요. 전 이 기회에 분명히 제 의견을 말씀드릴 거예요. 마님, 폴 도련님은 지금 정신을 못 차리고 계세요. 그러나 앞날이 있어요. 앞으로 내내 그렇지는 않을 거예요. 장차 결혼도 하실 테고, 아기도 갖게 되겠지요. 그 돈을 어디서 충당하겠어요, 마님? 제 생각으론 레 푀플을 파시는 도리밖엔 없을 것 같아요."

잔은 놀라 벌떡 일어나 앉았다.

"그게 무슨 소리야, 레 푀플을 팔라고? 오, 그건 절대로 안 돼."

그러나 로잘리는 완강히 고집했다.

"아녜요, 파셔야 합니다. 다른 방법이 없어요."

이미 살 사람은 찾아놓았으니 레 푀플과 거기에 딸린 농장 두 개를 팔고 생 레오나르에 있는 네 개의 농장만을 가지고 있어도 연 8천 3백 프랑의 수입이 된다, 거기서 1천 3백 프랑은 부동산의 유지비로 떼어놓고 남은 7천 프랑 중 5천 프랑을 한 해 동안의 생활비로 한다, 그리고 2천 프랑은 저축을 한다는 것이 로잘리의 계획이었다.

로발리는 덧붙여 말했다.

"이게 마님의 마지막 재산이에요. 이제부터 이 돈의 관리와 운영은 제게 맡기세요. 폴 도련님에겐 한 푼도 못 드려요. 안 그러면 마님 것은 단 한 푼도 남지 못해요."

잔은 울면서 시름없이 중얼거렸다.

"그러나 그 애가 굶게 된다면 어쩌겠니?"

"먹을 것이 없으시다면 집에 와서 잡수시게 하겠어요. 언제나 폴 도련님을 위한 식사와 잠자리는 준비해놓겠습니다. 아예 처음부터 돈을 드리지 않았더라면 이렇게 일을 저지르고 다니시진 않으셨을 거예요."

"그러나 그 애는 어쩔 수 없이 빚을 지게 되었어. 그걸 못 갚으면 크게 화를 입을 지경이었다니까."

"마님이 돈을 모조리 빼앗기고 무일푼이 된다고 해서 폴 도련님의 바람기가 없어질 줄 아세요? 지금까지 뒤를 대주신 건 좋아요. 그러나 앞으로는 절대 그러지 않겠어요. 잘 알아두세요. 그럼 마님, 안녕히 주무십시오."

로잘리는 딱 잘라 말하고 방을 나갔다.

잔은 잠을 이룰 수 없었다. 그녀가 전 생애를 보낸 가지가지 추억이 얽힌 레 푀플을 떠나 다른 곳으로 가야 한다는 사실이 그녀를 끝없는 혼란과 비애 속으로 몰아넣을 뿐이었다.

이튿날 아침 로잘리가 방 안으로 들어왔을 때 잔은 더듬더듬 말했다.

"로잘리, 난 도무지 여길 떠날 수 있을 것 같지 않구나."

그러자 하녀는 퉁명스럽게 내쏘았다.

"전들 좋아서 하는 일이 아녜요. 그러나 할 일은 빨리 해치워야 해요. 공증인이 곧 성관을 살 사람을 데리고 올 거예요. 만약 그대로 성관을 붙들고 계신다면 4년 후엔 무일푼이 되고 만다니까요."

잔은 다만 절망적인 탄식만을 되풀이할 뿐이었다.

그들이 이렇게 실랑이질을 하고 있을 즈음 우체부가 편지를 가지고 왔다. 1만 프랑이 급히 필요하니 보내달라는 폴의 편지였다. 잔은 그만 완전히 기가 꺾이고 말았다. 로잘리는 한숨을 쉬었다.

"그것 보세요, 마님. 자칫하면 두 분이 다 한 푼 없이 망해버릴 뻔했군요. 역시 제 생각대로 하는 수밖에 없어요."

잔은 마침내 하녀에게 모든 것을 맡기고 아들에게 편지를 썼다.

사랑하는 아들아, 불행히도 난 너를 도와줄 것이 아무것도 없단다. 네가 진 부채로 인해 난 파산 지경에 이르러 레 푀플을 팔아야만 하게 되었구나. 그러나 어미는 어떠한 경우에도 너를 받아들일 자리는 마련해놓고 있다는 것을 기억해두렴. 네가 돌아올 생각이 들 때면 언제라도 오너라.

— 잔

얼마 후 공증인이 사탕 정제업을 한 적이 있는 조프랑 씨와 함께 성관을 보러 왔을 때 잔은 담담한 심정으로 그들을 안내하여 성관을 자세히 보여주었다.

한 달 후 그들은 매도 증서에 서명을 했다. 잔은 고데르빌 근처 몽티빌리에 길가에 있는 바트빌 촌락에 조그만 집을 샀다.

잔은 종일 모친의 가로수 길을 거닐었다. 온통 가슴이 미어지는 듯한 슬픔에 잠겨 지평선과 너무도 눈에 익은 나무들, 낡은 벤치, 숲, 줄리앙이 죽던 날 푸르빌르 백작이 달려가던 바다로 향한 길 등을 보라보았다.

그리고 그녀가 늘 가던 광야가 내려다보이는 언덕에 올라가 눈에 보이는, 마음에 파고들어 언제까지나 지워지지 않을 이 모든 것에 작별을 고했다.

로잘리가 찾아와 억지로 팔을 잡아끌 때에야 그녀는 집으로 들어갔다. 성관에서는 스물 댓 살가량의 건장한 젊은이가 잔을 기다리고 있다가 잔을 보자 친절하고 다정하게 인사를 했다.

"안녕하십니까, 마님. 어머니가 이삿짐을 나르라고 해서서 왔답니다. 밭일을 하는 틈틈이 시간을 내어 도와드리겠습니다."

처음 보는 젊은이였으나 잔은 대뜸 알아차릴 수 있었다. 그는 로잘리의 아들, 바로 줄리앙의 자식이며 폴의 이복형제였다.

잔은 순간 심장이 멎는 듯한 충격을 느꼈으나 이 젊은이에 대한 반감은 없었다. 오히려 키스해주고 싶어 견딜 수 없을 지경이었다. 그러면서도 줄리앙이나 폴과 비슷한 점이 있지나 않을까 하는 생각으로 찬찬히 젊은이의 얼굴을 살펴보았다. 그는 로잘리를 닮아

혈색이 좋고 억세고, 금빛의 머리칼과 푸른 눈을 가지고 있었다. 그러나 어딘지 모르게 줄리앙의 모습을 지니고 있었다.

잔이 정다운 눈길로 바라보기만 하자 젊은이는 다시 말했다.

"어떤 것들을 나르시려는지 지금 일러주셨으면 하는데요."

잔은 이사하는 집이 매우 비좁기 때문에 무엇을 가져가야 할지 자신도 아직 정하지 못했으므로 다음 주말에 다시 한번 와달라고 부탁했다. 그러자 불현듯 이사를 한다는 일이 구체적으로 실감나 다른 잡다한 감상들을 몰아내었다.

매일매일을 잔은 이 방 저 방 돌아다니며 가구를 고르는 일로 보냈다. 방마다 놓인 가구들, 그 가구들은 이미 그녀의 생애 속에 끼어들어 흔적 없이 융해되어 삶 그 자체가 되어버린 것들이었다. 기쁨과 슬픔과 가지가지 사건들의 추억이 점철되어 있고 역사가 있는 것이었다. 또한 그녀와 마찬가지로 낡아지고 닳아지고 곳곳에 상처를 입었으며 찢긴 자국을 내보이며 서서히 바래가고 있는 것들이었다.

잔은 몇 번이나 주저하며 결정하고 다시 번복하기를 되풀이하여 가구들을 골라내었다. 또 골라낸 가구들을 놓고 그것의 역사와 추억의 가치를 견주어보곤 오랜 망설임 끝에 그중의 하나를 식당으로 내려보내곤 했다.

잔은 자기 방에서 쓰던 물건은 모조리 새 집으로 옮겨가기로 했다. 곁들여 거실의 의자 몇 개, 그리고 여우와 황새, 여우와 까마귀, 매미와 개미, 왜가리 등 그녀가 어렸을 때부터 좋아하던 그림을 끼어넣었다.

떠날 날을 며칠 앞두고 잔은 마지막으로 집의 구석구석을 돌아보다가 문득 고미다락방 생각이 났다.

다락방에 올라간 잔은 그 엄청난 어수선함에 그만 깜짝 놀라 우뚝 서버렸다. 낡고 부서지고 더럽혀진 물건들의 무질서한 산적 속에서 눈에 익은 잡동사니들도 더러 눈에 띄었다. 어느 사이엔가 갑자기 주변에서 보이지 않게 된 자기가 쓰던 물건, 없어져버린지조차 모르고 있었던 하찮은 물건들이 별안간 이 다락방에서 갖가지 소중했던 것들과 나란히 있는 것을 보니, 오래 잊고 있다가 느닷없이 만난 벗과도 같은 중요성을 띠고 다가왔다.

"이건 뭘까, 옳지, 바로 결혼하기 전전날 내가 깨뜨린 중국 찻잔이지. 어머니의 등잔이 여기 있다니, 이건 아버지가 비에 불은 문을 여시다가 부러뜨린 단장이지."

잔은 중얼거리며 새삼스럽게 치밀어오르는 그리움으로 그 물건들을 하나하나 더듬었다.

그 외에도 그녀로서는 처음 보는 물건들이 많이 있었다. 어느 대의 누가 쓰던 것인지 전혀 알 수 없는 그 물건들은 자기들의 시대에서 밀려나 먼지 속에 내팽개쳐 있었다. 그 누구도 그들의 역사, 그들을 매만지고 아끼던 이의 손길을 모를 것이다. 또한 구태여 알아보려는 관심에서도 멀리 떠나 있는 물건들이었다.

잔은 홀린 듯 언제까지나 이것들을 들여다보았다.

기억을 더듬으면서 다리가 셋 달린 의자를 살펴보기도 하고 구리 화로나 발을 쬐는 난로, 부엌 세간 따위를 들추기도 했다.

이렇게 하루 종일 추려낸 고미다락방의 물건들을 새 집으로 옮기기 위해 아래층으로 내려 보냈으나 로잘리는 쓰레기는 필요 없다고 하면서 화를 내었다. 그러나 잔도 이번만은 양보하지 않았다.

어느 날 아침 짐을 나르기 위해 줄리앙의 자식인 젊은 농부, 드니르콕이 손수레를 가지고 성관으로 왔다.

짐을 싣자 새 집에서 정리를 하기 위해 로잘리도 아들의 뒤를 따라갔다.

성관에 혼자 남은 잔은 극심한 슬픔과 절망감으로 미친 듯 방마다 찾아다니며 추억이 깃든, 버려두고 갈 수밖에 없는 모든 물건들에 입을 맞추었다. 그리고 난 후 마지막으로 바다에서 작별 인사를 하기 위해 뛰쳐나왔다.

9월 말의 음산한 잿빛 하늘이 무섭게 드리워져 있고, 그 아래 눈 닿는 곳까지 황색 물결이 깔려 있었다.

잔은 가슴이 찢어지는 듯한 비애와 꼬리를 잇고 떠오르는 가지가지 상념을 펼치며 벼랑에 섰다.

해가 넘어가자 그녀는 여지껏 겪어온 그 어떤 고통보다도 더 커다란 고통을 느끼며 집으로 돌아왔다.

로잘리는 돌아와 잔을 기다리고 있었다. 그녀는 이 외진 곳에 있는 멋 없이 큰 성관보다 새 집이 훨씬 아늑하여 마음에 든다고 말하며 주인을 위로했다.

그날 밤새도록 잔은 울면서 지새웠다.

성관이 팔렸다는 소문이 퍼지자 소작인들은 옛 주인에 대한 지금까지의 조심성을 버렸다. 뚜렷한 근거도 없이 그들은 공공연히 그녀를 "미치광이"라고 불렀다. 아마 그들이 이해할 수 없는, 잔의 극심한 감상벽, 과대 망상, 잇달은 불행에 걷잡을 수 없이 무너져가는 마음의 혼란 등을 본능적으로 느꼈기 때문인지도 모른다.

이삿짐을 보내놓고 난 뒤 잔은 자신도 떠날 채비를 했다. 이제 성관에서 머무를 수 있는 기간은 단 하룻밤뿐이었다. 잔은 쓰라린 심정으로 뜰을 거닐었다. 그때 문득 마구간 쪽에서 사나운 짐승의 울부짖는 소리가 들려왔다. 잔은 마구간으로 달려갔다. 오래 잊고 있었던 어떤 것에 문득 생각이 미쳤던 것이다. 으르렁대는 것은 생각대로 늙은 개 마사크르였다.

개는 이미 늙을 대로 늙어버려 행동이 부자연스러웠고 눈도 보이지 않았으나 여전히 뤼디빈의 보살핌을 받으며 마구간에서 살고 있었다.

잔은 개를 끌어안고 집 안으로 들어왔다.

이제 집 안은 모두 치워져 침대가 있는 곳은 전에 줄리앙이 쓰던 방뿐이었다. 잔은 줄리앙의 방에서 마지막 밤을 보냈다.

날이 밝았다. 눈을 좀 붙였음에도 잔은 여전히 녹초가 되어 잠자리에서 일어났다.

나머지 짐을 실은 마차와 함께 그녀를 태우고 갈 이륜마차가 뜰에 와 있었다.

하인들도 나와 있었다. 시몽 영감과 뤼디빈만이 새 주인이 올 때까지 이곳에 머무르기로 하고, 다른 하인들은 뿔뿔이 흩어졌다. 그러나 그들은 옛 주인에게 얼마간의 연금을 받기로 되어 있고, 게다가 저축도 하고 있는 터여서 살기가 그다지 어렵지 않을 것이었다. 마리우스는 이미 오래전에 장가를 들어 성관을 떠났다.

8시경부터 비가 내리기 시작했다. 바닷바람이 몰고 오는 차가운 비였다. 바람이 나뭇잎을 뒤흔들었다. 마차는 포장을 씌워야 했다.

부엌의 식탁에 앉아 뜨거운 밀크 커피를 한 모금씩 마신 후 잔은 모자를 쓰고 숄을 둘렀다. 로잘리는 고무 덧신을 신고 있었다.

"로잘리, 생각나니? 루앙을 떠나 이곳에 오려고 할 때도 비가 얼마나 퍼부었니?"

잔은 울음을 참느라고 목멘 소리로 이렇게 로잘리를 향해 중얼거리다가 갑자기 온몸을 떨며 의식을 잃었다. 그리고 죽은 듯 움직이지 않았다. 거의 한 시간 가까이 지나서야 깨어났으나 이번에는 걷잡을 수 없이 눈물이 쏟아졌다.

이윽고 그녀는 손가락 하나 까딱할 수 없을 만큼 기진맥진해버렸다.

로잘리는 급히 아들을 부르러 갔다. 또다시 주인이 발작을 일으킬까 봐 서둘러 떠나려는 것이었다.

그들 모자는 완전히 무력해진 잔을 안아 올려 마차 안의 의자에 뉘었다. 로잘리는 잔의 옆에 붙어앉아 망토로 몸을 잘 감싸주며 아들에게 외쳤다.

"어서 가자꾸나, 드니야."

젊은이는 곧 채찍을 휘둘러 말을 몰았다. 급히 달리는 바람에 마차 안의 두 여인은 이리저리 흔들렸다.

마을을 막 벗어났을 때 그들은 길에서 서성이는 낯익은 모습을 발견했다. 마치 이들을 숨어서 엿보고 있는 듯한 톨비악 사제였다.

그는 마차가 지나가길 기다리며 비켜섰다. 마차에서 흙탕물이 튈까 봐 수단 자락을 들어 올리고 있어, 검정 양말로 감추어진 볼품없이 마른 정강이 아래 커다란 구두가 드러나 보였다.

잔은 그와 마주치지 않도록 고개를 숙이고 있었으나 이미 그가 행한 짓들을 알고 있는 로잘리는 욕설을 퍼부으며 아들에게 채찍으로 갈겨버리라고 말했다.

젊은이는 채찍으로 갈기는 대신, 사제의 바로 앞에서 별안간 전속력으로 진흙탕 속을 달렸기 때문에 튀어오른 흙탕물은 순식간에 사제의 몸을 뒤덮었다. 로잘리는 유쾌하게 웃음을 터뜨리며 사제에게 주먹질을 해 보였다.

그런 후 5분이나 지났을까, 갑자기 잔이 부르짖었다.

"아, 마사크르를 두고 오다니!"

드니가 마차에서 내려 오던 길을 되돌아 달려갔다. 그리고 얼마 후 늙어빠진 개를 안고 되돌아와 마차 안에 들여놓았다.

13

 마차는 두 시간 후에 큰길가에 방추형으로 다듬은 배밭 한가운데 세워진 작은 벽돌집 앞에서 멈췄다.

 인동덩굴과 참으아리로 덮인 격자창의 네 개의 정자가 뜰의 네 귀퉁이에 서 있었다. 그 뜰에는 야채를 심은 몇 개의 작은 묘판이 있었고, 과일나무가 가장자리에 심어져 있는 좁은 길이 뚫려 있었다.

 아주 높다란 울타리가 사방으로 이 땅을 둘러싸고 있고 옆집 농장과의 사이에는 들이 있었다. 1백 걸음쯤 떨어진 길가에 대장간이 있었다. 다른 가장 가까운 집은 1킬로미터 떨어진 곳에 있었다.

 사방 어디를 둘러보아도 코오 지방의 평야가 펼쳐 있었고, 사과나무를 심은 밭을 가두어둔 것처럼 주위에 커다란 나무가 두 줄로 둘러선 농가가 여기저기에 흩어져 있었다.

 잔은 도착하자마자 쉬고 싶었으나 로잘리는 주인이 다시 공상에 빠질까 봐 허락하지 않았다.

고데르빌의 목수가 이사하는 걸 도와주러 그곳에 와 있었다. 그래서 마지막 마차가 오는 동안 이미 실어온 가구를 곧 배치하기 시작했다.

이 일은 오랜 숙고와 많은 의논을 요하는 상당한 일이었다.

한 시간쯤 지났을 때 울타리에서 마차가 나타났다. 빗속에서 짐을 부려야 했다.

해가 졌을 때 집 안은 완전히 뒤죽박죽이 되어, 아무 데나 쌓인 짐들로 가득 찼다. 피곤한 잔은 자리에 들자마자 곧 잠이 들었다.

다음 며칠 동안 잔은 일에 짓눌려서 감상에 잠길 시간도 없었다. 게다가 새 집을 아름답게 꾸민다는 데 대한 어떤 기쁨을 느꼈다. 아들이 돌아오리라는 생각이 항상 그녀의 머릿속에 남아 있었다. 전에 쓰던 방에 걸었던 벽포는 식당에 걸게 했다. 동시에 객실에도 사용하기로 했다. 이 층의 두 방 중 하나, 그녀가 마음속으로 '폴레의 방'이라고 이름 붙인 방을 그녀는 특별한 정성으로 장식했다. 다른 하나의 방은 그녀가 쓰고 로잘리는 그 위의 창고 옆에서 살게 되었다.

정성껏 꾸민 이 작은 집은 아담해졌다. 잔은 자신으로서는 알 수 없는 무엇인가가 부족하기는 했으나 처음 얼마 동안은 그럭저럭 마음에 들었다.

어느 날 아침, 페캉의 공증인 대리가 3천 6백 프랑을 그녀에게 가지고 왔다. 그것은 레 푀플에 남겨둔 가구 값을 어떤 고물상이 평가한 금액이었다. 그녀는 이 돈을 받으면서 기쁨의 전율을 느꼈다. 그리고 공증인 대리가 가자마자 되도록 빨리 이 예기치 않은 돈을 폴에게 부쳐주고 싶어 고데르빌로 가려고 서둘러 모자를 썼다.

그러나 바삐 큰길가에 나섰을 때 그녀는 시장에서 돌아오는 로잘리를 만났다. 그녀는 곧 진상을 눈치채지 못했으나 의심을 품었다. 그리고 사실을 알았을 때(잔은 하녀에게는 아무것도 숨길 수 없었다) 그녀는 바구니를 땅에다 내려놓고 몹시 화를 냈다.

그리고 주먹을 허리에 대고 소리를 질렀다. 그러더니 오른손으로 주인을 부축하고 왼손으로는 바구니를 들고 여전히 화를 내며 집을 향해 걷기 시작했다.

두 사람이 집으로 돌아오자 하녀는 돈을 내놓을 것을 요구했다. 잔은 6백 프랑을 남겨놓고 돈을 주었다. 그러나 그 계략도 의혹을 품은 하녀에게 발각되어 송두리째 내주었다.

그러나 로잘리는 나머지 6백 프랑만은 폴에게 부쳐주는 데 동의했다. 며칠 후 폴에게서 감사의 편지가 왔다.

사랑하는 어머니, 제게 큰 도움을 주셨습니다. 우린 심각한 역경에 빠져 있었거든요.

그러나 잔은 좀처럼 바트빌에 길이 들지 않았다. 언제나 전처럼 숨을 쉴 수 없고 전보다 더 고독해지고 더욱더 버림받은 느낌이고 내팽개쳐 있는 듯한 기분이었다. 그녀는 한 바퀴 돌기 위해 집을 나섰다. 베르뇌유 마을까지 갔다가 트르와 마르를 지나서 돌아왔는데, 일단 집에 돌아오면 가야 할 곳, 산책하고 싶었던 곳을 잊고 왔다는 듯이 또다시 나가고 싶은 욕망에 사로잡혀 일어서고는 했다.

　이 이상한 욕구의 원인이 무엇인지 이해하지 못한 채 매일매일 되풀이했다. 그러나 어느 날 저녁 무의식중에 중얼거린 한마디가 자신의 불안한 마음의 비밀을 드러내주었다. 그녀는 저녁을 먹으려고 식탁에 앉으면서 "아! 바다가 보고 싶다!" 하고 말한 것이었다.

　그토록 부족했던 것, 그것은 바다였다. 20년 전부터 그녀의 커다란 이웃, 소금기 섞인 바닷바람과 분노와 꾸짖는 듯한 목소리, 힘찬 숨소리, 매일 아침 레 푀플의 창으로 내다본 바다, 아침 저녁으로 숨 쉬던 바다, 그녀의 옆에서 친근하게 느꼈던 바다, 느끼지 못하는 동안에 사람을 대하는 것처럼 사랑하기 시작했던 바다였다.

　마사크르 역시 극도의 동요 속에서 지내고 있었다. 도착한 그날 밤처럼 부엌의 찬장 아래 꼼짝 않고 자리잡은 채 움직이지 않았다. 그 개는 하루 종일 꼼짝하지 않고 들릴 듯 말 듯한 신음소리를 내며 때때로 몸을 뒤척였다.

　그러나 밤이 되자마자 벽에 부딪치면서 정원의 문 쪽을 향해 몸을 끌었다. 그러고는 밖에서 몇 분 동안 필요한 시간을 보내고, 다시 돌아와서 아직 따뜻한 난로 옆에 앉아서 두 주인이 자러 가자마자 다시 짖기 시작하는 것이었다.

　그 개는 이렇게 밤새도록 비통하고 애절한 목소리로 짖어댔다. 이따금씩 더욱 가슴이 찢어지는 듯한 어조를 바로잡기 위해서 한 시간쯤 쉬었다. 그래서 집 앞의 통에 잡아매어 놓았다. 그 개는 창문 아래서 짖어댔다. 결국 얼마 안 가서 개가 지쳐서 죽을 것 같아 다시 부엌에 들여놓았다.

자기 집에 있지 않다는 것을 알고 이 새 집 안에서 방향을 찾으려는 듯이 쉴 새 없이 신음하고 긁는 이 늙은 짐승의 소리가 귀에 거슬려서 잔은 잠을 잘 수가 없었다.

무엇으로도 그 개를 진정시킬 수는 없었다. 낮 동안에는 모든 것이 살아서 움직이고 있는데 자신의 눈이 침침하고 노쇠에 대한 의식이 그 개가 움직이는 것을 방해하고 있다는 듯이 졸다가, 저녁이 오면 모든 생물을 보이지 않게 하는 어둠 속에서는 감히 어느 것도 살아 움직일 수 없다는 듯이 쉬지 않고 방황하기 시작한 것이었다.

어느 날 아침 일어나 보니 그 개는 죽어 있었다. 사람들은 짐을 벗어버린 느낌이었다.

겨울이 다가왔다. 잔은 물리칠 수 없는 절망감이 스며드는 것을 느꼈다. 영혼을 쥐어뜯는 듯한 날카로운 고통이 아닌 암담하고 우울한 슬픔이었다.

어떤 것도 그녀의 마음을 풀어줄 수 없었다. 아무도 그녀를 염려해주지 않았다. 문 앞의 큰길은 오른쪽도 왼쪽도 거의 항상 인적이 없었으며 멀리 길게 뻗쳐 있었다. 가끔 이륜마차가 재빨리 달려갔다. 얼굴이 빨간 남자가 마차를 몰고 있었는데, 작업복은 달리는 바람에 부풀려서 파란 풍선 같았다. 가끔 짐수레가 느리게 달리고, 멀리서 두 농부가 오는 게 보였다. 하나는 남자고 하나는 여자로 지평선 멀리에서 아주 작게 보이다가 점점 커지더니 집 앞을 지나면서부터 다시 작아져서 저 멀리 시선이 닿는 데까지 뻗쳐 있는 하얀 선의 맨 마지막에 가서는 두 마리의 벌레만 한 크기가 되어서 땅의 부드러운 기복에 따라 올라갔다 내려왔다 했다.

  풀이 다시 돋기 시작하면, 짧은 스커트를 입은 소녀가 매일 아침 길 옆의 개울을 따라가면서, 풀을 뜯어먹고 있는 두 마리의 마른 소를 끌고 울타리 옆을 지나갔다. 그 소녀는 저녁 때가 되면 역시 아침과 마찬가지로 졸린 모습을 하고 10분마다 한 발짝씩 걸으며 소 뒤를 따라왔다.

  잔은 매일 밤 다시 레 퀴플에 살고 있는 꿈을 꾸었다.

  그녀는 전처럼 아버지와 어머니와 함께, 때로는 리종 이모와 함께 있을 때도 있었다. 잊히고 끝나버린 일을 다시 되풀이하며 가로수 길을 걸어가는 아델라이드 부인을 부축하는 것을 상상하기도 했다. 이러한 꿈에서 깨어날 때마다 그녀는 눈물을 흘렸다.

  그녀는 항상 폴에 대해 생각하고 있었다. '뭘 하고 있을까? 지금 어떻게 지내고 있을까? 가끔 내 생각을 할까?' 하고 자문하면서. 농장과 농장 사이의 움푹 패인 길을 느린 걸음으로 산책하면서 그녀는 자신을 괴롭히는 이러한 생각을 머릿속에 전개시켜나갔다. 그러나 무엇보다도 자기 아들을 홀린 그 미지의 여인에 대한 달랠 길 없는 질투로 고통을 느꼈다. 이 증오만이 그녀를 붙들고 그녀의 행동을 구속하고 그녀가 아들을 찾으러 가는 것을, 아들의 집에 들어가는 것을 방해하였다. 자식의 정부가 문 앞에서 "뭐 하러 여기 오셨지요, 부인!" 하고 묻는 모습을 보는 듯했다. 어머니로서의 자부심이 이러한 해후의 가능성에 대해 반발했다.

  언제나 순결하고 청순하고 깨끗한 여자의 지고한 자만심이, 마음까지도 비굴하게 만든 육욕적인 사랑의 더러운 행위로 인하여 노예가 돼버린 남자의 모든 비열함에 대한 그녀의 마음을 더욱더 격화시켰다. 관능의 더러운 비밀, 인간을 타락시키는 포옹, 풀리지 않는 결합으로 엿본 모든 신비를 생각할 때 인간이라는 것이 그녀에게는 불결하게 보였다.

봄과 여름이 다시 지나갔다.

그러나 지루한 비와 잿빛 하늘과 어두운 구름과 함께 가을이 돌아왔을 때, 잔은 전과 같이 풀레를 자기 것으로 만들기 위해서 모든 노력을 기울이겠다고 결심할 만큼 삶에 권태를 느끼기 시작했다.

폴의 정열도 지금은 식어버렸을 것이다.

그녀는 아들에게 눈물겨운 편지를 보냈다.

나의 사랑하는 아들아, 제발 내 곁으로 돌아와다오. 나는 이제 늙고, 병들고, 일년 내내 하녀 하나만 의지하고 혼자 지내고 있다는 것을 생각해다오. 나는 지금 큰길가에 있는 작은 집에서 살고 있단다. 몹시 슬픈 일이야. 그러나 너만 있다면 모든 것이 달라질 것이다. 나는 세상에 너밖에 없으면서도 7년이나 너를 보지 못했다. 내가 얼마나 불행했으며 얼마나 내 마음을 너에게 의지해왔는지 너는 모를 거다. 너는 나의 인생, 나의 꿈, 나의 유일한 희망, 나의 유일한 사랑이다. 그런데도 너는 나를 버리고, 내팽개쳐버리고 말았구나.

아! 돌아와다오, 나의 귀여운 풀레야, 돌아와 내게 키스해다오. 절망적인 손을 내밀고 있는 너의 늙은 어미 옆으로 돌아와다오.

— 잔

며칠 후 폴에게서 답장이 왔다.

    사랑하는 어머님, 어머님을 찾아가서 뵙고 싶습니다만, 전 한 푼도 없답니다. 제게 돈 좀 보내주시면 돌아가겠습니다. 그렇잖아도 어머님이 저에게 요구하시는 것을 들어드릴 수 있는 어떤 계획을 어머님께 말씀드리고 찾아뵐 생각을 하고 있었습니다.
    제가 겪고 있는 역경 속에서 나의 반려였던 여자의 무사무욕과 애정은 저에 대해서 끝이 없습니다. 이토록 충실한 그녀의 애정과 헌신을 공개적으로 인정하지 않고 이 이상 그대로 있다는 것은 불가능한 일입니다. 게다가 그녀는 어머님께서 평가하실 만한 훌륭한 예의범절을 지니고 있습니다. 그리고 교양도 있고 책도 많이 읽습니다. 어쨌든 이 여자가 항상 제게 중요한 무엇이었다는 것을 어머님께서는 상상도 못하실 것입니다. 만약 제가 감사의 뜻을 표하지 않는다면 전 짐승이나 다름없습니다. 그래서 어머님께 그녀와의 결혼 허락을 요구하기 위해 가겠습니다. 제가 집을 몰래 빠져나간 것을 용서해주신다면 우린 새 집에서 셋이서 함께 살 수 있습니다. 만약 어머님께서 그녀를 아시게 되면 곧 결혼을 승낙하실 겁니다. 그녀는 완전하고 매우 분별력이 있다는 것을 확신합니다. 확신컨대 어머님은 그 여자를 좋아하실 겁니다. 저는 그 여자 없이는 살아나갈 수 없습니다.
    그리운 어머니, 답장을 학수고대하겠습니다. 그리고 둘이서 진심으로 키스를 보내드립니다.

                                — 어머님의 아들, 폴 드 라마르 자작

잔은 실망하였다. 그녀는 편지를 무릎 위에 펼쳐둔 채 꼼짝 않고 있었다. 끊임없이 자기 자식을 붙들고 있는 그녀, 한 번도 가게 해주지 않는 그녀, 자신의 시간이 오기를, 절망한 늙은 어머니가 자기 아들을 껴안고 싶은 욕망을 이길 수 없어서 약해져 모든 것을 허락해줄 날을 기다리고 있는 그녀의 계략을 눈치 챘던 것이다. 그리고 폴의 그녀에 대한 집요한 편애에 대한 무거운 고통이 잔의 가슴을 갈가리 찢었다. 그녀는 "그 애는 나를 사랑하지 않는다. 그 애는 나를 사랑하지 않는다" 하고 되풀이해 중얼거렸다.

로잘리가 들어왔다. 잔은 더듬거리며 말했다.

"그 애는 이제 결혼하겠단다."

하녀는 펄쩍 뛰었다.

"오! 마님, 허락해선 안 돼요. 폴 도런님이 그런 매춘부를 끌어들여서는 안 됩니다."

그러나 잔은 짓눌린 듯이 잠자코 있다가 갑자기 화를 내며 대답했다.

"허락하다니! 결코 안 되지. 그 애가 오지 않겠다면 내가 그 애를 만나러 가겠다, 내가. 그리고 둘 중 누가 그 애를 차지하나 보여주어야지."

그리고 그녀는 곧 폴에게 편지를 써서 자기가 찾아가겠다는 것과 그 여자가 살지 않는 다른 곳에서 만나자고 했다.

답장이 오기를 기다리면서 그녀는 떠날 채비를 했다. 로잘리는 낡은 가방 속에 주인의 속옷과 의류를 챙겨 넣기 시작했다. 그러나 하녀는 옷을, 낡은 나들이 옷을 접다가 소리쳤다.

"입을 만한 옷들이 하나도 없군요. 이런 옷을 입고 가선 안 되겠어요. 사람들이 흉볼 거예요. 그리고 파리의 귀부인들이 마님을 하녀로 볼 거예요."

잔은 로잘리가 하는 대로 내버려두었다. 두 여자는 함께 고데르빌로 가서 초록색 바둑판 무늬의 천을 골라서 동네 양장점에 맡겼다. 그리고 두 여자는 매년 두 주일씩 파리로 여행하는 공증인 루셀 씨한테서 여행에 대한 여러 가지 조언을 들으려고 그의 집에 들렀다. 잔은 18년 동안이나 파리에 가보지 못했던 것이다.

그는 마차를 피하는 방법이라든가, 도둑맞지 않는 법 등에 대해서 여러 가지 주의를 해주었다. 돈은 옷의 안에다 꿰매고 꼭 필요한 돈만 가지고 있으라고 충고해주었다. 그리고 이번에는 중류층 식당을 늘어놓고, 그중에서 여자들이 자주 가는 두서너 개의 식당을 가르쳐주었다. 그리고 자신이 항상 가는 기차역 옆에 있는 오텔 드 노르망디를 가르쳐주었다. 그의 소개로 왔다고 하면 된다는 것이었다.

6년 전부터 여기저기서 화제를 일으키고 있는 철도가 파리와 르아브르 사이를 왕래하고 있었다. 그러나 잔은 슬픔에 짓눌려 모든 지방을 동요시킨 이 증기차를 아직 보지 못했다.

폴은 답장을 보내주지 않았다. 그녀는 일주일을 기다리고 다시 보름을 기다렸다. 매일 아침 그녀는 큰길로 나가서는 우체부를 만나 떨리는 목소리로 물었다.

"나한테 온 편지는 없나요, 말랑댕 영감?"

그러면 영감은 항상 불순한 기후에 시달린 음성으로 이렇게 대답했다.

"이번에도 아무것이 없습니다, 마님."

폴이 답장하는 것을 방해하는 것은 틀림없이 그 여자일 것이다!

그러자 잔은 곧 떠나기로 결심했다. 그녀는 로잘리도 함께 데리고 가고 싶었으나 하녀는 여행비가 더 든다고 따라가는 것을 반대했다.

게다가 그녀는 주인이 3백 프랑 이상 가져 가는 것을 허락하지 않았다.

"만약 돈이 또 필요하시면 편지를 보내십시오. 그럼 제가 공증인한테 이야기해서 부쳐드리도록 할 테니까요. 만약 돈을 더 가져 가시면 폴 도련님이 가로채실 겁니다."

이렇게 해서 3월의 어느 날 아침, 두 여자는 그들을 역으로 실어 다주기 위해 온 드니 르콕의 마차에 올라탔다. 로잘리는 정거장까지 주인을 바래다주기로 했다.

두 여자는 먼저 기차표 값을 물어보고 나서 모든 일을 처리하고 짐을 탁송하고 철길 앞에서 기다렸다. 이러한 일들이 어떻게 조종되고 있나 하고 그 신비스러운 것에 정신이 팔려서 여행의 슬픈 목적 따위는 잊어버릴 정도였다.

마침내 멀리서 울리는 기적 소리에 그들은 고개를 돌려 점점 커지는 검은 기계를 보았다. 그 기계는 무서운 소리를 내며 다가와 굴러가는 작은 집들의 기다란 연속을 끌고 그들 앞을 지나갔다.

그리고 역부가 문을 열었을 때 잔은 울면서 로잘리를 껴안은 뒤 그 안으로 들어갔다.

로잘리는 감동해서 소리쳤다.

"안녕, 마님. 즐거운 여행을 하십시오, 안녕히 다녀오세요!"

"안녕, 로잘리."

다시 기적 소리가 울리자 기차 바퀴가 처음에는 조용히, 다음에는 더 빨리, 그다음에는 무서운 속도로 굴러가기 시작했다.

잔이 탄 차 안에는 두 명의 남자가 양쪽 구석에 기대어 자고 있었다.

그녀는 들과 나무와 농지와 마을이 지나가는 것을 바라보고, 이 무서운 속도에 놀라면서 새로운 생활로 접어든 것처럼 이제는 자기 세계가 아닌 평온한 소녀 시절이나 단조로운 생활 이외의 다른 세계로 실려가는 듯한 느낌이었다.

기차가 파리로 들어섰을 때는 해 질 무렵이었다.

심부름꾼이 잔의 짐을 빼앗아 들었다. 그러자 그녀는 당황하여 그 남자를 시야에서 놓치지 않으려고 거의 달리다시피 하며 혼잡한 군중 속을 지나는 데 익숙하지 않아 이리저리 밀리면서 그의 뒤를 따라갔다.

호텔의 사무실에 이르자 그녀는 재빨리 말했다.

"루셀 씨의 소개로 왔는데요."

사무실에 앉아 있던 거대한 몸집의 무뚝뚝한 여주인이 물었다.

"루셀 씨라니요?"

잔은 당황해서 대답했다.

"고데르빌의 공증인으로 해마다 이 호텔에 묵는다는데요."

뚱뚱한 여자가 말했다.

"그럴지도 모르지요. 전 그 사람을 모릅니다. 어쨌든 당신은 방을 구하시죠?"

"네, 그렇습니다."

그러자 한 소년이 그녀의 짐을 들고 앞장서서 계단을 올라갔다.

그녀는 심장이 죄어드는 듯한 느낌이었다. 그녀는 작은 탁자 앞에 앉아 수프와 영계 날갯죽지를 갖다달라고 부탁했다. 그녀는 새벽부터 아무것도 먹지 않았다.

촛불 아래서 서글픈 마음으로 음식을 먹으면서 그녀는 신혼 여행에서 돌아오는 길에 이 도시를 지났으며, 그때 줄리앙의 본성이 처음으로 드러났던 것을 회상하였다. 그리고 그 당시에 그녀는 젊고 자신에 차 있었으며 용감하였다. 지금의 그녀는 자신이 늙고 당황해하고 겁조차 먹었으며 연약하고 아무것도 아닌 일에도 마음이 혼란해지는 것을 느꼈다. 식사를 끝내자 그녀는 창가로 가서 사람들로 가득 찬 거리를 내다보았다. 밖에 나가고 싶었으나 감히 나가지 못했다. 틀림없이 길을 잃어버릴 듯한 기분이었다. 그녀는 잠자리에 들었다. 그리고 촛불을 껐다.

그러나 소음과 먼지의 도시에 있다는 감정과 여행에 대한 마음의 동요로 그녀는 내내 잠을 잘 수 없었다. 시간이 흘러갔다. 바깥의 소음은 약간은 가라앉았으나 그녀는 이 거대한 도시의 반휴식 상태에 신경이 거슬려 잠을 이룰 수 없었다. 그녀는 모든 것, 인간들, 짐승들, 식물들을 마비시키는 전원의 고요하고 깊은 잠에 익숙해 있었다. 그래서 그녀는 지금 자기 주위에 대해서 이상한 동요를 느꼈다. 거의 들릴 듯 말 듯한 소리가 호텔의 벽 속으로 미끄러져 들어온 것처럼 그녀 귀에 들렸다. 가끔 마룻바닥이 삐걱거리고 문이 닫히고 초인종이 울렸다.

새벽 2시경, 그녀가 잠들려 할 때 갑자기 옆방에서 여자의 비명소리가 들려왔다. 잔은 후닥닥 침대에 일어나 앉았다. 그러자 이번에는 남자의 웃음소리가 들려왔다.

날이 밝아옴에 따라 폴 생각이 간절히 났다. 그래서 그녀는 날이 완전히 밝자마자 옷을 차려입었다.

폴은 시테의 소바즈 거리에 살고 있었다. 그녀는 돈을 절약하라는 로잘리의 충고에 따르기 위해 걸어서 그 집에 가기로 했다. 날씨는 화창했다. 냉랭한 공기가 피부를 꿰뚫었다. 사람들은 바쁜 걸음으로 달리듯 보도를 걷고 있었다. 그녀는 최대 한도의 속도로 걸었다. 거리의 끝에 있는 표지판을 따라 오른쪽으로 돌았다가 왼쪽으로 돌아가곤 했다. 잠시 후 어느 지점에 이르자 다시 방향을 알아봐야 했다. 그녀는 그곳을 찾지 못해서 빵집 주인에게 가서 물었다. 그는 그녀에게 다른 방향을 가리켜주었다. 그녀는 다시 걷다가 길을 잃고 방황했다. 여러 사람의 지시를 따르다가 아주 길을 잃어버린 것이었다.

이제 그녀는 거의 미친 듯 이리저리 헤맸다. 마차를 불러야지 하고 결심하였을 때 바로 센강이 보였다. 그녀는 부두를 따라 걸었다.

약 한 시간쯤 지나서야 그녀는 소바즈 거리로 들어섰다. 아주 어두운, 일종의 샛길 같은 동네였다. 그녀는 어느 대문 앞에서 걸음을 멈추었다. 한 걸음도 옮길 수 없을 정도로 그녀는 감동했다.

그 애가 여기, 이 집 안에 있다, 풀레가.

그녀는 무릎과 두 손이 떨리는 것을 느꼈다. 마침내 그녀는 집 안으로 들어가 복도를 따라 걸었다. 문지기 방이 보이자 그녀는 은화 한 닢을 주면서 문지기에게 물었다.

"폴 드 라마르 씨에게 어머니의 친구인 노부인이 아래서 기다린다고 전해주실 수 있습니까?"

문지기가 대답했다.

"그분은 여기서 살지 않습니다, 부인."

그녀는 커다란 전율을 느꼈다. 그러고는 더듬거리며 물었다.

"오! 그럼 어디서…… 지금 어디서 살고 있나요?"

"그건 모르겠습니다."

그녀는 쓰러질 듯한 현기증을 느껴 몇 분 동안 아무 말도 못하고 가만히 서 있었다.

마침내 간신히 힘을 내서 정신을 가다듬고 중얼거렸다.

"떠난 지 얼마나 됐습니까?"

그 남자는 상세히 설명해주었다.

"보름쯤 됐습니다. 어느 날 저녁 나가서는 안 돌아오는군요. 이 동네의 여기저기에 빚을 졌거든요. 그래서 주소도 안 가르쳐주고 떠난 거겠죠."

잔은 총알을 한 방 맞은 듯 눈앞에서 빛이, 커다란 불꽃이 튀는 것을 보았다. 그러나 확고한 생각이 그녀를 지탱해주었고, 외면적으로는 침착하고 신중한 듯이 서 있도록 했다. 그녀는 풀레에 대해서 알고 싶었고 그를 다시 만나고 싶었던 것이다.

"그럼 가면서 아무 말도 없었단 말입니까?"

"네, 아무 말도. 아시다시피 빚을 안 갚으려고 도망간 것이니까요."

"하지만 편지를 찾으러 사람을 보냈을 텐데요."

"편지를 몇 번 갖다 주었죠. 하지만 일년에 열 통쯤밖에 안 왔습니다. 떠나기 이틀 전에 내가 편지 한 통을 올려다주었죠."

그건 틀림없이 그녀의 편지였다. 그녀는 재빨리 말했다.

"저 좀 보세요, 저는 그 애의 엄마입니다. 전 그 애를 만나러 왔어요. 자, 여기 10프랑을 드릴 테니 혹시 그 애에게서 무슨 소식이나 전갈을 들으면 저에게 가르쳐주세요. 저는 아브르 거리의 오텔 드 노르망디에 묵고 있어요. 사례는 충분히 하겠습니다."

그러고는 도망치듯 나왔다.

그녀는 자신이 어디로 가는지 주의하지 않고 다시 걷기 시작했다. 중요한 용무를 띠고 있는 사람처럼 바삐 걸었다. 짐을 들고 가는 사람들에게 부딪치며 담을 따라서 달렸다. 차가 오는 것도 보지 않고 거리를 건너 마차꾼들에게 욕을 먹었다. 전연 주의하지 않았기 때문에 보도의 층계에 부딪혀 비틀거렸다. 그녀는 정신 없이 앞으로 달렸다.

어느새 그녀는 공원에 와 있었다. 너무나 피곤해서 벤치에 앉았다. 옆사람이 알아챌 만큼 꽤 오랫동안 벤치에 앉아 있었다. 자신도 깨닫지 못한 채 울고 있었다. 지나가던 사람들은 그녀 앞에서 걸음을 멈추고 그녀를 바라보았다. 그녀는 몹시 춥다는 것을 느꼈다. 다시 걸으려고 일어났다. 두 다리가 간신히 그녀의 몸을 버티고 있을 정도로 그녀는 매우 기진맥진했고 피로했다.

그녀는 식당에 들어가서 수프를 마시고 싶었으나 감히 들어갈 용기가 나지 않았다. 자기 자신도 뚜렷이 느끼는 일종의 치욕과 두려움과 자신의 비애에 대한 수치심에 사로잡혔기 때문이었다. 그녀는 잠깐 문 앞에 서서 안을 들여다보며 식탁에 앉아 음식을 먹고 있는 사람들을 바라보다가 겁을 내며 "다음 집에 들어가야지" 하고 중얼거리며 도망쳤다. 그러나 그녀는 다음 집에도 들어가지 못했다.

결국 빵집에서 달 모양의 작은 빵을 사서 걸으면서 뜯어먹었다. 몹시 목이 말랐으나 어디서 마셔야 할지 몰라 그냥 걸었다.

그녀는 아치형의 건물을 지나 회랑으로 둘러싸인 다른 공원에 이르렀다. 그제서야 그녀는 이곳이 팔레 르와이알이라는 것을 알았다.

내리쬐는 햇빛과 보행으로 인해 다소 몸이 따뜻해지자 그녀는 다시 한두 시간 벤치에 앉아 있었다.

한 무리의 군중이 들어왔다. 우아한 자태의 군중들은 이야기하고, 미소 짓고, 서로 인사를 나누었다. 이 행복한 군중들(여자들은 아름답고 남자들은 부유한)은 오직 사치와 환락을 위해서 살고 있는 듯했다.

기쁨으로 빛나는 이러한 군중들 속에 있다는 것이 갑자기 무서워진 잔은 도망치려고 일어났다. 그때 갑자기 이곳에서 폴을 만날 수 있을지도 모른다는 생각이 머리에 떠올랐다. 그래서 그녀는 쉴 새 없이 오가는 사람들의 얼굴을 살피면서 공원의 이 끝에서 저 끝으로 비굴하게 재빠른 걸음으로 헤매기 시작했다.

사람들은 돌아서서 그녀를 바라보았다. 어떤 사람들은 웃으면서 그녀를 손가락질했다. 그녀는 그것을 깨닫고, 사람들이 틀림없이 자신의 모습과 로잘리가 골라 고데르빌의 양장점에 맡겨 만든 초록색 바둑판 무늬의 옷을 보고 웃는 것이라고 생각하면서 도망쳤다.

이제 더 이상 지나가는 사람들에게 길을 물어볼 용기가 나지 않았다. 그래서 위험을 무릅쓰고 헤매다가 마침내 호텔에 다다랐다.

그날 오후는 의자에 앉아 침대에 발을 올려놓은 채 꼼짝하지 않고 보냈다. 그리고 전날 저녁처럼 수프와 약간의 고기로 저녁을 때우고, 기계적이고 습관적인 동작을 반복하며 자리에 들었다.

다음날 그녀는 자기 아들을 찾아봐달라고 부탁하기 위해 경찰서에 갔다. 경찰서 사람들은 약속할 수는 없으나 노력해보겠다고 말했다.

그래서 그녀는 여전히 그를 만날 수 있다는 희망을 안고 거리를 방황했다. 그녀는 황량한 들에서보다 이 혼잡한 군중 속에서 더욱 고독을 느꼈고 더욱더 비참함을 느꼈다.

저녁 때 호텔로 돌아오자 폴 씨에게서 왔다는 어떤 남자가 찾아왔으며 다음 날 다시 오겠다고 했다는 전갈을 받았다. 그녀의 가슴에서 피가 용솟음쳐 올랐다. 그녀는 그날 밤 한숨도 자지 못했다. 만약 그 애였다면? 그렇다. 사람이 이야기해준 것으로 상세히는 알 수 없지만, 틀림없이 그 애였을 것이다.

다음 날 아침 9시경 노크 소리가 나자 그녀는 두 팔을 벌리고 껴안을 준비를 하면서 "들어오세요" 하고 부르짖었다. 어떤 모르는 사람이 나타났다. 그 사람이 방해해서 미안하다고 사과하며 자신의 용건, 즉 폴의 빚을 요구하는 동안 그녀는 감추려 해도 쉴 새 없이 눈물이 흐르는 것을 느끼며 손끝으로 눈물을 훔쳤으나 눈물은 계속 흘러내렸다.

그는 소바즈 거리의 문지기에게서 그녀의 도착 소식을 듣고 그 젊은이를 만날 수 없었기 때문에 그의 어머니에게 이야기한 것이었다. 그는 종이를 한 장 내밀었다. 그녀는 아무 생각 없이 그것을 받아 읽었다. 90프랑이었다. 그녀는 지갑에서 돈을 꺼내 지불하였다.

그녀는 그날 외출하지 않았다.

다음 날은 다른 채권자들이 나타났다. 그녀는 20프랑을 남겨놓고 나머지 돈을 모두 내주었다. 그리고 로잘리에게 자신의 처지를 알리는 편지를 썼다.

그녀는 하녀의 답장을 기다리면서 어떻게 해야 할지, 우울한 시간을 끝없는 시간을 어디서 보내야 할지 몰라 이리저리 방황하며 지냈다. 아무도 그녀에게 상냥한 말을 걸어주지 않았으며 그녀의 비참함을 알지 못했다. 지금의 그녀는 그저 인적이 드문 길가에 있는 자기 집으로 돌아가야 한다는, 떠나야 한다는 욕망에 가슴을 태우며 아무 데로나 걸었다.

그녀는 이제 더 이상 이곳에서 하루도 머무를 수 없었다. 그토록 그녀는 슬픔에 짓눌렸던 것이다. 이제 그녀는 이곳에서는 더 이상 살 수 없고, 반대로 자신의 우울한 습관이 깊이 뿌리 박은 그곳에서만 살 수 있다는 것을 절실히 느꼈다.

마침내 어느 날 저녁 그녀는 한 통의 편지와 2백 프랑의 돈을 받았다. 로잘리는 다음과 같이 썼다.

잔 마님, 곧 돌아오세요. 전 더 이상 돈을 보낼 수 없습니다. 폴 도련님에 대해서는 그쪽에서 소식이 오는 대로 제가 만나러 가겠습니다. 그럼 안녕히 계세요.
― 마님의 하녀, 로잘리

그래서 잔은 눈이 내리고 몹시 추운 어느 날 아침 고데르빌로 떠났다.

14

 그 이후로 그녀는 외출도 하지 않고 꼼짝하지 않았다. 매일 아침 같은 시각에 일어나 창문으로 날씨를 살피고 거실의 벽난로 앞에 앉기 위해서 내려왔다.
 그녀는 거기에서 종일 꼼짝하지 않고 불길에 시선을 고정시킨 채 비통한 생각 속에 잠겨 자신의 비참한 처지의 슬픈 역정을 회상했다. 어둠이 점점 이 작은 방에 스며들면 그녀는 단지 벽난로에 장작을 던져 넣는 동작을 할 뿐이었다. 그러면 로잘리는 등불을 들고 와 소리쳤다.
 "자, 마님, 좀 움직이셔야 돼요. 그렇지 않으면 오늘 저녁에도 시장기를 느끼시지 못할 겁니다."
 그녀는 가끔 자신을 집요하게 사로잡는 확고한 생각에 휘말렸다. 병적인 정신 상태에선 매우 사소한 일도 지나치게 중요성을 띠었기 때문에 그녀는 사소한 불안에 고통을 느꼈다.

그녀는 특히 과거를, 자신의 머릿속에서 떠나지 않는 인생 초기와 코르시카섬에서 보낸 신혼 여행 때의 오래된 과거를 회상하였다. 오랫동안 잊힌 이 섬의 풍경이 갑자기 그녀 앞에, 벽난로의 장작불 속에서 솟아올랐다. 그래서 그녀는 그 섬에서 만난 모든 얼굴들과 사소한 사실들, 모든 상세한 점까지 돌이켜보았다. 안내인 장 라볼리의 얼굴이 떠올랐다. 그녀는 가끔 그의 목소리를 듣는 듯한 기분이었다.

그리고 그녀는 폴이 어렸을 때의 달콤한 몇 해를 생각했다. 그때 폴이 그녀에게 샐러드용 야채의 모종을 내게 했던 일이며 그녀와 리종 이모는 비료를 준 땅바닥에 나란히 무릎을 꿇고 둘이서 아이의 마음에 들려고 다투어가며 정성을 다해 가꾸곤 했던 일까지. 그들은 누가 더 능숙한 솜씨로 묘목의 뿌리를 내리게 하나, 누가 더 많은 묘목을 키우나 하고 경쟁하였다.

그러자 마치 그에게 이야기하듯 아주 낮게 그녀의 입술이 중얼거렸다.

"풀레, 나의 귀여운 풀레."

이 말이 나오자 그녀의 공상은 멎었다. 그녀는 가끔 몇 시간 동안 손가락을 뻗쳐 P자로 구성되는 문자를 쓰려고 애썼다. 그녀는 불 앞에 앉아 그 글자를 보는 듯한 착각을 일으키며 천천히 그 글자를 그렸다. 그러고는 다시 틀렸다고 생각하고 끝까지 그 이름을 그리려고 애쓰면서 피곤으로 떨리는 팔로 P자를 다시 시작했다. 결국 글자를 완성하면 또다시 시작했다.

결국에 가서는 그녀는 더 이상 할 수 없어 모든 것을 뭉개버리고 미칠 정도로 신경이 흥분되어 다른 글자를 만들었다.

고립감에서 형성되는 모든 편집광 증세가 그녀를 사로잡았다. 사소한 물건의 위치가 바뀌어도 그녀는 신경질을 냈다.

로잘리는 가끔 강제로 그녀를 걷게 했으며 길가로 데리고 나왔다. 그러나 잔은 20분쯤 되면 "애야, 난 더 이상 못 걷겠다" 하고 말하며 도랑가에 주저앉았다.

이윽고 모든 동작이 지겨워져 그녀는 가능한 한 늦게까지 침대에 누워 있었다.

어렸을 때부터 한 가지 유일한 습관이 그녀에게 변함없이 뿌리 깊게 박혀 있었다. 아침에 침대에서 밀크커피를 마신 후에야 일어나는 습관이었다. 게다가 그녀는 이 밀크커피에 대해서 지나칠 정도로 애착을 가지고 있었다. 그래서 그녀에게서 이 습관을 박탈한다는 것은 다른 어떤 것보다도 자극적인 일이었을 것이다.

그녀는 매일 아침 약간 감각적인 초조함으로 로잘리가 오기를 기다렸다. 밀크커피가 가득 찬 찻잔이 나이트 테이블에 놓이자마자 그녀는 이부자리에 일어나 앉아 약간 게걸스러운 모습으로 재빨리 찻잔을 비웠다. 그리고 이불을 걷어차고 옷을 입기 시작했다. 그러나 점점 그녀는 접시에 찻잔을 내려놓은 뒤에도 몇 분 동안 공상에 빠져 있는 습관을 들이다가 침대 속에 들어가 누워버렸다. 그리고 로잘리가 화를 내며 들어와서 거의 강제로 옷을 입힐 때까지 이 태만함을 매일매일 연장시켜나갔다.

게다가 그녀는 자신의 의지마저 잃어버린 듯 하녀가 조언을 들으려고 의논을 할 때마다 이렇게 대답했다.

"네 마음대로 하려무냐, 얘야."

그녀는 자신에게 너무나 집요한 불운이 따른다고 믿고 있어 동양인처럼 숙명론자가 되어갔다. 그리고 꿈이 사라지고 희망이 붕괴돼버리는 것을 보는 데 길이 든 습관은 그녀가 감히 어떤 일도 시도하지 못하게 했으며, 매우 단순한 일을 하나 해내는 데에도 자신은 항상 나쁜 길로 접어들게 되고 그것은 나쁜 방향으로 흐르리라는 고정관념 때문에 며칠 동안 망설이게 만들었다.

입버릇처럼 그녀는 되풀이해 말했다.

"난 인생에 있어서 참 운이 없는 사람이야."

그러면 로잘리가 외쳤다.

"그럼 만약 마님이 빵을 얻기 위해서 일해야 한다면, 하루의 품팔이를 위해 매일 아침 6시에 일어나야 한다면 뭐라고 이야기하시겠습니까? 어쩔 수 없이 이렇게 하는 사람들은 많이 있습니다. 그리고 나이가 들면 그들은 비참하게 죽습니다."

잔은 대답했다.

"그러나 나는 오직 혼자이고 내 아들이 나를 버렸다는 것을 생각해봐."

그러면 로잘리는 격렬하게 화를 냈다.

"그게 무슨 문제가 됩니까! 그럼 군대에 나가는 자식들을 생각해보세요! 미국으로 이주해가는 자식들은 어떻겠어요?"

로잘리에게 미국이란 돈을 벌기는 하지만 결코 다시 돌아오지 못하는 막연한 나라였다.

그녀는 말을 계속했다.

"항상 헤어지지 않으면 안 될 때가 있어요. 왜냐하면 젊은이와 늙은이들은 언제까지나 함께 살도록 돼 있지 않으니까요."

그리고 그녀는 냉정한 어조로 결론을 맺었다.

"그럼, 만약 아드님이 죽었다면 어떻게 하시겠어요?"

그러자 잔은 더 이상 대꾸하지 않았다.

이른 봄이 되어 날씨가 온화해지자 약간의 원기가 회복되었으나 그녀는 활동력을 점점 더 우울한 상념에 빠지는 데만 썼다.

어느 날 아침 어떤 물건을 찾으려고 다락으로 올라갔다가 그녀는 우연히 해묵은 달력이 가득 든 상자를 열었다. 시골 사람들이 대부분 그렇게 하는 습관에 따라 간직해둔 것이었다.

그녀는 마치 과거의 세월 자체를 다시 찾아낸 듯한 느낌이 들어 네모난 마분지의 퇴적 앞에서 기이하고 혼란한 감동에 사로잡혀 멍하니 있었다.

그녀는 달력들을 아래층 식당으로 가져왔다. 커다란 달력도 있었고 작은 달력 등 갖가지 형태의 달력도 있었다. 그녀는 연대순으로 달력들을 테이블 위에 정리했다. 갑자기 그녀는 처음 달력, 그녀가 레 푀플로 가져온 달력을 보았다.

수도원을 떠난 그다음 날, 루앙을 떠나던 날 아침 자기 자신이 지운 날짜들이 있는 그 달력을 오랫동안 바라보았다. 그리고 그녀는 울었다. 지금 그녀의 이 테이블 위에 펼쳐진 비참했던 지나간 인생 앞에서 흘리는 늙은 여자의 가엾고도 애절한 느린 울음이었다.

그러자 하나의 생각이 그녀를 사로잡았고 이윽고는 그 생각이 무섭고 끊임없는 맹렬한 집념이 되었다. 그녀는 자신이 지내온 날을 하루하루 돌이켜 다시 찾아보고 싶었다.

그녀는 이 노랗게 변색한 달력을 벽과 벽포 위에 한 장 한 장 꽂아놓고 그중 하나의 달력 앞에 서서 이렇게 중얼거리며 몇 시간을 보냈다.

"이 달에는 무슨 일이 일어났었지?"

잔은 전에 자신의 생애에서 기억할 만한 날짜에는 표시를 해놓았기 때문에 가끔 중요한 사건의 전후에 사소한 사건을 서로 연결시키고 나누고 하나씩 다시 재구성하여 한 달 전부를 회상할 수 있었다.

그녀는 집요한 주의력과 기억의 노력과 집약된 의지로 레 푀플에 와서 지낸 두 해 동안을 거의 완전히 그려낼 수 있었다. 그녀 생의 머나먼 추억이 이상하게도 쉽사리 일종의 부조(浮彫)처럼 떠올랐다.

그러나 그다음의 해들은 서로 얽히고 겹쳐서 안개 속에 사라져버린 듯했다. 때로는 달력 위로 머리를 숙이고 '옛날' 속으로 빠져들어가, 그러한 추억을 이 달력에서 다시 찾을 수 있을까조차 회상하지 못하고 한없이 가만히 있을 때도 있었다.

그리스도 수난의 판화처럼 이러한 끝나버린 날들의 그림들로 둘러싼 거실 주위를 하나하나 살펴보았다. 갑자기 그녀는 그중에서 어느 한 곳에 의자를 끌어당기고는 회상에 잠겨 밤이 될 때까지 꼼짝하지 않고 바라보았다.

그러는 동안에 어느덧 모든 수액이 태양열을 받아 잠을 깨고, 농작물이 밭에서 싹트기 시작하고 나무들이 푸르러지고 뜰의 사과나무가 장밋빛 구슬 같은 꽃을 피우고 들판에 향기를 내뿜을 때가 되었으므로 심한 동요가 그녀를 사로잡았다.

그녀는 한 장소에 가만히 있지를 못했다. 그녀는 하루에도 스무 번이나 집 안팎을 들락거리며 일종의 회한의 열정 속에 사로잡혀 흥분된 채 가끔 멀리 농장을 따라서 배회하곤 했다.

수풀 속에 숨어 있는 마거리트, 나뭇잎 사이로 미끄러져 들어오는 태양빛, 푸른 하늘이 비치고 있는 바퀴 자국의 물 웅덩이 등을 보고 몽상에 잠겨서 전원을 돌아다니면, 소녀 시절의 감동의 반향처럼 먼 감동을 다시 불러일으키어 잔의 마음을 뒤흔들고 감동시키고 뒤집어엎었다.

잔이 미래를 기다리고 있었을 때 이 같은 격동에 전율을 느끼고 이와 똑같은 달콤한 기분, 온화한 세월의 물결 같은 도취를 맛보았다. 미래가 닫힌 이제 모든 것을 다시 찾은 것이다. 그녀는 가슴속에서 다시 이것을 즐기는 동시에 고통을 느꼈다. 깨어난 세계의 영원한 기쁨이 그녀의 마른 살결, 차가운 피, 짓눌린 영혼 속에 스며들어와도 그것은 단지 연약하고 고통에 찬 매력밖에 던져주지 못하는 것 같았다.

자기 주변의 여기저기에 있는 것들이 다소 변한 듯이 그녀에게는 느껴졌다. 자기가 젊었을 때보다 태양은 약간 덜 따뜻하고 하늘도 약간 덜 파랗고 풀들도 덜 푸른 것 같았다. 그리고 전보다 더 창백하고 향기가 덜 나는 꽃들은 이제 전혀 사람들을 도취시키지 않았다.

그러나 며칠 후 생에 대한 어떤 안락함이 가슴에 스며들어와 그녀는 다시 공상하고 희망을 갖고 기대를 갖고 기다리기 시작했다. 아무리 운명의 세찬 시련을 맞았다 하더라도 날씨가 화창할 때는 무엇인가 기대할 수 있지 않을까?

그녀는 걸었다. 영혼의 흥분에 자극받은 듯 몇 시간이고 앞을 향해 걷고 또 걸었다. 그리고 가끔 갑자기 걸음을 멈추고 길가에 앉아 가슴 아픈 일들을 곰곰이 생각했다. 왜 자신은 다른 사람들처럼 사랑받지 못하는 것일까? 왜 고요한 생존의 단순한 행복조차 알지 못하는 것일까?

그리고 때때로 그녀는 여전히 자신 앞에는 우울하고 고독한 몇 해밖에 남아 있지 않으며 자신은 모든 인생 편력을 겪은 늙은이라는 사실을 잊어버렸다. 그리고 예전 열여섯 살 때처럼 마음속에 달콤한 계획을 세웠다. 그녀는 매혹에 찬 미래의 결말을 내렸다. 그러자 현실에 대한 세찬 감각이 그녀에게 닥쳤다. 그녀는 떨어져 내려오는 돌덩어리에 허리를 맞은 듯 기진맥진해서 일어났다. 그리고 느린 걸음으로 집으로 가는 길로 접어들면서 중얼거렸다.

"오, 미친 늙은이! 미친 늙은이!"

로잘리는 이제 잔에게 이렇게 말했다.

"좀 가만히 계세요, 마님. 뭐 하려고 그렇게 돌아다니세요?"

그러면 잔은 슬픈 목소리로 대답했다.

"애야, 나는 마치 죽기 전의 '마사크르' 같구나."

어느 날 아침 하녀는 다른 날보다 일찍 방으로 들어와 나이트 테이블 위에 밀크커피를 내려놓으면서 말했다.

"자, 빨리 마시세요. 드니가 문 앞에서 우리를 기다리고 있어요. 아랫동네에 볼일이 있어 레 푀플에 가는 거예요."

잔은 기절할 듯한 기분을 느꼈다. 그토록 그녀는 감동했다. 그녀는 자신의 다정한 집을 다시 본다는 생각에 두렵고 기진맥진하면서도 감동으로 떨면서 옷을 입었다.

빛나는 하늘이 온 세계를 내려다보고 있었다. 활기에 찬 조랑말은 가끔 잠시 속보로 달렸다. 에투방 마을 안으로 들어서자 잔은 힘껏 숨을 내쉬어야 할 정도로 가슴이 떨리고 있는 것을 느꼈다. 그리고 현관의 벽돌 기둥을 보았을 때 그녀는 자신을 가다듬으려고 애쓰면서도 마치 마음을 동요시키는 사물 앞에 있듯이 두세 번 낮은 목소리로 "오! 오! 오!" 하고 중얼거렸다.

마차는 쿠이야르가에 매어놓았다. 그리고 로잘리와 그녀의 아들이 일을 보러 간 동안에 소작인은 주인이 없으니까 성관을 한 바퀴 돌아보라고 잔에게 열쇠를 내주었다.

잔은 혼자 떠났다. 바다 쪽에 있는 오래된 집 앞에 이르자 그녀는 걸음을 멈추고 찬찬히 집을 바라보았다. 건물 밖은 아무것도 변하지 않았다. 웅장한 회색빛 건물은 이제 퇴색한 벽 위에 태양의 애무를 받고 있었다. 모든 창마다 덧문이 내려져 있었다.

죽은 나뭇가지의 작은 조각이 그녀의 옷 위에 떨어져 그녀는 고개를 들었다. 플라타너스에서 떨어진 것이었다. 그녀는 윤기 있고 허여스름한 살갗을 가진 커다란 나무 옆으로 다가가 짐승에게 하듯 손으로 나무를 애무하였다. 풀밭을 걷다가 썩은 나뭇조각에 발이 부딪혔다. 줄리앙이 처음으로 이 집에 오던 바로 그날 내놓았던 의자, 그녀가 가족들과 함께 자주 앉았던 의자의 마지막 남은 잔해였다.

그러자 그녀는 현관의 이중문이 있는 데로 가서 녹이 슬어 잘 말을 듣지 않는 열쇠로 문을 열려고 애썼다. 마침내 용수철이 튀는 둔중한 소리를 내며 빗장이 열리고 안문도 약간 뻑뻑했으나 한 번 밀자 안으로 열렸다.

잔은 이내 거의 달리다시피 자기 방으로 뛰어 올라갔다. 밝은 색 종이로 도배되어 있어서 그녀는 그 방을 알아보지 못했다. 그러나 창문을 열고, 멀리 움직이지 않고 있는 듯이 보이는 갈색 돛이 점점이 뿌려진 바다와 평야와 느릅나무와 관목 숲과, 사랑하던 지평선 앞에서 뼛속까지 감동하여 서 있었다.

그리고 나서 아무도 없이 텅 빈 집 안을 이리저리 돌아다니기 시작했다. 벽 위에 있는 눈 익은 친근한 얼룩을 보았다. 그리고 그녀는 회칠한 벽 속에 움푹 패인 작은 구멍 앞에서 걸음을 멈추었다. 남작이 이 장소 앞을 지날 때마다 지팡이를 칸막이에다 대고 젊은 시절을 생각하면서 이따금 장난으로 검술을 써본 흔적이었다.

어머니의 방에서는 침대 옆의 어두운 구석 문 뒤에서 그녀가 옛날에 거기다 두었던 (이제야 그녀는 그것이 생각났다) 작은 금 머리핀을 발견했다. 그 이후로 몇 해 동안 그녀는 그 핀을 찾으려 했으나 아무도 찾지 못했다. 그녀는 소중한 유물처럼 핀을 집어 들고 입맞추었다.

그녀는 여기저기 돌아다니며 바꾸지 않은 방의 벽지에서 거의 보이지 않는 흔적을 발견했다. 그리고 상상력이 직물과 대리석의 그림 위에, 시간에 의해 더러워진 천장의 그림자에 부여하는 이상한 모습들을 다시 보았다.

그녀는 오직 혼자, 소리 내지 않고 마치 묘지 사이를 걷듯 침묵 속에 잠긴 거대한 저택 안을 걸었다. 이 속에 그녀의 모든 생이 묻혀 있었다.

잔은 거실로 내려왔다. 덧문이 닫혀 있었으므로 어두컴컴하여 잠시 아무것도 분간할 수 없었다. 잠시 후 그녀의 눈이 어둠에 익숙해지자 새들의 무늬가 있는 벽포가 점점 눈에 들어왔다. 지금 막 그 자리에서 사람이 일어난 듯 두 개의 안락의자가 벽난로 앞에 놓여 있었다. 방의 그 냄새, 다른 모든 사물이 각자 자기의 냄새를 가지고 있듯 항상 간직해온 냄새, 희미하지만 맡을 수 있는, 오래된 방에 떠도는 부드러운 냄새가 잔의 가슴을 뚫고 그녀를 추억으로 둘러싸며 그녀의 기억을 도취시켰다. 그녀는 이 과거의 숨결을 들이마시며 두 의자 위에 시선을 고정시킨 채 가슴을 떨었다. 그러자 갑자기 고정관념이 낳은 갑작스러운 착각으로 옛날에 그녀가 자주 보았던 것처럼 부모님이 난로에 발을 쬐고 있는 것을 보았다고 생각했다. 아니, 그녀는 정말 보았다.

그녀는 놀라서 뒤로 물러서다가 등을 문에 부딪혔다. 그러나 여전히 안락의자에 눈길을 준 채 쓰러지지 않으려고 몸을 가누었다.

환각이 사라졌다.

잔은 잠시 멍하니 있었다. 잠시 후 천천히 정신을 수습하고 이러다가 미쳐버리지나 않을까 두려워 도망치려 했다. 그러다 시선이 우연히 자신이 기대고 있는 벽 위에 멎었다. 그녀는 '풀레의 눈금'을 알아보았다.
 갖가지 가는 금들이 고르지 않는 간격으로 페인트 위에 표시되어 있었다. 칼로 표시한 문자들이 아들의 나이와 날짜와 성장을 가리키고 있었다. 좀 커다랗게 쓴 남작의 필적이 있었다. 그리고 그보다 작은 자신의 필적과 약간 떨리는 듯한 리종 이모의 필적도 있었다. 옛날 어린 시절의 아들이 거기에 금발을 하고 키를 재달라고 벽에 작은 이마를 바싹 갖다 대고 그녀 앞에 서 있는 듯했다.
 남작이 외쳤다.
 "잔아, 얘가 여섯 주일 동안에 1센티미터나 자랐구나."
 그녀는 격렬한 애정에 휩싸여 그 벽에 입맞추기 시작했다.
 그때 밖에서 그녀를 부르는 소리가 났다. 로잘리의 목소리였다.
 "잔 마님, 잔 마님, 사람들이 점심 식사를 하려고 마님을 기다리고 있어요."
 그녀는 정신없이 밖으로 나갔다. 사람들이 자기에게 무슨 말을 하는지 전혀 이해하지 못했다. 그녀는 그저 주는 대로 음식을 먹고, 무엇에 대해 이야기하는지도 모르면서 듣고, 자신의 건강 상태에 대해서 묻는 소작인들과 함께 이야기하고, 사람들이 포옹하는 대로 가만히 있었으며, 자기에게 내미는 뺨에 입맞추었다. 그리고 마차에 올라탔다.
 나무들 사이로 성관의 높다란 지붕이 점점 멀어져가자 그녀는 가슴속에 격렬한 비애를 느꼈다. 마음속으로 자기가 살던 집에 영원한 작별 인사를 고했다고 느꼈다.
 그들은 바트빌로 돌아왔다.

새 집으로 돌아왔을 때 잔은 문 아래 무엇인가 하얀 것이 떨어져 있는 것을 보았다. 그녀가 없는 사이에 우체부가 떨어뜨리고 간 편지였다. 그녀는 이내 폴에게서 온 편지라는 것을 알았다. 그녀는 번민으로 떨며 편지를 뜯어보았다.

사랑하는 어머니, 제가 머지 않아 어머니를 만나러 가기 전에 어머니가 파리에 헛걸음하시는 것을 원치 않았기 때문에 일찍 편지를 내지 못했습니다. 저는 지금 불운을 맞아 상당히 곤경에 처해 있습니다. 제 아내는 딸을 해산한 뒤로 죽어가고 있습니다. 벌써 3일이나 됐습니다. 그런데 저는 한 푼도 없습니다. 갓난애를 어떻게 해야 할지 몰라, 문지기에게 맡겨 우유로 기르고 있습니다. 죽지 않을까 두렵습니다. 그 애를 맡아주시지 않겠습니까? 어떻게 해야 할지 알고 있으나 돈이 없어 유모에게도 맡기지 못하고 있습니다. 빨리 답장해주십시오.

— 어머니를 사랑하는 아들, 폴

잔은 의자에 주저앉아 간신히 로잘리를 불렀다. 로잘리가 나타나자 두 사람은 함께 편지를 읽고 나서 서로의 얼굴만 쳐다보며 오랫동안 침묵을 지키고 있었다.

마침내 로잘리가 말했다.

"제가 갓난애를 데리러 가겠어요, 마님. 그대로 놔뒀다간 아무래도 안 되겠어요."

잔은 대답했다.

"그래, 갔다오너라, 애야."

두 사람은 다시 침묵을 지키다가 하녀가 말했다.

"모자를 쓰세요, 마님. 고데르빌의 공증인한테로 갑시다. 만약 여자가 죽게 되면 아기의 장래를 위해 폴 도련님이 결혼을 해야 되니까요."

그러자 잔은 아무 대답도 하지 않고 모자를 썼다. 고백하기 어려운 심오한 환희가 가슴속에 넘쳐흘렀다. 어떻게 해서라도 감추고 싶은 부도덕한 환희, 수치스럽기는 하지만 영혼의 신비스러운 비밀 속에서 열심히 즐기는 추악한 환희의 하나였다. 자식의 정부가 죽어가고 있다.

공증인은 하녀에게 상세하게 지시해주었다. 하녀는 여러 번 그 내용을 되풀이해서 익히고 실수를 범하지 않겠다고 확신하며 말했다.

"걱정 마세요, 이제 제가 책임질 테니까요."

바로 그날 밤 하녀는 파리로 떠났다.

잔은 아무것도 하지 못하게 하는 생각의 혼란 속에서 이틀을 보냈다. 사흘째 되는 날 아침, 그녀는 그날 밤차로 돌아가겠다는 짤막한 로잘리의 편지를 받았다. 그밖에는 아무것도 쓰여 있지 않았다.

오후 3시경 그녀는 하녀를 마중나가기 위해 뵈즈빌역으로 그녀를 실어다줄 옆집 마차에 말을 매게 했다.

그녀는 저 멀리 지평선 끝에서 다가오면서 점점 사라지는 레일의 곧은 선을 바라보면서 플랫폼에 서 있었다. 가끔 벽시계를 바라보았다. 아직 10분 남았다. 5분 전. 2분 전. 마침내 시간이 되었다.

그러나 멀리 보이는 길로 아무것도 나타나지 않았다. 그러다 갑자기 그녀는 하얀 점과 연기를 보았다. 그리고 그 아래로 검은 점이 전속력으로 달려오면서 점점 커져왔다. 마침내 커다란 기계가 속력을 늦추고 기적 소리를 울리며 멍하니 역부를 바라보고 있는 잔 앞을 지나갔다. 문들이 열렸다. 사람들이 내렸다. 작업복을 입은 농부들, 바구니를 든 소작인들, 부드러운 모자를 쓴 아름다운 귀족 등등. 마침내 그녀는 두 팔에 옷보따리 같은 것을 안은 로잘리를 알아보았다.

그녀는 하녀에게로 가려 했으나 쓰러질까 두려웠다. 그토록 그녀의 두 다리는 쇠약해졌다. 하녀가 주인을 보고 평상시의 침착한 모습으로 그녀에게 왔다. 그리고 "안녕하셨어요, 마님. 돌아왔습니다. 그렇게 쉬운 일은 아니더군요"라고 말했다.

잔은 더듬거렸다.

"그럼?"

로잘리는 대답했다.

"네, 그 여자는 어제 저녁에 죽었어요. 그전에 결혼식은 올렸답니다. 자, 여기 갓난애가 있습니다."

그리고 그녀는 천에 싸여 보이지 않는 갓난애를 내밀었다.

잔은 기계적으로 아이를 받았다. 두 사람은 역에서 나와 마차에 올라탔다. 로잘리가 말했다.

"폴 도련님은 장례를 마치는 대로 곧 오실 겁니다. 아마 내일 이 시간쯤에 도착하실 거예요."

잔은 "폴……" 하고 중얼거리고 더 이상 아무 말도 하지 않았다.

태양은 만발한 금빛 유채꽃과 핏빛 개양귀비가 여기저기 무리져 피어 있는 푸른 평원을 밝은 빛으로 가득 채우며 지평선 너머로 기울어져가고 있었다. 수액이 솟아오르는 고요한 대지 위에 끝없는 불안이 감돌고 있었다. 마차는 매우 빨리 달렸으며 농부는 말을 자극하느라 혀를 끌끌 찼다.

잔은 바로 앞의 하늘에서 아치 형을 그리며 불화살처럼 나는 제비들을 바라보았다. 그러자 갑자기 부드러운 온기가, 살아 있는 체온이 그녀의 옷을 뚫고 다리를 통해 살까지 스며들었다. 그녀의 무릎 위에서 잠들어 있는 갓난애의 체온이었다.

그러자 끝없는 감동이 넘쳐흘렀다. 그녀는 갑자기 아직까지 보지 못한 아이의 얼굴을 보았다. 내 자식의 딸이다. 강한 빛을 받아 떠는 연약한 생물이 입을 오물거리며 파란 눈을 뜨자 잔은 아이를 두 팔로 들어 올려 미친 듯 갓난애에게 입을 맞추었다. 홍수 같은 키스를 퍼부었다.

그러자 로잘리가 흡족한 듯이 무뚝뚝한 목소리로 그녀를 저지했다.

"자, 자, 잔 마님, 그만하세요. 그러다 아이를 울리시겠어요."

그리고 그녀는 자신의 생각에 대답하듯이 덧붙였다.

"인생이란 보시다시피 그렇게 좋지도 않고 나쁘지도 않은가 봅니다."

작품 해설

 《여자의 일생》은 1883년, 모파상이 서른세 살 때 발표한 작품이다. 이 작품은 대성공하여 8개월 동안에 2만 5천 부를 판매하였다 한다. 오늘날과는 출판 사정이 다른 그 당시에 참으로 경이로운 숫자의 베스트셀러였다.
 그 성공에는 여러 가지 요인이 있겠지만, 우선 이 작품의 줄거리가 상당히 주도면밀히 계획되어 있다는 점을 간과해서는 안 된다. 대체로 모파상의 필치는 용의주도한 편도, 주의 깊은 편도 아닌 되는 대로 써내려가는 편이다. 그 점은 모파상의 스승인 플로베르와는 전혀 다른 수법이지만, 모파상의 필치에서는 예기치 못한 신선미와 야성미가 풍긴다는 것은 부인할 수 없다.
 오늘날 살펴볼 때 플로베르의 작품은 다소 퇴색한 느낌이 드는데 반해 모파상의 작품이 지금까지도 생생하게 느껴지는 것은 이러한 점에서 비롯된 것이 아닐까.

모파상은 장편소설에서 발자크같이 새로운 타입의 인간상을 창조해내는 작가는 아니다. 장편 작가로서의 모파상 최대의 맹점일 것이다. 서구에서는 장편 작가의 사명은 새로운 인간상을 만들어내는 데 있다고 해도 과언이 아니니 말이다.

《여자의 일생》에는 새로운 타입의 인간이 단 한 사람도 나오지 않는다. 그러나《여자의 일생》이 세상의 모든 여성의 눈물을 자아낸 것은 등장인물 모두가 독자가 잘 아는, 독자들과 친근한 사람들이기 때문이 아닐까.

주인공 '잔'은 수도원을 갓 나온 모습으로 등장한다. 그리고 그녀는 평생 동안 이 모습 그대로 늙어간다. 세상의 쓴맛으로 성격이 비뚤어지는 따위의 새로운 성격은 생기지 않는다. 계속 만년 처녀 그대로다.

잔의 어머니는 언제나 뚱뚱한 모습이다. 남작도 철학자처럼 소개되어 있으나 이 루소풍의 자연주의자는 소설의 후반에서 가톨릭 사제와 다투게 된다. 줄리앙은 이미 신혼 여행 때 어머니에게서 받은 잔의 용돈을 뜯어내고 팁을 깎는다. 로잘리도 시골 지주의 집에서 흔히 볼 수 있는 완고하고 충실한 하녀 그대로다.

이렇듯 우리에게 친근한 사람들이 참으로 정중하고도 알맞게 쓰이고 있다. 모파상이 첫 장편소설인 만큼 매우 신중을 기한 듯하다.

사실《여자의 일생》어떤 장면의 소묘라 할 수 있는 단편소설〈목동지옥〉,〈고가〉등이《여자의 일생》이 출판되기 전해인 1882년에, 그리고〈봄밤에〉가 1881년에 각각 발표되었다.

〈목동지옥〉은 줄리앙과 푸르빌르 백작 부인이 숨어 있던 오두막이 절벽에서 밀려 떨어지는 장면이, 〈고가〉는 잔이 레 푀플의 저택의 낡은 가구를 보며 옛날을 생각하는 장면이, 〈봄밤에〉는 리종 이모가 잔과 줄리앙이 둘이서 정원을 산책하고 있는 것을 보고 눈물에 젖는 장면이 각각 그 정수로 기록되어 있다.

이 작품들은 《여자의 일생》이 발간되기 전에 발표되었다. 하지만 《여자의 일생》에 이들 단편을 이용했다기보다는 《여자의 일생》을 구상하고 있을 동안에 이러한 장면을 얻었으므로 그런 것들을 단편으로 정리하여 발표했다고 생각해야 할 것이다. 그 정도로 모파상은 이 최초의 장편소설에 힘을 쏟고 있었던 듯하다.

《여자의 일생》 이전의 성공작으로서는 뭐니뭐니 해도 처녀작인 〈비곗덩어리〉(1880)와 〈메종 텔리에〉(1881)를 들 수 있을 것이다. 그리고 이 두 작품의 성공 이유 역시 구상의 기발함보다는 모든 사건과 사물에 대하여 정중하고도 주의 깊게 쓰고, 어디에도 틈이 없다는 점에 있다.

대체로 1880년부터 1883년까지가 모파상의 전성기가 아니었던가 싶다. 《여자의 일생》으로 세계적인 명성과 수많은 부를 얻은 모파상은, 전부터 고향 에트르타에 건축 중이던 별장을 그 당시에 완성했다. 발코니가 있는 멋진 이 층 건물로 주위는 아름다운 포플러로 둘러싸이고 계절에 따라 갖가지 꽃을 피우는 화단과 농원과 사격장을 갖추고 있으며 집 안에는 닭, 금붕어 등을 기르는 등 이상적인 전원 주택이었다고 한다.

모파상은 특히 포플러를 좋아하였던 모양으로, "나의 고향의 포플러가 서풍에 한들거리는 것은 아름답다"고 어딘가에 썼다. 그 좋아하는 포플러, 즉 포플리에를 노르망디에서는 푀플이라 부른다 하여 《여자의 일생》에서 가장 중요한 장소를 레 푀플(포플러의 마을)로 하고 있는 등 이 토지, 나아가서는 이 작품에 대한 모파상의 애정과 성실함이 여실히 나타나 있는 듯하여 흥미롭다.

이 소설이 시종일관 페시미즘의 어두운 그림자를 띠고 있으면서도 독자가 그토록 비참하고 절망적인 구렁에 빠지지 않게 하는 것도, 작가의 이 애정, 토지와 풍경과 인물에 대한 작가의 따뜻한 마음의 소치가 아닐까. 리얼리즘 문학이란 아무튼 구원이 없고 쓸쓸한 것인데, 우리가 끊임없이 미소를 띠며 이 소설을 읽을 수 있는 것은 모파상이 작중인물을 각각 애정을 가지고 그렸기 때문이 아닐까.

작중인물 중에 모파상이 미워하고 있는 것은 톨비악 사제뿐이다. 그러나 사제는 인간이라기보다는 종교를 포함한 권위의 상징인데, 이에 대하여 사상이 없는 모파상도 경우에 따라 대항한다. 이것도 역설적으로 말하면 모파상이 남작과 잔을 두둔하고 있기 때문일 것이다. 줄리앙의 바람기나 인색함에 대해서도 작가는 유머까지 섞어 쓰고 있는데, 그 점은 피코 사제에 의해 변명되기도 하고, 또 죽어서는 잔의 생각 속에서 정화되기도 한다.

인물도 그러하지만 모파상이 가장 애정을 들여서 쓰고 있는 것은, 작가의 고향에서 이 소설의 배경을 얻은 노르망디의 풍경, 즉 바다와 평야일 것이다.

잔이 레 푀플을 떠나서 고데르빌의 새 집으로 옮겨왔을 때 처음 무언가 매일 부족한 기분을 느끼는데, 어느 날 참으로 바다가 보이지 않는 것에 드디어 "아, 이거다, 이것이 부족했구나" 하고 깨닫는 장면이 있다. 이것은 잔의 감회라기보다는 모파상 자신의 감회일 것이다.

이러한 고향의 풍물에 대한 작가의 애정 속에서 생긴 아름다운 풍경 묘사는 등장인물들과 같이 이 어두운 페시미즘이 흐르는 장편소설에 신선한 공기를 불어넣어주고 있다고 할 수 있다.

《여자의 일생》은 프랑스 소설이 아니라 전 세계의 소설이다. 훌륭한 세계적인 고전이다. 등장인물들도 우리 주위에 있는 사람들이며, 아마 톨비악 사제가 말하는 가톨릭교를 제외하면 우리의 이해 밖에 있는 것은 하나도 없다고 해도 좋을 것이다. 그리고 우리는 그러한 고난에도 불구하고 일생 동안 순수한 마음으로 살아온 불쌍한 잔을 사랑하지 않을 수 없을 것이다.

옮긴이

기 드 모파상 연보

1850년 프랑스 노르망디의 소도시에서 하급 귀족 아버지와 부유한 부르주아 가문의 딸인 어머니 사이에서 태어났다.

1860년 부모님이 이혼한 후 어머니와 함께 살았다. 셰익스피어 등 고전 문학에 조예가 깊은 어머니에게 문학적 가르침을 받았다.

1868년 어머니와 외삼촌의 절친한 친구인 귀스타브 플로베르를 만났다. 플로베르는 모파상에게 평생의 스승이 되어주었다.

1870년 파리에서 법학 공부를 시작하려 했으나 프로이센-프랑스 전쟁으로 그러지 못했다. 프랑스군에 자원입대했고, 이때의 경험은 그의 여러 작품에 반영되었다.

1878년 플로베르의 지도하에 본격적인 작가 생활을 시작했다. 그

	의 집에서 에밀 졸라를 비롯한 여러 문인과 교류하며 다양한 매체에 작품을 기고했다.
1880년	모파상이 주도해 여섯 명의 젊은 작가가 프로이센-프랑스 전쟁을 취재한 단편집을 주관해 출간했다. 여기에 실린 〈비곗덩어리〉가 좋은 반응을 얻었다. 스승 플로베르가 사망해 큰 충격을 받았다.
1883년	몇 년의 집필 기간을 거친 첫 장편《여자의 일생》을 발표했다. 대중적으로 큰 호응을 얻었을 뿐 아니라 톨스토이 등에게 호평받아 국제적인 명성을 얻었다. 몇 편의 단편집을 추가로 냈다.
1885년	장편《벨아미》를 연재하기 시작했다. 이 역시 큰 성공을 거두었다. 〈목걸이〉가 포함된 단편집을 출간했다.
1887년	이전부터 시달리던 편두통과 눈병이 극심해졌다. 장편《피에르와 장》을 발표했다.
1891년	건강 악화 및 환각과 과대망상으로 요양을 시작했다.
1892년	자살을 시도했으나 실패했고 정신병원으로 이송되었다.
1893년	43세의 젊은 나이로 생을 마감했다.

옮긴이 **신인영**

서울대학교 문리대 불문과를 졸업하고 동 대학원에서 수학했으며, 번역가로 활동했다. 역서로 이오넬 지아누 《조각가 로댕》, 생텍쥐페리 《어린왕자》 등이 있다.

여자의 일생

1판 1쇄 발행 1976년 3월 30일
3판 1쇄 발행 2025년 8월 18일

지은이 기 드 모파상 │ 옮긴이 신인영
펴낸곳 (주)문예출판사 │ 펴낸이 전준배
출판등록 2004. 02. 11. 제 2013-000357호 (1966. 12. 2. 제 1-134호)
주소 04001 서울시 마포구 월드컵북로 21
전화 02-393-5681 │ 팩스 02-393-5685
홈페이지 www.moonye.com │ 블로그 blog.naver.com/imoonye
페이스북 www.facebook.com/moonyepublishing │ 이메일 info@moonye.com

ISBN 978-89-310-2548-4 04800
ISBN 978-89-310-2365-7 (세트)

• 잘못 만든 책은 구입하신 서점에서 바꿔드립니다.

ॐ문예출판사® 상표등록 제 40-0833187호, 제 41-0200044호

■ 문예세계문학선

★ 서울대, 연세대, 고려대 필독 권장 도서　▲ 미국대학위원회 추천 도서
● 《타임》 선정 현대 100대 영문 소설　▽ 《뉴스위크》 선정 세계 100대 명저

	1 젊은 베르테르의 슬픔 괴테 / 송영택 옮김
▲▽	2 멋진 신세계 올더스 헉슬리 / 이덕형 옮김
▲●▽	3 호밀밭의 파수꾼 J. D. 샐린저 / 이덕형 옮김
	4 데미안 헤르만 헤세 / 구기성 옮김
	5 생의 한가운데 루이제 린저 / 전혜린 옮김
	6 대지 펄 S. 벅 / 안정효 옮김
●▽	7 1984 조지 오웰 / 김승욱 옮김
▲●▽	8 위대한 개츠비 F. 스콧 피츠제럴드 / 송무 옮김
▲●▽	9 파리대왕 윌리엄 골딩 / 이덕형 옮김
	10 삼십세 잉게보르크 바흐만 / 차경아 옮김
★▲	11 오이디푸스왕·안티고네 소포클레스·아이스킬로스 / 천병희 옮김
★▲	12 주홍글씨 너새니얼 호손 / 조승국 옮김
▲●▽	13 동물농장 조지 오웰 / 김승욱 옮김
★	14 마음 나쓰메 소세키 / 오유리 옮김
	15 아Q정전·광인일기 루쉰 / 정석원 옮김
	16 개선문 레마르크 / 송영택 옮김
★	17 구토 장 폴 사르트르 / 방곤 옮김
	18 노인과 바다 어니스트 헤밍웨이 / 이경식 옮김
	19 좁은 문 앙드레 지드 / 오현우 옮김
★▲	20 변신·시골 의사 프란츠 카프카 / 이덕형 옮김
★▲	21 이방인 알베르 카뮈 / 이휘영 옮김
	22 지하생활자의 수기 도스토옙스키 / 이동현 옮김
★	23 설국 가와바타 야스나리 / 장경룡 옮김
★▲	24 이반 데니소비치의 하루 A. 솔제니친 / 이동현 옮김
	25 더블린 사람들 제임스 조이스 / 김병철 옮김
★	26 여자의 일생 기 드 모파상 / 신인영 옮김
	27 달과 6펜스 서머싯 몸 / 안흥규 옮김
	28 지옥 앙리 바르뷔스 / 오현우 옮김
★▲	29 젊은 예술가의 초상 제임스 조이스 / 여석기 옮김
▲	30 검은 고양이 애드거 앨런 포 / 김기철 옮김
★	31 도련님 나쓰메 소세키 / 오유리 옮김
	32 우리 시대의 아이 외된 폰 호르바트 / 조경수 옮김
	33 잃어버린 지평선 제임스 힐턴 / 이경식 옮김
	34 지상의 양식 앙드레 지드 / 김붕구 옮김
	35 체호프 단편선 안톤 체호프 / 김학수 옮김
	36 인간 실격 다자이 오사무 / 오유리 옮김
	37 위기의 여자 시몬 드 보부아르 / 손장순 옮김
●▽	38 댈러웨이 부인 버지니아 울프 / 나영균 옮김
	39 인간희극 윌리엄 사로얀 / 안정효 옮김
	40 오 헨리 단편선 O. 헨리 / 이성호 옮김
★	41 말테의 수기 R. M. 릴케 / 박환덕 옮김
	42 파비안 에리히 케스트너 / 전혜린 옮김
★▲▽	43 햄릿 윌리엄 셰익스피어 / 여석기 옮김
	44 바라바 페르 라게르크비스트 / 한영환 옮김
	45 토니오 크뢰거 토마스 만 / 강두식 옮김
	46 첫사랑 이반 투르게네프 / 김학수 옮김
	47 제3의 사나이 그레이엄 그린 / 안흥규 옮김
★▲▽	48 어둠의 속 조셉 콘래드 / 이덕형 옮김
	49 싯다르타 헤르만 헤세 / 차경아 옮김
	50 모파상 단편선 기 드 모파상 / 김동현·김사행 옮김
	51 찰스 램 수필선 찰스 램 / 김기철 옮김
★▲▽	52 보바리 부인 귀스타브 플로베르 / 민희식 옮김
	53 페터 카멘친트 헤르만 헤세 / 박종서 옮김
★	54 몽테뉴 수상록 몽테뉴 / 손우성 옮김
	55 알퐁스 도데 단편선 알퐁스 도데 / 김사행 옮김
	56 베이컨 수필집 프랜시스 베이컨 / 김길중 옮김
★▲	57 인형의 집 헨리크 입센 / 안동민 옮김
★	58 소송 프란츠 카프카 / 김현성 옮김
★▲	59 테스 토마스 하디 / 이종구 옮김
★	60 리어왕 윌리엄 셰익스피어 / 이종구 옮김
	61 라쇼몽 아쿠타가와 류노스케 / 김영식 옮김
▲▽	62 프랑켄슈타인 메리 셸리 / 임종기 옮김
▲●▽	63 등대로 버지니아 울프 / 이숙자 옮김
	64 명상록 마르쿠스 아우렐리우스 / 이덕형 옮김
	65 가든 파티 캐서린 맨스필드 / 이덕형 옮김
	66 투명인간 H. G. 웰스 / 임종기 옮김
	67 게르트루트 헤르만 헤세 / 송영택 옮김
	68 피가로의 결혼 보마르셰 / 민희식 옮김

(뒷면 계속)

★ 69	팡세 블레즈 파스칼 / 하동훈 옮김
70	한국 단편 소설선 김동인 외
71	지킬 박사와 하이드 로버트 L. 스티븐슨 / 김세미 옮김
▲ 72	밤으로의 긴 여로 유진 오닐 / 박윤정 옮김
★▲▽ 73	허클베리 핀의 모험 마크 트웨인 / 이덕형 옮김
74	이선 프롬 이디스 워튼 / 손영미 옮김
75	크리스마스 캐럴 찰스 디킨스 / 김세미 옮김
★▲ 76	파우스트 요한 볼프강 폰 괴테 / 정경석 옮김
▲ 77	야성의 부름 잭 런던 / 임종기 옮김
★▲ 78	고도를 기다리며 사뮈엘 베케트 / 홍복유 옮김
★▲▽ 79	걸리버 여행기 조너선 스위프트 / 박용수 옮김
80	톰 소여의 모험 마크 트웨인 / 이덕형 옮김
★▲▽ 81	오만과 편견 제인 오스틴 / 박용수 옮김
★▽ 82	오셀로 · 템페스트 윌리엄 셰익스피어 / 오화섭 옮김
▲ 83	맥베스 윌리엄 셰익스피어 / 이종구 옮김
▽ 84	순수의 시대 이디스 워튼 / 이미선 옮김
★ 85	차라투스트라는 이렇게 말했다 니체 / 황문수 옮김
★ 86	그리스 로마 신화 에디스 해밀턴 / 장왕록 옮김
87	모로 박사의 섬 H. G. 웰스 / 한동훈 옮김
88	유토피아 토머스 모어 / 김남우 옮김
★▲ 89	로빈슨 크루소 대니얼 디포 / 이덕형 옮김
90	자기만의 방 버지니아 울프 / 정윤조 옮김
▲ 91	월든 헨리 D. 소로 / 이덕형 옮김
92	나는 고양이로소이다 나쓰메 소세키 / 김영식 옮김
★ 93	폭풍의 언덕 에밀리 브론테 / 이덕형 옮김
★▲ 94	스완네 쪽으로 마르셀 프루스트 / 김인환 옮김
★ 95	이솝 우화 이솝 / 이덕형 옮김
★ 96	페스트 알베르 카뮈 / 이휘영 옮김
▲ 97	도리언 그레이의 초상 오스카 와일드 / 임종기 옮김
98	기러기 모리 오가이 / 김영식 옮김
★▲ 99	제인 에어 1 샬럿 브론테 / 이덕형 옮김
★100	제인 에어 2 샬럿 브론테 / 이덕형 옮김
101	방황 루쉰 / 정석원 옮김
102	타임머신 H. G. 웰스 / 임종기 옮김
●103	보이지 않는 인간 1 랠프 엘리슨 / 송무 옮김
●104	보이지 않는 인간 2 랠프 엘리슨 / 송무 옮김
▲105	훌륭한 군인 포드 매덕스 포드 / 손영미 옮김
106	수레바퀴 아래서 헤르만 헤세 / 송영택 옮김
▲107	죄와 벌 1 표도르 도스토옙스키 / 김학수 옮김
▲108	죄와 벌 2 표도르 도스토옙스키 / 김학수 옮김
109	밤의 노예 미셸 오스트 / 이재형 옮김
110	바다여 바다여 1 아이리스 머독 / 안정효 옮김
111	바다여 바다여 2 아이리스 머독 / 안정효 옮김
112	부활 1 레프 톨스토이 / 김학수 옮김
113	부활 2 레프 톨스토이 / 김학수 옮김
▲●114	그들의 눈은 신을 보고 있었다 조라 닐 허스턴 / 이미선 옮김
115	약속 프리드리히 뒤렌마트 / 차경아 옮김
116	제니의 초상 로버트 네이선 / 이덕희 옮김
117	트로일러스와 크리세이드 제프리 초서 / 김영남 옮김
118	사람은 무엇으로 사는가 레프 톨스토이 / 이순영 옮김
119	전락 알베르 카뮈 / 이휘영 옮김
120	독일인의 사랑 막스 뮐러 / 차경아 옮김
121	릴케 단편선 R. M. 릴케 / 송영택 옮김
122	이반 일리치의 죽음 레프 톨스토이 / 이순영 옮김
123	판사와 형리 F. 뒤렌마트 / 차경아 옮김
124	보트 위의 세 남자 제롬 K. 제롬 / 김이선 옮김
125	자전거를 탄 세 남자 제롬 K. 제롬 / 김이선 옮김
126	사랑하는 하느님 이야기 R. M. 릴케 / 송영택 옮김
127	그리스인 조르바 니코스 카잔차키스 / 이재형 옮김
128	여자 없는 남자들 어니스트 헤밍웨이 / 이종인 옮김
129	사양 다자이 오사무 / 오유리 옮김
130	슌킨 이야기 다니자키 준이치로 / 김영식 옮김
131	실종자 프란츠 카프카 / 송경은 옮김
132	시지프 신화 알베르 카뮈 / 이가림 옮김
133	장미의 기적 장 주네 / 박형섭 옮김
134	진주 존 스타인벡 / 김승욱 옮김
135	황야의 이리 헤르만 헤세 / 장혜경 옮김